Drago Jančar

Der Baum ohne Namen

FolioVerlag
Wien | Bozen

Drago Jančar

Der Baum ohne Namen

Roman

Aus dem Slowenischen von Daniela Kocmut

Transfer CI

Titel der Originalausgabe: Drevo brez imena. Ljubljana: Modrijan založba, 2008.

Mit freundlicher Unterstützung durch die Trubar Foundation
(Trubarjev sklad pri Društvu slovenskih pisateljev)
und die Öffentliche Agentur für das Buchwesen der Republik
Slowenien (Javna agencija za knjigo Republike Slovenije).

Lektorat: Ines Gebetsroither

Graphische Gestaltung: Dall'O & Freunde
Druckvorbereitung: Graphic Line, Bozen
Printed in Austria

ISBN 978-3-85256-527-9

www.folioverlag.com

Das Auge wird nicht satt zu sehen
und das Ohr nicht voll vom Hören.
Das, was war, ist das, was sein wird.
Und das, was getan wurde, ist das, was getan wird.
Und es gibt gar nichts Neues unter der Sonne.
Gibt es ein Ding, von dem einer sagt:
„Siehe, das ist neu?“
Längst ist es gewesen für die Zeitalter,
die vor uns gewesen sind.
Da gibt es keine Erinnerung an die Früheren.
Und an die Künftigen, die sein werden,
auch an sie wird man sich nicht mehr erinnern bei denen,
die später sein werden.
KOHELETH 1,8–11

87.

Die Dämmerung, der Morgen, die Mäher, alles lag bereits weit hinter ihm. Auch jener Keller, aus dem er gekrochen war, die Höhle, in die er gefallen war, alles war in weiter Ferne und längst irgendwo anders. Zuletzt, daran konnte er sich deutlich erinnern, hatte er unter einem Baum gesessen. Er sah Mäher herankommen, es waren drei, und er wich vor ihnen in den Wald zurück. Durch den hohen Farn konnte er sehen, wie sie die Sensen von den Schultern nahmen, er hörte ihre Stimmen, doch ihre Worte konnte er nicht erkennen. Er hörte auch die Wetzsteine, die in gleichmäßigen Zügen über das scharfe, klingende Metall schliffen. Dann verteilten sie sich am Wiesenrand und begannen alle zugleich mit weit ausholenden, ebenmäßigen Schwüngen zu mähen. Lange drei Wochen hatte es ununterbrochen geregnet, kaum waren die schweren grünen Halme einigermaßen trocken, kaum hatten sie sich in der morgendlichen Junisonne erhoben, schon fielen sie auch in dicken Büscheln. Die Sensen in den kräftigen Bauernhänden sausten durch das morgendliche, sonnenbeschienene Gras.

Dann lief er lange durch den Wald, durch das schräg einfallende Licht zwischen den Baumstämmen, durch die Nebelschleier in den Talsenken, unter seinen bloßen Füßen fühlte er weiches Laub, Moos, Erde, aus denen Feuchtigkeit dampfte. Das war eine andere Welt. Die alten Slowenen glaubten, dass, wenn man sich nur tief genug in eine tiefe Höhle abseilte, man in einer anderen Welt ankäme. Die Slowenen vom Pohorje-Gebirge, die in weiten Wäldern lebten, glaubten, dass man in eine andere Welt gelangte, wenn man auf einen Baum kletterte. Gleichviel, ob man sich hinauf- oder hinabbegab, dort erwartete einen eine andere Welt. Schon als kleiner Junge wusste er das. Damals zog er sich die Decke über den Kopf, hörte die Männerstimmen aus der Küche, die sich immer weiter entfernten, denn er ging fort, mit großer Leichtigkeit kletterte er auf einen Baum, von dem man irgendwo, hoch oben, woanders hinabsteigen konnte, in eine andere Landschaft. Und auch als er groß, erwachsen, eigentlich schon ein wenig alt war, wusste er das. Eines Nachts wachte er gegen vier Uhr auf und bemerkte, dass das Zimmer von silbernem Mondlicht überflutet war. Seine Frau Marijana, die neben ihm hätte schlafen sollen, war nirgendwo zu sehen, was ihm nicht ungewöhnlich erschien, sie war schon vor einigen Tagen gegangen. Er wunderte sich schon lange über nichts mehr. In jener Nacht wurde seine ganze Aufmerksamkeit von diesem ungewöhnlichen Licht angezogen. Er stand auf und trat ans Fenster. Eigenartig, dachte er, woher plötzlich dieser Garten? Das war immerhin der Garten, der sich seit jeher unter dem Fenster seines Büros im Landesarchiv befand, und nun war er auf einmal hier, zur Gänze vom Mondschein überströmt, der sich in einem silbrigen Wasserfall auch in sein Zimmer ergoss. Und im Garten wuchs nicht der alte Kirschbaum, der dort schon allein deshalb hatte wachsen müssen, damit er die Augen auf seinen knorrigen Ästen und im Frühjahr auf seinen weißen Blüten ausruhen konnte, erschöpft vom Lesen und vom Arbeiten am Computerbildschirm. Vor seinem Fenster wuchs kein Kirschbaum, sondern ein Baum, den er noch nie gesehen hatte. Es war keine Föhre, es war keine Buche, auch keine Zypresse und kein Eukalyptus. Sofort wusste er, dass dies jener Baum war, von dem ihm seine Mutter in seinen Kinderjahren vorgelesen hatte, ein unglaublich hoher Baum, wie ihn die Welt noch nie gesehen hatte und ihn nie sehen würde.

Er stieg zum Himmel wie der Rauch von brennender Erde.

Doch jener Baum, auf den zu klettern er sich immer gewünscht hatte, daran konnte er sich gut erinnern, wuchs irgendwo am Pohorje. Und noch bevor er gründlich darüber nachgedacht hatte, warum der Baum nun plötzlich hier war, mit seinem breiten Baumstamm und dem Wipfel irgendwo unter den Sternen, fand er sich auch schon in ihm wieder. Alles war irgendwie leicht, auch er selbst fühlte sich ganz leicht, rasch begann er den Baum emporzuklettern. Es war nicht nur leicht, es war auch ein wenig seltsam, als er sagte: Ameisen klettern auf einen Baum. So heißt eine Speise im Chinarestaurant, dachte er, oder Gott sah ihn, der gerade auf den Baum kletterte, auf diese Weise. Wie eine Ameise auf einem riesigen Baum, der eine Föhre sein könnte, vielleicht auch eine Fichte,

Föhre deswegen, weil Föhren größer sind, und dennoch handelte es sich weder um eine Föhre noch um eine Fichte. Dieser Baum war nicht nur größer, es war ein Riesenbaum, und irgendwo unterhalb von Felsüberhängen, über denen Wolken schwebten, dort oben irgendwo befand sich sein Wipfel. Und wenn man einmal so hoch auf dem Baum war, mal in den Ästen, dann wieder den Stamm umklammernd, war es völlig gleichgültig, ob Gott einen wie eine Ameise sah oder man nur ein Fleischkloß war, ein Sojaklumpen auf den Nudeln einer Speise, die „Ameisen klettern auf den Baum" heißt. Gewiss würde man zu einem Fleischkloß oder Sojaklumpen, wenn man den Ast losließe, wenn man die raue Baumrinde hinunterschlitterte, dorthin, wo er jählings Marijana erblickte; sie hüpfte komisch und fuchtelte mit den Händen herum, ihre Stimme jedoch konnte er nicht vernehmen, auch wurde ihr Gesicht immer kleiner, ihr Gesicht lippen- und augenlos, nur noch eine weiße Fläche, zum Himmel gerichtet, zunächst waren da verwunderte Augen, die immer kleiner wurden, nun nur noch eine weiße Fläche, die immer kleiner wurde. Und dann waren da die Lippen, die unhörbar fragten: Wohin kletterst du, Janez? Wohin verschwindest du? Hinauf, sagte er, ich weiß nicht wohin, aber hinauf. Ich klettere auf den Baum, ganz leichtfüßig steige ich auf den Baum hinauf, von dem ich nicht weiß, ob er eine Tanne ist oder eine Fichte, ob ein Ahorn oder eine Eiche, genau genommen ist er nichts davon, sondern etwas ganz anderes. Er hätte auch hinabsteigen können, dachte er nochmals, es ist völlig gleichgültig. Die alten Slowenen glaubten, dass, wenn man sich nur tief genug in eine tiefe Höhle abseilte, man in eine andere Welt gelangte, denn diese andere Welt gäbe es oben und unten, nur in der Mitte gäbe es sie nicht, dort war jene Welt, die er verlassen wollte. Und am Ende, wenn man lange genug hinaufgeklettert oder hinabgestiegen war, würde man eine helle Landschaft erkennen, schöne grüne Wiesen, Weidengestrüpp am Wasser, das in einem langen, geschlungenen Flussbett floss, und alles sei wie in einem kleinen Himmel. Dort würden schöne junge Mäher mähen, man würde ihnen helfen und ein paar Schwaden abschneiden, wenn einem danach war. Aber man müsste nicht. Diese Geschichte vom Baum, dachte er, stammt vom Pohorje, die alten Slowenen erzählten sie einander in Herbstnächten, wenn der Wind rauschte und sie sich ein wenig fürchteten. Dann tranken sie Obstschnaps gegen die Angst. Dort gibt es weite Wälder, dachte er, vielleicht komme ich in einer bewaldeten Schlucht heraus oder an einem breiten Hang zwischen Fichten.

Dem war aber nicht so. Sobald er vom Baum gestiegen war und sich von einem dicken Ast auf die Erde fallen gelassen hatte, sah er, dass er sich inmitten einer langen Kastanienallee befand. Irgendwo im Hintergrund standen große Häuser, ein paar Lichter brannten noch, doch er dachte, er wolle nun lieber nicht stehen bleiben.

Er begab sich auf den Weg durch jene lange Kastanienallee in Dolenjske Toplice, von der er einst geträumt hatte. Natürlich tat er das, er war ja einst mit Marijana hier spazieren gegangen. Man träumt von Dingen, die man schon einmal erlebt hat, doch im Traum sind sie dann völlig anders. Er dachte, Dolenjske Toplice sei doch an einem vollkommen anderen Ende des Landes als das Pohorje-Gebirge. Er hatte erwartet, er würde sich an einem grünen Hang am Pohorje wiederfinden, geriet aber in eine Kastanienallee in einem lieblichen grünen Tal, aus dem die Wege in die dunklen Wälder des Hornwald-Gebirges führten oder noch weiter hinunter nach Kroatien. Der Weg, der durch die Allee führte, war nicht mit Sandstein besät, auch hier lag weiches Gras, vielleicht Moos, er sank leicht ein, als er den grünen Weg entlang durch die helle Mondnacht wanderte.

Um ihn herum befand sich eine weite Ebene. Obwohl das silberne Mondlicht nun verschwunden und die Nacht gänzlich schwarz war, leuchteten die Sterne so hell, dass er die weite Ebene um ihn herum gut sehen konnte. Nunmehr schien ihm, als befände er sich in einer völlig unbekannten Landschaft. Obwohl er durch die Kastanienallee in Dolenjske Toplice schritt. Als er sie passiert hatte, irrte er lange zwischen Wiesen und Äckern umher, und mit einem Mal waren keine Häuser mehr zu sehen. Sie waren verschwunden. Ehe er die Hügel erreichte, hielt er inne, sah sich um, wohin er gehen sollte, und begab sich schließlich in eine Schlucht, durch die ein Fluss toste. Auf einmal fühlte er die kühle Luft, die vom eisigen Wasser herrührte, er fühlte, dass ihn fror und dass er Hunger hatte. Auf dem Baum hatte er niemals Hunger verspürt, auch dann nicht, wenn er kein Essen mehr hatte. Und er hatte auch keine Kälte gespürt, als er schon sehr weit oben war und es dort richtig kühl sein musste. Doch seit er seinen Fuß auf die Ebene gesetzt und sich flussaufwärts durch die Schlucht begeben hatte, verspürte er alles: Müdigkeit, Hunger und ein Zittern auf der Haut. Janez Lipnik wusste nicht, was er tun sollte, es schnürte ihm die Brust zusammen, vielleicht war er doch zu weit gewandert. Da sah er in der Ferne ein Licht flackern, dort, am Ende der Schlucht, wo sie sich zu einem freundlichen, weiten Tal auftat. Er ging auf das flackernde Licht zu, das immer größer wurde. Bald erreichte er das Haus, in dem nur ein Fenster erhellt war. Er wusste, was er dort sehen würde: Eine schöne Frau würde sich über einen Tisch beugen und in unablässiger Nachdenklichkeit ihren Kopf auf eine Handfläche stützen. Also näherte er sich vorsichtig, das Fenster war ein wenig zu hoch, einige Zeit hielt er Ausschau, dann fand er im Hof einen Hackstock für das Brennholz, zerrte ihn unters Fenster, er war gerade hoch genug. Er stieg darauf und blickte durch eine Spitzengardine in die Stube. Alles war so, wie es sein musste, nur stützte die schöne Frau nicht in unablässiger Nachdenklichkeit ihren Kopf auf eine Handfläche. Sie korrigierte Schulhefte. Einige Zeit betrachtete er ihr Gesicht, es kam ihm irgendwie bekannt vor. Ihm schien, als sei es das Gesicht seiner Lehrerin, vom Licht der Tischlampe beschienen, diese Frau sah ihr wirklich sehr ähnlich, sie trug auch eine schöne weiße Bluse, wie jene, an die sie ihn erinnerte, sie war nur ein wenig jünger, das schon. Er fasste sich ein Herz und klopfte ans Fenster.

88.

Er sah, wie sie zusammenzuckte und rasch das Licht löschte. Er hörte ihre Schritte näher kommen. Dann stand sie am Fenster, ihm schien, als würde er auch ihren Atem vernehmen. Aleksij?, fragte sie. Ich bin nicht Aleksij, sagte er, keine Angst, gnädige Frau. Er dachte, sie würde erschrecken, weil nicht Aleksij unter ihrem Fenster stand – aber warum sollte dort Aleksij sein? Warum sollte Aleksij, ein Mensch, dessen Namen diese Frau kannte, ans Fenster klopfen? Wahrscheinlich würde er ans Fenster klopfen. Wer ist da?, hauchte sie im Dunkeln. Er sagte die Wahrheit: Janez Lipnik. Ich kenne Sie nicht, sagte sie. Natürlich nicht, sagte er, ich glaube nämlich, ich habe mich verirrt. Er wusste zwar nicht, ob er sich verirrt hatte, aber irgendetwas musste er sagen. Vorsichtig zog sie die Gardine zur Seite. Ich werde das Licht einschalten, sagte sie, können Sie ins Licht treten, damit ich Sie sehen kann? Schalten Sie es nur ein, sagte er, ich verstecke mich nicht. Sie machte das Licht an und öffnete das Fenster. Ich kenne Sie nicht, sagte sie nochmals. Sie können mich nicht kennen, sagte er, ich komme von weit her. Etwa aus Kočevje?, fragte sie. Hier in der Nähe soll Kočevje sein?, dachte er. Warum habe ich mich dann so abgemüht, in die Nähe von Kočevje zu kommen, wo es von Ljubljana nach dort doch etwa drei Gehstunden sind? Aus Ljubljana, sagte er. In Ljubljana gibt es keine Forstwarte und Sie sind ein Forstwart, das sehe ich doch. Oder sind Sie vielleicht Holzfäller? Er sagte, er sei auf einen Baum geklettert, sei dann lange durch den Wald und die Schlucht marschiert, bis er das Licht erblickt habe. Ach hören Sie auf, sagte sie, was sollen Sie denn herumklettern. Sie sind ein Forstwart, Sie markieren Bäume, Sie sind aus Kočevje, Forstwarte wohnen in Kočevje. Wie Sie wollen, sagte er, Holzfäller oder Forstwart, wenn Sie mir ein Glas Wasser geben könnten, wäre ich Ihnen überaus dankbar. Sie brachte ihm ein Glas. Er trank es rasch aus, er wusste überhaupt nicht, dass er so durstig gewesen war. Wenn ich es gewusst hätte, dann hätte ich bereits aus dem Fluss getrunken, der durch die Schlucht fließt, sein Wasser sah sauber und frisch aus. Mich friert auch ein bisschen, sagte er. Sie sah ihn misstrauisch an. Ich kann Sie nicht hereinlassen, ich weiß nicht, wer Sie sind. Ich habe es Ihnen ja gesagt: Janez Lipnik. Früher war ich Archivar. Und warum fällen Sie jetzt Bäume?, fragte sie. Wer hat behauptet, dass ich Bäume fälle? Wenn Sie kein Forstwart sind, können Sie doch nur Holzfäller sein, lächelte sie. Ich weiß ja, sagte sie, Sie sind ein Flüchtling. Viele Menschen flüchten und verstecken sich. Auf der anderen Straßenseite ist das Pfarrhaus, sagte sie, warum haben Sie nicht dort angeklopft? Das Pfarrhaus? Ihm kam vor, als stünde das Haus allein in der Einöde. Ich weiß nicht, sagte er, ich habe hier Licht gesehen. Andererseits bezweifle ich, dass man Ihnen aufgemacht hätte, sagte sie, es sind schlimme Zeiten. In dem Augenblick erblickte sie im Licht, das durch das Fenster fiel, seine bloßen Füße. Sie Ärmster, sagte sie, Sie sind ja barfüßig. Wo haben Sie denn Ihre Schuhe gelassen? Unter einem Baum, sagte er. Am Waldrand, fügte er hinzu, damit es überzeugender klang, außerdem stimmte es. Sie dachte eine Zeit lang nach. Hören Sie, sagte sie dann, ich lasse Sie ins Haus und gebe Ihnen etwas zu essen. Und dann werden Sie sofort gehen. Sie schloss das Fenster und öffnete es einen Augenblick später wieder. Aber damit wir uns verstehen, sagte sie, in zehn oder fünfzehn Minuten wird Aleksij hier sein, Sie haben ja gehört, dass ich auf ihn warte. Damit Sie es wissen, Aleksij ist Offizier. Dann hörte er sie zur Tür gehen und sie sperrte auf. Er trat ein.

Die Wärme einer freundlichen Behausung und der Geruch von einer Frau, ihren Düften und ihrer Haut stiegen ihm in die Nase. Hier war die Welt wirklich.

89.

Guten Abend. Wo kommen Sie denn her?

Guten Abend. Vom Baum.

– Auf einem Baum haben Sie sich versteckt, Sie Ärmster.

– Ich habe mich nicht versteckt, ich bin geklettert.

– Sie sind geklettert, um sich zu verstecken. Wo sich die Leute heutzutage überall verstecken.

Er setzte sich zum Tisch und sah zu, wie sie Feuer machte, etwas Milch aufsetzte.

Unter dem Rock hatte sie straffe Schenkel; solche wie seine Lehrerin, seine Lehrerin hatte straffe Schenkel gehabt; wenn sie sich gegen seine Schulbank lehnte, schnitt die hölzerne Kante in ihre Schenkel unter dem Rock. Es roch nach der Tinte, mit der seine Hände immer bekleckert waren, es roch aber auch nach weiblicher Haut unter dem blauen Rock und der weißen Bluse. Überhaupt sah sie ihr sehr ähnlich, sie sah nur ein wenig jünger aus. Sie spürte, dass er sie ansah.

Aleksij wird es gar nicht gefallen, sagte sie, dass ich Sie ins Haus gelassen habe. Allerlei Leute treiben sich zur Zeit herum.

Er wandte sich ab und heftete seinen Blick auf den altmodischen Rundfunkempfänger auf dem Regal. Dann zog er ein Heft zu sich und öffnete es. Sie trat an den Tisch und nahm es ihm – gestatten Sie, sagte sie – aus der Hand. Sie packte den ganzen Stapel und legte ihn aufs Regal, schnitt ein Stück Brot und etwas Speck ab, brachte die heiße Milch. Janez Lipnik spürte, dass er nun wirklich hungrig war, er hatte schon lange nicht gegessen. Er nahm das Brot und hielt vor ihrem strengen Blick inne. Seine Hände waren schwarz vor Schmutz, so wie sie früher immer mit Tinte beschmiert gewesen waren. Vielleicht hatte sie ihm deswegen das Heft aus den Händen genommen. Damit ihre Schüler nicht dachten, sie hätte es verschmiert. Bestimmt erzählte sie ihnen von Hygiene, möglicherweise überprüfte sie morgens sogar, ob ihre Hälse gewaschen waren. Er fragte, ob er sich irgendwo waschen könne. Sie öffnete ihm die Tür zum Bad, er wusste selbst nicht, warum er sich wunderte, dass es dort einen richtigen Wasserhahn gab, nicht nur einen Wasserhahn, auch eine Wanne, in die man Wasser einlassen und in der man baden konnte. Er war verlegen, sollte er sich einfach ausziehen und waschen, wo er doch gerade erst in dieses Haus gekommen war? Er beschloss, sich nur den Oberkörper zu waschen. Durch die angelehnte Tür reichte sie ihm ein sauberes Hemd, das am Kragen ein wenig abgenutzt war. Wahrscheinlich gehörte es Aleksij, dachte er, ein Offiziershemd. Er bedankte sich und zog es an. Als er zurückkehrte, gab sie ihm dicke Wollsocken, so gräuliche, wahrscheinlich auch Offizierssocken. Es war Juni und er dachte, dass ihm in diesen Socken tagsüber wohl heiß werden würde, nachts war es kalt, tagsüber jedoch heiß. Trotzdem nahm er sie mit Freude an und bedankte sich. Schuhe würde er ebenfalls benötigen, dachte er, aber nun begann alles so schön zu laufen, dass er glaubte, er würde auch problemlos an Schuhe herankommen. Sie drehte an einem Knopf am Rundfunkempfänger, ihre weiße Bluse hob sich hinten über dem Rock und entblößte ein Stück Haut, auch die Bluse glich der seiner Lehrerin – wie alt war er damals gewesen? Zwölf? Alle Lehrerinnen trugen früher weiße Blusen und blaue Röcke. Alle waren schön. Sie fand irgendeine alte Musik, krachend spielte das Orchester eine alte Melodie. Sie wandte sich um und brachte ihre Bluse wieder in Ordnung.

– Aleksij wird jeden Augenblick hier sein, sagte sie.

Und was, wenn er nicht kommt?, wollte er sagen. Trotz des Hungers beschlich ihn der Wunsch, dieser freundlichen Lehrerin einen Streich zu spielen, wie einst einer anderen, die dieser hier merkwürdig ähnlich sah. Er sagte es aber nicht, sie würde sich womöglich erschrecken, über die Straße gehen und die Menschen im Pfarrhaus wecken. Das fehlte gerade noch, dachte er, dass der Herr Pfarrer mich ausfragt, woher ich komme. Er langte eifrig nach dem Brot und dem Speck und der heißen Milch, die Welt erschien ihm ziemlich wirklich. Wenn man ein sauberes Hemd am Leib hat, Wollsocken an den Füßen und dicke Brocken Brot mit Speck und sauren Gurken verschlingt und wenn einem eine junge Lehrerin mit runden, roten Wangen und weißer Bluse gegenübersitzt, mit duftender Haut, die über dem offenen Kragen betörend riecht, dann ist das nicht irgendein blöder Traum, das ist eine warme Welt, die das schon ein wenig erkaltete Blut durch die Adern schießen lässt, das ist eine wirkliche Welt, in der einem direkt ein bisschen heiß wird.

– Mir ist direkt ein bisschen heiß geworden, sagte Janez Lipnik.

– Und wohin werden Sie jetzt gehen?, fragte sie vorsichtig. Sie wollte ihn nicht einfach so fortjagen, aber es hörte sich an, als wollte sie diesem unbekannten Menschen nicht auch noch ein Nachtlager anbieten.

– Ich weiß es nicht, sagte er. Irgendwohin.

Vorläufig zog es ihn nirgendwohin, draußen war eine stille Nacht, so still, dass aus der Ferne ein Knallen zu vernehmen war und dann in einer langen Folge eine Art Rattern.

– Was ist das?, fragte er, dort in der Ferne kracht etwas.

– Es wird geschossen, erklärte sie, wie es nur eine Lehrerin erklären konnte. Wenn es so rattert – es kommt einem vor, als ob jemand dürre Zweige abbräche –, dann sind das Gewehrschüsse. Granatwerfer pfeifen, so, fijuuuuu, bevor sie krachen. Dann krachen sie.

Schüsse?

90.

Er hatte schon lange nicht mehr geschlafen, und trotz des Krachs fielen ihm die Augen zu. Er dachte daran, auf die andere Straßenseite zu gehen und zu fragen, ob wirklich geschossen werde. Vielleicht werde ich wirklich die Straße überqueren, dachte er, und an die Pfarrhaustür klopfen, dort würde man mir jedoch nicht aufmachen, dachte er und fühlte, wie schwer seine Augenlider waren, wie warm es in diesem sauberen Raum war, wo es ein Feuer im Herd gab, eine Wanne im Bad und ein Radio auf dem Regal, sein Kopf senkte sich, an der Schwelle seiner bewussten Wahrnehmung dachte er daran, dass sich auf diese Weise an so manchem Nachmittag nach dem Mittagsmahl der Kopf seines Archivkollegen, dieses Faulpelzes, gesenkt hatte, er beugte sich über den Tisch, Janez Lipnik schlief ein. In der Ferne hörte er das Geratter einer Nähmaschine, so hatte seine Mutter genäht, tief in seiner Kindheit, drrrr, drrrr, er hob den Kopf und sah die Lehrerin in der weißen Bluse, die jedoch nicht an der Nähmaschine saß, sie räumte das Geschirr weg. Was rattert denn da?, fragte er.

– Nichts rattert, sagte sie. Sie schießen.

– Wer schießt?, fragte er, ehe sein Kopf erneut auf die Hände fiel, die weiterhin auf dem Tisch schliefen und überhaupt nicht aufwachten, so wie es sein Kopf einen Moment lang tat. Dieser dachte, es werde hinter den Bergen geschossen, es müsse zwischen jenen Bergen und diesem Haus ein großes Wasser geben, das Haus befinde sich eigentlich auf einer Insel und der Hall der Schüsse würde vom Land, von hinter jenen Bergen zur Insel getragen. Das Rattern der Nähmaschine verwandelte sich in ein dumpfes Dröhnen, vielleicht donnert es ja nur, ging ihm durch den Kopf, es wird ein Gewitter geben, gut, dass ich hier bin. Zum Glück träume ich nicht von jenem Baum. Vom Baum und vom

Menschen darauf, von dem mir meine Mutter vorgelesen hatte. Jedes Mal, wenn sie mit dem Vorlesen fertig war, setzte sie sich an die Nähmaschine. Es ratterte und er zog sich die Decke über den Kopf, damit er die Männerstimmen aus der Küche nicht hörte. Jede Nacht waren sie da gewesen, sein Vater und dessen Freunde. Und wenn ich, nachdem ich mir die Decke über den Kopf gezogen hatte, geträumt hätte, dass ich auf einen Baum klettere, wäre mir dort kalt gewesen, um meinen Kopf hätte es gekracht, ehe ich den ersten Ast erreicht hätte. Und wenn ich dennoch dorthin gekrochen wäre, gelangte ich zu einem Haus, in dem nur ein Fenster erhellt wäre, ich würde mich nähern und ins Zimmer spähen, an den Tisch gelehnt säße eine schöne Frau in unablässiger Nachdenklichkeit und hätte ihren Kopf auf eine Hand gestützt, ich hätte mir ein Herz gefasst und ans Fenster geklopft, die Frau hätte das Fenster geöffnet und gesagt: „Junger Mann, woher kommst du und was suchst du hier?“ Ein Nachtquartier und Arbeit suche ich. Sieben Jahre bin ich den Baum hochgeklettert, bevor ich endlich diesen Boden erreicht habe, und nun weiß ich nicht, wohin ich gehen soll. Die Frau hätte mir ein Nachtlager gewährt und mir am nächsten Morgen den Dienst eines Knechts angeboten. „Es wird nicht viel Arbeit geben“, hätte sie gesagt. „Du wirst dich um drei Pferde kümmern: ein bronzenes, ein silbernes und ein goldenes. Wenn du gut für sie sorgst, wirst du lange bei mir bleiben. Es wird dir gut ergehen, der Tisch wird immer gedeckt sein und du wirst haben, was du begehrst.“ Wenn ich jetzt dort wäre, würde ich ein bronzenes, ein silbernes und ein goldenes Pferd füttern und pflegen. Ach, davon hatte ihm seine Mutter vorgelesen, er lag im Bett, und bevor er einschlief, las sie ihm vor. Er besann sich, dass er jetzt genau das träumte. Vielleicht träumte er davon, dass er träumte. Die Mutter nahm dann stets ihre Brille ab und löschte das Licht. Im Halbschlaf lauschte er jeden Abend dem Rattern ihrer Nähmaschine.

91.

Das dumpfe Dröhnen ließ nach, das Gewitter verlor sich zwischen den Bergen, er hörte das Brummen eines Motorrads, das vor dem Haus hielt. Er wurde wachgerüttelt. Zum Glück träume ich nicht wirklich, dachte er bei sich. Er hörte, wie jemand an die Fensterscheibe klopfte. Janez Lipnik öffnete die Augen und sah die Lehrerin in der weißen Bluse am Fenster stehen.

– Aleksij, bist du es?, fragte sie leise.

Von der anderen Seite war eine Männerstimme zu vernehmen. Sie lief zur Tür und öffnete sie. Er hörte, wie sie ihm vor der Tür etwas erklärte. Dann kamen beide ins Zimmer. Aleksij streifte seine Maschinenpistole von der Schulter. Er grüßte nicht einmal zurück, als Lipnik hinter dem Tisch aufstand und ihm einen guten Abend wünschte – warum hätte er einen Unbekannten grüßen sollen, der sich bei dem jungen Fräulein Lehrerin eingefunden hatte, und warum hätte der dunkelhaarige Mann mit dem strengen Blick, offenbar wirklich ein Offizier, überhaupt jemanden zurückgrüßen sollen, der nicht aus seiner Kompanie war? Er war nicht nur deswegen Offizier, weil er einen strengen Blick hatte, mit dem er den lästigen Ankömmling völlig durchlöcherte, sondern auch deshalb, weil eine schwere Pistole an seinem Gurt hing und an seinen Schultern irgendwelche goldenen Epauletten.

– Und woher ist er?, fragte er, als ginge das den Menschen, der in bloßen Socken hinter dem Tisch aufstand und sich verlegen wieder hinsetzte, nichts an.

– Er sagt, er kommt aus Ljubljana.

– Er könnte auch aus Kočevje sein, meinte Aleksij.

– Die gnädige Frau hat Recht, sagte Janez Lipnik. Ich komme aus Ljubljana.

– Das werden wir erst sehen, sagte Aleksij und rückte seinen Offiziersriemen zurecht, hast du irgendwelche Dokumente?

Lipnik tastete seine Taschen ab. Er zuckte mit den Schultern.

– Und dort?, fragte Aleksij und zeigte aufs Hemd.

Lipnik tastete die Taschen des Soldatenhemds ab.

– Das ist nicht meins, erklärte er.

Der Offizier Aleksij trat näher, besah das Hemd und blickte vorwurfsvoll das Fräulein Lehrerin an.

– Du hast ihm mein Hemd gegeben.

Es gefiel ihm nicht, dass sie ihm sein Offiziershemd gegeben hatte. Lipnik dachte: Zum Glück hat er die Socken nicht bemerkt. Auch die gehören ihm. Socken sind angeblich ein noch intimeres Kleidungsstück als ein Hemd.

– Er ist ja völlig zerlumpt, sagte die junge Lehrerin, er tat mir leid.

Aleksij war wortkarg wie alle echten Offiziere. Deshalb sagte er nicht zu ihr: Dir tut aber auch jeder leid, er sagte nicht: Warum lässt du Unbekannte ins Haus? Das hatten sie schon an der Tür ausdiskutiert, hier gab es nur noch eines abzuklären: Wer war dieser Mensch und woher kam er? Auch das wäre schon geklärt gewesen, wenn der Ankömmling Dokumente bei sich gehabt hätte. Dieser Mensch hatte aber keine Dokumente. Aleksij legte einsilbig die Maschinenpistole auf den Tisch und setzte sich auf die Bank, mit einer Hand an der Waffe. Er wartete, dass seine Liebste Schnaps brachte, schenkte auch Janez Lipnik ein und schob das Schnapsglas vor ihn hin. Er trank es in einem Zug aus und wischte sich den Mund mit einer Serviette ab. Er wischte sich den Mund nicht wie ein Bauer ab, mit dem Handrücken, sondern verwendete eine Serviette, Aleksij war Offizier, wahrscheinlich von ziemlich hohem Rang.

– Aus Ljubljana, sagst du?

– Ja.

– Du hast im Archiv gearbeitet?

– Ja.

Dem Offizier Aleksij gefiel es nicht, dass jemand noch kürzer angebunden war als er.

– Und mehr gedenkst du nicht zu erzählen?

Ich würde ja, dachte er, ich würde alles erzählen – doch wer würde mir glauben? Auch er kippte den Schnaps in einem Zug hinunter, dieser war schon um einiges besser als der gelbe Whisky, den er in letzter Zeit getrunken hatte, ehe er hier heraufgekommen war. Oder hinunter bis Kočevje. Oder wohin auch immer er gekommen war.

– Die Dokumente habe ich verloren, sagte er, als ich auf den Baum geklettert bin.

– Wahrscheinlich, fügte er hinzu.

Er wollte nicht zur Gänze die Unwahrheit sagen. Es gab immer noch die Möglichkeit, alles wahrheitsgemäß zu erzählen, vorläufig hatte er überhaupt noch nichts Unwahres gesagt.

– Demnach sind sie unter dem Baum, sagte Aleksij und durchlöcherte ihn mit seinem scharfen Offiziersblick, Janez kam es vor, als löcherte er ihn durch und durch. Wie man wohl von einem Schuss aus diesem schwarzen Metallding durchlöchert werden konnte, das hier auf dem Tisch lag.

– Entschuldigung, fragte er, ist das hier geladen?

– Das hier, sagte der Offizier, ist immer geladen. Und nachts ist es neben dem Bett, fügte er hinzu.

Janez Lipnik rutschte auf dem Stuhl herum. Warum hatte er das gesagt? Dachte dieser Offizier etwa, dass jemand, sagen wir, er selbst, Janez Lipnik, des Nachts dieses Ding in die Hand nehmen und damit jemanden einschüchtern würde, die junge Lehrerin, die mitten im Krieg allein in einer leeren Schule wohnte? Oder gar den Offizier Aleksij selbst? Oder sie, daran durfte er nicht einmal denken, woran Offizier Aleksij möglicherweise dachte: dass er die Maschinenpistole nehmen und die beiden erschießen würde, einen nach dem anderen? Dieser Mensch hatte wohl nicht die beste Meinung von ihm.

– Nun gut, sagte Aleksij. Am Morgen schauen wir unter dem Baum nach und überprüfen die Dokumente. Wie heißen Sie?

– Janez Lipnik.

– Also werden wir nachsehen, ob auf dem Passierschein Janez Lipnik steht. Sie erinnern sich doch, unter welchem Baum die Dokumente liegen, sagte er und durchlöcherte ihn nochmals mit seinen scharfen Pupillen.

Er nickte. Was sollte er sonst tun? Morgen ist ein neuer Tag und morgen würde dieser Offizier Aleksij, nachdem er sich neben seinem Fräulein Lehrerin und neben seiner Maschinenpistole ausgeschlafen hätte, freundlicher aufwachen. Nun schien es, als wäre er ihm ausgesprochen feindlich gesinnt. Er warf ihn nur nicht hinaus oder tat ihm gar etwas noch Schlimmeres an, weil ihn, Janez, das Erbarmen der jungen Frau beschützte. Offiziere mochten von Frauen nicht als irgendwelche Grobiane angesehen werden, sondern als edle, wenn nicht geradezu barmherzige Menschen. Er war ihm gewiss nicht wohl gesonnen, schon allein deshalb, weil er ihn bei seiner Liebsten angetroffen hatte, gewaschen, gesättigt und obendrein in seinem Soldatenhemd. Und in Socken, die er zum Glück nicht bemerkt hatte. Auch die junge Lehrerin spürte mit dem unfehlbaren Instinkt einer jungen Frau, die mit einem Offizier zusammenlebte, dass gerade dies die Quelle des Missverständnisses und der eisernen Strenge ihres Aleksijs diesem armen, verlorenen, barfüßigen Menschen gegenüber sein könnte, der sich auf einem Baum versteckt hatte. Deshalb sagte sie:

– Wenn er in der Nacht auf den Baum geklettert ist, wird er vielleicht nicht zeigen können, wo er die Dokumente verloren hat.

Janez Lipnik sah sie dankbar an. Genau das hatte er sagen wollen, tat es jedoch nicht, um sich nicht noch tiefer zu verstricken. Aber die junge Lehrerin mit ihrem Wohlwollen dem Unbekannten gegenüber schaffte es nicht, die Lage zu verbessern, sondern machte sie nur noch schlimmer. Möglicherweise war sie ihm für Aleksijs Geschmack, bei all seinem Edelmut, noch zu freundlich gesinnt.

– Komm mir nicht du auch noch damit, sagte Aleksij, nicht damit.

Er sagte nicht womit, er war ein wortkarger Mensch, und nun schien ihm, als sei er schon zu lange zu gesprächig gewesen. Er zeigte auf die Bank, wo er saß, dort könne der nächtliche Ankömmling schlafen, sie würden die Leute im Pfarrhaus auf der anderen Straßenseite nicht wecken. Dort hätten sie ihm ein Nachtlager bieten können, sie hätten Platz genug. Am Morgen würde man schon sehen, wie und was. Er nahm die Maschinenpistole und ging mit dem Fräulein in der weißen Bluse in den Nebenraum, wo sich offenbar das Schlafzimmer befand. Man hörte, wie er seine Stiefel auszog, etwas Metallenes fiel zu Boden, wahrscheinlich der Leibriemen samt Pistole. Nach einiger Zeit kam er in Hemd und Hose heraus, mit herabhängenden Hosenträgern und einem Handtuch über der Schulter.

– Ist Ljubljana immer noch voller Kommunisten?, fragte er, während er ins Badezimmer ging.

– Immer noch, sagte Janez Lipnik, und er hatte nicht gelogen.

92.

Janez Lipnik war ein Mensch, der sich alles, was er gelesen hatte, gut merken konnte. Schließlich war er Archivar und das bedeutete etwas. Wenn das Gewehr im ersten Akt an der Wand hing, hatte er irgendwo gelesen, dann musste es im zweiten knallen. Vielleicht stand geschrieben, dass es im zweiten oder auch erst im letzten Akt knallte, doch das war nun nicht von Belang.

Das Gewehr hatte nämlich geknallt.

Genau deshalb erinnerte er sich an diese Tatsache, die tief in seinem Gedächtnis vergraben war, weil es in unmittelbarer Nähe einen heftigen Knall gegeben hatte, genau genommen hatte es laut gekracht. Er sprang auf, versuchte von der Bank zu springen, die ihm als Schlafstätte zugedacht worden war, und prallte mit dem Kopf gegen das Holz. Es war die Maschinenpistole, sie hatte nicht gekracht, sondern war losgerattert. Jene Maschinenpistole, die kurz zuvor auf dem Tisch gelegen war und nun im Nebenraum auf dem Boden liegen oder auch über der Bettkante hängen sollte, hatte jetzt in einigen kurzen Salven, zwischen welchen das undeutliche Gebrüll des Offiziers zu hören war, irgendwelche abgehackten Befehle, im Schlafzimmer geballert, wo sich auch, daran dachte er sofort, die junge Frau im Nachthemd befand. Einen Augenblick lang überlegte er, sich unter der Bank oder dem Tisch zu verstecken, doch hatte dies keinen Sinn, und noch ehe ihm einfiel, was er tun sollte, herrschte dort wieder Stille. Dann vernahm er ein Schluchzen im Schlafzimmer. Es wird doch niemand getötet worden sein? Das dachte man wohl auch im Pfarrhaus, denn er konnte sehen, wie jenseits der Straße die Lichter angingen.

Mit vorsichtigen Schritten ging er auf das Schlafzimmer zu, dem

Lichtspalt unter der schlecht schließenden Tür entgegen. Er hielt inne und horchte, er traute sich nicht sogleich die Tür zu öffnen. Er hörte ihr Schluchzen und dann auch ihre Worte, sie sprach mit monotoner Stimme, er atmete auf, die junge Lehrerin war am Leben. Er klopfte sacht, und als niemand antwortete, öffnete er die Tür. Offizier Aleksij lag in langen Unterhosen und Hemd auf dem Bett, die Maschinenpistole lag auf dem Boden. Sein Kopf ruhte in ihrem Schoß, sie strich ihm über das Haar und sagte ihm beruhigende und tröstende Worte, wie einem Kind. Ein Bein zitterte, als würde es von Krämpfen geplagt. Was auch immer jenes Zittern heißen sollte, es bedeutete auf jeden Fall, dass auch Offizier Aleksij am Leben war. Umso mehr, als er die Hand hob und ein Paar Brocken Verputz aus seinen Augen und dem Mund entfernte. Beide waren sie weiß vom Putz, der von der Zimmerdecke heruntergefallen war, wo die Maschinenpistole hingefeuert hatte und die Kugeln große Löcher hinterlassen hatten. Auch das Bett war voller Staub, auf dem Boden lagen Teile vom Deckenverputz. Und Stückchen roter Ziegelsteine, als sich Janez Lipnik genau umsah, bemerkte er auch, dass neben der Zimmerdecke die Wand abbröckelte.

Die junge Frau sah ihn mit tränenüberströmten Augen an.

– Manchmal träumt er, dass er umzingelt ist, sagte sie. Gewöhnlich springt er dann durchs Fenster und schießt draußen um sich.

Janez Lipnik nickte mitfühlend und voller Verständnis.

– Und diesmal hat er einfach hier geschossen, seufzte sie und strich das verklebte Haar aus seiner schweißüberströmten Stirn.

– Mein lieber, mein armer Aleksij.

Lipnik fragte, ob er irgendwie helfen könne. Sie zeigte auf Aleksijs Bein, das beharrlich zuckte. Er solle das Bein nehmen und versuchen es zu beruhigen. Er näherte sich vorsichtig. Verwundert blickte er jenes Bein an, das von Krämpfen geschüttelt wurde.

– Greif nur hin, sagte sie, keine Angst, jetzt ist er nicht mehr gefährlich.

Janez Lipnik hatte zwar keine Angst, jetzt nicht mehr. Es überkam ihn beim Anblick des behaarten Männerbeines lediglich ein ungutes Gefühl. Das untere Hosenbein war samt Schnürzug über das Knie gerutscht, und der behaarte Unterschenkel stand ab, als gehörte er nicht zu ihm, er zitterte, als hätte er ein Eigenleben. Janez Lipnik überkam ein flaues Gefühl, doch keine Angst. Indessen hatte er bemerkt, dass ihn die junge Lehrerin duzte wie einen vertrauten Menschen, einen Menschen, der zur Familie gehörte, der bei Gesundheitsproblemen helfen musste.

– Pack nur zu, sagte sie.

Durch die tränennassen Augen sah sie ihn an wie einen Freund, beinahe wie einen Bruder.

Das gab ihm Kraft. Also packte er fest, mit beiden Händen, dieses behaarte Tier, das sich offenbar selbständig gemacht hatte, denn sein Zittern und Beben hatte kein bisschen nachgelassen.

– Pack fest zu, sagte sie, nach einiger Zeit beruhigt er sich immer.

Er packte fest zu, und als das noch immer nichts half, legte er sich mit dem ganzen Körper auf das Bein und versuchte es zu bändigen, er wurde regelrecht von einer Art Wut erfasst, als es unter seinem Bauch noch immer zuckte, er drückte mit voller Kraft darauf, das Bein unter ihm krümmte sich nur so, im Knie des Offiziers knirschte etwas und plötzlich beruhigte sich sein Bein, wie es Aleksijs Fräulein angekündigt hatte. Einige Male erbebte es noch, doch das haarige Tier schien nun besänftigt zu sein.

Dann blieb es dort im Bett und unter Janez Lipniks Körper liegen, als gehörte es wirklich einem Menschen, dessen Kopf im Schoß einer Frau lag, und nicht als hätte es eigenständig herumgetobt und die Bettlaken durcheinandergebracht. Die Bettlaken waren warm von ihren Körpern, erst jetzt bemerkte er, dass das Fräulein ein Nachthemd anhatte, das an ihren nackten Schenkeln hochgerutscht war. Aleksij fasste sich an die Lider und den Mund, spuckte ein Stück Verputz aus und öffnete die Augen. Seine Pupillen kreisten in seinen Augenhöhlen, dann beruhigten sie sich. Er blickte lange zur Decke, er dachte wohl darüber nach, wer sie so zerschossen hatte, gewiss dachte er über etwas nach, denn erst einige Zeit später schaute er sich im Raum um. Seine Augen blieben auf Lipniks Gesicht haften.

Er stützte sich auf die Ellbogen.

– Was macht denn der auf dem Bett?, fragte er.

– Ruhig, ruhig, ruhig, sang sie, als singe sie einem Kind ein Schlaflied, es half, ihr Gesang tat Wunder.

Janez Lipnik erhob sich rasch. Er sah, dass der Offizier Aleksij völlig verschwitzt war und die Bewegungen seiner Hand, die den Putz entfernte, schwach waren. Trotzdem wünschte er nicht, dass die Hand erneut nach der Maschinenpistole langte, die auf dem Boden lag, vermutlich leer geschossen – aber wie lange benötigte ein versierter Soldat, um ein Magazin zu wechseln? Ein paar Sekunden.

Jemand klopfte ans Küchenfenster.

– Das sind die vom Pfarrhaus, sagte das Fräulein Lehrerin. Geh aufmachen und sag, dass alles in Ordnung ist.

Janez Lipnik folgte ihren Anweisungen gerne, ohne selbst zu wissen, warum. Außerdem fühlte er sich nicht wirklich wohl in Anwesenheit des Offiziers, dessen Pupillen gerade noch so seltsam in den Augenhöhlen und dann im ganzen Raum gekreist waren und dessen Hände auch nach der Pistole, nicht nur nach der Maschinenpistole, hätten greifen können. Wären die Umstände anders und weniger ungewöhnlich, hätte er vielleicht sogar Angst gehabt, aber nun war keine Zeit Angst zu haben, es musste etwas unternommen werden. Er ging in die Küche, das Klopfen wurde immer lauter. Warum klopfen hier denn alle ans Fenster?, dachte er ein wenig unmutig und vergaß dabei, dass es nicht lange her war, dass er dies selbst getan hatte. Er öffnete das Fenster und sagte, als wäre er hier zu Hause:

– Warum klopfen Sie ans Fenster? Wir haben hier eine Tür.

Unter dem Fenster stand eine ziemlich dralle Frau. Auch sie trug ein Nachthemd, um die Schultern hatte sie eine Decke gehängt und an den Beinen abgetretene Holzpantoffel. Als ihn die Frau erblickte, fasste sie sich mit der Hand an den Mund, offenbar, um nicht aufzuschreien. Was ist denn so schrecklich an mir?, dachte Janez Lipnik. Sie trat einen Schritt vom Fenster zurück. Als sie sich ein wenig gesammelt hatte, war sie noch immer verängstigt, aber auch ein wenig überrascht.

– Wer sind Sie?, fragte sie. Was machen Sie hier?

– Keine Angst, sagte er, es ist alles in Ordnung.

93.

Der Frau schien es nicht so, als wäre alles in Ordnung. Sie wich noch immer zurück, dann wandte sie sich um und lief zum Pfarrhaus. Janez Lipnik rief ihr hinterher, dass das Fräulein Lehrerin hier sei, dass das Fräulein Lehrerin sage, es sei alles in Ordnung, jedoch vergebens, die Frau blickte sich noch einmal erschrocken um und verschwand im Hausflur des Gebäudes, das sich gegenüber der Schule befand. Dort gingen noch mehr Lichter an. Einige Schatten näherten sich den Fenstern und beugten sich hinaus.

Er kehrte ins Schlafzimmer zurück und berichtete, was sich zugetragen hatte. Es komme ihm vor, als herrsche dort drüben große Aufregung.

– Sie haben sich erschreckt, stellte das Fräulein fest. Zuerst haben sie die Schießerei gehört, dann einen fremden Menschen am Fenster gesehen – was sollen sie denn denken?

Sie packte Aleksij unter den Armen.

– Und jetzt hilf mir.

Er half ihr den Offizier auf die Beine zu bringen, der nicht betrunken war, sondern unter Schock stand, doch sobald sie ihm die Hose angezogen hatten, wollte er sich nach überwundenem Schock offenbar betrinken.

– Ein Glas Schnaps würde mir helfen, sagte er mit schwacher Stimme.

Janez Lipnik genierte sich für den tapferen Offizier, der einst in einem umzingelten Haus überlebt hatte. Der arme Mensch, dachte er, so ein tapferer Offizier und so ein armer Mensch.

Sie stützten ihn von beiden Seiten. Janez Lipnik fühlte, dass die Hände des Offiziers nicht mehr so kraftlos waren, um seinen Nacken spürte er den eisernen Griff und dachte, für das Fräulein würde es bestimmt nicht ganz leicht sein, wenn sie von ihrem Offizier so umarmt wurde. Er dachte auch, dass ihn Aleksij möglicherweise deshalb mit solcher Kraft drückte, weil er ihn erwürgen wollte. Kurz zuvor hatte er ihn im Bett liegend vorgefunden, in ihrem Bett, im Bett seiner Geliebten, es wäre nicht verwunderlich, wenn der, der an die Decke geschossen hatte, einen solchen Menschen erwürgen wollte. Doch er irrte. Er wollte ihn nicht erwürgen. Er umarmte ihn, kameradschaftlich, soldatisch. Sobald Aleksij mit der anderen Hand ein Gläschen Obstschnaps gekippt hatte, ließ die Umklammerung nach, er sah ihn dankbar an und sagte:

– Du hast doch wohl keinen Schreck bekommen.

Lipnik befreite sich aus seiner Umarmung. Nun legte der Offizier die Hand auf seine Schulter, kameradschaftlich, soldatisch.

– Einmal habe ich mich mit einem Sprung aus dem Fenster aus einem umzingelten Haus gerettet, sagte er. Du weißt nicht, was das ist, ein umzingeltes Haus. Du kannst nirgendwo hin. Ich stürzte auf jemandes Kopf, der gerade eine Handgranate gezündet hatte, um sie hineinzuschleudern. Ich bin auf seinen Kopf gestürzt, und bis heute weiß ich nicht, wie ich später im Wald gelandet bin.

Natürlich hatte Janez Lipnik einen Schreck bekommen – wie denn nicht? Als er das Gewehrfeuer im Nebenraum gehört hatte, war er mit dem Kopf gegen den Tischrand geknallt, er konnte förmlich fühlen, wie eine Beule über seiner Stirn groß zu wachsen begann, erzählte es jedoch nicht, genausowenig, dass offenbar auch er, Offizier Aleksij, der geträumt hatte, in einem umzingelten Haus zu sein, einen Schreck bekommen hatte. Er wusste, dass es nicht gut war, einem Offizier zu erklären, dass er in Panik geraten war, ein Offizier hat keine Angst. Aber warum nur war er nicht aus dem Fenster gesprungen, wie immer, wie seine Geliebte erzählt hatte, warum hatte er zur Decke und an die Wand geschossen? Er sagte nichts, stellte keine Frage, kippte lieber selbst ein Gläschen Obstschnaps hinunter.

– Jeder Soldat versteht das, sagte Aleksij freundschaftlich.

Janez Lipnik war kein Soldat, er wollte nie so etwas sein, aber er würde es schon noch werden, in Zeiten wie diesen würde auch er bald Soldat werden.

Vielleicht war er schon einmal einer gewesen, denn er sprang auf die Beine, als er Lärm von der Straße hörte. Beide zuckten zusammen, mit dem einen Unterschied, dass der Herr Offizier ruhig sitzen blieb, als von der Straße aufgeregte Stimmen zu hören waren, jemand klopfte heftig, diesmal endlich an die Tür. Im Flur war die Stimme der Lehrerin zu vernehmen, sie erklärte etwas. Doch das half offenbar nichts, die aufgeregten Menschen verlangten nach weiteren Erklärungen. Der Pfarrer trat ein, über seinem Schlafanzug trug er einen Mantel, nach ihm jene Frau, die kurz zuvor ans Fenster geklopft hatte, und nach ihr ein kräftiger junger Mann mit großen Pickeln im Gesicht und mit Armen, die vor Muskeln strotzten; er hielt eine Art Knüppel, eine Wagendeichsel, einen Pflock, in der einen Hand, in der anderen Hand einen Draht.

– Herr Hauptmann, sagte der Pfarrer, das muss einmal ein Ende haben. Das sage ich auch Ihnen, Fräulein Lehrerin, Ihre Besuche versetzen immer öfter die Gegend in Aufruhr.

– Welche Besuche?, fragte die Lehrerin empört. Nur Aleksij kommt zu mir, das sind keine Besuche.

– Und wer ist dann der da?, fragte der Pfarrer und zeigte mit zitterndem Finger auf Janez Lipnik.

Die Lehrerin ließ verlegen die Augen sinken. Auch wenn sie es wollte, hätte sie nicht erklären können, wer das war.

– Und wer ist dann der da?, wiederholte der junge Mann mit dem Knüppel und dem Draht in den Händen.

– Sei still, Franc, sagte der Pfarrer, sei bloß still.

– Ich bin ja still, sagte Franc, ich hab nur gefragt.

– Ich hab ihn auch gefragt, sagte die Frau, die im Hintergrund stand, wer er ist, ich habe solche Angst gehabt, dass er jemanden umgebracht hat.

Hauptmann Aleksij versuchte die ganze Sache zu beruhigen, er lud den Pfarrer ein, sich zu setzen, sie würden das besprechen. Sie würden gar nichts besprechen, sagte der Pfarrer, ihre Besuche würden schon lange die Leute beunruhigen. Und dann auch noch dieses Herumballern, einmal im Hof, dann wieder hinter dem Stall, das sei eine Störung der Allgemeinheit.

– Es ist Krieg, sagte Aleksij ruhig. Wenn Krieg ist, wird auch geschossen.

Krieg?, dachte Janez Lipnik. Es soll Krieg sein?

Dass Krieg herrsche, hatte Hauptmann Aleksij gelassen ausgesprochen, doch seine Stimme war so kühl, dass sie nichts Gutes verheißen konnte.

Der Pfarrer meinte, dass im Krieg auf den Feind geschossen, an der Front gekämpft werde und nicht einfach so, mitten in der Nacht und obendrein auch noch im Haus.

– Wir verteidigen Sie, Herr Pfarrer, sagte Aleksij, ganz leise geworden.

– Wenn Krieg ist, ließ der Pfarrer nicht locker, und wenn Sie uns verteidigen, Herr Hauptmann, dann ist es doch nicht nötig, dass wir auch hier Krieg haben ...

Seine Stimme bebte, Lipnik, der nun erfahren hatte, dass der Offizier ein Hauptmann war, bemerkte, dass sich die Sache hier zuspitzte.

– Das heißt noch lange nicht, fuhr der Pfarrer mit bebender Stimme fort und trieb das Ganze auf die Spitze: ... dann heißt das noch lange nicht, dass es hier ein Puff, Saufgelage und Krawall geben muss.

– Es muss nicht sein, dass hier jede Nacht randaliert und alles andere gemacht wird, fügte die Frau aus dem Hintergrund schroff hinzu.

Franc trat von einem Fuß auf den anderen, als wäre es ihm peinlich. Vielleicht war er verlegen, weil seine Mutter „alles andere" gesagt hatte, Franc wusste, was alles andere hieß, und angesichts der schönen Lehrerin, die stets eine weiße Bluse trug, was für ihn ohnehin schon zuviel war, nun stand sie sogar im Nachthemd da, konnte er nicht anders, als verlegen von einem Fuß auf den anderen zu treten. Er schüttelte die Deichsel in der einen und den Draht in der anderen Hand.

Aleksij gefiel das gar nicht.

Janez Lipnik wunderte sich über sich selbst, dass es ihn nicht überraschte, was er eben gehört hatte, dass nämlich Krieg war, dass er sich womöglich mitten in den Wirren des Krieges oder zumindest am Rande dessen befand, es überraschte ihn vielmehr, dass der Herr Pfarrer hier etwas nicht zu verstehen schien. Es war gut so, wenn er nicht verstehen wollte, warum sich zwei Männer mitten in der Nacht in der Wohnung der hiesigen Lehrerin einfanden, aber es war ungewöhnlich, dass er nicht begriff, dass Offizier Aleksij schon ziemlich leise sprach, und wenn jemand, der eben mit einer Maschinenpistole geschossen hatte, so leise sprach, musste er verstehen, dass das auch gefährlich war. Wenn Krieg herrschte und der Herr Hauptmann mit leiser und gefährlicher Stimme sprach, dann würde Janez Lipnik an Stelle des Herrn Pfarrer nicht mehr zetern, sondern gute Nacht, Verzeihung, dass wir gestört haben, sagen und gehen. Aber auch, wenn er es verstanden und dies gesagt hätte, wäre es bereits zu spät gewesen.

Aleksij gefiel es nicht, dass der Knecht Franc mit dem Wagenstück und dem Draht so herumrüttelte, seine Offiziershand, die Hand des Hauptmanns, begann nämlich schon über den Tisch zu kreisen, wo am Abend noch die Maschinenpistole gelegen hatte. Janez Lipnik wusste, wo die Maschinenpistole jetzt lag: auf dem Boden im Nebenzimmer, von Schutt bedeckt.

– Darf ich fragen, wozu Ihr Knecht Franc diesen Draht da hat?, fragte Hauptmann Aleksij den Herrn Pfarrer direkt ins Gesicht, so leise, dass man ihn kaum hören konnte.

Der Pfarrer antwortete nicht, obwohl die Frage an ihn gerichtet war, er wäre am liebsten gegangen.

– Zum Fesseln, sagte Franc.

Hätte er das nur nicht gesagt.

– Ach, zum Fesseln?, flüsterte Aleksij. Etwa um mich zu fesseln? Du Pfaffenknecht, du würdest mich fesseln?

Franc blickte beleidigt zum Pfarrer.

– Wie reden Sie denn, Herr Hauptmann?, sagte der Pfarrer.

– Wie reden Sie denn über den Franc?, sagte die Frau, die seine Mutter war. Der Franc ist mein Sohn, er hilft im Pfarrhaus.

Dann erläuterte sie noch genauer:

– Dieser Krach hat uns Angst und Schrecken eingejagt. Deswegen ist der Franc aufgestanden und hat dieses Ding vom Wagen in die Hand genommen, das er noch immer in der Hand hält, um uns zu beschützen. Und der Draht, das weiß ich nicht, warum er den in der Hand hat.

– Zum Fesseln, sagte Franc.

Aleksij nahm nicht die Maschinenpistole von der Sitzbank, die auf dem Boden im Schlafzimmer lag; aus dem Halfter des Leibriemens, der sich neben ihm auf der Bank befand, zog er eine schwere Pistole, eine kleine Kanone, eine Browning. Er richtete sich in seiner ganzen Offiziersgröße auf, dass es schön war, ihn anzusehen, obwohl er nur ein Hemd anhatte und herabhängende Hosenträger und keine goldenen Epauletten an den Schultern, war er schön anzusehen, zumindest betrachtete ihn die junge Lehrerin mit Bewunderung, er stand also auf, lud den Revolver und sagte:

– Wenn ihr nicht sofort verschwindet, knalle ich diesen Knecht dort hinter dem Stall ab.

Einige Augenblicke lang herrschte Stille.

Dann schrie die Frau mit einer niederschmetternden Stimme, die durch Mark und Bein ging, auf:

– Meinen Sohn wollen Sie erschießen! Meinen Franc!

Und sie stellte sich vor ihn hin wie eine richtige furchtlose Mutter, die ihr Kind verteidigt. Ein Kind, das zwar stark war wie ein Stier, aber immer noch pickelig im Gesicht.

Den Knecht Franc erfasste jedoch nicht die geringste Angst: Er spannte seine Muskeln an und wollte mit der Deichsel und dem Draht in den Händen protestieren. Er schob seine Mutter beiseite, um sich mit dem Offizier zu prügeln. Da hatte der Pfarrer doch eingesehen, dass Krieg war und dass solche, die durchs Fenster sprangen und in Zimmern herumschossen, bis der Verputz nur so herumflog, wirklich dazu fähig waren, jemanden hinter dem Stall abzuknallen oder einfach hier, mitten in der Küche.

– Nun gut, sagte er. Darüber sprechen wir vor einer höheren Instanz.

Und sie gingen.

Das einzige, was Lipnik sehr wohl wusste, war: So wie jenes Gewehr, aus dem es geknallt hatte, obwohl es eine Maschinenpistole war, so war auch der Draht zum Fesseln in den Händen des Sohnes Franc nicht einfach so aufgetaucht, nichts, womit sich Leute so lange beschäftigten, tauchte einfach so auf.

94.

Aleksij verstaute die Pistole und schenkte sich nochmal ein, diesmal mehr.

– Diese Pfaffenleut', sagte er, wir beschützen sie vor dieser roten Bande und sie wollen mich mit dem Draht fesseln, und auch noch eine höhere Instanz. Ich werde ihnen den Draht und die höhere Instanz schon geben.

Im Pfarrhaus brannte noch lange Licht. Licht brannte auch in der Wohnung des Fräulein Lehrerin. Als die letzten Sterne am Himmel verblassten und die Hähne sich zu melden begannen, war die Flasche leer, der Offizier und sein Soldat bekamen Rühreier mit Speck auf den Tisch, eine gute gelbe Speise, die vom Fräulein des Herrn Hauptmann zubereitet worden war. Als sie nämlich die Mahlzeit zum Tisch brachte und sich auf die Bank setzte, war Janez Lipnik zum Soldaten geworden, ohne zu widersprechen oder sich auch nur darüber zu wundern. Das war noch immer besser, darüber hatte er sich bereits Gedanken gemacht, als zeigen zu müssen, unter welchem Baum er seine Dokumente verloren hatte. Er wünschte sich nicht, mit diesem Offizier mitten im Wald zu stehen, und dieser würde feststellen, dass es gar keine Dokumente gab. Gegen Morgen, als die letzten Sterne verglimmten, als die ersten Hähne krähten und es hinter den Bergen zu leuchten begann, in dem Augenblick, als die Rühreier mit Speck auf den Tisch kamen, überlegte Aleksij laut, mit feierlicher Stimme:

– Wir werden deine Dokumente nicht suchen. So habe ich entschieden.

Mit einer Hand umarmte er fest das Fräulein im Nachthemd und mit der anderen klopfte er Janez Lipnik auf die Schulter.

– Als du mir geholfen hast, die Hose anzuziehen, wusste ich, dass du auch einem Verwundeten helfen würdest. Das ist sehr wichtig, Janez, das Wichtigste bei der Armee ist, dass man nicht abhaut, wenn man sieht, dass jemand verwundet ist.

Für Janez Lipnik war es schön, dass er vom Offizier, einem Menschen, der fähig war, jemanden hinter dem Stall abzuknallen, nun mit Vornamen angesprochen wurde, schön und warm fühlte es sich auch an, weil der Schnaps in seinen Eingeweiden umherschwappte und im Blut angenehm in alle Richtungen floss. Auch für Aleksij war es schön, plötzlich wurde er gar ein wenig sentimental.

– Ihr beide seid meine Teuersten, sagte er. Sollte mir etwas zustoßen, sieh zu, dass du für sie sorgst.

Janez Lipnik, der sich ob dieser freundschaftlichen, beinahe brüderlichen Geste traute, ohne Scham der jungen Frau in die Augen zu blicken, schien diese so freundlich und unbeholfen zu sein, dass er tatsächlich für sie sorgen wollte.

– Was redest du denn da, Aleksij, sagte sie und lächelte verlegen, was redest du da?

– Der Teufel soll die Dokumente holen. So sprach der Hauptmann der „Jugoslawischen Armee in der Heimat“, Aleksij. Der Teufel soll auch die Dokumente holen. Wer wird denn dort im Wald herumkriechen. Wenn ein Mensch in Ordnung ist, ist er in Ordnung, du bist einer, der in Ordnung ist, das habe ich schon gesehen, als du mir geholfen hast die Hose anzuziehen. Außerdem hast du einen schönen slowenischen Namen. Obwohl du dich auf dem Baum versteckt hast. Wir werden schon eine Uniform für dich finden. Morgen gehst du mit mir zur Einheit.

Janez Lipnik war schließlich doch auf der Bank eingeschlafen, im Halbschlaf hörte er leise Gespräche und Lachen aus dem Schlafzimmer, ja, auch das Knarren des Bettes.

Und so verstrich die Nacht, die eigentlich schon ein Morgen war.

95.

Und am Morgen wusste Janez Lipnik, dass es höchste Zeit war, nüchtern zu werden, höchste Zeit, nüchtern nachzudenken und herauszufinden, was hier eigentlich vor sich ging. Er dachte: Wie hat sich all das in einer einzigen Nacht abspielen können! Vor diesem gefährlichen Menschen, dem bewaffneten Mann in Uniform, der ihm am Abend noch so feindlich gesinnt gewesen war, hatte er doch ein wenig Angst gehabt, vor allem auch deshalb, weil er durch eine Verkettung von Umständen dessen Hemd getragen hatte. Von den Wollsocken hatte dieser nicht einmal gewusst. Auch er selbst wäre zweifellos einem Menschen nicht freundlich gesinnt gewesen, den er in seiner Wohnung mit seinem eigenen geliebten Hemd auf der nackten Haut angetroffen hätte, möglicherweise hätte er sogar begonnen ihn zu hassen. Und dieser betrachtete ihn nun beinahe als einen Bruder. Sollte ihm, dem Offizier Aleksij, etwas zustoßen, zum Beispiel, dass er im Kampf fiele, dann würde er, Janez Lipnik, für das schöne Fräulein Lehrerin sorgen müssen. Dieser Gedanke, das musste er zugeben, befremdete ihn nicht. Es ist unglaublich, überlegte er verwundert und nüchtern, wie sich die menschliche Natur verändert, insbesondere im Krieg. Am Morgen, wenn man die Sache nüchtern betrachtet, muss man die menschliche Natur und damit auch den Charakter des Offiziers Aleksij aufrichtig bewundern. Noch mehr aber die junge Lehrerin. Das Fräulein ist nicht nur schön, mit hübschen weichen Rundungen im Gesicht und überall, offenbar hat sie auch ein gutes Herz, mehr als das: Herzensbildung. Und somit auch Erbarmen. Zweimal hatte sich das bereits gezeigt, zunächst, als sie ihn, den Unbekannten, in ihr Heim gelassen hatte, und dann, als sie den Kopf des unglücklichen Offiziers voller Erbarmen im Schoß gehalten und ihn gestreichelt hatte und es sie nicht gekümmert hatte, dass sie beide dort am Bett vom Schutt fast völlig zugedeckt gewesen waren. Sie hatte ihm sogar vorgesungen: Still, still, still. Wie sollte er diese Szene anders nennen als Pietà? Auch hatte sie nicht gestört, dass Aleksij nicht aus dem Fenster gesprungen war wie sonst und im Hof, auf der Straße und hinter dem Pfarrhofstall, sondern einfach in ihrem Schlafzimmer herumgeschossen hatte. Man konnte sich vorstellen, wie viele Tage sie den Staub von den Bettlaken entfernen und unter das Bett kriechen würde, um all das Metall, das abgefeuert worden war, aufzulesen. Er wunderte sich wirklich über das junge Fräulein Lehrerin und die menschliche Natur im Allgemeinen. Er dachte jedoch nicht daran, dass es ganz allgemein in der Natur des Menschen lag, nicht die Frage nach dem Woher und nach dem Wohin zu stellen, das überlegte er nicht, da er die Antwort bereits kannte: Der Mensch fragt sich das deswegen nicht, weil er Angst vor der Zukunft hat. Die Zukunft ist unbekannt, jenen Tag und jene Stunde kennt niemand. Ein wenig fürchtet er sich aber auch vor der Vergangenheit, der Mensch mag es nicht, dass die Vergangenheit ihm folgt. Denn wenn er das wollte, würde er sich überhaupt nirgendwohin bewegen, weder zur Arbeit noch in die Stadt, weder in die Bibliothek noch zum Markt. Er würde nicht in Raum und Zeit weiterrücken wie das Leben aller Lebewesen, er würde zu Hause hocken, lahm werden, unwissend, dumm. Wie ein Insekt, ein Bücherwurm, ein Käfer. Und auch der hockt nicht ewig, am Ende fliegt er davon. So ist es: Wohin auch immer sich der Mensch in die Zukunft bewegt, schon ist ihm die Vergangenheit auf den Fersen. Das aber ist nicht gut. In der Vergangenheit gibt es viele Dinge, für die es besser ist, dass sie dort bleiben, wo sie sind. Wenn man nach der Vergangenheit zu fragen beginnt, gefährdet man die eigene Zukunft. Es ist nicht verwunderlich, dass Janez Lipnik am Morgen nach dieser dramatischen Nacht nicht fähig war sich zu fragen: Was soll das alles, wozu das alles? Er fragte sich gar nichts an jenem Morgen, weder woher noch wohin, es interessierte ihn nur, warum das Fräulein Lehrerin nicht wegging nach all dem, was sie erlebt hatte, nicht nur mit Aleksij – das hatte sie eher überlebt als erlebt –, sondern auch mit dem Pfarrer. Von ihm hatte sie kränkende Worte zu hören bekommen sowie die Drohungen des Knechts Franc und das Keifen jener Frau. Wie konnte es sein, dass sie mit dem Verursacher dieses ganzen Fiaskos erneut ins Bett ging? Wieso? Hatte sie denn keine Angst, dass er wieder schießen würde? Dass noch mehr Schutt auf dem Bett und auf den

Schränken landen würde? Dass sein Bein noch einmal so schrecklich und unerträglich zucken würde?

Es liegt in der Natur des Menschen, dass er viele Fragen stellt, und es lag auch in Lipniks Natur, genau das brachte ihn im Leben häufig in unliebsame Situationen. Besonders aber weil er nicht die richtigen Fragen zu stellen vermochte, an jenem Morgen beschäftigte ihn der Gedanke an das Fräulein Lehrerin, das im Schlafzimmer aufwachte, gewiss sogar ohne Nachthemd und gewiss dachte sie, dass es schon spät am Morgen sei, beinahe Vormittag, möglicherweise würde sie sogar die Schule versäumen. Er dachte daran, dass sie nichts versäumen konnte, da sie ja direkt in der Schule wohnte. Er wunderte sich und fragte sich auch: Wo sind die Kinder, warum gibt es kein Kindergeschrei, wenn das Fräulein Lehrerin in der Schule in Dobrava wohnte und es in dieser Schule neben ihrer Wohnung auch Klassenzimmer gab?

Dies fragte er sich, anstatt sich zu fragen: Wohin?

Nun war er ja ein Soldat, wenngleich ohne Uniform und Waffe, Aleksij hatte gesagt, er sei ein Soldat, sie würden die Dokumente nicht suchen und er würde andere Papiere bekommen. Ein Soldat fragt sich: Wohin? Das fragte sich auch Hauptmann Aleksij und gab sich selbst folgende Antwort: zunächst in Richtung Kočevje. Er kam mit einem Handtuch um den Hals aus dem Bad, gewaschen, rasiert, nach Seife und Pomade riechend, er war ein echter Hauptmann, ein Hauptmann muss sich jederzeit fragen: Wohin? Und den Weg weisen, damit seine Soldaten keine Unsicherheit verspüren.

– Zunächst in Richtung Kočevje, sagte er, dort sammeln sich unsere Einheiten, und dann werden wir sehen. Vielleicht sogar in Richtung Ljubljana.

Eines warmen Septembermorgens setzte sich Janez Lipnik in den Beiwagen von Aleksijs Motorrad. Der warme Juni war schon lange vorbei, als er an den Kais der Ljubljanica entlanggegangen war, nun war ein warmer September, die Vögel erwachten und tschilpten fröhlich in den frühen Morgen hinein. Er war dankbar für diesen Septembermorgen, dass er warm war, denn er hatte noch immer keine Schuhe. Aleksij schob seine Maschinenpistole auf den Rücken und startete das Motorrad. An den Fenstern des Pfarrhauses wurden Vorhänge zur Seite geschoben. Ein Aufheulen, die Maschine machte auf der löchrigen Straße einen Sprung und raste in Richtung Waldrand. Dort hielt Aleksij an, er blickte noch einmal zurück zum Haus, wo die junge, nun wieder einsame Lehrerin wohnte, seine Teuerste, man darf nicht behaupten, dass sein Blick sehnsüchtig war, denn Aleksij war ein Soldat, mehr noch, ein Offizier, und von Offizieren weiß man, dass sie ihre Gefühle nicht offen zur Schau tragen.

Dennoch beugte er sich freundschaftlich zu Janez.

– Kann ich dir etwas anvertrauen, Janez?, fragte er.

– Wenn es nichts mit der Armee zu tun hat, sagte Janez, ich will nichts von Kriegsgeheimnissen, geheimen Vorkehrungen und der Geheimpolizei wissen.

– Letzte Nacht ist nichts von dem passiert, was du denkst.

Janez Lipnik dachte in diesem Augenblick nicht an das, woran Aleksij dachte. Er dachte daran, wo er sich festhalten sollte, damit er diese Fahrt überlebte.

– Ich hab sie nicht gevögelt, sagte er und blickte nochmals verträumt zum Fenster, an dem sie möglicherweise stand, seine Liebste. Obwohl du genau das denkst.

Doch diese vertrauensvolle Äußerung machte auf Janez keinerlei Eindruck. Janez war eher sein Geballer in Erinnerung geblieben. Das war unvergesslich. Was war denn das Knarren eines Bettes im Vergleich zu solch heftiger Ballerei! Obwohl es stimmte, dass nach der Schießerei das Bett geknarrt hatte. Doch hatte er sich bezüglich des Knarrens offenbar wirklich geirrt.

– Was das betrifft, hat der Schwanz nichts gemacht, warmes Blut ist in dieser Nacht über ihre Schenkel gesickert.

Er sagte, er werde zurückkehren und tun, was er tun müsse, er sei schließlich ein Offizier der königlichen Armee. Ein Mann muss tun, was ein Mann tun muss, und nicht, was der Stand ihm auferlegt.

Doch er kehrte nicht zurück, niemals. Er schob am Rücken seine Maschinenpistole zurecht, befestigte die Offiziersmütze hinten am Hemd, klopfte Janez Lipnik, der dort unten im Beiwagen saß, auf die Schulter und sagte:

– Und nun werden wir fliegen.

Und sie brausten über die Waldstraße, dass es Janez Lipnik heftig hin- und herschleuderte und er mit beiden Händen den Beiwagen umklammern musste. Die Frische des morgendlichen Waldes kühlte die eben rasierte Haut der beiden Männer, Rehe huschten durch das Dickicht, unter den Rädern spritzte Wasser aus den Pfützen, die der Regen hinterlassen hatte. Und als die Waldstraße auf einen langen

Grashang bog, wurde ihr Haar vom Wind zerzaust, Janez blickte bewundernd seinen Fahrer an, der sich über die Lenkstange des Motorrads beugte, das die morgendlichen Nebelschleier durchschnitt.

Sie rasten über den Hang ins Tal hinab, es war schön.

Ihm schien, als könnten sie fliegen.

Kaum hatte ihn dieses Gefühl überkommen, schon geschah es wirklich. In der Kurve, auf dem breiten Hang, wo sich die Straße um den Berg wand, sagte er: Sieh, dort unten, Schloss Soteska. In dem Augenblick, als er weit unten das Schloss erblickte, hoben sie ab in die Luft. Und sie flogen von der Straße über den grünen Hang. Nicht gerade weit. Bis zu einer einsamen Eiche, die sie dort in all ihrer harten Pracht erwartete. Sie krachten gegen den Stamm und kamen zu Fall wie zwei Eichen in einem Prešeren-Gedicht: *Die Eiche, die der Sturm des Winters fällte …* zuerst auf den Baumstamm, samt Motorrad und Beiwagen, dann auf den Boden, auf die weiche und grüne herbstliche slowenische Erde. Zuvor hatte Aleksij noch heftig geflucht, wie es nur ein Offizier der „königlichen Armee in der Heimat“ konnte. Slowenien ist von Wäldern und Wiesen übersät, da hatten die beiden Glück: Verdammte Scheiße, was für ein Glück, dass wir im Dreck gelandet sind. Es war wirklich ein Glück. Zunächst deshalb, weil sie, sobald sie aus der Kurve geflogen waren, die Wipfel niedriger Fichten überflogen hatten – wahrscheinlich war dort aufgeforstet worden. Und dann deshalb, weil sich unten, in geringerer Höhe als die Fichten, die sie überflogen hatten, ein Grashang erstreckte, der vollkommen weich und nachgiebig war – wahrscheinlich war dort gedüngt worden. Es war kein richtiger Dreck, es war Stallmist, eine gänzlich natürliche Sauerei.

Und drittens natürlich deshalb, weil es ein altes slowenisches Sprichwort gibt, das besagt: Die Verrückten und die Säufer haben Glück. Sie hatten Glück, vielleicht weil sie in der letzten Nacht eine Flasche oder mehr vom hausgebrannten Schnaps getrunken hatten, weil in die Luft geschossen wurde, weil sie das junge Fräulein Lehrerin bewunderte, den einen mehr, den anderen weniger, weil sie den Herrn Pfarrer und seinen Knecht Franc mit dem Draht und der Deichsel in den Händen vertrieben hatten, dessen Köchin, Francs Mutter, verjagt, Eier gegessen, noch eine Flasche Schnaps geleert hatten und weil sie dann mit der höchsten Geschwindigkeit, derer das Puch-Kraftrad mit Beiwagen fähig war, versucht hatten zu fliegen. Nun flogen sie noch nicht, eigentlich nur ein wenig, nicht gerade weit.

– Einmal werde ich wirklich fliegen, sagte Aleksij, eines Tages fliege ich wie ein Stuka, wie eine Messerschmitt.

Diesen Satz muss man sich merken, dachte Janez Lipnik, wer weiß, was einem solchen Menschen durch den Kopf geht, vielleicht wird er wirklich einmal weiter als bis zur ersten Eiche fliegen, die völlig unerwartet mitten im Hang steht.

Sie waren nur leicht aufgeprallt. Eine Platzwunde an der Augenbraue und ein wundgeriebenes, vielleicht gebrochenes Jochbein. Blut.

Warmes Blut sickerte die Eichenrinde entlang. Wie in der Nacht zuvor über die Schenkel des Fräulein.

Blut.

Janez Lipnik tastete in seinem Gesicht, welches warm war vom Blut, dem warmen Blut aus der Platzwunde an der Augenbraue, das über die Eichenrinde rann. Durch den warmen Schleier sah er Menschen auf sie zukommen. In den Händen hielten sie gefährliche Klingen.

Mäher.

– Was für ein Glück, sagte Aleksij.

Janez Lipnik verstand nicht, was er damit meinte. Was hieß hier Glück?

Vielleicht Folgendes: Drei Mäher liefen über den grünen Wiesenhang.

Glänzt der Tau in der Sonne, mäht meine Sense voll Wonne. Übers Feld geht der Mäher damit, wie ein Stern über den Himmel zieht.

Er verlor das Bewusstsein.

96.

Als er aufwachte, saß Hauptmann Aleksij neben ihm auf dem Bett. Zuerst erblickte Lipnik die goldenen Epauletten, die an seinen Schultern glänzten, und dann den weißen Verband, über dem er die Offiziersmütze mit dem königlichen Wappen trug. Janez Lipnik betastete seinen Kopf und sein Gesicht. Auch er hatte einen Verband, nur ein Auge blinzelte in den dunklen Raum hinein.

– Wo sind die Mäher?, fragte er.

Aleksij lachte laut auf.

– Hier mähen sie noch nicht.

Lachen war auch von anderen Betten zu vernehmen.

Glänzt der Tau in der Sonne, mäht meine Sense voll Wonne.

Janez Lipnik blickte sich um und sah nun, dass er inmitten von Verwundeten in einem improvisierten Lazarett lag. Es roch nach Jod und Feuchtigkeit, sie befanden sich in einer Art Keller mit dicken Wänden. Oben gab es Luken, durch die Lärm, das Knarren von Wagen, Befehle, Rufe, Metallgetöse eindrangen.

– Munition wird ausgeladen, erklärte Aleksij.

– Munition?

Die haben doch wohl nicht vor, damit auch noch zu schießen! Auf wen? Warum? Wer hat uns hierher gebracht? Wo sind wir überhaupt?

– Auf Turjak

– Auf der Burg Auersperg?

Janez Lipnik lief ein kalter Schauer über den Rücken. Eine vage Vorahnung ging von diesem Schauer aus und stieg weiter über den Nacken in sein verwirrtes Gehirn. Träume ich etwa? Die Burg Turjak wird von den Partisanen belagert. Mithilfe der italienischen Artillerie werden sie die dicken Burgmauern sprengen.

Er stützte sich auf seine Ellbogen und rief aus:

– Sie werden uns umzingeln.

– Aleksij, sagte ein Arzt in Uniform. Hast du diesen Panikmacher hergebracht?

An seiner Baskenmütze war ein kleines Kreuz befestigt. Aleksij hingegen trug das königliche Wappen.

– Sie werden uns nicht umzingeln, sagte Aleksij. Unsere Einheiten sind in Zapotok und Lašče, überall rundherum.

– Sie werden uns umzingeln, wiederholte Janez Lipnik leise. Ich weiß es. Ich kenne den historischen Verlauf dieser Ereignisse.

– Er ist mit dem Kopf gegen einen Baum geflogen, sagte Aleksij, als wollte er sich für ihn rechtfertigen. Wenn sie uns zufälligerweise wirklich umzingeln würden, dann wären wir dran.

Zwischen den Verwundeten entfachte ein Streit darüber, ob es besser sei in der Burg zu bleiben oder sich nach Ljubljana aufzumachen.

– Und wer soll euch mitschleppen?, fragte der Arzt mit dem kleinen Kreuz. Nur hier seid ihr in Sicherheit.

Aleksij und der Arzt gingen fort.

Die Verwundeten redeten durcheinander, alle wollten etwas sagen. Diese Mauern waren so hoch und so dick, dass die Türken sie niemals durchbrechen konnten, die Burg war niemals eingenommen worden, die Mauern waren einen Meter breit, sie zeigten es mit den Händen vor. Das kann keine Granate durchbrechen. Hier sind wir in Sicherheit. Und außerdem werden sie uns nicht umstellen. Die Roten? Ihre Brigaden nennen sie „schlagkräftig“? In Wirklichkeit, sagte ein Soldat, dessen Brust verbunden war, er erhob sich und stieg auf das Bett, in Wirklichkeit aber müsste man sie Hasenfüße nennen. Lautes Lachen schallte durch den Keller. Die vierzehnte Hasenfußeinheit. In dieser Brigade müssten alle Verwundeten auf dem Bauch liegen. Weil alle am Arsch verwundet wären. Auch hier sind ein paar solche. Der da ist am Kopf verwundet. Jemand zeigte auf Janez Lipnik. Aber nicht von einer Kugel oder einer Granate. Sondern weil er geflogen ist. Gegen einen Baum.

Im Burgkeller bebte es vor Lachen. Aleksij aber, der hat einen härteren Kopf als jede Eiche. Da erfuhr Lipnik, wer Aleksij war. Hauptmann der königlichen Armee in der Heimat Aleksij Grgurevič. Ein Held. Sein Vater war ukrainischer Kosak. Ein Hetman. Er hatte die Bolschewiken durch die Steppe gejagt. Wie Aleksij nun die Kommunisten jagte. Ihre schlagkräftigen Partisanenbrigaden, wie sie sich selbst nannten, wurden zu „Hasenfüßen“, so nannten sie die Helden der königlichen Armee und die dörflichen Wachposten. Aleksij war in den Stab einer hasenfüßigen Brigade eingedrungen und alle waren aus dem Fenster gesprungen. Er hatte eine Partisanenkommissarin verführt. Er war Landesmeister am Barren. Ein Falke. Ein Held, wie Königssohn Marko. Wie der grimmige Bogdan. Es ist mir eine Ehre, sagte Janez Lipnik, dass ich mit diesem Menschen durch den Wald rasen durfte. Und auch gegen die harte Eiche geknallt bin.

An jenem Nachmittag bis zum Abend ging es im Keller der Burg Turjak fröhlich zu.

Am Abend fiel Lipnik trotz des Lärms der Automobile, die immer wieder neue Soldaten in die Burg brachten, trotz des Lachens und der Gespräche im Keller in einen tiefen Schlaf.

Um vier Uhr morgens wurde er von metallischen Geräuschen geweckt, er dachte, jemand würde eine Sense schleifen. Der Mäher schärft die Sense und die Schnitterin schneidet. Er stellte sich auf das Bett und spähte durch die Kellerluke. Im Hof stand das Motorrad mit dem Beiwagen, mit dem sie angekommen, besser gesagt angeflogen waren im Mondschein. Jemand stand über den Motor gebeugt und schlug mit einem Hammer leicht auf den verbogenen Starter. Als er sich aufrichtete, schien der Mond auf Hauptmann Aleksij Grgurevičs Gesicht. Wie und woher war dieses Motorrad in den Hof der Burg Turjak gekommen? Als er es zuletzt gesehen hatte, lag es in einem ziemlich traurigen Zustand neben der Eiche im Mist. Er überlegte, dass diejenigen, die sie beide hierhergebracht hatten, auch ihr Fahrzeug mitgenommen haben mussten. Möglicherweise hatte es jemand samt ihnen beiden auf einen Laster geworfen. Er zischte leise, um die Verwundeten nicht zu wecken. Kssss. Aleksij drehte sich zum Fenster. Er trat näher.

– Wenn du wegfährst, flüsterte Janez Lipnik, dann nimm mich mit.

– Wer sagt, dass ich wegfahre? Wir sind umstellt.

Er fühlte, wie seine Hände an den Kreuzsprossen der Kellerluke nachgaben, er glitt zurück auf das Bett, sein Gesicht streifte die kalte Steinmauer, als würde er von jenem Baum rutschen, auf den er geklettert war. Umstellt. Er war im Keller der Burg Turjak eingeschlossen, umstellt von Partisanenbrigaden, der Prešeren-Brigade, der Gubec-, der schlagkräftigen oder Hasenfuß-Brigade – wie hießen sie noch mal alle? Die Burg wurde von Dorfposten verteidigt und von einigen Offizieren der königlich-jugoslawischen Armee. Die Kommunisten schießen auf die Verwundeten, dachte Janez Lipnik, das wissen wir bereits, dass sie auf alle schießen, auch auf Verwundete. Unter dem Verband tropfte aufgestörtes Blut aus der Platzwunde an der Augenbraue, sein Herz hämmerte unter dem Gewölbe des großen Kellers, wo einst Fässer gelagert wurden und in dem nun die Verwundeten im Schlaf stöhnten. Das ist jetzt aber wirklich, jetzt ist es real und schlimmer als in einem sehr bösen Traum, dachte er. Jetzt müsste ich doch endlich einmal aufwachen. Als er noch ein Kind war, dachte er vor dem Schlafengehen oft daran, dass er gerne mit Robinson auf einer einsamen Insel wäre, womöglich wäre er selbst Robinson, er wäre auf einer Schatzinsel und ein Papagei säße auf seiner Schulter, am Baum hätte er sein Versteck und Gewehre sowie Macheten, die ihn vor den Eingeborenen und den Piraten beschützen würden. Dann würde er sich ein Floß bauen und heim nach England fahren. Oder es würde ihn ein holländisches Handelsschiff retten, das mit Kaffee aus Südamerika dort vorbeischiffte. Er träumte auch davon, dass er auf einen hohen Baum kletterte, doch dann kam er stets in ein grünes Tal, wo die Mäher taufeuchtes Morgengras schnitten. Er wollte nie davon träumen, mit Verwundeten im Keller von Burg Turjak eingeschlossen zu sein. Im September des Jahres dreiundvierzig, nach der Kapitulation Italiens, als die antikommunistische Armee in der Burg Turjak Zuflucht genommen hatte, um sich hier neu zu organisieren und dann die Kommunisten anzugreifen sowie die fliehenden Italiener und die heranrückenden Deutschen. Er dachte, dass dies eigentlich der schlimmste Traum seines Lebens sei und er jeden Augenblick aufwachen müsse. Dass er nach Marijana rufen müsse: He, Marijana, weißt du, was ich geträumt habe? Dass wir auf der Insel Dugi otok sind, würde Marijana sagen. Nicht auf Dugi otok, würde Janez sagen, in einem Keller. Du vielleicht schon auf Dugi otok, ich hingegen im Keller der Burg Turjak inmitten von Verwundeten. Die Burg wird von den Kommunisten umstellt. Die Kommunisten schießen auf die Verwundeten. Ach, Janez, hör auf, niemand schießt auf Verwundete. Wenn ich schon nicht aufwachen kann, dann muss ich von hier fort, so schnell wie möglich. Wieder trat er auf das Bett und stieg zum Fenster hinauf. Hauptmann Aleksij Grgurevič war nicht mehr da. Was mache ich denn jetzt ohne ihn?, fragte er sich ein wenig bestürzt. Wie komme ich von hier weg? Wenn ich fliehen muss, wie soll ich in Socken fliehen? Und was passiert mit dem Fräulein Lehrerin? Dann erblickte er das Motorrad mit Beiwagen, das noch immer dort in der mondhellen

Septembernacht stand, die sich langsam zum Tag wandelte. Er beruhigte sich; ohne das Motorrad würde Hauptmann Aleksij gewiss nicht von hier aufbrechen.

97.

Das Sonnenlicht hatte die Berge ringsum noch nicht überströmt, als es überall zu krachen begann. Die Verwundeten im Keller erhoben sich, jene zumindest, die aufstehen und beunruhigt Blicke tauschen konnten. Lautes Pfeifen war zu hören, und in unmittelbarer Nähe des Kellers explodierte eine Mine. Minenwerfer. Maschinengewehre. Durch die einzige Luke, die nach außen ging, war das Geschrei der Angreifer zu hören. Ergebt euch, Weiße, für euch gibt es keine Rettung! Ihr weißen Huren! Aus den Luken der Burg waren die Schreie der umzingelten Soldaten zu vernehmen. Kommt näher, rote Bande. Wo versteckt ihr euch, ihr Hasen? Schüsse prasselten von den Burgluken hinab, Geratter von Maschinengewehren, Explosionen von Handgranaten. Lipnik hörte das Gebrüll eines Offiziers: Spart mit Munition! Feuert erst, wenn sie in der Nähe sind. Die ersten verwundeten Burgverteidiger wurden aus dem Ambulatorium in den Keller gebracht. Ein Theologiestudent aus Ljubljana, dessen Schulter von einer Maschinengewehrkugel zerschmettert worden war. Er war bandagiert wie eine Mumie, sein Kopf baumelte in alle Richtungen, als er von zwei schweißtriefenden Soldaten gebracht und auf das Stroh gelegt wurde. Seine Augen irrten an der Decke umher, seine Lippen bewegten sich. Janez Lipnik dachte, dass er wahrscheinlich betete. Er trat zu ihm hin und legte ihm die Hand auf die Stirn. Nun hörte er, dass er nicht betete. Ambulatorium, sagte er, Ambulatorium. Ja, sagte Lipnik, man hat dich aus dem Ambulatorium hierhergebracht und wie einen Säugling eingewickelt. Dieser sah ihn mit einem Blick an, als verstünde er gar nichts: Ambulatorium, Ambulatorium. Der Hals des blonden Bauernjungen war blutüberströmt, aus dem Verband um dem Kopf triefte noch immer Blut. Sein Ohr ist weggefetzt worden, sagte der Sanitäter, er hört nichts. Was bedeutet schon ein Ohr, dachte

Janez Lipnik bei sich, ich habe ein Auge verbunden. Ich hoffe, dass ich auf diesem Auge jemals wieder sehen kann. Aber ich hoffe noch mehr, dass es nur eine Platzwunde an der Augenbraue ist, wie sie sagen. Was heißt, ich höre nichts?, protestierte der blonde Bauer laut, ich höre und sehe. Sie fallen wie niedergemähtes Korn, sagte er, sie erstürmen die Burg und fallen Garbe um Garbe, diese roten Huren. Dann kam der Arzt mit dem kleinen Kreuz an der Baskenmütze. Er untersuchte die frisch Verwundeten. Er wandte sich an den Sanitäter: Es müsse gelüftet werden. Natürlich sollte es das, denn nun stank es im Keller nicht mehr nur nach Jod und Blut, sondern auch nach Urin und menschlichen Fäkalien. Der Sanitäter sah ihn verwundert an, es gab keine Fenster, nur kleine Luken, durch die Rauchwolken von Minenexplosionen ins Innere drangen. Er zuckte mit den Achseln und stieg die Treppe hinauf. Herr Doktor!, rief die Stimme des Jungen, was passiert mit uns? Der Arzt hielt inne, als würde er nachdenken, dann drehte er sich um und sagte in die Stille, die hier im Keller eintrat und von den Schüssen aus den oberen Stockwerken unterbrochen wurde: Alles wird gut. Es hagelte Fragen und Klagen: Wann, wohin, wo ist Hilfe, ihr werdet uns hierlassen, sie werden uns niedermetzeln. Er wartete, bis die Stimmen verstummten.

Er sagte: Wir werden euch nicht hierlassen, weil niemand von hier fortgehen wird. Das Kommando hat den Beschluss gefasst, dass wir uns verteidigen, bis Unterstützung aus Ljubljana kommt. Wir haben klare Zusicherungen aus dem Hauptquartier. Der Vorstoß ist erschwert, weil die Italiener die Waffen an die Kommunisten übergeben haben, einige Einheiten haben sich ihnen angeschlossen. Die Engländer haben sich in Istrien ausgeschifft. Sie werden vor den deutschen Truppen in Ljubljana sein.

Er schwieg einen Moment lang.

– So sieht die Lage aus, sagte er über die schweigenden Verwundeten hinweg, irgendwohin in Richtung der Luken, durch die in Wellen der Lärm des Gefechts drang, das noch immer nicht nachgelassen hatte.

– Hört ihr?, sagte er. Aus den Burgluken war das Singen der Verteidiger zu vernehmen. Die Unseren singen. Diese Mauern können nicht durchbrochen werden.

In dem Augenblick, da sie begonnen hatten zu singen, prasselten die Schüsse erneut aus allen Richtungen nieder, der Kampf war von Neuem entfacht. Doch diese Mauern waren offenbar wirklich nicht zu durchbrechen.

Gegen Abend ließen der Feuerwechsel und das Geschrei nach. Zwei Soldaten brachten einen Kessel mit warmer Suppe. Ein großer Legionär, ein Feldwebel, war dabei. Wer ein Gewehr halten kann, übernimmt die Wache, sagte er. Die Jungs oben sind erschöpft. Er streckte seine Hand aus und zeigte mit dem Finger, der so lang war wie eine Angelrute, auf Janez Lipnik – du.

– Er ist kein Soldat, sagte jemand.

– Sie sehen doch, dass er nur Stutzen anhat, sagte ein anderer und die Verwundeten prusteten los.

– Ein Baumstamm ist gegen ihn gelaufen, sagte ein weiterer und der Keller erbebte erneut in ungezwungenem Gelächter. Die Eiche, die im Hof der Burg Turjak steht.

– Für die Wache ist er gut genug, sagte der Feldwebel, der sich das Lachen auch nicht verkneifen konnte.

Janez Lipnik bekam ein Gewehr, einen italienischen Karabiner. Doch von Schuhen für ihn war weit und breit nichts zu sehen. Der Feldwebel und er versuchten sich dann durch den Hof durchzuschlagen, der von Soldatenausrüstung, Balken, zerschellten Ziegelsteinen übersät war – das Motorrad stand immer noch da – und auf den Gängen traten sie über schlafende Soldaten. Auch derjenige, den er am Fenster im Gang hätte ablösen sollen, döste an sein Gewehr gelehnt. Endlich, sagte er, und Janez Lipnik, Dorfwache, Verteidiger von Turjak, blickte starr in die nächtliche Landschaft hinaus. Die brennende Landschaft. Unweit der Burg stand der Meierhof in Flammen. Es war so still, dass er das Knistern des Feuers hören konnte. Der Bursche an der Luke daneben blickte verzaubert in die hohen Flammen, die den Hof verschlangen. Dann trat er, vom Feuer beleuchtet, zu ihm hin und rief: Alcázar! Alcázar!

– Ist das eine Wachenparole?, fragte Janez.

Der andere antwortete nicht, er starrte ins Feuer. Er war ein Dichter.

Dann klopfte ihm jemand auf die Schulter. Er drehte sich ruckartig um und atmete auf.

Neben ihm stand Aleksij. Grgurevič. Der Held. Der Hetman. Wohin hast du mich gebracht, Aleksij? Wie kommen wir von hier weg?

Das Feuergefecht verstummte, auf beiden Seiten wurde gewartet, ob die Funken, die in dichten Salven aus dem Bauch des brennenden Gebäudes schossen, auf die Burg überspringen würden. Das Ziegeldach war am Nachmittag zuvor von den Minenwerfern und den Salven der schweren Maschinengewehre der Partisanen gehörig angegriffen worden, schien, als sei es nur noch eine Frage der Zeit, wann in dieser warmen Septembernacht das Feuer vom Meierhof das Holzdach der Burg erfassen würde. Das war das Ende. Aleksij wusste, dass sie hinaus mussten, hinaus aus diesem Käfig, in den sie geraten waren, das hatte er schon lange gefordert, nun würde es das Feuer sein, das sie zwingen würde auszubrechen.

Wenn der Wind in unsere Richtung zieht, sagte Janez, der neben ihm an der Wand lehnte, werden wir brutzeln wie in der Hölle.

– Dann werden wir wenigstens hinausstürmen, sagte Aleksij.

– Wo sie uns wie die Karnickel abknallen werden, sagte Janez.

– Jetzt entscheide dich doch endlich mal, lachte Aleksij auf, willst du im Feuer brutzeln oder willst du, dass sie dich wie ein Karnickel im offenen Gelände abknallen?

Ihm war nicht zum Lachen zumute, aber er lachte trotzdem.

– Ich kann nicht glauben, sagte Janez, dass du jetzt Witze reißen kannst.

– Schon seit drei Tagen sage ich, dass wir einen Ausbruch organisieren müssen. Mit Maschinengewehren vom Turm losfeuern, mit Handgranaten in den Händen nach draußen stürmen. Wer fällt, der fällt, wer es bis zum Waldrand schafft, hat eine Möglichkeit, sich zu retten.

Dann blickten sie lange ins Feuer, der den Meierhof verschlang, dessen Mauern in sich zusammenstürzten. Ein schwacher Wind zog durch den Dachstuhl der Burg und hinunter über den Meierhof, in die andere Richtung, die Flammen und sprühenden Funken wurden von der Burg fortgeweht. Sie werden uns nicht verheizen, sagte Janez Lipnik, ehe er einschlief, vielleicht dachte er vage daran, dass sie am Morgen dennoch nach draußen stürmen würden, er sah sich dem Waldrand entgegenlaufen, die schweren Augenlider legten sich über seine Augen, er sah, dass er schon nahe am Wald war, er roch dessen feuchtes Grün, als es vor ihm zu lodern begann, der gesamte Waldrand brannte, das Feuer breitete sich über die Hänge des Dorfes Golo auf die andere Seite aus und hinunter über das Moor in Richtung Ljubljana.

98.

Als er die Augen öffnete, dachte er zunächst, er träume noch immer. Doch er träumte nicht mehr, es war sechs Uhr, der Meierhof brannte nach wie vor, das Feuer war nicht auf das Burgdach übergesprungen. Aleksij war nirgendwo zu sehen. Verdammt, dachte er, ich bin während der Wache eingeschlafen. In dem Augenblick sah er im Morgenlicht, dass sich Fahrzeuge bewegten, und hörte den Lärm der Laster. Träume verschwinden stets in dem Augenblick, da wir beginnen sie zu verstehen. Erst jetzt klärte sich sein Blick zur Gänze: Kanonen. In der Burg verbreitete sich die Neuigkeit mit rasanter Geschwindigkeit von Luke zu Luke: Kanonen. Hinter den Lastern, die die Kanonen zogen, rollten über die Straße aus Kočevje ein Paar kleinere Panzer. Panzer! Die Italiener hatten ihre Geschütze an die Kommunisten übergeben. Diese eidbrüchigen, feigen Itaker. Die Wachen erhoben sich und traten unvorsichtig an die Burgfenster und Luken, doch von den Belagerungslinien drang nicht ein einziger Schuss, es war nicht mehr nötig zu schießen. Die italienischen Artilleristen, die sich unter die Partisanen gemischt hatten, gruben die Sporne der Lafetten ein und richteten die Kanonenrohre auf die Burgmauern.

– Den würde ich abknallen, diesen Hurensohn, sagte Aleksij, der plötzlich wieder neben ihm auftauchte, den hab ich im Fadenkreuz.

In seinen zitternden Händen hielt er abwechselnd ein Fernrohr und seine treue Maschinenpistole.

– Wen? Wen würdest du abknallen, Aleksij?

– Diesen Sauhund, den Tenente. Wo ist der hergekommen, dieser Schweinehund, dieser Hurenbock?

Aleksij war noch aufgebrachter als würde er sich in einem umstellten Haus befinden. Nun befand er sich in einer umstellten Burg, was noch viel schlimmer war. Hier konnte er nicht einmal aus dem Fenster springen, wie er es aus einem umstellten Haus getan hätte. Denn bis zum Boden hinunter waren es um die zehn, fünfzehn Meter. Doch das regte ihn nicht auf. Es erzürnte ihn aber schrecklich, als er diesen italienischen Leutnant sah, der um die Kanone herumhopste, die Messanlagen einstellte und mit dem Finger auf einen bestimmten Punkt an der Burg zeigte.

– Er heißt Guido, sagte Aleksij. Er hat meiner Frau nachgestellt.

Aber die Maschinengewehre schafften es nicht so weit, nicht einmal ein Gewehr. Eine Kanonengranate jedoch, die schafft es bis hierher, kein Zweifel, dass sie das schafft. Und dort drüben holte jener italienische Offizier mit der Hand aus, der Artillerist zog mit einer langen Schnur am Reißzünder, einen Augenblick später krachte es gewaltig am Burgdach. Die Ziegelsteine wurden lawinenartig in den Hof geschüttet. Von der Decke fiel Schutt auf die Verteidiger. Sie werden uns nicht verheizen, sagte Aleksij, sie werden uns wegsprengen. Oder beides zusammen. Ich habe gesagt, dass wir hinaus müssen, das habe ich ihnen gesagt. Jetzt sitzen wir in der Falle. Er trat zur Luke und feuerte eine kurze Salve in Richtung Artillerieleutnant ab, der ihn in solche Rage versetzt hatte; es war allerdings zwecklos, er wusste, dass es zwecklos war, die Kugeln schwirrten ins Leere, trotzdem schoss er, diese verfluchte Scheiße, sagte er, das Fluchen hatte er in der Kadettenschule gelernt, er war jugoslawischer Offizier, Königssohn Marko, der grimmige Bogdan, er war ein kosakischer Hetman, der sich mit Flüchen Mut machte. Wohin schießt du?, rief er aus, als auch der Dichter an der nächsten Luke zu schießen begann; warum schießt du, verfluchte Scheiße, warte, dass sie näher kommen. Sie werden nicht näher kommen, sagte Janez. Trotzdem soll er nicht Munition verschwenden, meinte Aleksij, wir haben Munition für drei Monate Abwehr, alle Offiziere haben behauptet, wir hätten genug Munition und Verpflegung, um drei Monate durchzuhalten. Sie werden nicht näher kommen, weil sie es nicht nötig haben. In der angrenzenden Kammer wurde eine Granate zerschmettert, Janez hörte Schreie und dann das Stöhnen und Heulen von Verwundeten, sie werden nicht näher kommen, bis sie uns erledigt haben. Im Hof wurde ein toter Soldat aufgelesen, dessen Kopf von einer Granate zur Hälfte weggeblasen worden war. Janez Lipnik sah mit Wehmut seinen Schuhen nach, die samt den Beinen in den Raum hinein baumelten, wo die Leichen der getöteten Soldaten lagen. Er hob den Kopf zum Fenster, die italienischen Offiziere nahmen sich Zeit zum Messen, sie errechneten Kompasszahlen und Entfernungen, einige Male schlug es im Dach ein, dann wurde wieder sehr präzise durch das Fenster eines der Burgzimmer gefeuert, der Tenente war gut im Zielen. Er sah, dass im Hang am Waldrand ein Panzer verschanzt wurde, sie werden auch mit Panzergranaten auf uns losgehen. Die Mauer würde nicht standhalten. Er blickte zum Dichter an der nächsten Luke, der vollkommen weiß und mit Verputz überschüttet war und Staub spuckte. Lass uns hinausgehen, sagte Aleksij. Was redest du da, sagte Janez mit trockener Stimme, sie werden uns wie die Karnickel abknallen.

An der Luke stand der Dichter mit einem langen Gewehr in den Händen. Er blickte in die Ferne und redete Dinge, die Janez Lipnik nicht zu verstehen vermochte. Das ist unser Alcázar, sagte er. Sie haben ihn vor dem Bösen beschützt. Die Belagerer haben das Böse in die Welt gebracht. Sie haben den Teufel herbeigerufen. Doch das Böse ist am Ende stets zum Scheitern verurteilt. Gott gibt es deshalb, weil es das Böse gibt. Damit es besiegt wird. Ich verstehe ihn nicht. Warum verlässt er uns? Wir sind die Seinen, nicht die. Vielleicht hat Gott andere Sorgen, sagte Janez Lipnik. Wenn ich glauben würde, dass er jede Kleinigkeit lenkt, müsste ich zugeben, dass er die Kanonen ihnen gegeben hat und nicht uns.

Die Kanonen der Italiener, die des Okkupanten. Na, wir haben immerhin ihre Gewehre. Wenn Gott jede Kleinigkeit regelte, würde er keinen Stalin und auch keinen Mussolini zulassen. Als der erste Mord auf der Welt geschah, war es Brudermord. Kain tötete Abel. Kains Erbe ist es, was jetzt passiert. Ich bin gekommen, sagte er, um Feuer auf die Erde zu werfen. Wie froh wäre ich, es würde schon brennen. Meint ihr, ich sei gekommen, um Frieden auf die Erde zu bringen? Nein, ich sage euch, nicht Frieden, sondern Spaltung. Bruder gegen Bruder, Vater gegen Sohn, Sohn gegen Vater, Mutter gegen Tochter und die Schwester ebenso. Am Ende der Zeit wird das Böse verschwinden. Nun ist der Geist zerrissen, entzwei, im Raum ans Kreuz geschlagen. Und zwar deshalb, weil der Mensch Gott sein will. Er hat alles selbst in die Hand genommen. Bakunin sagt: Der Drang zur Zerstörung ist auch ein kreativer Drang. Bakunin? Alles ist in uns: Kriechtiergehirne, Stammesfeindschaften, der Wille zu morden. Voll und ganz brannte ich für den Herrn, Gott der Heere, denn die Söhne Israels haben ihren Bund verlassen, deine Altäre niedergerissen und deine Propheten hingerichtet. Einzig ich bin geblieben, doch auch mir trachten sie nach dem

Leben. Und wenn tausend Jahre vergangen sind, wird Satan aus seinem Kerker befreit. Er wird in Erscheinung treten, um die Völker zu verleiten, die an den vier Enden der Erde weilen, Gog und Magog, und sie zu einem Heer versammeln. Sie werden so viele sein, wie es Sand am Meer gibt. Sie werden das Lager der Heiligen und die geliebte Stadt umstellen. Vom Himmel jedoch ist Feuer gefallen und hat sie verzehrt. Der Teufel aber, der sie verführt hat, wird in einen See voll Feuer und Schwefel geworfen, wo auch das Untier und der falsche Prophet weilen. Dort werden sie gequält am Tag und in der Nacht bis in alle Ewigkeit. Uns aber wird das Feuer reinigen.

So sprach der Dichter. Und fügte hinzu: Vielleicht sind wir ja in der Hölle. Vielleicht, sagte Janez Lipnik, ich würde am liebsten aufwachen und nicht hier sein.

Und außerdem: die Hölle ist ein Geheimnis, ich gehe lieber schlafen.

99.

Die Burg stand in Flammen. Die Granaten hatten das Dach zertrümmert, vom großen Holztor darunter blieben nur noch Späne übrig. Die Partisanen kletterten über Seile die Mauern hoch. Im Turm explodierte das Munitionslager, ein Loch wurde in die Mauer geschlagen. Die Sturmabteilung der Partisanen lief darauf zu. Die Dachkonstruktion fing Feuer, die Balken begannen in den Hof zu stürzen.

– Leuchte auf mich.

– Auf mich, damit du mich siehst.

Nun weißt du, wer ich bin. Der Lichtbringer. Luzifer. Der Lichtmeister. Das Leben ist Licht für das Leuchten des Königreichs. Diese Luke, das ist die Luke, durch die das Jenseits scheint.

Denn der Feind, der zuletzt vernichtet wird, ist der Tod.

Janez Lipnik sah einen Mäher näher kommen, groß wie ein Berg. *Glänzt der Tau in der Sonne, mäht meine Sense voll Wonne.* Er trat über die Kirche des heiligen Achatius, der die armen Slowenen vor den Türken beschützt hatte, dies war jedoch nicht schwer gewesen, da die Türken von kleinerer Statur waren, sogar ihre Pferde waren kleiner gewesen, sie konnten es mit unseren steirischen Pferden nicht aufnehmen. Doch wie sollte sie der arme heilige Achatius vor einem solchen Riesen beschützen, der mit einer Sense in der Hand über den Berg kommt und mit dem anderen Fuß bereits im Tal bei Želimlje ist? Meine Sense, deine Sense. *Übers Feld geht der Mäher damit, wie ein Stern über den Himmel zieht.* Nun werde ich aufwachen oder sterben.

Der, der von diesen Dingen zeugt, sagt: „Jawohl, ich komme bald."

– Amen, sagte Janez Lipnik, komm, Herr Jesus!

Da geschah etwas, das noch sonderbarer war als der Mäher, den

Janez Lipnik kommen sah. In dem Augenblick, als das Burgdach zusammenbrach und die brennenden Balken in den Hof und auf das Pflaster vor dem großen gewölbten Eingang fielen, öffnete sich das Burgtor. Die einen dachten, der Ausbruch der umzingelten Armee hätte begonnen, die anderen, es hätte sich ein Verräter gefunden, der den Belagerern das Tor öffnete, damit diese nun mit aller Gewalt ins Innere dringen konnten. Allerdings kamen in Wirklichkeit solche Gedanken erst später, es ist zu bezweifeln, ob in dem Augenblick jemand überhaupt etwas dachte. Denn alles geschah blitzschnell. Das Tor öffnete sich und vom brennenden Hof kam etwas Schwarzes und Schnelles hereingebrochen. Ein schwarzes Motorrad mit Beiwagen und einem Reiter darauf. Seine Offiziersmütze war an der Jacke befestigt, am Kopf trug er eine Motorradbrille, am Rücken eine Maschinenpistole. Janez Lipnik vergaß den Mäher im Nu, der über den heiligen Achatius in Richtung Turjak schritt, er wusste: das ist er, Aleksij. Der slowenische Hetman. Der legendäre Peter Klepec. Aus diesem Grund hatte er in der Mondnacht den Motor repariert, damit er mit dem Motorrad durch das Tor rasen konnte. Er bog auf die Straße und überfuhr beinahe den Partisanenkommandanten Dule. Der drehte gerade mit dem Tenente an den Messgeräten der Kanone, damit sie mit den letzten Granaten die beinahe schon erledigte Arbeit zu Ende führten. Dule gelang es, zur Seite zu springen, der Tenente jedoch erstarrte, vom schauerlichen Blick des schwarzen Reiters verhext.

Es heißt, Aleksij, der Held, hätte in jenem Moment das Motorrad mit dem Beiwagen angehalten. Er soll gesagt, genau genommen gefragt haben:

– Was ist, Guido? Haben wir uns nicht schon einmal irgendwo gesehen?

Guido war, wie gesagt, verhext und erstarrt.

Aleksij zog kaltblütig eine schwere Pistole aus dem Gürtel – angeblich steckte sie ein wenig fest, ehe er sie aus dem ledernen Halfter ziehen konnte – und schoss ihm direkt in die Stirn. Dorthin, wo er auf der Mütze nun einen roten Stern statt des Wappens seiner kapitulierenden, eidbrüchigen Armee hatte.

Hier begegneten sie einander zum zweiten Mal mit einem langen Blick, mit einem solchen, mit dem die Menschen in die ewigen Jagdgründe geschickt werden, sie, die beide die junge Lehrerin liebten. Zum ersten Mal waren sie einander in einem Hotel in Dolenjske Toplice begegnet. Der erstarrte Tenente Guido Gambini aus dem Friaul, der im Frühjahr des Jahres zweiundvierzig in einem Hotel in Dolenjske Toplice zu Mittag gegessen hatte, die junge Lehrerin, die übrigens aus Maribor stammte, dann noch eine Frau aus Maribor, nämlich eine Angestellte auf dem Anwesen der Auersperger, noch ein Italiener, ein hoher Offizier, ein Major, und eine Person, die Aleksij Grgurevič hätte sein können. Deswegen hatte er wir gesagt und nicht wir zwei, Guido. Das gilt es sich zu merken, dachte Lipnik, als er diese Szene beobachtete, denn früher oder später würde geklärt werden müssen, warum vor der Burg Turjak ein Liebesdrama sein Ende genommen hatte und in längst vergangenen Zeiten Leutnant Guido Gambini gestorben war.

Aber nun musste die Sache rasch abgewickelt werden. Es dauerte alles nur einen Augenblick lang und die Ereignisse gingen, wie gesagt, blitzschnell vor sich. Es folgte die gesamte Prešeren-Brigade, sogar jene Kämpfer, die schon an den Seilen hingen, um die Burg zu stürmen, es folgten verzweifelte Legionäre, Verteidiger an den Luken. Kurzum: Kommandant Dule sprang weg, Tenente Guido erstarrte, Hauptmann Aleksij Grgurevič knallte ihn ab und raste dann wie der Teufel über die Straße in Richtung Wald. Bis dahin stimmten die Erzählungen vieler Augenzeugen überein. Die Partisanen, die in der Nähe der Kanone standen, sahen Folgendes: Dule sprang weg, der Tenente erstarrte, fasste sich an den Kopf, fiel, Aleksij raste davon. Und dasselbe sahen durch die Burgluken die Verteidiger, die aufgehört hatten zu schießen. Eigentlich hatten alle aufgehört zu schießen und alle warteten darauf, welches Ende all das nehmen würde.

Von da an unterscheiden sich die Erzählungen der Augenzeugen jedoch beträchtlich voneinander.

Die einen behaupten, das Motorrad sei etwa fünfzig Meter weiter von einer Mine in die Luft gejagt worden, bevor Aleksij zwischen zerfetztem Blech, Schrauben und Motorteilen mit der Maschinenpistole am Rücken gen Himmel flog. Dort hätten ihn die Engel in Empfang genommen, um ihn ins himmlische Jerusalem zu tragen. Die Maschinenpistole hatte er wahrscheinlich unterwegs abwerfen müssen, denn damit hätte man ihn dort oben sicherlich nicht empfangen.

Die anderen, unter ihnen befand sich auch Janez Lipnik, wollen gesehen haben, wie das Motorrad begonnen hatte, langsam abzuheben. Es hätte keine Explosion gegeben, lediglich das Brummen des Motors, der das Fahrzeug in die Luft hob, es über die hohen Fichten und Buchen von Turjak trug, hoch über die tiefe, dunkle Schlucht in Richtung Zapotok und weiter in Richtung Golo und Krim. Über Golo soll Aleksij sogar gekreist sein, einige behaupteten, er hätte es deshalb getan, weil dort seine Geliebte wohnte, eine von vielen.

Dann sei der Reiter, der slowenische Hetman, der Verteidiger der Unschuldigen, der kühne Held, in Richtung der freien slowenischen Bergeshöhen, die in der Ferne leuchteten, davongetragen worden.

Dass er bis Melbourne hätte fliegen sollen, das ging über das Vorstellungsvermögen der verzweifelten Belagerten hinaus, aber auch über jenes der immer siegreicheren Belagerer. Auf jeden Fall war er, auf die eine oder andere Weise, nach Melbourne gekommen. Die Legende besagt, Hauptmann Aleksij Grgurevič habe die Berge erfolgreich überflogen, sei dann nach Australien emigriert und habe dort ein Delikatessengeschäft eröffnet. Mit italienischen Spezialitäten. Es war aber auch durchaus möglich, dass er von einer Mine zerfetzt oder von Schüssen aus dem Hinterhalt niedergestreckt worden war.

Er sagte, fiel Lipnik ein, ich solle für sein Fräulein sorgen, sollte ihm etwas zustoßen. Sie ist so allein und gefährdet dort auf Dobrava, dachte er, vielleicht sollte ich wirklich dorthin. Doch er wusste ja nicht einmal, ob Hauptmann Aleksij etwas Schlimmes zugestoßen war. Es zog ihn nach Ljubljana zurück, zugleich aber wünschte er sich, zuvor noch nach Dobrava zu fahren. Alles zusammen war plötzlich so eigenartig.

Über Ljubljana türmten sich die Wolken und verhüllten bald die Felsspitzen dahinter. Lipnik sah feurige Blitze, die über die Stadt schossen. Ein kalter Wind zog auf, er fror an den Füßen, die in völlig zerrissenen Socken steckten. Er sah, wie rasch die dunklen Wolken näher zogen, zur belagerten Burg, und bald begann Herbstregen auf das Dach, auf das, was vom Dach übrig geblieben war, niederzuprasseln.

1.

Er hätte gerne das Rauschen des Regens gehört. Hätte auf dem langen und hellen Gang zwischen den Geschäften und den Neonlichtern nicht lärmende Musik getönt, hätte er möglicherweise das Rauschen des Regens hören können, der sich über das durchsichtige Dach ergoss. Möglicherweise hätte er auch zu den schweren und bauchigen Nachmittagswolken geblickt, die sich über die Stadt neigten. Als er auf dem Weg hierher gewesen war, hatte es gedonnert und Blitze kamen aus den Wolken geschossen, der lange Juniregen hielt noch immer an, manches Mal ergoss er sich vom Himmel und wanderte von Gewitter zu Gewitter. Nun sah er keine Wolken mehr, nur noch das Glasdach und das Strömen des unhörbaren Regens darüber. Dann irrte sein Blick wieder leer über die hellen Oberflächen der Auslagen und der bekleideten Schaufensterpuppen dahinter, er hielt bei den Füßen der Kunden inne, die unhörbar an ihm vorbeiglitten. Er dachte darüber nach, ob er endlich aufstehen solle, er saß schon lange auf der Bank inmitten des hellen Gangs, er würde aufstehen und seine Sohlen würden auf dem glatten gebohnerten Boden aus Kunststein quietschen, vielleicht würde er auch das eine oder andere Wort der Vorübergehenden vernehmen, die einander an den Ärmeln zupften und sich die Wege durch die Labyrinthe der Geschäfte zeigten, die es noch zu betreten galt. Er blieb indessen mitten in diesem leeren Raum sitzen, wo alles in den Lärm des Einkaufszentrums getaucht war, einen Lärm, der schon an das Unhörbare grenzte, wenn nicht gar beinahe an Stille. Janez Lipnik saß auf einer Bank mitten auf dem Gang in einem Einkaufszentrum am Rande der Stadt, er saß inmitten einer Menge von Kunden und ihren namenlosen Gesichtern, inmitten von Menschen, die er nicht sah. Und ertrug das Hämmern der hohlen rhythmischen Klänge, die direkt gegen seinen Kopf schlugen, von dort an die Wände, sie prallten von den Wänden ab, dann wieder zurück an seinen Kopf, er saß inmitten einer Wolke aus Musik, die er nicht hörte, weil sie eben keine Musik war, sondern lediglich aus Rhythmusschlägen bestand, die physisch wirkten, ausschließlich auf den Körper, das Gehör und den Kopf. Sein erschöpfter Blick irrte zur großen elektronischen Uhr, und ohne zu denken versuchte er festzustellen, wie lange er würde warten müssen, bis Marijana kam, Marijana Lipnik, seine Frau, die sich im Kosmetikstudio aufhielt. Manchmal ließ sie ihm alle Einkaufstüten da und sagte, sie werde noch rasch auf einen Sprung zur Kosmetikerin gehen. Heute war er sich nicht ganz sicher, ob sie im Kosmetikstudio war. Es kam ihm so vor, als hätte sie dort sein müssen. Oder hatte sie gesagt, sie würde zum Frisör gehen? Sie kam lange nicht, Marijana – was, wenn sie wirklich zum Frisör gegangen war? Lipnik zuckte plötzlich zusammen. Ich habe es vergessen, dachte er. Ist es möglich, dass ich vergessen habe, ob sie zur Kosmetikerin oder zum Frisör gegangen ist? Vielleicht sieht sie sich aber auch Schuhe an, sie bleibt immer gern bei italienischen Schuhen stehen. Italienische Schuhe sind die besten, wenn sie nicht die besten sind, sind sie eben die schönsten, da gibt es keinen Zweifel. Du verstehst das nicht, sagte sie immer, du weißt überhaupt nicht, was Schuhe sind. Schuhe, das ist Stil, der Stil ist die Person. Er blickte auf seine aufgeschnürten Schuhe hinab, sie waren nicht italienisch, eigentlich wusste er nicht, woher sie waren oder wann er sie gekauft hatte, auch konnte er nicht sagen, ob er sich darin wohlfühlte, Schuhe sind zum Gehen da, die Schnürsenkel sind wirklich abgerissen, sie müssen ausgetauscht werden. Nicht wegen ihm, wegen Marijana, diese Knoten, die immer mehr wurden, störten sie – wie konnte er die Schuhe überhaupt noch anziehen? Das sind ja überhaupt keine Schuhe mehr, sagte sie, es sei genauso, als hätte er Wollsocken an den Füßen, solch dicke, zerrissene Stutzen. Wäre er aufgestanden, hätte er gerade noch so viel Kraft gehabt aufzustehen und die Beine mit den aufgeschnürten Schuhen und all diesen Knoten darauf in Gang zu bringen und auf die Rolltreppe zu treten, er hätte dort das Kosmetikstudio finden können, es vielleicht gerochen, dort ringsum duftete es stets, dort hätte er Marijana wiedersehen können, seine Liebste. Er hätte sie durch die Glaswand beobachten können, wie sie sich erfahren mit der Verkäuferin unterhielt, eine Flüssigkeit oder Creme über die Hand verteilte, sie zur Nase führte und mit geübten Nasenlöchern beschnupperte, er hätte sie betrachten können, seine möglicherweise untreue Frau, ohne dass sie ihn gesehen hätte, den Schaulüstling. Und wenn sie ihn doch gesehen hätte, hätte er mit ungeduldiger Geste auf die Uhr gezeigt und sie hätte genickt. Wäre sie jedoch nicht dort gewesen, im Kosmetikstudio, wäre er zunächst am Geschäft mit den Schuhen vorbeigegangen, den italienischen, und zuletzt noch zum Frisörsalon, möglicherweise war sie wirklich beim Frisör und er hatte es überhört, als er mit seinen eigenen Gedanken beschäftigt war. Du bist immer mit deinen eigenen Gedanken beschäftigt, hätte Marijana gesagt, und dann weißt du nicht, wohin ich gegangen bin und wie lange ich weg sein werde. Doch nun saß er schon so lange da, inmitten des großen Korridors, dass Marijana jeden Augenblick hier sein musste, dort hinter dem Benetton-Geschäft hervorkommen, von jenem Gang, der zur Kreuzung des Einkaufszentrums führte, wo Lipnik mit seinen Tüten saß, hierher würde sie mit einer neuen Frisur kommen, ihr Haar wäre rötlich, mit einer leichten Rottönung auf hellem Grundton, sie würde kommen und sagen: Du hast dir nicht einmal Schnürsenkel gekauft.

Ein paar Füße, in Sportschuhen, blieben vor ihm stehen, die Stimme über ihm fragte, ob er sich setzen könne. Als Lipnik hinaufblickte, war dort unter den strahlenden Lichtern, die unterhalb der durchsichtigen Decke leuchteten, das bärtige Gesicht eines jungen Mannes, zwischen seinen weißen Zähnen blähte sich eine Kaugummiblase, wenn Sie ... bitte ... ein wenig Platz. Lipnik räumte die Tüten von der Bank zu seinen Füßen, die Weinflasche stieß klangvoll gegen den Boden. Was für ein Glück, dachte er, sie hätte zerspringen können. Er besann sich, dass nun der richtige Augenblick wäre, aufzustehen und nachzusehen, wo Marijana war. Er blieb indes sitzen. Er hatte nicht die Kraft aufzustehen, eine große Müdigkeit legte sich über seine Füße, sein leicht glotzender Blick verkeilte sich im Blinken der elektronischen Uhr, die Sekunden und Minuten aufblitzen ließ, die auslaufende Zeit an jenem späten Juninachmittag im Jahr des Herrn 2000 am Rande der Stadt, die Ljubljana hieß. Für einen Augenblick dachte er, dass trotz des Aufblitzens die Zeit stehengeblieben sei, dann wurde er sich dessen bewusst, dass sein müder Blick, der sich nicht von der blinkenden Uhr abwenden konnte, wohl ein wenig schwachsinnig aussehen musste. Und das deswegen, weil nicht die Zeit, sondern er stehengeblieben war, genauer gesagt, sitzen geblieben, Janez Lipnik, der Archivar aus dem Landesarchiv, in der Zeitlosigkeit eines Montags – oder vielleicht Dienstags? – nach den

Feiertagen, die eben verstrichen waren, Ende Juni, am Anfang des neuen Jahrtausends, am Rande der Stadt, am Ende der Geschichte.

Er überlegte, dass diese Schaufensterpuppen einem Traum entsprangen, dass er womöglich von ihrem Lächeln träumte, nur im Traum rührten sich die Dinge nicht von der Stelle, nur dort konnte ein einziger Augenblick so lange dauern. Die Puppen in den großen Schaufenstern lächelten, in der Ferne dröhnte Musik, er wollte sie nicht hören, nur rhythmische Schläge, die nicht zu überhören waren, sie drangen durch die Haut zu den inneren Organen vor und durch den Schädel ins weiche Hirngewebe. Über das Kunststoffdach ergoss sich der Regen, es regnete schon lange, vor drei Wochen hatte die Sonne zum letzten Mal geschienen. Am Vormittag war er noch im Archiv gewesen. Das Büro war leer und die Fensterläden klapperten im Wind, der Regen wurde schräg ins Innere getragen. Er hob ein durchnässtes Blatt Papier vom Boden, das dort liegen geblieben war. Es war von einem Stapel geweht worden, den jemand von seinem Tisch genommen hatte, wahrscheinlich Wachmann Mehmet oder vielleicht sein Mitarbeiter Beno. Eine Notiz, die sie im Nachlass eines Dichters entdeckt hatten, er denkt an die Zeilen des Dichters Kosovel: *Draußen regnet es. Kalt ist es und dreckig. Ljubljana ist verhangen von einer grauen Wolkendecke. Am Fenster beobachte ich die Menschen. Toten, willenlosen Schrittes gehen sie. Hinterhältig sind sie. Tückisch sind sie. Rachsüchtig sind sie.* Das war am Vormittag gewesen, ehe er sich im hellen Gang des Einkaufszentrums wiedergefunden hatte, wo er nun eine Art Abwesenheit verspürte, Abwesenheit von diesen Lichtern, dieser Musik, diesen Spaziergängern, die nicht einmal genau wussten, ob heute Montag oder Dienstag war. Natürlich wussten sie es nicht, denn hier stand die Zeit still, obwohl alle irgendwohin eilten. Auch er war in den letzten Wochen herumgeeilt, war irgendwohin gehetzt, bis er mit einem Mal spürte, dass er innehalten musste in der Abwesenheit, wenn auch hier, auf der Sitzbank inmitten des Korridors zwischen einer Menge von Besuchern des Einkaufszentrums.

Es ging ihm durch den Kopf, dass die Zeit womöglich gerade deshalb stehengeblieben war, weil er sich in den letzten Tagen und Wochen so beeilt hatte. Vor drei Wochen hatte die Sonne zum letzten Mal geschienen und seither passierte in seinem Leben mehr als in all den Jahren zuvor. In den Jahren zuvor war genau genommen gar nichts passiert. Er ging zur Arbeit, stapelte alte Urkunden und klassifizierte sie, ordnete

Fonds, beschäftigte sich mit der Frage, ob das Pertinenzsystem nicht doch effizienter sei als das Provenienzsystem. Dann begannen sich die Ereignisse zu überschlagen, die Geschichte begann ihn zu überschwemmen, sie sammelte sich wie ein großes Gewässer hinter einem Staudamm, das ihn jeden Augenblick durchbrechen, bersten lassen, niederreißen würde, den großen Deich seines ruhigen Lebens. Ihrer beider, besser gesagt ihre, Marijanas, Geschichte war von irgendwoher geströmt, in unbekannten unterirdischen Flüssen. Und irgendwelche Archivurkunden, mit Tagebüchern und Notizen von irgendwelchen verschwundenen Menschen, hatten längst vergangene Leben wie einen vom Berg herabfallenden Sturzbach angeschwemmt und waren in seine ruhigen, stets gleichen Tage getreten. Die Geschichte einer jungen Lehrerin und eines jungen Adjunkten. Das Tagebuch einer Pflegerin in der Nervenheilanstalt Studenec. Im Archiv gab es plötzlich mehr Leben, als er zu verstehen vermochte.

Nur drei Wochen. Und nur ein Paar Tage seit dem Zeitpunkt, da der Staudamm gebrochen war, als ihn das große Gewässer mit sich gerissen und ihn in den Gang des Einkaufszentrums gespült hatte. Unter der Kuppel des unhörbaren Regens, der über das Kunststoffdach strömte. Zwischen die lächelnden Puppen in den Schaufenstern, zwischen die rhythmischen Schläge der Musik, die hart in seinem Kopf hämmerten, in seine Hirnhaut drangen, ins weiche Gewebe, dorthin, wo die Erinnerungen gespeichert sind, Erinnerungen an fremde Leben, an sein Leben, Erinnerungen an alles. Vor drei Wochen, als alles begann, hatte die Sonne geschienen.

2.

Er konnte sich daran erinnern, dass sie geschienen hatte. Vor drei Wochen hatte sie noch geschienen. Sie lagen am Ufer der Ljubljanica und beobachteten Taucher, die versunkene Gegenstände aus dem Wasser zogen. Der Frühjahrsputz des armen Flusses, der das Pech hatte, durch das Zentrum der Altstadt zu fließen, umgeben von Bistros, Gasthäusern und Geschäften, zog so manchen neugierigen Spaziergänger an. Es war ein Samstagvormittag, die Sonne schien und Marijana sagte: Stell dir vor, wie die Sonne auf Dugi otok scheint. Janez stellte es sich vor: Kaum merklich wogte die Meeresoberfläche, schimmerte im Sonnenschein, Millionen von kleinen Spiegeln, die Marijanas Körper im gelben Badeanzug auf einem Felsvorsprung am Wasser anstrahlten. Nun würde sie sich ganz nahe ans Wasser legen und zulassen, dass das Meer sanft über ihre Beine plätscherte, so tat sie es immer. Es würde Stille herrschen. Wenn nicht von irgendwo ein Jetski angerast käme. Er stellte sich vor: Bald würde Sommer sein, sie würden mit der Fähre nach Dugi otok fahren, die Küste würde sich immer weiter entfernen, die kühle Ruhe des Landesarchivs würde er mit der glühenden Stille der felsigen Insel tauschen, sie würden den einsamen Leuchtturm erblicken, der Veli rat heißt, in die Nasenlöcher würde der Duft von Föhren in den Waldoasen der Insel steigen.

– Sieh, rief Marijana plötzlich aus, ein Fahrradständer!

Durch die Menge der vormittäglichen Neugierigen ging ein Lachen wie ein Frühlingswind. Was für Wunder wurden bisher bereits aus dem Flussschlamm gezogen. Metallene Mülleimer, Wirtshaustische und -stühle, die von nächtlichen Hallodris in den Fluss geworfen worden waren, Kotflügel von Autos, Lampen, ein mit Algen behangenes Verkehrszeichen. Es roch, besser gesagt, stank nach Schlamm, nicht gerade nach

Kloake, aber es stank. Nun zogen sie einen schweren Fahrradständer ans Ufer, nicht nur den Ständer, auch ein daran gekettetes Damenrad.

– Stell dir vor, plauderte Marijana fröhlich, du kettest dein Fahrrad an einen Ständer, du kettest es an, gehst, um deine Besorgungen zu machen, und wenn du zurückkommst – nicht nur das Fahrrad ist weg, auch der Fahrradständer ist nicht mehr da. Eine schöne Bescherung. Wahrscheinlich glaubst du, du träumst.

Er drängelte sich zur Steinmauer vor, wo auf einem Kran dieses Fahrrad baumelte, samt Fahrradständer. Das Rad war alt, sehr alt. Es hatte eine hohe, gebogene Lenkstange, der hintere Kotflügel war mit kleinen Löchern versehen, in die einst ein Netz gespannt war, das verhindern sollte, dass sich der Rock zwischen den Speichen verfing. Früher war es ein elegantes Fahrrad gewesen, himmelblau, Fragmente der noch erhaltenen Farbe waren zu sehen, das Rad war allerdings an mehreren Stellen rostig, die Farbe abgesplittert. Es war ganz nahe vor ihnen, dennoch setzte er sich die Brille auf, um die großen roten Buchstaben an den Resten der blauen Farbe lesen zu können: PRES. Er schrak zusammen. Sofort wusste er, dass die letzten beiden Buchstaben fehlten. PRESTA oder vielleicht PRESTO. Für einen Moment verspürte er inmitten jenes fröhlichen Gedränges eine Art Leere im Kopf, als würde ihm sogar ein wenig schwindlig. Als wäre er im Archiv und fände ein wertvolles Schriftstück, das alle für verschollen hielten. Ein solches Schwindelgefühl überkam ihn, als er im Archivmaterial, das aus Australien gekommen war, auf den Namen der jungen Lehrerin stieß, von der er ahnte, dass sie es sein könnte, die Frau, die er kannte. Nun stand er vor einem solchen Fahrrad, wie sie es hatte, die junge Lehrerin. Sie fuhr ein Rad der Marke Presto oder Presta, ihr Liebhaber, der junge Adjunkt, fuhr mit einem robusten Fahrrad der Marke Puch. Mit den Fahrrädern von Presto und Puch fuhren sie zueinander, manchmal auch nebeneinander, sie lachten, sie liebten sich, während die Menschen um sie herum versuchten einander abzumurksen, niederzustrecken, sich die Gehirne wegzuballern, einander zu töten.

Was hatte Marijana gesagt? Was ist mit dir, hatte sie gesagt, wo guckst du hin? Wohin glotzt du? Er hatte seinen Blick auf das Fahrrad geheftet. Dorthin starrte er. Auf jenes Stück Stahl, das einst ein Fahrrad gewesen war und nun mit seinen verbogenen Rädern und vorspringenden Speichen an einem Metalldraht vom Kran baumelte, wie die Reste von etwas … eines Lebens, das es nirgendwo mehr gab. Hallo, sagte

Marijana, träumst du? Er träumte gar nichts, mit einem solchen Fahrrad fuhr eine Frau, die in zu Papier gebrachten Erinnerungen auftauchte, in jenem Papierbündel, das auf seinem Schreibtisch im Landesarchiv lag.

Wahrscheinlich dachte sie wirklich, dass er träumte. Das hatte sie gesagt. Und wie ist es, meine liebe Marijana, wenn man träumt? Es ist so, dass man nicht weiß, was wirklich ist und was nicht. Sie meinte, dass das sicher nicht ihr Fahrrad sein konnte, das Rad des jungen Fräulein Lehrerin – aber warum gerade jetzt eine solche Koinzidenz? Dass du am helllichten Samstagvormittag am Ufer der Ljubljanica träumst?

3.

Er hatte nicht geträumt, er sah eine junge Frau, die eines fernen Frühlings zur Zeit des Krieges mit wehendem Rock auf diesem Fahrrad fuhr, er sah, wie italienische Soldaten eines fernen Herbstes ihr dabei halfen, das Fahrrad auf einen Laster zu heben, der von Dolenjska nach Ljubljana fuhr, verloren in einer verrückt gewordenen Zeit. Es war ein solches Fahrrad, sagte ein scharfer Gedanke des Erforschers alter Urkunden, möglicherweise genau dieses Fahrrad, sagte eine Ahnung, die unter seinem Schädelrand pochte.

Er sagte, er gehe ins Archiv. Er würde gerne eine Sache überprüfen.

Sie schüttelte nur den Kopf: Ach, nicht schon wieder? Ja, schon wieder. Er würde im Archiv dieser Sache auf den Grund gehen. Er war bei seiner Arbeit vielen Dingen auf den Grund gegangen und er würde es auch bei dieser tun. Marijana war es gewöhnt, dass er samstags oder sonntags, manchmal nachmittags oder spätabends ins Archiv zu seinen Dokumenten und Niederschriften davonrauschte. Wahrscheinlich hielt sie ihn nach all den Jahren des gemeinsamen Lebens noch immer für einen Sonderling. So wie anfangs. Damals hatte ihr das gefallen, später störte es sie, nun hatte sie sich daran gewöhnt. Sie schüttelte nur den Kopf: Ach, nicht schon wieder. Sie fragte nicht einmal: Und was ist mit dem Mittagessen? Sie wusste, sie würde allein zu Mittag essen. Oder mit einer Freundin. Vielleicht ist es am besten, dachte Lipnik, sie geht einfach mit diesem Bekannten mittagessen, dem ihm unbekannten Bekannten, mit dem sie sich verplaudert hatte. Wenn Janez Lipnik plötzlich ins Archiv stürmte, gab es kein Mittagessen, manchmal auch kein Abendessen. Sie zuckte die Achseln, und als er nach einigen Schritten zurückblickte, sah er, dass sie fröhlich lachte, er stellte sich vor, wie sie mit dem ihm unbekannten Mann gewiss über jenes Fahrrad sprach, das nun samt dem

Ständer ans Ufer gezogen wurde. Ach, Marijana. Warum dachte sie an das, woran er dachte, zum Beispiel daran, dass sich ein Archäologe in tausend Jahren den Kopf über diese Fahrräder zerbrechen würde. Das, was die Taucher beim jährlichen Säubern des Flussbodens am häufigsten aus dem Wasser zogen, waren Fahrräder, eines sogar samt Fahrradständer. Doch sicher bargen sie nicht alle, bestimmt blieben viele noch in Schlamm und Algen vergraben für die Archäologen von morgen. Diese würden sich fragen, warum sie ins Wasser geworfen worden waren. Wie sie über römische Schwerter nachdachten, die auch aus dem Wasser gezogen wurden. Wenn es sich um Funde keltischer Schwerter handelte, waren Archäologen der Meinung, man habe es mit Opfergaben zu tun, man hätte diese Schwerter einer unbekannten Flussgottheit geopfert, das stand im *National Geographic* geschrieben. Warum jedoch römische Schwerter gefunden wurden, wusste man nicht. Hier befand sich einst Emona, manchmal hatte ein betrunkener römischer Soldat sein Schwert ins Wasser geworfen, hatte gesagt, ich werde nicht mehr kämpfen, stieß einen lateinischen Fluch aus und schleuderte das Schwert in den Fluss. Marijana würde sagen: Glaubst du nicht, dass du eine ziemlich blühende Fantasie hast? Das sagte sie immer, wenn er eine Hypothese aufstellte. Du hast eine blühende Fantasie und träumst vor dich hin. Was hätte sie zur Hypothese gesagt, dass dieses elegante Damenrad von einst himmelblauer Farbe an diesem Samstagvormittag nicht zufällig vor seinen Augen baumelte? Es gibt keine Zufälle, solche Zufälle gibt es nicht. Es ist nicht gesagt, dass dies ihr Fahrrad war, das Rad der Lehrerin, die in den Notizen eines Emigranten aufgetaucht war – doch wer konnte beweisen, dass dem nicht so war? Und auch wenn dem nicht so war: Warum musste gerade ein solches Fahrrad genau vor seinen Augen aus dem Wasser gezogen werden?

Er ging direkt ins Archiv, nickte nur dem Portier zu, der an seine ungewöhnlichen Besuche zu ungewöhnlicher Stunde gewöhnt war; trotz seiner nicht mehr ganz so jungen Jahre sprang er über die Stufen zu seinem Büro.

– Sie werden noch einmal hinfallen, rief ihm der Portier hinterher.

Sein Name war Mehmet. Er war ein freundlicher Mann, doch Lipnik lag ihm nicht gerade am Herzen. Dieser kam zur ungewöhnlichsten Stunde und ging auch um die Zeit, da die Portiere den Fernseher einschalten oder das eine oder andere Magazin aufschlugen. Er, Mehmet, konnte dies nicht tun, weil er nie wusste, wann der Archivar Lipnik die Treppe hinauf- oder hinunterjagen würde. Er war zwar nicht mehr so jung, dass er zwei oder drei Stufen auf einmal übersprang, denn dabei hätte er einen Infarkt bekommen können oder aber auch ausrutschen und sich sehr weh tun.

Er schloss die Tür hinter sich ab, nicht weil er vor etwas Angst gehabt hätte, sondern einfach deshalb, weil er nicht wollte, dass ihn jemand störte, auch kein Portier namens Mehmet, der auch Wachmann war und vormittags oder zu nächtlicher Stunde durch die Gänge und Büros schlenderte, die Lichter löschte und die Schlösser überprüfte. Er setzte sich an den Tisch und zog eine Mappe aus der Schublade, auf der ein paar Überschriften durchgestrichen waren, was jedoch stehen geblieben war, war die in seiner geraden Schrift festgehaltene Aufschrift „Der Große Liebhaber". Hastig begann er die Blätter zu durchforsten. Er war überzeugt, dass er bald auf die Marke der Fahrräder stoßen würde, mit denen sie gefahren waren: Puch und Presto oder vielleicht Presta. Auf jeden Fall konnte er sich deutlich an diese Namen aus den Aufzeichnungen des Erotomanen erinnern.

4.

Archivar Janez Lipnik war dieser ungewöhnliche Text im Frühling des Jahres 2000 in die Hände gefallen, als er jenes Material ordnete, das ihm der betagte Präsident eines slowenischen Kulturvereins aus Australien ins Archiv geschickt hatte. Der Verein, dem vor allem politische Emigranten angehörten, war dahingeschwunden, da seine Mitglieder alt geworden oder verstorben waren. Wer nach Australien gekommen war, war nun, falls er noch lebte, beinahe achtzig Jahre alt. Ihre Kinder interessierte jenes ferne Land zwischen den Alpen und der Adria im entfernten Europa nicht mehr allzu sehr. Zumindest nicht mehr so sehr, dass sie bereit wären, weiterhin irgendetwas aufzusagen, Ziehharmonika zu spielen oder sich Reden über eine kaum bekannte „Heimat" anzuhören. Auf seinen Tisch war somit ein ansehnliches Paket mit verschiedensten Publikationen geraten, maschinengeschriebene Sitzungsprotokolle des slowenischen Kulturvereines in Melbourne, Fotografien von Chören und Mädchen in Volkstrachten, die auf einer Bühne vor Kulissen mit Ölbildern des Triglav rezitierten, politische Reden der Emigrationsleiter über die versklavte Heimat, die voll von Träumen über ein Slowenien waren, das sich eines Tages vom Joch des Kommunismus befreien würde, plumpe Handschriften mit Erinnerungen an das Leben in Flüchtlingslagern und die Integration in die australische Gesellschaft, die Plackerei in den Fabriken, die Erfolge kleiner Unternehmen, die Weihnachtsfeiern inmitten sommerlicher Hitze mit künstlichen Tannenbäumen in den Gärten vor den Häusern. Der australische Präsident des Vereines, den es nicht mehr gab, war offenbar ein Mensch, dessen Leben sich dem Ende zuneigte und den die Frage zu quälen begann: Was wird von uns übrig bleiben? Er wünschte sich, dass zumindest die Papiere und die Fotografien erhalten blieben, die von ihrer Reise ins ferne Land zeugen, vom Aufstieg von ganz unten, vom Leid und von der Freude, von der Treue zum Slowenentum, von Heimatträumen und dem großen freien Kontinent, der die Geflohenen vor dem Kommunismus, vor seinem Elend und seiner Gewalt, in seinem sicheren und freien Schoß aufgenommen hatte. Dieser Mensch wollte nicht, dass sein Leben auf dem Weg ins Jenseits einfach so verdunstete wie Wasser in der australischen Wüste. Soll die Heimat, wenn auch in einem verstaubten Archiv, die Erinnerung an all das behalten, was sie überstanden hatten.

Hätte der Archivar Lipnik das Material der australischen Emigranten ein paar Jahre früher in die Hände bekommen, hätte er sich dabei gewiss nicht gelangweilt. Wäre dies vor dem großen Knall geschehen, als das alte Regime zusammenstürzte und der große Staat, der einst Jugoslawien geheißen hatte, Titos Jugoslawien, noch jahrelang in der Agonie der Balkankriege zerfiel, hätten seine Hände gewiss zu zittern begonnen. Zumindest in den Augenblicken, in denen er die Unterlagen mit den Reden der politischen Emigranten zur Hand genommen hätte. Das war einst explosives Material, wegen solcher maschinengeschriebener Dokumente, Broschüren oder Bücher wurden Menschen verhört und verhaftet, im Strafgesetzbuch gab es einen gefährlichen Paragrafen, der lautete: feindliche Propaganda. Doch im Frühling des Jahres 2000 erschienen ihm die Akten, die ihm in die Hände geraten waren, nur noch langweilig. All dies war einige Jahre später so unbedeutend geworden wie ein mittelalterliches Urbarium. Früher wäre er aufgeregt gewesen, nun langweilte er sich. Heute interessierte es niemanden mehr, wovon die politischen Emigranten in Australien oder Argentinien gesprochen hatten, noch weniger, wie die Menschen, die dem weihnachtlichen Gebimmel inmitten verschneiter Berge und Felder gelauscht hatten, nun ihre Weihnachtsfeiertage unter der glühenden Sonne Australiens verbrachten. Ach, die Sonne, sinnierte er, die Sommersonne. Der Sommer war im Anmarsch, Marijana und er würden bald wieder nach Dugi otok reisen, jedes Jahr verbrachten sie ihren Urlaub auf dieser felsigen Adriainsel. Nun hatte der Frühling seinen Höhepunkt erreicht, unter seinem Archivzimmer im Hof blühte ein Kirschbaum, seine weißen Blüten erzitterten im Wind. Er dachte an Marijana, an ihre weißen Brüste, die am Meer von der Sonne gebräunt würden, seine archivarische und männliche Seele erbebte bei diesem Gedanken wie die Kirschblüten unter dem Fenster. Wie ist es möglich, ging ihm durch den Kopf, dass ich auf einmal so sentimental bin? Sie waren schon seit so vielen Jahren zusammen und noch immer erzitterte er beim Gedanken an Marijana, an Dugi otok, an die Frühlingsbrise, die die Zweige auf dem Kirschbaum bog. Lange betrachtete er den weißen Baum und die Blüten, die von einem Windstoß über den Hof geweht wurden.

5.

Er schichtete noch einige Zeit lang die Unterlagen aus der australischen Zusendung um, und als er schon alles zusammen als „Australischen Bestand" ablegen und ihn gemäß dem archivarischen Provenienzsystem mit Zahlen und Daten zu seiner Herkunft versehen wollte, blieb sein Blick auf einer Mappe mit der Aufschrift „Women in my life" hängen. Er blätterte sie kurz durch und betrachtete die vielen, sorgfältig auf weiße Blätter geklebten Fotografien, denen kurze Notizen folgten, an manchen Stellen sogar ganze Seiten oder ganze Kapitel von maschinengeschriebenen Texten in englischer Sprache. Rasch überflog er den Anfang und das Ende der Mappe und konnte nirgendwo den Namen des Autors finden. Neben die Fotografien junger Frauen waren Namen notiert, Nachnamen gab es keine, höchstens stellenweise den ersten Buchstaben des Familiennamens: *Anna M.* Neben den Namen und Fotografien war die Jahreszahl vermerkt, hie und da auch noch die Jahreszeit: *summer 1942, Marika 1947; Lily, 1964 (spring).* Oder der Ort, offensichtlich der Ort der Begegnung: *Gianna, Triest 1943.*

Der erste Gedanke des Archivars war, der Text sei etwas, das irgendwie nicht zu dem Material gehörte, das er gerade ordnete.

Er war auf Englisch geschrieben, obwohl er im Paket des slowenischen Vereins aus Australien angereist war. Dem Inhalt nach hatte es auf den ersten Blick jedoch überhaupt keinen Bezug zum australischen Bestand. Indem er routiniert und schnell las, schaffte er es, die beiden Probleme rasch zu lösen. Der Autor war offenkundig Slowene, da die ersten Mädchen, die er fotografiert hatte beziehungsweise die ihm die Fotografien geschenkt hatten, slowenische Namen trugen: *Dora, Zofi, Vanda, Slavica.* Im Hintergrund waren bekannte Ansichten von Ljubl-

In April 1947, in Naples, I accompanied a very young - she said she was sixteen - poorly dressed girl from Corso...up some very narrow, steep viuzze..to...where she left in hurry..."se mi vede mama con un ragazzo.."...

In 1960 I got these photos...

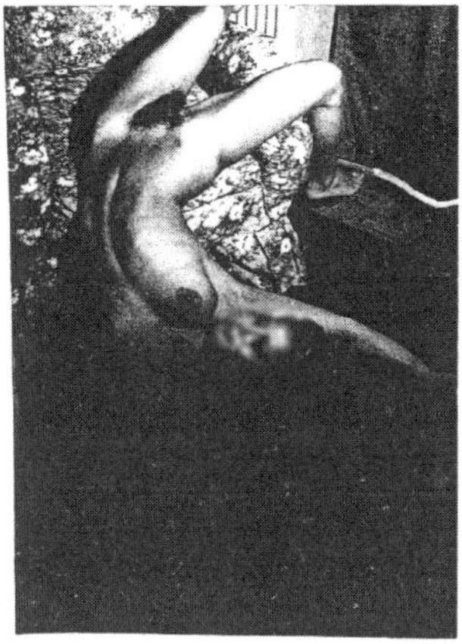

She looks much like...the scugnizza I escorted in 1946.
I recognized her from so many photos I have seen in the papers...magazines...Or is it only my imagination.....?

jana aus den Dreißigerjahren des zwanzigsten Jahrhunderts zu sehen, die Promenade im Tivoli-Park, das Schwimmbad Ilirija oder die Gorenjska mit den felsigen Bergeshöhen. Das heißt, der Autor war Slowene, vielleicht Mitglied jenes Vereins in Australien, aller Wahrscheinlichkeit nach ein Emigrant, möglicherweise ein politischer, obwohl der Inhalt offenbar nicht viel mit Politik zu tun hatte. Gewiss fühlte sich der Autor nach vielen Jahren der Emigration schon mehr im Englischen heimisch als im Slowenischen, außerdem widmete er seine Aufzeichnungen seinen beiden Enkeln, wie in der Einleitung geschrieben stand, „damit sie wissen, was ihr Großvater erlebt hat“. Die Widmung wurde, offenbar später, mit einem Kugelschreiber durchgestrichen.

Er begann zu lesen. Eher mit dem Gedanken, an einer Stelle vielleicht den Autor identifizieren zu können, als aus Interesse für all dic Frauen, die dieser beschrieb. Obwohl er zugeben musste, dass die Sache dennoch spannend war. Er war schon lange Archivar, er war an alles Mögliche gewöhnt, doch das, was er nun las, gehörte nicht zu den politischen Reden und Vorträgen über die Heimat.

Dann stieß er auf einen Abschnitt, der ihn innehalten ließ. Er stolperte über den Namen einer Frau, angesichts dessen seine Hände und das Blatt leicht zu zittern begannen, auf dem der Name geschrieben stand: Zala. Lehrerin Zala D. Und einen Augenblick lang wusste er nicht genau, ob er ein Kind oder ein Greis war, ob er sich in einer anderen Stadt oder in dieser befand, die Wände im Raum begannen sich zu drehen, der Kirschbaum vor dem Fenster verwandelte sich in eine weiße Wolke, Zeit und Raum stürzten in sich zusammen wie die Buchstaben eines Computers, der von einem Virus befallen ist. Er verspürte ein Schwindelgefühl und musste sich an den Tisch klammern. Als es vorbei war, wusste er, dass ihn nicht das beinahe pornografische Material aufgeregt hatte, sondern der Frauenname, der in diesen Schilderungen der erotischen Erlebnisse eines jungen Mannes auftauchte. Eine Vorahnung sagte ihm, dass sie es sein musste, die junge Lehrerin Zala, keine beliebige Zala, sondern sie, die er gekannt und bewundert und in seiner Kindheit heimlich geliebt hatte, geliebt mit der Kraft, mit der es eine Kinderseele vermochte, nicht nur die Seele, auch der Körper. Er las Folgendes:

Ach, wie fein das is'!, rief Zala in ihrem Mariborer Dialekt. Ihr Ausruf hatte mich völlig betört. Zu sehr betört. Ich bewegte mich unter der fleischlichen Umarmung ihres Körpers und spürte, dass ich mich nicht mehr lange würde zurückhalten können. Sie bemerkte, was mit mir passierte, sie unterbrach ihren Ritt, obwohl sie nicht von meinem Schwanz stieg, der in ihr steckte. Sie hielt nur inne und streichelte sanft mein Gesicht, mit einer fast mütterlichen Geste. Dann begann sie langsam über mir ihre Bluse aufzuknöpfen. Das beruhigte mich keineswegs, vor allem deswegen nicht, weil sie dann wieder begann – zunächst langsam und dann immer schneller – zu reiten, als säße sie auf einem weißen Lipizzaner und nicht auf mir, einem jungen und unerfahrenen Adjunkten. An diesem Punkt konnte ich mein Verlangen nicht mehr zurückhalten. „Mir kommt's", flüsterte ich. Und sie stieg in dem Augenblick von mir herab, fasste mir an den zitternden Schwanz und massierte mich dann lange und sanft am ganzen Körper. Ich war verlegen, fühlte mich aber dennoch himmlisch. Sie lächelte. „Oh, du ungeduldiger Junge", sagte sie. „Du hast nicht auf mich gewartet." Eine Zeitlang lag sie noch bei mir, dann stand sie auf, brachte ein Handtuch und trocknete meinen schweißtriefenden Körper ab, sie rubbelte mich überall, ziemlich heftig, sodass mir noch heißer wurde. Sie warf das Handtuch auf einen Stuhl und zog den Rock aus, den sie zuvor, als wir auf dem Bett waren, einfach die Hüften hochgeschoben hatte. Nun legte sie sich völlig nackt zu mir. Als sie mich berührte, kehrten meine Kräfte rasch wieder.

Lipnik nahm seine angelaufene Brille ab. Während er sie abwischte, sah er mit vernebeltem Blick, wie sich die Zweige am Kirschbaum noch immer regten, die Blätter bebten, die Blüten zu Boden sanken. Da unten war alles weiß. Normalerweise, gestern Vormittag noch, hätte er sich gedacht: Wie schade, dass sie das alles wegkehren werden. Und zuvor noch die zarten Blüten niedertreten. Nun dachte er nichts dergleichen, das Weiß tanzte vor seinen Augen, er überlegte: Was ist das jetzt? Woher das alles? Doch ehe er begann, sich diese Expertenfrage selbst zu beantworten, fiel ihm auf, dass er sich tatsächlich in der Rolle eines Beobachters wiederfand. Er wusste nicht, wer das geschrieben hatte, wann, wo, wer die Frau war, es war eine Szene, bei der er sich ein wenig verlor, als wäre auch er ohne Kraft geblieben angesichts der unaufhaltsamen Körperlichkeit, der Begierde dieser Frau, die nicht innehalten konnte, er gestand sich ein, dass er nicht aufhören konnte zu lesen, warum sollte er sich etwas vormachen. Ich kann nicht aufhören zu lesen. Bei dieser Feststellung kehrten seine Kräfte rasch wieder. So stand geschrieben:

Als sie mich berührte, kehrten meine Kräfte rasch wieder. Sie begann mich zu streicheln und auch sich selbst zu berühren, an den Brüsten und zwischen den Beinen. Bis dahin hatte ich noch nie eine Frau masturbieren gesehen. Sie berührte mich und sich selbst, sich selbst immer mehr, und dann begann sie undeutlich Dinge zu rufen, die ich mir nicht gut merken konnte. Es war so etwas wie: „Ach, ist das fein … ist das gut … Siehst du, was passiert …Wie er dir wächst … Und jetzt tun wir noch etwas für mich … Gib ihn her …“ Sie öffnete ihre Schenkel und ich glitt erneut in diese spielerische Frau, die zwar spielte, jedoch nicht ganz bei sich war … Diesmal bewegte sie sich langsamer, bis sie anfing zu stöhnen: „Ja … ja … jetzt bin ich aber auch schon ganz nah …“; sie atmete schwer, sie drückte mich immer fester mit ihren Beinen und Armen, und dann erreichte sie den Himmel, glücklich, laut, ihre Säfte liefen an mir herab. Ich konnte mich nicht zurückhalten, ich bin noch einmal gekommen, diesmal in ihr. Dann ruhten wir uns aus und aßen Äpfel. Ich dachte darüber nach, dass ich schon einige Frauen besessen hatte, doch etwas Derartiges hatte ich noch nie erlebt. Und das mitten im Krieg.

Mitten im Krieg? Archivar Janez Lipnik brauchte lange, um in seinem Kopf diese Frage zu vernehmen: Mitten im Krieg? Der Archivar in ihm durchforstete seinen Kopf. Der Beobachter in ihm ließ ihn lange nicht heran, lass mich in Ruhe, sagte er, jetzt essen sie Äpfel – ist es denn von Bedeutung, ob mitten im Krieg oder in Friedenszeiten? Dann las er, dass der Erzähler dieses heftigen Beischlafs in der Nacht nicht mehr nach Hause konnte, weswegen sich die Sache fortsetzte. Wegen der Ausgangssperre konnte er nicht heim, denn wenn er mit dem Fahrrad auf der Straße gefahren wäre, hätte es passieren können, von einer italienischen Patrouille aufgehalten zu werden. Sie hätten ihn gar nicht aufhalten müssen, sondern ihn auch einfach erschießen können, sie hatten oft ohne Vorwarnung geschossen. Es hätten ihn die Italiener abknallen können, die aus lauter Angst vor den Partisanen auf alles schossen, was sich bewegte, es hätten ihn die Partisanen aus dem Hinterhalt durchlöchern können, die oft auf alles schossen, was auf der Straße herumlief, denn sie selbst bewegten sich nicht auf der Straße, dort befanden sich der Okkupator und seine Helfershelfer. Erst jetzt verstand Janez Lipnik die Frage, die der Archivar in ihm wiederholte: Mitten im Krieg? Und die Frage, die das Kind in ihm in dunkler Vorahnung wiederholte, jener Junge, den Lipnik in all den Jahren schon beinahe vergessen hatte, jener kleine Janez: Ist sie das? Zala?

Wenn er der Wahrheit über Zala auf den Grund kommen wollte, musste er den unbekannten Verfasser der erotischen Memoiren identifizieren. Er sammelte sich und begann noch einmal verschiedene Teile des Textes zu lesen. Doch obwohl er dabei beharrlich und genau vorging, hatte er keinen großen Erfolg. Den anonymen Autor, der sorgfältig alle Erlebnisse mit allen Frauen notierte, die durch sein Leben, besser gesagt, sein Bett, gegangen waren, nannte er zunächst Perversling und schrieb dieses Wort auch zusammen mit seinen Notizen auf die Akte. Doch als er den Text genauer durchlas, stellte er fest, dass der Erzähler seiner erotischen Abenteuer durchaus menschliche Züge aufwies, dass er genau genommen bei all seinen Frauen an viel mehr interessiert war als lediglich an ihren Körpern, deshalb führte er ihn in seiner Evidenz lange unter dem Namen Casanova. Der unbekannte Erotomane hingegen hatte weder das literarische noch das politische Talent seines großen Vorgängers. Politik interessierte ihn offenbar überhaupt nicht. Er musste sich mit ihr beschäftigen, wie alle, die vom Mahlstrom des Zweiten Weltkriegs und des Bürgerkriegs in Slowenien eingesogen wurden. Er besaß lediglich ein eher außergewöhnliches menschliches beziehungsweise männliches Herz, das erzitterte, wann immer ein weibliches Wesen in seine Nähe kam, und einen Teufel, der ihm keine Ruhe ließ, solange er nicht auch das Herz dieses weiblichen Wesens erschütterte, solange er es nicht, wie man so sagt, erobert hatte. Er hätte ihn Eroberer nennen können, doch das erinnerte zu sehr an Konquistadoren, an zerstörte Städte und niedergebrannte Gefilde weiblicher Seelen. Und er verliebte sich immer wieder, er war nicht verliebt in das weibliche Geschlecht im Allgemeinen, er verliebte sich in jede einzelne Frau und in jede erneut. Außerdem hinterließ er, soweit es nur möglich war, keine Tränen und kein Gefühlschaos, sondern freundschaftliche Abschiedsworte, verständnisvolle Briefe, Fotografien und angenehme Erinnerungen. Deshalb strich Lipnik das Wort „Perversling“ an dem Akt bis zur Unkenntlichkeit aus, strich auch den „Casanova“ durch und schrieb kurzerhand: „Der Liebhaber“. Nach kurzer Überlegung fügte er das Wort „Große“ hinzu.

6.

Diesen Titel hatte sich der Autor der umfangreichen Memoiren auf jeden Fall verdient, schon aufgrund der eindrucksvollen Anzahl von zu Papier gebrachten Eroberungen, Lipnik zählte auf die Schnelle an die vierhundert davon. Zumindest für slowenische Verhältnisse war diese Zahl geradezu unglaublich, besonders, wenn man bedenkt, dass das Werken und Wirken des Autors in seinem zwar langen Leben die meiste Zeit unter den Angehörigen eines kleineren europäischen Volkes erfolgte, das nicht nur weniger Soldaten, weniger Mathematiker und weniger Schuster besaß als die großen Nationen, sondern auch weniger Frauen. Es stimmt, dass sich später auf seiner sorgfältig dokumentierten, mit allen Angaben und Fotos versehenen Liste auch Italienerinnen, Deutsche, Australierinnen, Französinnen, auch sieben Thailänderinnen, zwei Vietnamesinnen und sogar eine Serbin befanden. Doch die Tatsache, dass unter den beschriebenen Frauen vor allem Sloweninnen waren, minderte seine Leistung nicht im Geringsten. In der Geschichte des kleinen slowenischen Volkes gibt es nicht viele Ausnahmemenschen, die die europäischen Standards übertreffen, einige berühmte Grammatiker, Imker und Alpinisten, Staatsmänner und Generäle recht wenige, es findet sich der eine oder andere Architekt und Logarithmenerfinder, ein Kardinal und ein beinahe Heiliger, der Erfinder der Schiffsschraube jedoch, den die Slowenen für den Ihren halten, war in Wirklichkeit ein Tscheche. Die Historiker lehren uns, dass die Geschichte des slowenischen Volkes vor allem eine Geschichte des Kampfes um das kulturelle und soziale Überleben war. Es musste vor allem überlebt werden, daher blieben keine Zeit und kein Wille für große Errungenschaften. Und das am wenigsten auf einem Gebiet, dem dieser, in gewisser Hinsicht, verlässliche Ausnahmemensch sein Leben gewidmet hatte. Die Frau ist bei den Slowenen eine überaus respektierte und geachtete Persönlichkeit, nicht nur die Mutter, die Heiligendimensionen annimmt und der die aufregendsten Seiten der älteren Literatur gewidmet sind. Nicht nur die Mutter und nicht nur die Ehefrau, die für den Mann und das Heim sorgt, sondern auch das Mädchen, wie es slowenische Volkslieder besingen. Deshalb verdiente der unbekannte Verfasser den Titel „Der Große". Das Wort Liebhaber gehörte eben deswegen dazu, weil es seine Aktivität beschrieb. Lipnik wäre es lieber gewesen, er hätte „Der Große Erfinder" oder „Der Große Staatsmann" schreiben können, dies war in diesem Falle jedoch nicht möglich.

Was den Archivar Janez Lipnik am meisten irremachte, war die Tatsache, dass der Autor seine reichen Lebenserinnerungen zunächst seinen beiden Enkeln zu hinterlassen gedachte, er hatte sie ihnen gewidmet. Warum sollte jemand so etwas den armen Kindern hinterlassen? Andere überreichen ihren Nachkommen die Lebensgeschichte ihrer Heldentaten, Auszeichnungen und Erfindungen, ihm aber schien wohl, die Niederschrift seiner Eroberungen sei so bedeutsam, dass jeder Mann stolz darauf sein müsste, auch seine Enkel. Doch später hatte er seine Entscheidung revidiert:

Für wen habe ich das alles geschrieben? Vielleicht für mich? Ich habe es mir hinsichtlich der Enkel anders überlegt, möglicherweise wäre es doch nicht das Beste für sie, wenn sie ihren lieben Opa auf diese Weise kennenlernten. Wie auch immer: Ich habe es geschrieben. Schließlich gibt es nicht viele derart erfüllte Leben.

Das stimmte. Dies war aber auch die einzige Erklärung. Gewiss hatte er sich gewünscht, dass jemand seine Aufzeichnungen lesen würde. Niemand schreibt seine Erinnerungen mit dem Wunsch nieder, dass sie von niemandem gelesen würden, das wusste Lipnik, der über langjährige Archiverfahrung verfügte, nur allzu gut. Nun waren sie aber einem Menschen in die Hände gefallen, den die immense Anzahl an Schenkeln, feuchten Schritten, erhitzten Bäuchen, behaarten Körperzonen, den die Hitze und das Auskühlen, das Stoßen und das Lecken nicht interessierten, auch all die Fotografien nicht, wer konnte sich angesichts einer solchen Menge von Frauen mit verschiedensten Berufen und Neigungen noch aufhalten, von Aristokratinnen und Arbeiterinnen,

Frömmlerinnen, Nymphomaninnen und Lesbierinnen, Verheirateten und Witwen, kindlich Unschuldigen und lüstern Ausgelassenen.

Wahrscheinlich wäre der Schreiber dieser Memoiren nicht ganz zufrieden gewesen, wenn er gewusst hätte, dass seinen Leser im Landesarchiv nur eine einzige Frau interessierte, und das nicht ihrer phänomenalen sexuellen Fertigkeiten und Begierden wegen, sondern deshalb, weil sie in seiner Seele einen Abgrund aufgetan hatte, eine Erinnerung, der er auf den Grund gehen wollte. Es zog ihn in diese Erinnerung hinein, Lipnik wollte in sie eintreten, zu ihr hinab und ganz auf den Grund.

Die meisten der Frauen, deren Wege das Leben des Großen Liebhabers gekreuzt hatten, gaben ihm ihre Fotos, die er sorgfältig auf die maschinengeschriebenen Seiten klebte. Die erste von ihnen war Zala, wie unter dem Foto stand: *Zala, Lehrerin aus Dobrava, meine erste richtige Frau.*

7.

Als Lipnik diese Schrift nun in die Hände bekam, zitterten nicht nur seine Hände, beim Namen Zala verspürte er auch eine Art Schwindelgefühl, als sei ihm der Boden unter den Füßen weggezogen worden, als sei der Raum seines Büros samt dem Tisch und der blühenden Kirsche unter dem Fenster nicht mehr hier, sondern irgendwo anders. Als blicke er in einen Abgrund. Aber nicht wegen der eindrucksvollen Anzahl an Frauen, die darin vorkamen. Sondern wegen einer einzigen, von der er dachte, er habe sie erkannt. Vielleicht kam es ihm später nur so vor, dass dem so gewesen sei, dass er in jenem Augenblick eine Vertigo verspürte, als er die Mappe in die Hände nahm. War es möglicherweise später, als er am Foto einer Frau aus dieser langen Reihe die Züge eines bekannten Gesichtes wahrnahm, erkannte? Eines Gesichtes mit kräftigen schwarzen Augenbrauen, weißen Zähnen, auf diesem Foto jünger, mit kurz geschnittenem Haar, aber dennoch eines Gesichtes, angesichts dessen er erschauerte: Ich kenne dich. Obwohl die Frau auf dieser Fotografie jünger war, obwohl sie einen Badeanzug anhatte, der ihren Körper vom Schritt bis zur Brust bedeckte, obwohl das Foto in einer fremden Gegend aufgenommen worden war, auf Felsen, die von der Küste stammen konnten, oder auf Felsen an einem Alpensee, obwohl all diese Dinge den Blick zum Körper und der Landschaft hinzogen, konnte er seinen Blick nicht von ihren Augen abwenden. Er kannte diese Augen aus seiner Kindheit, diese Augen inmitten eines anmutigen Gesichtes, eines niemals lächelnden Gesichtes, eines nachdenklichen Gesichtes, eines Gesichtes, das mit dem Profil zur Klasse gekehrt am Fenster stand und auf eine Mariborer Vorstadtstraße blickte, rote Lippen, die sagten: Gut, Janez, gut. Jenes häufig gedankenversunkene Gesicht mit den Augen, die manchmal lange vor sich hin blickten, als wären sie woanders, als sähen sie etwas anderes; dieses hier lächelte fröhlich, die Körperhaltung irgendwie ausgelassen, das Mädchen auf dem Foto lächelte den an, der sie fotografierte, das konnte nicht sie sein. Und dennoch hätte sie es sein können, sagte eine Ahnung in seinem Inneren, vielleicht war dies eine Koinzidenz, wie jenes Fahrrad möglicherweise eine Koinzidenz war, das Fahrrad von Presto oder Presta, das mit Algen und Schlamm bedeckt aus dem Fluss gezogen worden war. Doch seit damals, als er diese Frau kannte, die diese auf dem Foto hätte sein können, waren viele Jahre vergangen, er hatte viele Gesichter gesehen, es gab keinerlei Beweis, es war lediglich eine Vermutung, ein plötzlicher Schwindel, der Abgrund des Unbekannten, in den er blickte, als ihm die Erinnerungen des Erotomanen in die Hände geraten waren. Dieser hatte geschrieben, die Lehrerin Zala sei seine erste richtige Frau gewesen, ein großes Kapitel in seinem Leben.

Lipnik blickte in den Abgrund, der ihn in die Tiefe hinabzog.

– Zala, flüsterte er, die Lehrerin aus Dobrava, das ist sie, meine erste richtige Frau.

8.

Als er seinen Blick von der blinkenden elektronischen Uhr abwandte, um erneut den großen glänzenden Gang zu überblicken, in dem Marijana jeden Moment auftauchen sollte, blieb sein Blick an einer Frau haften, die eigenartig wankte. Dann sah er, dass ihre Schultern bereits nackt waren, jemand zog ihr das Kleid hinunter, zunächst zog er, dann riss er, riss regelrecht den leichten Blumenstoff von ihr, ihr Kleid war übersät von Blumen, solchen frühlingshaften Gänseblümchen, der Sommer würde bald kommen, der Stoff war leicht, leicht glitt er über ihre nackte Haut. Jemand stand hinter ihr, es waren nur Männerhände zu sehen, der Kopf war hinter ihrem Rücken versteckt, die Hände jedoch zogen ihr unaufhaltsam das Kleid hinunter, sodass sie bereits gefährlich wankte und Lipnik dachte, nun würde sie umfallen. Die zarte Frau mit dem zierlichen Körper, die sich immer mehr entblößte, blieb dennoch stehen, fiel nicht, lehnte sich ein wenig an die Scheibe. Kurz darauf war sie bereits ganz nackt und vollkommen reglos. Der Mensch, der sie auszog, trat auf ein Gestell und nahm auch noch den Hut von ihrem Kopf, zunächst den Hut, schließlich noch die Haare. Er warf sie einfach zu Boden, einfach hinunter auf jenen kleinen Haufen, wo – zwar auf ausgelegtem Papier, aber dennoch auf dem Boden – ihr leichtes Frühlingskleid lag, nun blieb auch ihr helles Haar dort liegen.

Lipnik durchschüttelte der Schauer einer Erinnerung. Ihr Haar lag auf dem Boden, ein Häufchen abgeschnittener Haare.

Der Mann entfernte die restlichen Stecknadeln, die am Haaransatz des rosigen Schädels befestigt waren, er steckte sie sich zwischen die Lippen, und sollte er jetzt fallen, ging Lipnik durch den Kopf, wenn jenes Gestell unter seinen Füßen wegrutscht, wird er all diese Stecknadeln verschlucken. Wenn er sie nicht vorher ausspuckt. Alle würde er wahrscheinlich nicht ausspucken können, einige würde er bestimmt schlucken. Die nackte Frau hingegen, ohne Kleid, ohne Haar, ohne Stecknadeln am Kopf, nur mit Schuhen an den Füßen – gewiss italienischen – blieb ans Schaufenster gelehnt. Lipnik schien, als sähe sie ihn mit ihren leeren Augen an.

Einige Zeit lang beobachtete er die Passanten und versuchte ihre Augen zu sehen, auch diese waren leer wie die Augen der Schaufensterpuppe, nicht ganz so leer, manche versuchten beim glanzvollen Anblick der ausgestellten Kleidungsstücke, Apparate und schön geformten Metallgegenstände aufzuleuchten, beim Anblick des Designs, des Lichtes, der Pailletten, die die Funken in den Augen der jungen Frauen entzündeten. Für einen Moment versuchten sie zu funkeln, doch dann erloschen sie rasch wieder, weil von allem zu viel da war, es war nicht möglich sich zu erfreuen und das Funkeln in den Augen hervorzurufen, in denen sich alles vermischte, in denen alles zu viel war. Er ließ seinen Blick zu den Beinen gleiten, die an ihm vorbeigingen und vor den Schaufenstern innehielten. Einige Zeit lang versuchte er festzustellen, welche Beine im Rhythmus der Musik aus den Lautsprechern schritten und fand tatsächlich bald heraus, dass manche Frauenbeine genau im Rhythmus gingen und sich auch danach, wenn sie ein paar Schritte von ihm entfernt stehen geblieben waren, noch weiter in diesem Rhythmus bewegten, indem sie ihre Knie beugten, in dem der Fuß des rechten Beines sogar ein wenig zur Seite trat, sodass sich der geblümte Rock über den Knien ein klein wenig bewegte. Ihm fiel ein, dass der namenlose Memoirenschreiber kurzerhand zu dieser Frau hingetreten wäre und sie angesprochen hätte. Er selbst hingegen – sprach er denn nie eine Frau an? Als es Marijana noch nicht gegeben hatte, da schon, aber später nie wieder, nie wieder eine. Damals, als es Marijana noch nicht gab, hätte er angesichts von Frauenbeinen, die bis zu den Knien von einem geblümten Rock bedeckt waren, angesichts von Beinen, die sich zum Takt einer krächzenden Musik bewegten – nun hörte er sie, nun konnte er sie wieder hören –, darüber nachgedacht, wie es wäre, wenn diese Beine an seinem Bett stünden. Oder darauf lägen. Auch jenes Paar Beine in Jeans, das sich zu jenem Rock gesellte, auch dieses wäre früher in eine derartige Gedankenkette zu bringen gewesen. Doch heute fiel es ihm nicht einmal ein, traute er es sich nicht einmal in Erinnerung zu rufen, was er in jenen Tagen, als es Marijana noch nicht gab und er in den Jazzklub ging, einen Jazzmusiker zu nächtlicher Stunde sagen hatte hören: Die da gehört gefickt. Und diese da zum Nachtisch. Er hatte sein Schlagzeugstück vorgespielt, jener Musiker, er hatte an der Theke gelehnt und sich zu zwei Mädchen hinübergebeugt, die zunächst Blicke tauschten und dann auflachten. Dich würde ich zuerst, hatte der Schlagzeuger gesagt ... und dich noch zum Dessert. Wie eigenartig heute meine Gedanken verlaufen, sagte Lipnik zu sich selbst, was für Dinge mir plötzlich einfallen. Seine müden Augen blickten Beinen nach, die in der Menge verschwanden, dich würde ich ... und dich zum Dessert. Wie jener Erzähler eigener sexueller Erlebnisse, so hätte es auch er gesagt, der Chronist der Erotik, der erotische Chronist, der Jurist, der Adjunkt. Erneut blickte er zur nackten Puppe, die an der Fensterscheibe lehnte, sie hat einen leeren Blick, wie wahrscheinlich auch ich. Marijana sagt, ich hätte Glotzaugen, wenn ich über etwas nachdenke. Seine Augen stachen nicht nur aus Müdigkeit hervor, sein Blick sah nicht nur wegen des schrecklichen, idiotischen Lärms im Einkaufszentrum ein wenig schwachsinnig aus, in seiner Brust kauerte auch ein kleiner Keim des Schmerzes, der nun stumpf und erschöpft war, aber das bedeutet nicht, dass er nicht bald wieder stechend und glühend sein konnte.

9.

Am Samstag vor drei Wochen, an jenem sonnigen Samstag, an dem das mit Algen behangene Fahrrad der Marke Presto an das Ufer der Ljubljanica gezogen worden war, hatte er sich im Archiv verschanzt. Als er am Abend nach Hause kam, fragte er Marijana zum Spaß, mit wem sie sich dort am Kai unterhalten habe. Etwa mit einem ehemaligen Liebhaber? Sie sah ihn an und er wusste, was sie sagen wollte; dass er eine blühende Fantasie habe und dass er immer irgendetwas träume. Das sagte sie nicht, aber er wusste, dass sie es dachte, als sie mit den Schultern zuckte. Sie nahm ihn nicht ganz ernst. Die blühende Fantasie hingegen, die meinte sie wirklich ernst. Deshalb machte sie auf seine Frage hin lieber keinen Scherz, sondern zuckte nur mit den Schultern. Bei ihm konnte eine scherzhaft gemeinte Angelegenheit plötzlich in pedantische Nachforschungen umschlagen. Sie wusste schon lange, dass seine Gedanken gerne zu einem Punkt abschweiften, der erdacht oder wirklich war, und sich dann wie ein Bohrer in ihn hineinbohrten. Manchmal grenzte dieses Bohren an Besessenheit. Er konnte nicht aufhören und nicht nachgeben. Vor Jahren, bereits einige Tage, nachdem er in ihre Wohnung gezogen war, in der sie, wie er sagte, „glücklich bis ans Ende ihrer Tage leben würden", hatte er sich in eine Ansichtskarte verbohrt. Eine Ansichtskarte aus Budapest. Sie war von anstrengenden nachmittäglichen Vorlesungen nach Hause gekommen, sie war erschöpft und der Studentinnen in zu engen Hosen und noch engeren Blusen überdrüssig, die nichts auf der Welt interessierte außer zu enger Kleidung. Auf dem Tisch lag eine Ansichtskarte mit zwei Budapester Brücken.

Sofort wusste sie, von wem sie war, eine Freundin aus Studentenzeiten war vor ein paar Tagen nach Ungarn gereist. Sie war sehr erfreut, sie dachte, sie beide gehörten einer Generation an, die außer an zu engen Hosen und Blusen auch an etwas anderem interessiert war, an Byron, Yeats, selbst Lawrence. Ich weiß, wer mir schreibt, sagte sie und ging ins Badezimmer. Als sie zurückkehrte, saß Janez mit reglosem Gesicht am Tisch. Wirst du sie nicht lesen?, fragte er. Was bedeutete, dass er die Ansichtskarte bereits gelesen hatte, was sie beinahe wieder in jene schlechte Laune versetzt hätte, die sie von der Fakultät mitgebracht hatte. Die Karte war ihr gewidmet und sie hatte zumindest das Recht, sie als Erste zu lesen. Über dieses Detail sah sie hinweg, nahm die Postkarte, las und prustete los. Darauf stand geschrieben:

Ein langjähriger Wunsch hat sich mir erfüllt, von dem jede Frau träumt. Ich weiß, dass du mich beneiden wirst. Ich fuhr in einem Bus voller betrunkener ungarischer Soldaten. Mit herzlichen Grüßen, Jana

– Ich weiß nicht, was hier komisch sein soll, sagte Janez.

– Das ist ein Scherz, sagte sie. Ein Scherz, verstehst du?

– Wenn ich richtig verstehe, erhob er ein wenig aufgeregt seine Stimme, ist das ein Scherz über eine potenzielle Vergewaltigung.

– Ja, sagte Marijana, jede Frau träumt davon, von betrunkenen ungarischen Soldaten vergewaltigt zu werden.

– Sei nicht sarkastisch, sagte er, der Kontext dieser Mitteilung ist eine Anspielung, ist zweideutig, ist unklar, zumindest, ich kann es einfach sagen: zynisch.

– Zynisch? Gegenüber wem? Gegenüber was?

– Gegenüber der körperlichen Unantastbarkeit und der weiblichen Würde.

Marijana wurde ernst. Sie versuchte ihm zu erklären, dass die Mitteilung gerade das Gegenteil sei, dass sich Jana offensichtlich unbehaglich gefühlt habe, wahrscheinlich habe sie es kaum erwarten können, dass die Fahrt zu Ende wäre. Übrigens sei nicht einmal klar, warum sie mit einem Fernverkehrsbus gefahren sei. Vielleicht, sagte Lipnik, machte sie einen Ausflug von Budapest nach Szentendre, dorthin könne man mit dem Bus fahren oder mit dem Schiff – nur warum sie mit dem Bus in dieses kleine Städtchen gefahren sei, wo es eine serbische Basilika mit alten Ikonen gäbe, und das mit einem gewöhnlichen Fernverkehrsbus, warum solche Abenteuerlust, wo sie doch mit dem Schiff hätte fahren können? Und wenn sie mit einem Touristenbus gefahren wäre, wäre sie nicht mit einer Truppe betrunkener ungarischer Soldaten gefahren. Möglicherweise sei sie aus der Stadt Szentendre zurück nach Budapest gefahren, die Soldaten hätten sich in Szentendre betrunken, dort gäbe es Weinberge und in der Stadt würden gute Weine ausgeschenkt, er könne sich genau erinnern, er sei einmal dort gewesen. Marijana sagte, ihre Freundin sei eben mit dem Bus gefahren und nicht mit dem Schiff, und es sei nirgendwo gesagt, dass sie nach Szentendre gefahren sei. Als sie die Karte geschrieben habe, habe sie sich daran erinnert und ein paar Zeilen hingekritzelt – wo gäbe es hier überhaupt ein Problem?

Oh, und ob es ein Problem gäbe. Obwohl sie ihn seit vielen Jahren kenne, kenne sie ihn nicht gut genug. Es gäbe ein Problem, so groß wie ein Berg. Ein Problem, das tief im Unterbewusstsein dieser ihm unbekannten Jana säße, ihrer Freundin aus Studentenzeiten. Hätte er sie besser gekannt, hätte er sich ausdenken können, warum ihr unwillkürlich aus dem Unterbewusstsein der Gedanke daran gekommen sei, was in jenem Bus hätte passieren können. Doch er werde sich nicht mit Jana befassen. Das Problem sei sie, seine Marijana, die er anscheinend nicht gut kenne, noch weniger als sie ihn. Er hätte sich nicht gedacht, dass ihr jemand so etwas schreiben könne. Denn wenn ihr so etwas eine Freundin schriebe, die sie gut kenne, vielleicht sogar bis ins Innerste der Seele, wie man so sage, dann könne man schon behaupten, sie seien auf derselben Wellenlänge, sie strahlten und empfingen Signale, die, sie solle ihm verzeihen, am Rande der Obszönität lägen.

Und so weiter. Bis zum Abend, als ihr einfiel, sie müsse noch eine Besorgung machen und dann zu ihrer Mutter, nur damit dies ein Ende nahm. Und den zweiten Tag und den dritten Tag. Den dritten! Ihre Argumentation war schon am ersten Tag verbraucht, eigentlich im ersten Augenblick, in einem einzigen Satz, der möglicherweise gar nicht ausgesprochen hätte werden müssen: Das ist ein Scherz. Hat nicht jemand einmal ein Buch mit einem solchen Titel geschrieben, in dem der Scherz auf einer Ansichtskarte der ganzen Geschichte den Anstoß gab? Das ist nicht vergleichbar, sagte er, jener Scherz war ein Schlag gegen das totalitäre gesellschaftliche System. Hier geht es um etwas anderes, um die Frage danach, was im Bewusstsein der Absenderin und der Empfängerin vorgeht, wo ihr gemeinsamer Punkt liegt. Und so weiter, bis seine Gedanken von anderen Geschichten in Besitz genommen wurden. Wie gewöhnlich von Geschichten aus dem Archiv. In diesem Frühling waren dies die Notizen eines australischen Slowenen, eines Emigranten, offenbar eines Perverslings, der seine erotischen Abenteuer aufgeschrieben hatte. Das beschäftigte ihn voll und ganz. Marijana atmete ein wenig auf, weil sie sich nicht mehr über diese jämmerliche Ansichtskarte unterhielten. Dafür begann er von einem Tagebuch zu erzählen. Von einem Tagebuch aus einer Nervenheilanstalt. Er konnte von nichts anderem mehr reden. Wenn er fragte, ob sie sich dort am Kai vielleicht mit einem ehemaligen Liebhaber unterhalten habe, war das wirklich nur eine Andeutung, dass es ihm nicht egal war, dass er sie noch immer gern hatte, trotz der Tatsache, dass er ganze Tage im Archiv verbrachte und sich auch nachts im Bett aufsetzte und von seinen Erkenntnissen bezüglich jener Notizen redete. Marijana war es lieber, er beschäftigte sich mit irgendeinem Archivmaterial als mit ihr, oder gar mit irgendeiner Ansichtskarte, die eine Freundin aus Budapest geschickt hatte.

10.

Am Montagnachmittag – ja, auch am Montag schien noch die Sonne, zum letzten Mal, denn dann folgte ein lang anhaltender Regen – beschäftigte er sich weiterhin mit den Erinnerungen des Großen Liebhabers. Er wäre ein schlechter Archivar gewesen, hätte er nicht versucht, den Autor der Aufzeichnungen zu identifizieren. Anfangs dachte er, die Sache würde einfach werden. Er würde nur die Mitgliederverzeichnisse der slowenischen Vereine in Australien durchsehen müssen, die eine oder andere Telefonnummer wählen und die noch lebenden Mitglieder fragen, ob sie ihn kannten ... wen? Ihm fiel ein, dass er überhaupt nicht in der Lage wäre, ihn zu beschreiben. Nicht nur, dass es keinen Namen gab, es gab auch keine anderen Angaben als die Namen der Frauen und die Orte, an denen sie mit ihm geschlafen hatten. Es gab viele Fotografien der Frauen, doch keine einzige zeigte ihn, einige Mädchen hatte er offensichtlich selbst fotografiert, doch niemals war er darauf, der Große Liebhaber. Wen suchte er eigentlich? Alles, was er über sich geschrieben hatte, waren die Berufe und die Arbeit, die er verrichtete. Davor hatte er Jura studiert, in der königlichen Armee wurde er, wie alle, die das Studium beendet hatten, Leutnant. Im Krieg, da, wo Zala auftauchte, das große Kapitel seines Lebens, im Krieg war er Adjunkt im Waldbesitz der Auersperger gewesen. Zala war Lehrerin auf Dobrava. Lipnik sah auf der Landkarte nach: Der Memoirenschreiber hatte einiges zu Fuß oder mit dem Fahrrad zurücklegen müssen, ehe er zu ihr gelangte. Als er auswanderte, war er als Dolmetscher tätig. Dann arbeitete er in einer Bank, schließlich eröffnete er ein Geschäft mit italienischen Delikatessen in Melbourne. Doch er wusste immer noch nicht, wen er suchte. Wer war dieser Mensch, der – nach den Geliebten zu urteilen, die er besessen hatte, den Sloweninnen und Italienerinnen – über Triest in die Emigration gegangen war? Sein Blick verweilte auf dem Foto eines langhaarigen Mädchens, lächelnd und braun gebrannt saß sie am Meer. Wahrscheinlich war sie vom Autor fotografiert worden.

Das war eine Stadt für mich. Obwohl noch immer Krieg herrschte, war sie elegant und ruhig. Wir tranken Kaffee in den Kaffeehäusern. Wir gingen nach Miramare baden. Maria trug einen sehr engen und dünnen Badeanzug, sodass nicht nur die reizvolle Form da unten zu sehen war, sogar die schwarzen Härchen ließen sich durch den gelben Stoff erahnen. Sie war in meinem Alter, ihr Zuhause war auf Sizilien, wo sie am Gymnasium Gymnastik unterrichtete, in Triest lebte sie allein mit der Mutter. Sie war schlank, groß, ihre Nase war leicht gekrümmt, sie hatte braune Augen, ihr Lachen war voller weißer und gefährlich glänzender Zähne. Wann immer ich sie ansah, dachte ich, dass eine solche Frau zu lieben die Erfüllung all meiner erotischen Ambitionen bedeuten müsse …

Es folgte eine lange Beschreibung eines Sonntagnachmittags in ihrer Wohnung, die Mutter war nicht daheim. Er versuchte sie zu küssen, sie biss ihn jedoch mit diesen gefährlich schönen Zähnen in die Lippe. Trotzdem fuhren sie mit der Straßenbahn in Richtung San Giovanni. In einem Gasthaus tranken sie ein paar Gläser Wein. Sie sagte, jener Biss würde ihr leid tun.

Wir stiegen an der letzten Straßenbahnstation aus. Maria wollte den Sonnenuntergang sehen. Wir setzten uns auf die Steine am Straßenrand und blickten auf die sonnenbeschienene Stadt. Ihr Sommerrock war leichtsinnig weit hinaufgezogen und entblößte die braunen Schenkel. Ich blickte ihr in die Augen. Auf einmal begann sie ihre Bluse aufzuknöpfen. Sie küsste mich. Non ti mordo!, sagte sie, ich werde dich nicht beißen. Die blutige Lippe war vergessen. Meine Hand glitt zwischen ihre Oberschenkel. Ich war vorsichtig. Ich wartete auf ihr Zeichen für „Stopp“. Doch stattdessen begann sie mich zu streicheln, zu umarmen und mein Hemd aufzuknöpfen. Ihre Hand langte nach meiner Hose. Wir blickten uns nicht um, um ein verstecktes Plätzchen zu finden, wir legten uns einfach auf den Fußweg. Bald war ich in ihr, sie begann laut zu stöhnen.

Viele waren in Triest durch seine Hände gegangen, viele gab es auch in Rom, wo er sofort ein attraktives Stubenmädchen gefunden hatte. Und deren Schwester. Lipnik wurde klar, dass die Identifizierung des Verfassers nicht so einfach werden würde. Die Sache wurde jedoch irgendwie eintönig. Maria war erst die Nummer 27 – wo waren erst die Nummer 100 und die nächsten Hundertschaften! Die Nummer 69 war eine achtzehnjährige Ungarin, die geflüchtet war und die er mit Schokolade erobert hatte. Sie mochte keine Spaghetti, aber sie liebte Schokolade.

Sie war scheu und konnte nur ein paar Worte Italienisch. Als sie zu mir kam, gab ich ihr wieder ein wenig Schokolade, wir tranken süßen Likör. Ich habe ihr lange zugeredet, dann legte sie sich doch aufs Bett. Nach einigen Küssen zog sie ihr Höschen aus und steckte es unter das Kissen. Vorsichtig streichelte ich sie am Körper und zwischen den Beinen, sie war keine Jungfrau mehr, aber nicht weit davon entfernt. Ich wollte aufhören, doch sie sagte mit diesen wenigen italienischen Worten: … wenn wir so weit gekommen sind. In ihrem Gesicht waren schmerzvolle Grimassen zu sehen. Sie hat die Klimax nicht erreicht. Sie kam noch einige Male zu mir, um Schokolade zu bekommen, mein Verlangen war jedoch verschwunden. Für diese Eroberung habe ich mich ein wenig geschämt …

Nicht genug, um nicht gleich fortzufahren. Namen und Fotografien folgten aufeinander. Unter jedem Bild stand eine kurze Beschreibung:

Lea G., die lüsterne Tochter meiner Hauswirtin … Liana W., schön und wild … Olga M., eine slawische Seele … Gerta E., Krokodiljägerin und erster Gruppensex („oh Gott Jungs, ihr habt mich ja völlig auseinandergerissen“), Billy B., rothaariger Berg voll Wonne; Anna Z., ein Orgasmenvulkan; Kyo San, unersättliche japanische Vampirin, Gloria V., Enttäuschung im Hotel für eine Nacht; Nevenka A., Sex am Morgen (als ich gekommen bin, putzte sie gerade die Wohnung, sie sagte auf Serbisch: „Hab' ich grad' Lust zu ficken.“); Geneviéve H., französische aristokratische Schizophrenie; Nadia E., Erfahrung mit einer Lesbe und ihrer Geliebten; Lily und G., a quickie in three („am Ende fanden wir uns im Schlafzimmer wieder, wo ihr Stöhnen auch mich zur Penetration ihres duftenden Blumengartens und ihres Mundes ermuntert hat“).

Es wurde wirklich ein wenig monoton. Die lange Liste der Tänzerinnen, Anhalterinnen, Geschäftsfrauen, Witwen und Ehefrauen oder Liebhaberinnen von Freunden wurde von drei Ehen unterbrochen, es wurden ein Paar Kinder geboren, doch die anhaltende Aktivität wurde auch durch diese Ereignisse nicht beendet. Es traten zwar Krisen auf, Valium und Alkohol, gerichtliche Scheidungen und hysterische Anfälle, Verfolgungen und Eifersüchteleien, doch die Sache ging weiter, neue Knöpfe, neue Schenkel, neue Brüste, neue betörende Blumen zwischen den Beinen, nachmittägliche Hotels und Autorücksitze, Seeufer und stehendes Bumsen an Mauern in einsamen Gassen. Die Sache wurde irgendwie zum Selbstzweck. Wenn das passiert, wird sie langweilig.

Und vor allem: keine Spur mehr von der Lehrerin Zala.

Sie war einfach aus den Notizen des Großen Liebhabers verschwunden.

11.

Er hätte zwar die Mappe im Archiv ablegen, „Autor unbekannt" vermerken und notieren können, wie der Text ins Landesarchiv gelangt war, und die Sache wäre erledigt gewesen. Für jemand anderen vielleicht, nicht für Janez Lipnik. Oberarchivar Janez Lipnik war dafür bekannt, jede Sache zu Ende zu bringen. Bei seinen Kollegen war er aufgrund dieser Eigenschaft ein wenig unbeliebt. Wegen einer Fußnote war er bereit, ganze Tage im Archiv, in der Bibliothek und am Computer zu sitzen, auch samstags und sonntags zum Ärger des Wachmanns und Portiers Mehmet. Er war auch bereit, seine Mitarbeiter anzutreiben, schon längst abgelegtes Material zu öffnen und sich darin zu vertiefen. Wegen einer Fußnote, sagte Beno, sein Mitarbeiter, ich bitte Sie.

Er bemerkte, dass er beim ersten hastigen Durchlesen eine Fußnote übersehen hatte. Diese besagte, dass die Beschreibung eines Treffens oder des Geschlechtsverkehrs mit jeder neuen Frau mit einem K, einem Z oder mit Miss gekennzeichnet war. K bedeutete Kapitel, das heißt, dass alle Frauen, die mit K gekennzeichnet waren, Kapitel seines Lebens waren. Derer gab es nicht viele, es gab eine Ivica, eine Studienkollegin an der Uni, die Schönste des Jahrgangs, von der er überzeugt war, er würde sie niemals bekommen, und die er natürlich bekommen hatte; Dora, die sich um ihn kümmerte, als er im Jahre vierundvierzig nach Triest gekommen war – und nebenbei noch sieben oder acht andere flachgelegt hatte, Sloweninnen und Italienerinnen; es gab Ema, die er geheiratet hatte und von der er bald wieder geschieden wurde, sowie eine verrückte serbische Wissenschaftlerin, die er in Australien geheiratet und die ihn an den Rand des Wahnsinns getrieben hatte, ehe er auch von ihr geschieden wurde – an dem Punkt traten Valium und Alkohol in sein Leben, beides zugleich. Es gab noch etwa ein Dutzend anderer Ks (also Kapitel) seines Lebens. Die meisten hatten die Bezeichnung Z. Das waren flüchtige Begegnungen, nachmittägliche Intimitäten mit einigen Wiederholungen, Partybekanntschaften, Kolleginnen aus der Bank, wo er nach seiner Ankunft in Australien gearbeitet hatte, sowie Thailänderinnen und Philippininnen während der Ausflüge in Sextourismus-Regionen. Bei der Bezeichnung Miss handelte es sich entweder um miesen Sex, was sogar einem solchen Liebhaber, wie es der Große Liebhaber war, manchmal passieren konnte, oder um äußere Umstände, die den Geschlechtsakt verhinderten – davon gab es nur einige wenige Beispiele –, oder aber um unglücklich verliebte Frauen, die verrückt nach ihm waren, während er sich mit aller Kraft bemühte, sie ohne ihr und sein eigenes Leiden loszuwerden, ohne Tränen, Briefe oder zu häufige Telefonate. Doch der unbekannte Verfasser wäre nicht der Große Liebhaber gewesen, hätte er nicht feierlich geäußert, dass er auch sie, wie alle anderen, geliebt hatte, auch all jene, die mit Miss gekennzeichnet waren.

Ich erinnere mich an alle, es würde mich interessieren, wie viele von ihnen sich an mich erinnern. Wie du siehst, meine Liebe, auch wenn du ein Kapitel oder ein Zufall oder ein Missgeschick bist, es ist einerlei: Ich erinnere mich an Dich. Ich habe alle geliebt. Es stimmt, die eine mehr, die andere weniger. Die eine eine Stunde lang, die andere monate-, jahre-, jahrzehntelang, für immer. Meine Gefühle und körperlichen Empfindungen haben sich verändert, meine Erinnerungen hingegen niemals.

Lipnik fand trotzdem etwas, was darauf hinweisen konnte, dass der Memoirenschreiber im Zweiten Weltkrieg ein Soldat gewesen war. Eine der Beschreibungen deutete ziemlich direkt darauf hin:

Mileva setzte sich aufs Bett, angezogen, aber nach ein Paar Küssen zog sie ihren Pullover aus. Nie werde ich ihr frisches, unbefangenes Lächeln vergessen. Auch ihre kleinen Brüste nicht, die ich zu küssen begann. Plötzlich stieß sie mich weg, es schien, als hätte sie es sich anders überlegt. Sie sah mir in die Augen und sagte: „Ti amo, signor tenente.“ Auch ich liebe dich, Mileva, was für feine Dessous über deine Haut glitten, als du dich ausgezogen hast, und dann glitten wir in deinen kleinen, feuchten Körper.

Signor tenente? Hier wurde eine Möglichkeit angedeutet. Der Große

Liebhaber war vor dem Krieg in der Schule für Reserveoffiziere, er erhielt den Rang des Leutnants, er hatte also im Krieg nicht nur ein Adjunkt auf einem Anwesen sein können, das war unmöglich. Er musste demnach eine Uniform getragen haben. Doch wem hatte er sich angeschlossen? Den Partisanen? Schwerlich, dort hatten die Kommunisten die Sache übernommen, die Offiziere der jugoslawischen Armee mochten die Partisanen nicht. Der antikommunistischen Armee, den Dorfwachen, den späteren Domobranzen? Oder den Tschetniks, die sich für die königliche Armee in der Heimat hielten? Dieser Sache musste man auf den Grund kommen.

An jenem Montag wollte er noch die Etymologie des Wortes *skebe* studieren, mit dem ihn eine japanische Schauspielerin bedacht hatte – bedeutete es nur „Weiberheld“ oder auch „Liebhaber“? Aber dann stellte er fest, dass es Zeit fürs Mittagessen war. Er hatte es gar nicht bemerkt, er hatte nicht auf die Uhr gesehen, denn wenn Lipnik in seine Schriften vertieft war, sah er keine Uhr und spürte keinen Hunger. Auch hatte er nicht bemerkt, dass sich auf seinem Tisch die Anträge von Staatsbürgern häuften, die zu erledigen waren. Berichte über Eigentumsangelegenheiten, über Erbschaften, die auszufertigen waren. Berichte über Denationalisierungsverfahren und über Wiedergutmachungen für das Unrecht, das den Menschen im kommunistischen System widerfahren war, sowie Bestätigungen über Kriegsschäden. All diese Anträge und Papiere schob er an den Tischrand, die Nachforschungen über die Notizen des Erotomanen nahmen seine Zeit immer mehr in Anspruch. Schließlich wanderten die Gesuche und Anfragen all jener Menschen vom Tisch auf ein Regal. Wenn Lipnik in eine Archivforschung vertieft war, bemerkte er gar nichts. Nicht einmal seinen Arbeitskollegen Beno, von dem er am liebsten überhaupt keine Notiz genommen hätte, auch wenn er ihn sah. Beno, sein Mitarbeiter, trat ein, mit seinem Gesäß lehnte er sich an Lipniks Tisch und sagte, dass draußen die Sonne scheine. Sie würden draußen zu Mittag essen, er könne sich zu ihnen gesellen. Ihm war nicht nach einem Mittagessen mit Beno zumute, ihm war nicht nach einem Gespräch über den Urlaub zumute, der näher rückte. Er blickte indes aus dem Fenster: Die Sonne schien wirklich, die weißen Kirschblüten strahlten im Mittagslicht. Vielleicht ja doch, sagte er, vielleicht geselle ich mich wirklich zu euch. Er dachte, er würde am liebsten noch diese Sache erledigen, das heißt, herausfinden, was das Wort *skebe* bedeutete, doch die Frühlingssonne übermannte ihn. Wen würde sie das nicht!

12.

Im Frühling des Jahres 2000 waren die Memoiren eines Erotomanen in seine Hände gelangt, an einem sonnigen Junisamstag hatte er gesehen, wie am Ufer der Ljubljanica ein mit Algen und Schlamm bedecktes Fahrrad von Tauchern aus dem Wasser gezogen wurde. Den ganzen Nachmittag stöberte er in jenem Schreiben, weil er überzeugt war, dass die Lehrerin Zala mit dem gleichen Rad gefahren war, einem Fahrrad der Marke Presto oder Presta. Er fand nichts dergleichen. Am Sonntag wollte er zurück ins Archiv, wurde jedoch von Marijanas vorwurfsvollem Blick aufgehalten: Habe er denn nicht versprochen, sie würden in die Berge fahren? Er hatte es tatsächlich versprochen, dann aber vergessen. Er war zu sehr in seine Studien versunken gewesen, genau genommen in eine längst vergangene Geschichte. Warum hätte jenes Fahrrad, mit dem im Krieg die Lehrerin Zala gefahren war, nicht in der Ljubljanica wieder auftauchen können? Was er ahnte, war aufregend, wenn er auch nicht genau wusste, was er damit beweisen würde. Bewiesen hatte er nicht einmal, dass das Fahrrad in den Erinnerungen des Großen Liebhabers tatsächlich erwähnt wurde. Obwohl er sich deutlich daran erinnern konnte, dass das Fahrrad der Marke Presto oder Presta irgendwo genannt wurde. Hatte er von diesem Rad irgendwo anders gelesen? Träumte er? Erwähnt wurde auch ein Fahrrad der Marke Puch, mit dem der junge Adjunkt während des Krieges in den Jahren zweiundvierzig und dreiundvierzig in Dolenjska auf den Ländereien der Auersperger fuhr, immer häufiger aber auch zu langen Besuchen bei der Lehrerin Zala. Beide Fahrräder würden bis Montag warten müssen, er hatte Marijana versprochen, sie würden am Sonntag in die Berge fahren. Sie fuhren in die Berge. Am Montag aber, beim Mittagessen mit den Arbeitskollegen aus dem Archiv, erfuhr er von einem kleinen Detail aus Marijanas Leben, das ihn aus der Bahn warf und für einige Zeit seine Nachforschungen unterbrach.

Genau in jener Junizeit, als er am tiefsten in seine Recherchen versunken war, in seine Ahnungen und die Koinzidenzen, die von den Kriegsjahren bis in die heutige Zeit reichten und zurück, zu Fahrrädern der Marke Presto und Puch, zu Jugenderinnerungen, als er vom Material, in das er immer tiefer hineindrang, wieder nahezu besessen war, ebendann kehrte er erneut zu ihr zurück, zu Marijana, mit der er so viele Jahre ruhig gelebt hatte, dass sie schon beinahe unsichtbar für ihn geworden war. Eigentlich wurde er richtiggehend zu ihr zurückgeworfen, als er von einer Sache aus ihrem Leben erfuhr, von der sie ihm nicht einmal ein Sterbenswörtchen gesagt hatte.

Wie alle Dinge konnte er auch sie leichter in der Vergangenheit sehen als in der Gegenwart. Die Abendessen mit den obligatorischen Salaten, Ausflüge in die Berge, das sind Dinge, die man mit der Zeit überhaupt nicht mehr wahrnimmt, auch den Menschen, der einem dabei Gesellschaft leistet, bemerkt man nicht mehr. In der Vergangenheit hingegen gab es Besuche der Insel Dugi otok, an den Ort Zaglav auf dieser Insel gar nicht zu denken, die aufregendsten Augenblicke ihrer beider Leben. Auf Dugi otok waren sie, frisch verliebt, zu jener Zeit, als in Kroatien ein ganz und gar wirklicher Krieg wütete. Beinahe so wirklich wie sie, die sich in den Schriften seines Archivs befand. In Zaglav auf Dugi otok hatte er ihr einmal an einer Felswand den Rock hochgehoben. Im Mondlicht konnte er ihre Schenkel sehen, er hob ihren Rock, sie drehte sich um, und ... hier wüsste der große Erzähler der erotischen Erlebnisse fortzufahren, er, Lipnik, nicht. Er wusste, in seiner dunklen Erinnerung blieb die Aufregung, der Schlag ihres Herzens in jener Mondnacht, das Stöhnen, das Lachen danach.

Der Gedanke an Dugi otok, an Namen wie Božava, Brbinj, Telašćica, Sali oder Zaglav, war stets mit jenem Ereignis verbunden, auch noch so viele Jahre später begann sein Herz höher zu schlagen, sobald er es sich ins Gedächtnis rief. Doch es war nicht nur die Aufregung, die mit der Leidenschaft jener Nacht verbunden gewesen war, es war der Duft nach Föhren, das Plätschern des Meeres gegen die Felsen unten, die zarte mondbeschienene Haut, es war alles, alles, möglicherweise der Großteil dessen, was in seinem Leben jemals passiert war.

Nach jenem Frühjahr, als alles zusammen begann, und nach dem Sommer, als sich alles zusammenbraute, geschah nichts Aufregendes mehr, vom Zwischenfall mit der seltsamen Postkarte aus Budapest einmal abgesehen, den er in seinem Kopf auch jetzt noch nicht ganz entwirren konnte. Alles, was es, außer Zaglav auf Dugi otok, an Aufregendem und Interessantem gab, befand sich für Janez Lipnik im Archiv, in jenen Schriften, aus denen Gesichter, Landschaften, Burgen, Armeeeinheiten, Leben erstanden waren. Leben, die er manchmal so stark fühlte, als irrten diese Menschen noch immer in seiner Nähe umher, in undeutlicher Entfernung, möglicherweise irgendwo am Stadtrand.

Am Montag, als die Sonne zum letzten Mal schien, wurde er aus der Vergangenheit und seinen Vorahnungen in die Gegenwart zurückgeworfen. Am Samstag hatte er das Fahrrad gesehen, das aus der Ljubljanica gezogen wurde, am Montag, als Frühsommer war und die Sonne, wie auch am trägen Samstag, noch immer schien, da erfuhr Janez Lipnik, dass ihn seine Marijana belogen hatte. Vielleicht hatte sie ihn nicht belogen, sondern ein Detail aus ihrem Leben verschwiegen, und das war für ihn, als hätte sie gelogen. Nicht irgendein beliebiges Detail, sondern eines, das ihn verletzte, denn es war auch mit ihrem gemeinsamen Leben verbunden. Das war kein Scherz, er hatte keine blühende Fantasie und er träumte nicht.

13.

Janez Lipnik erfuhr beim Mittagessen mit der Sekretärin und einem Archivkollegen von dem Detail aus der Vergangenheit seiner Frau, das sich für einen Augenblick wie Nebel über seine Augen legte. Es war ein sonniger Frühlingstag, beinahe schon sommerlich träge, fast heiß, ja, es war ein heißer, schwüler Tag, denn Regen war im Anzug und es stank aus den Mülltonnen. Auf den Tellern lagen zwischen schmutzigen Häufchen klebriger Papierservietten Speisereste, Reste von etwas, das kurz zuvor noch richtig ansprechend ausgesehen hatte und nun ein wenig eklig wirkte. Der Kellner kam einfach nicht mit dem Kaffee herbei, die beiden Männer zogen ihre Sakkos aus, die Sekretärin schminkte ihre dicken, leicht geöffneten Lippen und kratzte nebenbei mit dem Nagel des kleinen Fingers ein Stück Essen von den Zähnen.

– Wenn ich daran denke, sagte sein Kollege Beno, wie dort unten die Meeresoberfläche in der Sonne glänzt, ein leichtes Lüftchen weht – vielleicht würde ich den Motor gar nicht einschalten müssen.

– Nichts da, Benjamin, sagte die Sekretärin, du wirst deinen Kaffee austrinken, damit du am Nachmittag nicht einnickst, dann wirst du bis zum Abend am Schreibtisch sitzen.

– Vielleicht würde ich den Motor gar nicht einschalten müssen, sagte Benjamin, ich würde ein wenig rudern, dann das Großsegel hissen und ach, ich kann es hören, wie der Wind es erfasst, das Segel zu flattern beginnt, das Boot ein wenig aufbebt, wie eine Frau, dann zieht es dahin, und schon segeln wir, schon gleiten wir über die leicht gewellte Oberfläche.

– Wie eine Frau?, fragte die Sekretärin und nahm aus ihrer Handtasche auch noch eine silberne Puderdose mit einem kleinen Spiegel.

Aus der Mülltonne vor dem Nachbarhaus wehte ein unangenehmer Duft, es stank nach vergammelnden Essensresten, Knochen, vielleicht sogar nach Fisch.

– He, Benjamin, sagte sie. Sie nannte ihn immer Benjamin, wenn sie ihn ein wenig auf den Arm nehmen wollte, ansonsten wurde er Beno genannt, so hieß er auch in Wirklichkeit und sie Nedeljka. He, du, Benjamin, sagte Nedeljka und begann sich die Stirn zu pudern, mit der anderen Hand hielt sie sich den Spiegel vors Gesicht, ich sehe schon, dass dich der Frühling animiert.

Janez Lipnik sah auf die Uhr, winkte dem Kellner, der hinter der Theke mit dem Schankkellner plauderte. Er sieht mich nicht, dachte er, die Sonne scheint auf das Fenster. Er soll schon endlich den Kaffee bringen, ging ihm durch den Kopf, er soll diesen Mist vom Tisch wegbringen. Er wäre gerne wieder in seinem kühlen Büro gewesen, das heißt in seinem Arbeitszimmer, das Wort Büro konnte er nicht ausstehen, in seinem Arbeitszimmer blickte das Fenster zum Garten hin, wo noch immer der Kirschbaum blühte, an seinem aufgeräumten Tisch lagen die Akten mit den unlängst gefundenen Aufzeichnungen aus der Kriegszeit, es war ihm noch nicht gelungen, die verschiedenen Verfasser zu identifizieren, er konnte nicht einmal herausfinden, wie diese Papiere in den „Australischen Bestand“ gekommen waren. Er wünschte sich wirklich sehr, er wäre wieder da oben, die Segel interessierten ihn nicht, von denen Beno jetzt erzählte, und von der Tonne wurde wieder ein unangenehmer Geruch nach verwesenden Organismen herangeweht.

– Früher sind wir schon im Frühjahr runtergezogen, erzählte Beno, und bis zu den Kornaten gesegelt ... Mich bringt dieser Job noch um, sagte er, ich bin ein Meeresmensch, kein Archivmensch.

– Wir fahren heuer nach Dugi otok. Wie jedes Jahr.

Janez Lipnik sagte das, weil er etwas sagen musste. Ihm war nicht danach, sich Einzelheiten über das Segeln anzuhören. Gespräche über das Segeln schienen ihm gleich langweilig, wie den Frauen Männergespräche darüber langweilig vorkommen, wo sie ihren Militärdienst abgeleistet und was sie dabei erlebt hatten: Wer sie malträtiert hatte, wie sie zu faulenzen und sich zu betrinken wussten, wer ein hervorragender Schütze war und wer von einer Frau besucht wurde, der alle nachpfiffen.

Nach Dugi otok?, fragte Beno. Auf Dugi otok war ich mit Pepo ... das war, wann waren wir da noch gleich ... im Jahr? Auf alle Fälle vor dem Krieg in Kroatien. Das heißt, im Jahr ...

Er konnte sich nicht daran erinnern, in welchem Jahr es war. Pepo, du kennst ihn doch, Pepo ist jetzt bei der Polizei, er ist Kriminalbeamter. Pepo und er seien an einem Abend nach dem Basketball bei einem Bier gesessen, es sei so ein Frühlingstag gewesen, das heißt Abend, ein lauer, und Pepo habe nur gesagt, das Segelboot warte, nur das habe er gesagt, Beno habe nichts gesagt, er habe nur genickt und sich den Rest des Bieres eingeschenkt, er habe nichts sagen müssen, er habe gewusst, was es bedeutete, wenn das Segelboot wartete, nämlich, dass sie nichts aufhalten könne. Pepo habe gesagt, dass sie vielleicht noch jemanden einladen sollten, tagsüber würde man segeln und am Abend mit jemandem ein Gläschen Wein trinken wollen, man könne ja nicht so ein verbohrter Sportler sein, dass man nicht in angenehmer Gesellschaft einen Fisch essen und ein Gläschen Wein trinken würde. Beno sei kein solch verbohrter Sportler gewesen und in jenen Zeiten schon gar nicht, er sei einverstanden gewesen, sie hätten zwei Mädchen angerufen, eine Kollegin von der Uni, er könne sich überhaupt nicht mehr an ihren Namen erinnern, und die andere sei Marijana gewesen.

– Welche Marijana?, fragte Janez Lipnik unwillkürlich.

– Marijana eben. Nicht Maria Anna und auch nicht Annamaria, sagte Beno, du kennst nur eine Marijana.

Janez Lipnik fühlte einen dumpfen Schmerz in der oberen Magengegend, als hätte ihn jemand mit der Faust geschlagen, und für einen Augenblick legte sich wieder Nebel auf seine Augen. Genau genommen ein zarter Schleier, durch den er die Sekretärin Nedeljka sehen konnte, wie sie ihre Puderdose weglegte, ihre dicken, stark geschminkten Lippen zusammenpresste und ihn anstarrte.

– Hat sie es dir nicht erzählt?, fragte Nedeljka.

Durch den zarten Schleier sah er den Kellner mit einem Tablett kommen. Er wird den Kaffee bringen, dachte er, und den Schmutz vom Tisch wischen, er konnte an nichts anderes denken.

– Wahrscheinlich hat sie es mir erzählt, sagte er, so teilnahmslos wie möglich, aber ich habe es vergessen.

– Er hat es vergessen, sagte Nedeljka. Er denkt nur ans Archiv.

Er hatte es nicht vergessen. Er hätte es niemals vergessen, wenn sie ihm gesagt hätte, dass sie schon früher einmal auf Dugi otok gewesen sei. Dugi otok war ihre Insel, ihre Geschichte, felsig und sonnig, der Anfang und das Ende, das Alpha und das Omega.

– Wir hatten guten Wind, und vor Dugi otok hat uns die Windstille abgestoppt, das Meer sah aus wie Öl. Erst um elf am Abend haben wir geankert.

– Auf Dugi otok?

– Ja. In Zaglav. Dort gibt es eine Tankstelle. Normalerweise tanken wir dort den Treibstoff auf.

Lipnik wollte sagen, dass er wisse, dass es dort eine Tankstelle gab, wo die Segler Treibstoff in ihre Segelboote tankten. Für den Fall, dass der Wind nachlässt. Es gab ein Jahr, in dem es in Zaglav kein einziges Segelboot gab. In Kroatien herrschte Krieg, in Zaglav herrschte Stille. In Zaglav gab es eine Felswand am Meer, er hätte ganz genau zeigen können, wo die Stelle war.

– Dort ist Marijana in der Dunkelheit ans Ufer gesprungen, sagte Beno, sie ist ausgerutscht und hat sich den Knöchel ein wenig verstaucht.

Beno wich dem Kellner aus, der über seine Schulter hinweg Kaffeetassen zwischen die nicht weggeräumten Teller stellte.

– Ja, sagte Janez Lipnik ruhig, wie konnte ich mich nicht daran erinnern?

– Du hast es nicht archiviert, sagte Nedeljka und lachte laut, ein wenig unangenehm, sie hatte Lippenstift auf den Zähnen.

– Stimmt, sagte er und lächelte auch, ich habe es nicht archiviert, das sind Daten aus der Vorgeschichte. Damals waren wir noch nicht verheiratet, fügte er unbeabsichtigt hinzu, als wollte er sich entschuldigen, als wollte er sich möglicherweise für sie entschuldigen, seine Einzige, die sich an der Mole in Zaglav auf Dugi otok den Knöchel verstaucht hatte. Und die davor von zwei gelangweilten Seglern nach dem Abendsport angerufen worden war. Einen Abend davor? Wie lange segelte man bis zu den Kornaten?

Er sah dem Kellner nach, der wegging, und rief plötzlich verärgert aus:

– Werden Sie das denn nicht wegräumen?

Der Kellner nickte und verschwand ins Innere. Lipnik sah ihn durch die Glasscheibe, wie er sich an die Theke lehnte und sich wieder in ein Gespräch mit dem Schankkellner vertiefte. Das versetzte Lipnik erst recht in Rage. Er stand auf und betrat das Lokal.

– Ich habe Sie gebeten, dass Sie das wegräumen, rief er. Und Sie haben sich eine Zigarette angezündet.

Beide sahen ihn verwundert an.

– Außerdem stinkt es ganz widerlich aus den Mülltonnen, sagte er ruhiger. Nicht verwunderlich, dachte er bei sich, dass Mülltonnen in die Ljubljanica geworfen werden. Ich würde das auch machen. Dieser Gedanke beruhigte ihn ein wenig. Man wirft die Mülltonne in den Fluss und tschüss alles zusammen.

Er zahlte und ging.

14.

Als er wieder in seinem ruhigen Zimmer am Arbeitstisch saß, zog er die Mappe zu sich, auf der „Eroberer“ und „Perversling“ durchgestrichen waren und nun „Der Große Liebhaber“ geschrieben stand. Er erinnerte sich, dass er vorgehabt hatte nachzuforschen, was das japanische Wort *skebe* bedeutete. Der Verfasser war aus Australien nach Japan gereist, einige Japanerinnen nannten ihn *skebe*.

Er schob die Mappe an den Tischrand. Diese sorgfältig beschriebenen Seiten interessierten ihn plötzlich nicht mehr. Etwas anderes war in sein Leben getreten. Er schaltete den Computer ein, um sich mit Internetsurfen, mit Nachrichten, einem Spiel, mit was auch immer zu zerstreuen. Er bemerkte, dass seine Hände zitterten. Was ist denn das jetzt?, überlegte er. Das wird mich doch wohl nicht so sehr getroffen haben? Was soll's, wenn sie segeln war? Dieser Pepo ist ja kein *skebe*, Pepo ist ein Polizist, der Tag und Nacht turnt, um einen muskulösen Körper zu haben, der denkt überhaupt nichts. Beno denkt, aber auch nur ein bisschen, nach dem Mittagessen überhaupt nichts, nach dem Mittagessen beugt er sich über den Tisch und nickt ein. Vielleicht könnte er ein *skebe* sein, er ist so ein schlechter und fauler Archivar, dass er ein solcher sein könnte. Blödsinn alles zusammen. Mit ihnen beiden und noch einem Mädchen, an deren Namen sich Beno nicht erinnern kann – vielleicht war es Pepos Mädchen, sagte der stille Schwätzer irgendwo in seiner Brust, dass es ihn direkt schmerzte, vielleicht erinnert sich Pepo an ihren Namen, er ist ja Kriminalbeamter, er kann sich an viele Namen erinnern – mit ihnen beiden und noch einem Mädchen war sie segeln, sie haben einen Stopp auf Dugi otok gemacht, was soll's? Das war damals, als sie sich noch nicht gekannt hatten. Das war die Zeit, die sie Vorgeschichte nannten, ihre Begegnung in der Universitätsaula war Tag eins, von da an lief ihre Geschichte, alles, was davor war, alle vorherigen Beziehungen, alle Männer und Frauen, die vor dem Tag eins ihre Leben gekreuzt hatten, all das war Vorgeschichte. Männer, mit denen sie zusammen gewesen war, es gab nicht viele davon. Frauen, die er im Jazzklub getroffen und nach Hause mitgenommen hatte, auch davon gab es nicht viele. Natürlich sprachen sie darüber, was vorher gewesen war, es war gut zu wissen, Liebende wollen alles voneinander wissen, damit sie dann großzügig verzeihen und sagen können, das war früher, das ist nicht wichtig, wichtig ist, was jetzt ist, seit wir beide zusammen sind, das ist die einzig richtige Geschichte, unsere. Was er beim Mittagessen erfahren hatte, war nicht ihrer beider Geschichte, es hatte sich davor ereignet, trotzdem war es niederschmetternd. Einen Augenblick lang verspürte er einen dumpfen Schmerz in der oberen Magengegend, als hätte ihm jemand einen Schlag in den Bauch versetzt. Nun war da das Kratzen des stillen Schwätzers irgendwo in der Brust. Die Vorgeschichte wurde nicht erforscht, es wurde nicht nach ihr gefragt, man hatte kein Recht dazu und es hatte keinen Sinn, die Vorgeschichte war ein Abschnitt, aus dem keine Notizen, Tagebücher, Briefe erhalten waren, Frühmittelalter, noch weiter zurück, noch weiter, das Dunkel des Pleistozäns, nur noch die eine oder andere Ansichtskarte verirrte sich manchmal von dort, aus der pleistozänen Dunkelheit, hierher. Mit dem Tag eins trat Licht, Treue, Wahrheitsliebe auf, seit dem Tag eins wurde mit Fotos jede Begebenheit dokumentiert, an den Rückseiten der Fotos waren die Daten verzeichnet, Notizen zu den Orten und Gegenden, alle gemeinsamen Urlaube, die bedeutendsten unter ihnen auf Dugi otok, die Nacht in Zaglav. Und dann monotone Ausflüge in die Berge, Abendessen mit Salat, Lesen im Bett. Doch seit dem Tag eins war alles im Gedächtnis vermerkt, vom ersten Kuss und dem ersten (Hotel-)Bett bis hin zum gemeinsamen Leben, häufiges Lächeln, viele Berührungen, zahlreiche kleine Nettigkeiten, auch Tränen, ebenso Krankheiten, alle Missverständnisse und seltene Streitigkeiten. Die Dinge, die sich vor dem Tag eins ereignet hatten, waren nicht dokumentiert, irgendwie waren verschiedene Fotografien einfach verschwunden, Andenken und Briefe, langsam verschwand auch die Erinnerung, und wenn sie sich überhaupt jemals meldete, war sie in diffusen Nebel gehüllt, auf jeden Fall belanglos, sie sprachen nie über die Vorgeschichte und das war gut so. Janez Lipnik wusste, dass es gut so war, mit Archivalien musste mit Vernunft, mit Abstand, wissenschaftlich umgegangen werden. Es war gefährlich, wenn sie einen berührten, lebendige Menschen konnten daraus hervorgekrochen kommen, verletzte Seelen, Todsünden, Krankheiten und Todesfälle an unbekannten Orten. Er wusste, dass es so gut war, weil er jeden Tag damit zu tun hatte. Ich darf es mir nicht erlauben, sagte er oft, ich darf es mir nicht erlauben, dass mich diese Dinge treffen.

An diesem Montagnachmittag blieben die Aufzeichnungen des Erotomanen unberührt. Seine Erlebnisse rückten in eine vage und wenig interessante Vergangenheit. Einige hatten den Krieg überlebt, er hatte ihn überfickt. So hatte es einmal Beno ausgedrückt, als er ihm anvertraute, was für Notizen er gefunden hatte: Und der da hat den Krieg überfickt. Und was dann? Dasselbe tat er auch im weiteren Verlauf seines Lebens. Warum sollte das den Archivar Lipnik am Anfang des neuen Jahrhunderts und Jahrtausends beunruhigen? Ihn beunruhigte plötzlich eine andere Frage: Wer war Marijana? Wer war die Frau, mit der er bereits seit so vielen Jahren zusammenlebte? Was wusste er über sie, er, der vieles von den Schicksalen anderer Menschen kannte, die in den Beständen des Landesarchivs aufbewahrt waren?

Er machte einen langen Spaziergang durch den Park. Mit dem Blick streifte er eine schlanke nackte Frau aus Bronze, die er zuvor noch nie bemerkt hatte. Jemand hatte die metallene Skulptur, ihre kleinen Brüste und ihr Geschlecht, mit roter Farbe bemalt. Warum? Warum tat jemand so etwas? Was für eine Aussage war das? Er besann sich, dass er sich zu viele Fragen stellte. Vielleicht war es doch nicht möglich, alle diese Fragen zu beantworten, wovon er bisher überzeugt gewesen war. Vielleicht muss man sie nicht alle beantworten, all die Fragen, die sich einem in den Kopf gebohrt haben. Fragen führen einen Menschen irgendwohin zurück, er reist im Kreis zurück und wieder zu sich. Doch wenn er sich am Rande des Kreises befindet, weiß er das noch nicht. Warum hätte jenes Fahrrad aus der Ljubljanica dasselbe sein sollen wie das Fahrrad, mit dem eine gewisse Lehrerin während des Krieges gefahren war? Oder zumindest eine Verbindung mit ihm haben, der sich gerade zu dem Zeitpunkt am Ufer befunden hatte, als das Fahrrad mit Algen behangen aus dem Wasser gezogen wurde. Warum sollte dies alles überhaupt etwas bedeuten, das am Kran baumelnde Rad, die Schlingpflanzen, in die sich das Fahrrad verwickelt hatte, wie die Geschichte, die vom Wasser überflutet wurde, vom Wasser des Vergessens, vom Schmutz, einem Vorhang aus Algen. Er setzte sich auf eine

Bank und vergrub seinen Kopf in den Händen. Er würde sie nicht fragen, Marijana, er würde sie nicht fragen. Er würde sich nicht den Kopf über jenes Fahrrad zerbrechen, er würde sich den Kopf nicht darüber zerbrechen.

Es würde ihm nicht im Kopf herum hämmern, seine Herzschläge würden nicht unter seiner Schädeldecke pochen, das Weltchaos würde sich nicht in ihm ansiedeln. In der Welt herrscht Ordnung, wie im Archiv. Alles lässt sich erklären, alles anordnen.

Er versuchte sich in eine andere Lektüre zu vertiefen, die schon seit Langem auf ihre Bearbeitung wartete, in ein wirkliches und richtiges Weltchaos. In der Mappe mit dem Titel „Studenec" waren die Aufzeichnungen einer Frau gesammelt, sie war Pflegerin in einer Nervenheilanstalt, die allgemein Studenec genannt wird, und zwar deswegen, weil der Ort Studenec hieß, doch in diesem Land wusste jeder, was es bedeutete, wenn jemand sagte: Sie haben ihn nach Studenec gebracht, das bedeutete, dass er verrückt und im Irrenhaus war. Die Notizen waren schmerzhaft. Für jeden, außer für Janez Lipnik, wären sie schmerzhaft gewesen, sie waren offensichtlich kurz nach dem Krieg entstanden, die Erinnerung war frisch und wund, Notizen aus dem Irrenhaus zur Zeit des Krieges, als wäre nicht der Krieg selbst ein einziges großes Irrenhaus gewesen, die ganze Welt war ein Irrenhaus, sie wurden von einer Frau geschrieben, die allein geblieben, deren Ehemann umgebracht worden war. Wer war er, wie hieß der Mörder ihres Mannes, fragte sie sich in ihren Aufzeichnungen, und auch Janez Lipnik hätte das gerne gewusst, doch er wollte es nicht wissen, wenn man den Namen des Mörders wusste, tat es weh, traf es einen, er aber wollte das nicht, wollte nicht, dass ihn noch irgendetwas traf, die Menschen hatten im Krieg getötet – wer wusste das nicht? Seine Aufgabe war es, die Person zu identifizieren, die diese Aufzeichnungen hinterlassen hatte, es könnte sein, dass er dabei auch aufdeckte, wer ihren Mann getötet hatte. Wer sich mit solchen Dingen befassen will, muss eine kühle Distanz zu ihnen wahren, eine wissenschaftliche Distanz, eine rationale Distanz, wenn man das nicht kann, wird man davon eingesogen.

15.

Also versuchte er auch gegenüber dem Detail aus Marijanas Vorgeschichte eine solche Distanz zu wahren, die einzig vernünftige und aufrichtige. Warum allerdings zitterten seine Hände? Er stand auf und schaltete das Radio ein, drehte am Knopf, um ruhige Musik zu finden, doch überall dröhnten hämmernde Rhythmen und Werbeslogans aus den Lautsprechern. Ihm schien, als sähe er klebrige Serviettenknäuel auf nicht weggeräumten Tellern, Speisereste, in der Nase verspürte er den ekligen Gestank aus jener Mülltonne auf der Straße, am heißen Frühlingsasphalt, er sah Beno, der sich an der Theke mit dem Kellner unterhielt, dort war er stehen geblieben, als er zur Toilette gegangen war, sie blickten durch das Glas zu ihm hin, warum? Er hörte seine Stimme: Hat sie es dir nicht erzählt? Sie hatte es ihm nicht erzählt, warum? Weil es in der Vorgeschichte passiert war. Erneut stand er auf und trat ans Fenster, im Garten wuchs ein blühender Baum – welcher Baum blühte zu dieser Jahreszeit? Am Meer blühte er früher, am Meer, am Meer, auf Dugi otok, wiederholte auch der stille Schwätzer, sie war auf Dugi otok gewesen, in Zaglav hatte sie sich den Knöchel verstaucht. Als sie auf die Mole gesprungen war, hatte sie sich den Knöchel verknackst. Hatte man sie in ein Haus getragen, wer hatte sie getragen? Der muskulöse Polizist Pepo oder der faule Archivar Beno? Nun versetzte es ihm erneut einen Schlag in jene Gegend über dem Magen, er spürte eine Art Leere in den Eingeweiden, obwohl dort das Mittagessen gluckste, ihm schien, als wäre ihm das Parkett unter den Füßen weggezogen worden. Sie war auf Dugi otok gewesen, doch ebendort auf Dugi otok hatte sie ihm gesagt, sie sei noch nie da gewesen. Eine schöne Insel, hatte sie gesagt, wie so ein felsiges Schiff, hatte sie gesagt, ich war noch nie auf so einer Insel. Er klammerte sich an die

Fensterbank. Warum hatte sie ihm das verschwiegen? Was war auf jenem Segeltörn vor sich gegangen, dass sie ihm das verschwiegen hatte? Über die Vorgeschichte sprachen sie nicht, aber das bedeutete nicht, dass sie einander über diese Zeit belügten, sie wussten, in den wichtigsten Umrissen, von den Ereignissen und Menschen, die vor dem Tag eins ihre Lebenswege gekreuzt hatten. Dieses Ereignis hingegen gab es nirgendwo, nicht einmal einen Umriss, es gab kein Ereignis, es gab keinen Beno und keinen Pepo – wer war überhaupt dieser Pepo? Beno saß einen Stock tiefer, neben dem Büro des Archivleiters, aber wer war Pepo, abgesehen von der Tatsache, dass er Polizist war, Kriminalbeamter, genau genommen hieß er vielleicht auch Pepi, was wusste er überhaupt über diesen Freund von Beno, er hatte ihn zweimal in seinem Leben gesehen. Wenn wir richtig gehört haben, gab es weder den einen noch den anderen in irgendeinem Dokument, irgendeiner Aussage, in keinem Winkel des Archivs gab es einen Beno oder einen Pepo, na das sind ja fabelhafte Namen, genau richtig für zwei Segler. In ihrer beider Geschichte, auch in der Geschichte der felsigen Insel, des felsigen Schiffes, gab es kein Segeln, gab es keinen verstauchten Knöchel, nicht einmal eine Insel gab es, nicht einmal irgendwo den Umriss einer Insel. Er dachte darüber nach, dass dieser Benjamin, der einen Stock tiefer saß und nun trotz des Kaffees über dem Schreibtisch eingenickt war – denn er war kein Archivmensch, sondern ein Meeresmensch –, eben kein Archivwurm war, und das, obwohl er in einem Archiv arbeitete. Lipnik war ein Archivwurm, alle wussten, dass er ein Archivwurm war, auch zu sich selbst sagte er es schon manchmal: *Blatta germanica, Periplaneta americana*; er, Lipnik, war ein *Anobium*, auch Klopf- oder Pochkäfer genannt. Der Klopfkäfer frisst Bücher oder Archivmaterial. Beno war nicht Lipnik und kein Archivinsekt, er war ein Wolf des Meeres, *Carcharodon carcharias*, er hatte das Archiv, um darin zu schlafen und nicht zum endlosen Erforschen und Herumirren in uralten Ereignissen, Menschen und deren Schicksalen. Zum Erforschen gab es das Meer, er war ein Meereswolf. Dieser Benjamin, der nur ans Segeln und nie ans Archiv dachte, der keinerlei Präzision besaß, vielleicht hatte dieser Benjamin gelogen oder etwas durcheinandergebracht. Dass sie, Marijana, einfach so mitgegangen sein sollte? Auf den Telefonanruf eines Pepo oder eines Beno hin? Das konnte er mit seiner Vorstellung von ihr nicht in Einklang bringen. Und obwohl das Vorgeschichte war, ging es nicht, es war nicht möglich, dass sie ihre Sachen gepackt hatte und mit zwei Typen zum Segeln gefahren war. Und wenn sie eben doch mitgegangen war, wenn es sich nicht um einen Irrtum oder eine Lüge handelte, was hatten sie dort gemacht, auf dem kleinen Segelboot, damals hatten alle noch so kleine Segelboote, wo hatten sie sich gewaschen, wo waren sie auf die Toilette gegangen, hatten alle in ihren eigenen Kabinen geschlafen, oder wie? Und wer mit wem? Hatte Marijana mit Benos (nicht identifizierter, wir kennen nicht einmal ihren Namen) Uni-Kollegin zusammen geschlafen oder hatte Benos Kollegin im selben Raum wie Beno geschlafen? Denn dann hatte der unbekannte Pepo (eine ebenso nicht identifizierte Person), von Beruf Kriminalist, dort geschlafen, wo Marijana geschlafen hatte. Eigentlich, dachte er, warum kennen wir ihren Namen nicht? Marijanas Freundin hieß Jana. Nur Jana hatte sofort mitgehen können, wie auch Marijana sofort mitgegangen war. Deshalb, weil ihre Signale auf derselben Wellenlänge funktionierten. Zumindest war diese Frage geklärt. Es war Jana gewesen. Die Absenderin und die Empfängerin der Signale harmonierten, es war nicht von Bedeutung, welche in diesem Fall die Empfängerin und welche die Absenderin war. Bloß zwei Personen, die sich nahe waren, die in der Geschichte ein gemeinsames Geheimnis hatten, ein tiefes Geheimnis, konnten auf diese Weise scherzen: *Ich weiß, dass du mich beneiden wirst. Ich fuhr in einem Bus voller betrunkener ungarischer Soldaten.* Zumindest das war klar, es war indes nicht klar, wer mit wem geschlafen hatte. Dass sie getrennt schliefen, war ausgeschlossen. Außer sie hätten vier Kabinen gehabt, was nicht sehr wahrscheinlich war. Aber auch wenn sie welche gehabt hätten, hatten sie auf Dugi otok und anderswo ebenso zu Abend gegessen, hatten Wein getrunken, gelacht, den Mond an der Meeresoberfläche betrachtet – und all das, all das und wahrscheinlich auch alles andere, sollte einfach so in der Vorgeschichte verschwinden?

Janez Lipnik wusste, dass es gut gewesen wäre, diese Sache abzuhaken, vier junge Menschen waren vor Jahren (wie vielen Jahren, in welchem Monat?) segeln gegangen, Punkt. Kein Punkt, wir könnten zumindest wissen, wann, in welchem Jahr, in welchem Monat, wer war die andere Frau, die Studienkollegin, zumindest sie könnte man identifizieren, obwohl wir schon beinahe überzeugt sind, dass es Jana ist, die Autorin der Ansichtskarte aus Budapest, die mit einem Fernverkehrsbus mit ungarischen Soldaten aus Szentendre gefahren war und deren obszöne, zweideutige Anmerkungen ertragen hatte, obwohl sie

sie nicht verstehen konnte, da die ungarischen Soldaten Ungarisch sprachen. Auch das galt es zu bestätigen, ob die andere weibliche Person Jana gewesen war oder nicht, ehe wir sagen können: Punkt. Vor Dugi otok waren sie in eine Flaute geraten, eine junge Frau hatte sich beim Sprung vom Boot ans Ufer im Hafen namens Zaglav den Knöchel verstaucht, zufällig war dies die Frau, die später seine Ehefrau wurde. Punkt. Damit wäre es gut gewesen, doch er wusste, dass dies nicht möglich sein würde. Als sie beide auf Dugi otok gewesen waren, in ihrem schönsten Urlaub, hatte sie gesagt, sie sei noch nie da gewesen.

Diese Sache ließ sich nicht einfach so abhaken. Das war keine Vorgeschichte.

Die Dinge in seinem Kopf begannen sich gefährlich zu häufen.

16.

Am Abend betrachtete er sie, wie sie den Salat für das Abendessen zubereitete, eine standhafte Frau, gesundes Essen, anschließend würde sie ins Arbeitszimmer gehen und ihre morgige Vorlesung vorbereiten. Noch einmal überlegte er, ob er diese Sache, diese möglicherweise unbedeutende Entdeckung aus der Vorgeschichte verschweigen, überspringen sollte, versuchen, sie möglichst bald zu vergessen. Doch die Sache war stärker als er, er fragte, ob sie sich daran erinnere, wann sie auf Dugi otok gewesen seien. Sie meinte, damals, als in Kroatien Krieg gewesen sei, warum er frage. Er überlege, ob es im Jahr fünfundneunzig oder vierundneunzig gewesen sei. Ich glaube, vierundneunzig, sagte sie; warum fragst du? Wie können die Leute überhaupt Erinnerungen niederschreiben, begann er laut nachzudenken, wenn er sich jetzt nicht einmal an jenes Jahr erinnern könne, als in Kroatien der Krieg gewütet habe, während an seinem Arbeitstisch im Archiv die Erinnerungen von Menschen lägen, die sich an jede Einzelheit erinnern konnten, an jede Frau?

– Erinnerst du dich nicht an jede Frau?, fragte Marijana.

Er hat ihre Frage sehr wohl gehört, während er Teller aus dem Küchenschrank nahm.

Früher haben wir dazu Kredenz gesagt, dachte er, das war kein Schrank, das war eine Kredenz. In seiner Kindheit tickte auf der Kredenz eine Uhr. Auf der Kredenz? Wer kennt dieses Wort noch? Dieses Wort gibt es nicht mehr, wie es jenen Küchenschrank nicht mehr gibt, in dem man durch buntes Glas Teller und Terrinen sehen konnte und verschiedene andere Dinge, die es nirgendwo mehr gibt, sowie es keine Kredenz mehr gibt und darum keinen Namen mehr hat, die Dinge verschwinden, die Wörter verschwinden. Und das Wort Kredenz hielt eine ganze Kindheit lang. Früher hatten die Wörter und die Dinge längere Zeit gehalten. Eine Truhe oder ein Herrgottswinkel ganze Jahrhunderte.

– Hast du schon von dem Wort Kredenz gehört?, fragte er, als er ins Wohnzimmer kam.

– Du hast meine Frage nicht beantwortet, sagte sie.

Er sagte, er könne sich erinnern, wie manchmal ein dumpfes Dröhnen aus den Bergen angeweht wurde, vom Festland dorthin auf die Insel, und er habe mehrmals gedacht: Schau, dort bringen sie sich gegenseitig um. Denn wozu das ganze Dröhnen, wenn sie einander nicht umbringen, sie werden wohl nicht mit schweren Haubitzen in den blauen Tag hinein feuern, während wir beide uns sonnen, schwimmen, auf der Insel spazieren gehen, an warmen Abenden Wein trinken, frischen Fisch suchen, den es nirgendwo zu kriegen gibt, wohl deshalb, weil in solchen Kriegszeiten niemand Fische fängt. Es gibt auch keine Motorboote, keine Segelboote. Warum nur hatte es sie während des Krieges in Kroatien ans Meer gezogen? Weil sie ans Meer wollten und nirgendwohin sonst. Eine Frage der Ethik, hatte sie später einmal gesagt, wie haben wir nicht daran denken können, dass es dort oben, unweit der Insel, um Mord und Vergewaltigung ging? Sie waren verliebt, der Krieg kümmerte sie nicht, sie wollten nichts wissen, die Liebe war die höchste Ethik.

Daran könne er sich erinnern, er könne sich allerdings nicht an das Jahr erinnern, war es fünfundneunzig oder vierundneunzig, er erinnere sich, dass es Anfang August war, aber auf der Insel habe Ruhe geherrscht, solche Ruhe habe es in so einem Monat dort noch nie gegeben, sie spielten ein bisschen mit schwarzem Humor, man solle doch immer während des Krieges hierherkommen, aber was, wo es wahrscheinlich nicht mehr allzu viele geben werde. Trotzdem sei der Krieg weit weg gewesen, obwohl es manchmal in der Ferne gedonnert habe, vielleicht sei etwas gesprengt worden, und das, obwohl an allen Brücken die kroatische Militärwache marschiert sei.

Sie sagte, es sei im Jahr vierundneunzig gewesen.

– Du hast ein gutes Erinnerungsvermögen.

Sie setzte sich an den Tisch und beugte sich über den Teller, als wollte sie beten. Sie hatte nie gebetet, auch jetzt nicht.

– Ich kann mich deswegen erinnern, sagte sie, weil ich damals zum letzten Mal schwanger war.

Er schwieg. Er dachte, es wäre jetzt unnötig fortzufahren, vielleicht ein anderes Mal.

Sie hatten keine Kinder, obwohl sie sich welche wünschten. Das tat weh.

Er nahm ein Bier aus dem Kühlschrank, sie hob ihren Kopf und sah ihn an. Er hatte nie am Abend getrunken, überhaupt trank er sehr wenig, vielleicht ein Gläschen zum Mittagessen, früher hingegen viel, zu viel. Genau deswegen sah sie ihm dabei zu, wie er sich das Bier ins Glas einschenkte und es hastig trank.

– Stimmt etwas nicht?, fragte sie.

17.

Sie las im Bett, er lag auf der Seite und sah zum Fenster, hinter dem der nächtliche Regen herunterprasselte, das Wasser rieselte die Scheiben hinunter.

Sie legte das Buch beiseite.

– Was ist mit deinem Pornografen?, fragte sie.

– Er ist kein Pornograf.

– Na, dann eben Perversling. Hast du schon herausgefunden, wer er ist?

– Ich bin einem Soldaten auf der Spur. Möglicherweise hat er die Belagerung der Burg Turjak überlebt.

– Ich glaube nicht, dass er ein Soldat war. Wann hätte er all diese Frauen ins Bett kriegen sollen, wenn er hätte schießen müssen und in Deckung gehen und all das, was ein Soldat so tut?

Er erklärte, dass dies später gewesen sei, all diese Frauen habe er nicht während des Krieges ins Bett gekriegt, damals habe er nur eine gehabt. Einige gab es davor, im Großen und Ganzen aber hatte er sie alle später, in Triest, in Rom, in Australien, in Japan.

Sie sagte, er beschäftige sich jetzt auf einmal mit dem Krieg und den Perversitäten eines Mannes. Krieg sei Gewalt, Perversität sei am Rande der Gewalt. Es sei nicht gut, dass er sich damit beschäftige.

Ach, Marijana, sie verstand immer alles. Und sie konnte alles erklären. Außer einer Sache. Eines Tages würde sie sie erklären. Sie würde es müssen. Sein Kopf würde das nicht ertragen.

Er sagte, im Krieg verspürten die Menschen angeblich ein außergewöhnlich starkes körperliches Verlangen. Was weiß ich, was das ist. Das Gefühl, dass sie vielleicht sterben würden? Überlebenstrieb? Übermut? Ich weiß es nicht. Ich habe die Aussage eines Juden gelesen, der im

Viehwaggon nach Auschwitz gebracht wurde. Der Waggon war vollkommen überfüllt. Vor ihm stand eine junge Frau, er konnte nicht einmal ihr Gesicht sehen, weil sie mit dem Rücken zu ihm gekehrt war. Irgendwo inmitten einer polnischen Ebene, um vier Uhr morgens, als einige stehend, andere hockend dösten, begann sie, sich vor ihm zu bewegen. Er spürte, dass sie sich mit ihrem Hintern an ihm rieb. Er wurde von Verlangen erfüllt. Sie hob ihren Rock und beugte sich ein wenig, damit er sich ihr von hinten nähern konnte ... So fickten sie dem Tod entgegen. Sie dachten, es sei das letzte Mal. Er hat überlebt. Von ihr weiß man nicht, ob es das letzte Mal war oder ob sie von einem SS-ler ins Lagerbordell gesteckt wurde. Auf jeden Fall hat sie nicht überlebt.

– Verstehst du?

– Wie denn nicht? ... Ich kann nicht darüber reden. Das ist zu schrecklich. Ich kann über Dugi otok reden. Wir beide sind während des Krieges auf Dugi otok gewesen.

– Ja?

– Ja. Es war ein ganz echter Krieg. Vom Velebit her hat es gedonnert.

– Damals sind wir zum ersten Mal auf Dugi otok gewesen. Wir beide sind zum ersten Mal dort gewesen, nicht wahr?

Ihm schien, als hätte sie es überhört. Etwas, das sie hätte hören sollen.

– Wir haben nicht ... wie du eben gesagt hast ... dem Tod entgegen ... Es war schön. Es gab Meeresrauschen und den Mond in der Nacht über den Felsen bis zum Wasser hinunter. Und am Morgen die Möwen.

– Er, der erotische Chronist, hat in Dolenjske Toplice angefangen. Kannst du dich an jene Allee erinnern? Einmal sind wir dort herumspaziert. Dort, genau dort ist er mit einer Lehrerin spazieren gegangen. Und im Hotel waren italienische Offiziere.

– Glaub mir, dass er kein Soldat war. Eine Frau weiß das.

– Wie weiß sie das?

– Sie fühlt es.

– Wie fühlt sie es?

Sie antwortete nicht.

– Er war ein *skebe*. Weißt du, was das ist? Ein Weiberheld, ein Liebhaber. Sag mir, Marijana, wie kommt es, dass die Frauen einem solchen *skebe* so schnell nachgeben. Was hat er an sich, wie kommt es, dass so viele so schnell mit ihm ins Bett gegangen sind?

– Vielleicht ein besonderes Fluidum.

– Was soll das sein?

– Ich weiß es nicht. Ein unsichtbarer Stoff, der einen Mann und eine Frau verbindet.

– So einer, wie zwischen uns auf Dugi otok, so ein Fluidum? So ein unsichtbarer Stoff?

– So einer.

– Dugi otok war unsere Entdeckung, nicht wahr?

– Ja. Jetzt würde ich gerne noch ein bisschen lesen.

– Lies nur, sagte er unwirsch, wer hindert dich daran?

Sie fuhr mit den Fingern durch sein Haar.

– Was ist mit dir?, sagte sie. Ist denn etwas nicht in Ordnung?

– Es ist nichts, sagte er.

Einige Dinge verstand sie nicht, das war nicht in Ordnung. Dort auf dem Tisch lägen die Erinnerungen einiger Menschen aus dem Krieg, einige seien aus der Nervenklinik, eine Frau habe sie hinterlassen, ganz zufällig sei er auf sie gestoßen. Liebe in Zeiten des Krieges. Eros. Wahnsinn in Zeiten des Krieges. Die psychiatrische Klinik Studenec … Er könne sie nicht identifizieren, die Akte, in der er sie gefunden habe, sei eine Vermögensangelegenheit, es habe keinen Bezug zu ihr. Das andere sei ein Heft, in das ein Mann seine erotischen Erlebnisse geschrieben hatte. Während des Krieges und später habe er notiert, welche Frau er flachgelegt hatte und wie – was solle man sich dabei denken? Lebensgier? Angst vor dem Tod? Auch diesen Schreiber könne er nicht finden, diesen würde er wahrscheinlich nie finden, er sei Offizier gewesen, möglicherweise war er am Turjak gewesen, während der Belagerung. Angeblich soll er den Partisanenkessel mit seinem Motorrad durchbrochen haben, einem Motorrad mit Beiwagen. Und davor soll er einen italienischen Offizier erschossen haben. War dieser Offizier Guido Gambini, der, der bei den Erschießungen der armen Dorfbewohner dabei gewesen war? Sie seien auf die Knie gegangen und hätten um ihr Leben gefleht. Seine Soldaten seien schlechte Schützen gewesen, deswegen sei Leutnant Guido Gambini von einem zum anderen gegangen und hätte ihnen ins Genick geschossen. Vor Turjak habe er einen Schuss in die Stirn bekommen. Ein einziger Schuss eines wild gewordenen Motorradfahrers.

War Offizier Aleksij Grgurevič, der auf der Liste einer Einheit der königlichen Armee zu finden sei, zugleich Verfasser der erotischen

Chronik, dieser fast ein halbes Jahrhundert umfassenden Chronik? Wahrscheinlich sei er tot oder lebte vielleicht noch irgendwo im Ausland.

– Was hat das mit Dugi otok zu tun?

Nichts. Einige Menschen hätten ihre erfüllten Leben gelebt und es sei nichts zurückgeblieben, überhaupt nichts. Außer diesen Notizen. Und sogar bei diesen könne er nicht herausfinden, von wem sie waren. Das mache ihn irre, dieses Gefühl des Verschwindens, die Dinge würden in der Zeit versinken, sogar die Erinnerung verschwinde, es blieben nur irgendwelche beschriebenen Seiten zurück – wie solle er sie mit der Wirklichkeit in Verbindung bringen?

Sie sagte, das sei Archivmaterial, das solle man nicht so persönlich nehmen.

Archivmaterial. Na gut, dann eben Archivmaterial. Aber was für Archivmaterial lag dort hinter ihrer von dunklen, weichen Locken umrahmten Stirn versteckt?

Er sagte, er gehe spazieren.

– Komm bald wieder, sagte sie, ich werde noch ein wenig lesen.

18.

Alles war so gewöhnlich, so ein gewöhnlicher Abend, Marijana würde noch ein wenig lesen, morgen hatte sie Vorlesungen, er würde noch ein wenig spazieren gehen. Wenn er zurückkehrte, würde sie bereits schlafen, das Licht würde brennen und das Buch würde auf ihrem Bauch liegen, sie würde sich unter gleichmäßigen Atemzügen leicht bewegen. Morgen würden sie frühstücken, es würde ein neuer Tag sein. Morgen würde er zum Archivmaterial zurückkehren, sich darin verbeißen, vielleicht würde es ihm gelingen, beide Schreiber zu identifizieren; wenn die Namen nicht erfunden waren, würde er sie vielleicht in den Standesregistern finden. Er war von diesen Nachforschungen ein wenig besessen, ihm schien, als hätte ihm dieser Zufall, den wir auch Schicksal nennen können, etwas in die Hände geschoben, dem er auf den Grund kommen musste. Wenn schon nicht den lebenden Menschen und ihren Gesichtern, dann wenigstens den Namen. Es war unmöglich, diese lebendigen Aussagen auf ein totes Regal zurückzustellen, diese Menschen lebten, sie hatten ihre eigenen Namen und Gesichter, obwohl sie im Schleier der Vergangenheit verschwunden waren, in der namenlosen Vergangenheit eines längst beendeten Krieges. Wen interessierte dieser Krieg und diese Menschen überhaupt noch, deren Leben er verändert oder sie kurzerhand gewaltsam beendet hatte, außer einen Archivar? Und nicht einmal jeden Archivar, seinen Mitarbeiter Beno gewiss nicht, der dachte nur daran, wie er ans Meer und zum Segeln fahren könnte. Nach Dugi otok. Mit seiner Frau. Er war mit ihr dort gewesen, als sie noch nicht seine Frau gewesen war. Mit Marijana. Mit ihr war auch er auf Dugi otok gewesen, Janez Lipnik, damals, als sie noch nicht seine Frau gewesen war. Als sie sagte, sie sei zum ersten Mal auf Dugi otok. Und auch damals war Krieg gewesen, und sie beide hatten ihn kaum bemerkt. Warum hatte er jenen Krieg beinahe nicht bemerkt und beschäftigte sich nun wie besessen mit den Notizen aus einem anderen, längst vergangenen? Vielleicht deswegen, weil er verliebt gewesen war und überhaupt nichts bemerkt hatte – wer hätte bemerkt, dass dort rundherum Krieg war? Es war bald nach ihrem Tag eins gewesen. Die Insel war beinahe leer, wenige leichtsinnige und verliebte Touristen wie sie beide sonnten sich in leeren Buchten, es war so still und ruhig wie am Beginn der Schöpfung.

Janez Lipnik blieb auf der Straße stehen. Er starrte auf eine große Reklametafel an der Seitenwand eines großen Gebäudes, Mädchen in Bikinis bewarben neben einer Sonnencreme auch ihre glatte, gebräunte Haut. Es war Krieg, dachte er, während wir abends bei einem Glas Wein saßen und einander tief in die Augen blickten. Wir hatten alle Kirchen und Kapellen abgeklappert, in einem Dorf mitten auf der Insel hatten wir Lamm gegessen. In einer völlig stillen Bucht kam dann von irgendwo ein Jetski herangerast, der Mann darauf brauste in großen Kreisen über die Wellen, sie ärgerten sich, weil er die Stille des warmen Nachmittags zerstört hatte. Sie nahmen den Krieg nicht wahr; wenn es hinter den Bergen am Festland dröhnte, tauschten sie manchmal Blicke aus, er sagte, dass wahrscheinlich etwas gesprengt wurde – was hätte er denn sagen sollen, was? Dass dort Menschen umgebracht wurden? Obwohl er natürlich hätte wissen können, dass im Krieg Menschen umgebracht werden, mit Kanonen, mit Sprengladungen und auch mit Gewehrschüssen, mit Maschinengewehrsalven, die man so weit nicht hören konnte. Sie wollten den Krieg nicht hören, sie ärgerten sich über den lärmenden Jetski. Es erschienen Zeitungen mit Kriegsberichterstattung, die Radionachrichten begannen mit den Neuigkeiten zum Beschuss und dem Fliegeralarm in den Städten im Landesinneren, aber alles zusammen dauerte schon seit einigen Jahren an, es war monoton geworden, es war weit weg. Das einzige, das wirklich an den Krieg erinnerte, waren die „srpske kuće". Ein serbisches Haus war ein Gebäude, das in sich zusammenfiel. Ein Einheimischer hatte Lipnik beim Weintrinken erklärt, welchen Unterschied es zwischen einem kroatischen und einem serbischen Haus gab. Janez Lipnik hatte bisher gedacht, dass die Menschen hier einander wegen sprachlicher und kultureller Unterschiede oder weiß der Teufel wegen welcher Bösartigkeit oder welchem Hass bekämpften, Dinge, die immer wieder von Neuem die Menschen heimsuchten. Das Böse. Er stellte es sich wie eine unsichtbare Wolke vor, die kreisend über die Landschaften zog und sich einen Ort aussuchte, wo der Hass aus der Erde dampfte. Dort würde es sich niederlassen.

Die Wolke des Bösen. Nun ging ihm durch den Kopf, dass sie sich auch deswegen bekämpften, weil sie eine unterschiedliche architektonische Tradition kannten. Doch er hatte Unrecht. In der Bauweise der Häuser gab es keine Unterschiede, zumindest nicht so große wie in der Sprache, der Religion und der geschichtlichen Tradition. Im zwanzigsten Jahrhundert wurden die Häuser von Serben und Kroaten auf gleiche Weise gebaut, in Dalmatien in der letzten Zeit des vom Tourismus ausgehenden Wohlstands gleichermaßen unnötig groß, mit verschiedenen Türmen und märchenhaften Säulengängen. Der Unterschied lag nicht in der Bauweise, sondern in den Trümmern. Eine „srpska kuća" war ein Haus, dessen Dach beinahe ganz geblieben war, während alles andere praktisch nicht mehr existierte. Das liegt daran, erklärte ihm sein Gesprächspartner bei einem Glas rotem Plavac in einer Konoba, dass unsere Leute die Fundamente vermint haben, das Haus fiel schön in sich zusammen, und wenn die Arbeit gut gemacht wurde, blieb das Dach fast völlig erhalten. Eine „hrvatska kuća" hingegen, ein kroatisches Haus, wurde von oben aus in Trümmer gelegt, das Dach wurde vollkommen demoliert. Das war die berühmte Artillerie der ruhmreichen jugoslawischen Volksarmee, die in Richtung Zadar vorrückte. Die Granaten fielen auf die Dächer der kroatischen Häuser, die serbischen blieben ganz, die jugoslawische Armee hatte gute Artilleristen, die nicht einfach in der Gegend herumballerten. Trotzdem mussten sie den Rückzug antreten. Die kroatische Armee war gekommen, und die hatte ausgezeichnete Sprengmeister.

Als sie die Einheimischen bei ihren morgendlichen Plaudereien und lauten, fröhlichen Begrüßungen beobachteten, schien alles wirklich sehr weit weg zu sein, obwohl es manchmal ganz aus der Nähe zu hören war. Diesen Krieg nimmt niemand ernst, sagte Marijana.

In Ljubljana lebt man, als wäre nichts, sogar in Zagreb ist es so.

19.

Trotzdem reisten sie wegen des Krieges ab. Eines seltsamen Morgens wachten beide gegen fünf Uhr auf, im Nu beschlossen sie, sich den Sonnenaufgang anzusehen. Die felsige Insel glänzte im roten Morgensonnenlicht, eine leichte Brise zerzauste Marijanas Haar, es war schön. Dann fuhren sie in die Stadt, um einen Kaffee zu trinken. Bereits während der Fahrt bemerkten sie eine große Anzahl an Armeefahrzeugen und in der Stadt wimmelte es nur so von uniformierten Menschen. Er schaltete das Radio ein. Die Militäraktion der kroatischen Armee und der Kräfte der Schutzpolizei laufe nach Plan, wurde berichtet, die feindliche Abwehrlinie sei in allen taktischen Vorrücklinien durchbrochen, 760 feindliche Soldaten seien gefangen, viel Munition und technische Ausrüstung sei beschlagnahmt worden. Die Menschen wurden angehalten, zu Hause zu bleiben und Radio zu hören, über das sie alle notwendigen Anweisungen erhalten würden. Das war zu viel, der Krieg rückte an die Insel heran, sie reisten ab. Plötzlich stellte sich heraus, dass auf der Insel mehr Touristen waren, als es den Anschein gehabt hatte. Alle Straßen waren gestopft voll, es schien, als würde die Fähre nicht fahren, weil sie von einer Granate hätte getroffen werden können, in der Nähe von Zadar wurde bereits auf Fähren geschossen. Dann fuhr die Fähre doch, und als sie das Festland erreichten, sahen sie auch dort die „hrvatske kuće“.

Nach endlosen Staus kamen sie an einem ruhigen Vormittag in Ljubljana an. Letzten Endes war es dennoch so, als wären sie aus dem Urlaub eingetroffen, nicht aus dem Krieg.

Er würde Dugi otok vergessen. Dugi otok war Vergangenheit, in Nebel gehüllt, in solch einen Schleier, wie er sich zu Mittag auf seine Augen gelegt hatte. Am Fußweg wich er einer lauten Gruppe von

Mädchen und Jungen aus, die mit Flaschen ausgestattet waren, am Fußgängerübergang sprang er vor einem Auto zur Seite, das eine rote Ampel überfuhr – vergessen wir es denn einfach? Was uns in der Vergangenheit nicht gefällt, was unangenehm ist, vielleicht sogar schmerzt, in der Brust drückt – das sollen wir einfach vergessen? Dort an seinem Arbeitstisch lagen Notizen von Erinnerungen, er plagte sich ab, um herauszufinden, von wem sie geschrieben worden waren, er fühlte sich in jenes Material ein, fügte die Umrisse der Menschen und Ereignisse zusammen, und hier sollte er etwas, das sein Leben war, eine Lüge, die in sein Leben getreten war, einfach in Vergessenheit geraten lassen. Das Problem lag darin, dass sie das offenbar konnte. Wer über die Vergangenheit lügt, lügt auch in der Gegenwart. Was wusste er denn schon, wie Marijana lebte, sie sahen einander ganze Tage nicht, er überlegte, ihre Regale zu durchsuchen, ja, auch ihre Handtasche mit dem Notizbuch, vielleicht würde er irgendeine Telefonnummer finden, die von Beno? Oder die von Pepo, wer war dieser Mensch überhaupt? Beno sagte, er arbeite bei der Polizei – verkehrte Marijana folglich mit Polizisten? Von links blitzten die Autoscheinwerfer über die Straße, von rechts die ausgeleuchteten Auslagen, Janez Lipnik ging durch die abendliche Stadt, er ging immer schneller, immer stärker reifte in ihm die Entscheidung, dass er die Sache noch an diesem Abend aufklären würde, die Frage konnte nicht unausgesprochen bleiben, sie kehrte immer wieder zurück, nun wusste er schon, wie das Gespräch verlaufen würde, er würde ins Arbeitszimmer treten, nein, er würde sich zu ihr ans Bett setzen und sagen: Beim Abendessen habe ich dich etwas über Dugi otok gefragt, wann der Krieg in Kroatien war – erinnerst du dich, dass ich dich das gefragt habe? Sie würde das Buch weglegen und ihn mit ihren schwarzen Pupillen anblicken, er würde sie fragen, warum sie nie mehr jenes Nachthemd anzog, das sie auf Dugi otok getragen hatte. Nein, besann er sich, so kommen wir der Wahrheit nie auf den Grund. Es gab nur einen einzigen Weg. Er würde fragen: Als wir auf Dugi otok waren, hast du gesagt, dass du noch nie auf Dugi otok gewesen wärst. Sie würde schweigen. Weil sie nicht antworten würde, würde er erneut fragen: Warst du schon einmal früher auf Dugi otok, Marijana? Ohne mich? Sie würde schweigen, als verstünde sie die Frage nicht. Deswegen würde er klar und deutlich fragen: Dann frage ich dich klar und deutlich: Warst du schon irgendwann auf Dugi otok, irgendwann vor unserem Urlaub, den wir im Jahr vierundneunzig oder fünfundneunzig gemacht haben, auf jeden Fall im letzten Kriegsjahr in Kroatien, warst du davor irgendwann einmal auf Dugi otok?

Sie würde nicken. Er würde nicht mehr weiter fragen, die Einzelheiten wären nicht nötig. Danke, würde er sagen. Nur das, und die Sache wäre erledigt. Obwohl gerade die Einzelheiten dieser Sache erst ein Ende bereiten würden. Wenn sie nur von sich aus anfangen würde zu reden. Wenn sie erzählen würde, mit wem. Mit wem sie auf Dugi otok gewesen war, vielleicht würde sie sich an den Namen der Freundin erinnern, deren Namen Beno heute überhaupt nicht mehr wusste, so viele waren schon auf seinem Boot gewesen, dass er sich an ihre Namen überhaupt nicht mehr erinnern konnte, sogar an Marijanas Namen könnte er sich sicher nicht erinnern, wenn sie nicht seine, Lipniks, Frau wäre – verstand denn diese Frau nicht, was für eine Erniedrigung alles zusammen auch für sie war, für sie, nicht nur für ihn? Deswegen wäre es nur recht, wenn sie alles einfach selbst erzählen würde, die ganze Geschichte, wie sie sich auf einen Telefonanruf hin samt ihrem Gepäck in ein Auto gesetzt hatte und mit zwei Typen zum Segeln gefahren war, wie sie zu Abend gegessen, Wein getrunken, den Mondschein betrachtet hatten, wie sie geschwommen waren, nein, schwimmen waren sie nicht, es war Frühling, wie sie gemeinsam, was wusste denn Janez Lipnik schon, was man alles gemeinsam auf einem Boot machte, er war noch nie segeln gewesen. Er wusste aber, und das hatte er schon öfter gehört, dass es da hygienische Probleme gab, Waschen, Stuhlgang und all das, dass es auch nächtliche Geräusche gab, Schnarchen und alles andere, dass es dann, wenn es zur Liebe kam, um nicht zu sagen zur Kopulation, für diejenigen unbehaglich war, die das hörten, männliches Schnauben, weibliches Stöhnen, jawohl, manchmal auch das Schreien, das die Frau nicht unterdrücken konnte, auch wenn sie sich noch so sehr die Hand auf den Mund drückte, wie es Marijana in jenem Hotel mit den dünnen Wänden am Pohorje getan hatte, Marijana! Es ging um sie, um Marijana, und nicht um irgendeine Frau, die durch einen Telefonanruf sozusagen von der Straße aufgesammelt und ans Meer gefahren worden war.

Janez Lipnik hielt seinen gehetzten Schritt an. Er würde sie nach keiner Einzelheit fragen. Danke, würde er sagen, er würde nicht einmal fragen, mit wem sie zusammen gewesen sei. Und das, obwohl er jeden Tag, wenn er zur Arbeit kommen würde, sich daran erinnern würde, mit wem sie zusammen gewesen war. Und wenn er sich nicht selbst daran erinnerte, würde es jener gelangweilte Mensch beim Mittagessen, beim Kaffee tun, wenn die Sekretärin Nedeljka den Lippenstift dick auf ihre fülligen Lippen auftragen würde, wenn ihre Lippen mit einem spöttischen Lächeln im Mundwinkel, wo sie sich berührten und wo sich der Lippenstift dick anhäufte, sagen würde: Das hast du aber nicht archiviert, was? Er würde sie nicht fragen, warum sie mitgegangen war, er würde nicht fragen, mit wem sie zusammen war, er würde sie lediglich fragen: Warum hast du es mir nicht erzählt? Du hast auf ein Segel geblickt, das einzige Segelboot, das vorbeifuhr, nun kann ich mich deutlich daran erinnern, dass du verträumt jenem Segel nachgesehen hast.

Damals habe ich an kein Segel gedacht, würde sie sagen; es war Krieg. Wenn ich an etwas gedacht habe, dann daran, warum wir eigentlich im Urlaub waren, es war Krieg und wir beide lagen in der Sonne. Und wir haben uns noch über den Jetski geärgert, der in unsere Bucht brauste, der Kanonendonner hinter den Bergen hat uns nicht gestört, der Jetski hat uns gestört, darüber habe ich nachgedacht. Nein, das würde sie nicht sagen, darüber habe ich nachgedacht, fiel ihm ein. Ich weiß nicht, worüber sie nachgedacht hat. Vielleicht dachte sie darüber nach, dass ihr Knöchel noch immer schmerzte. Den sie sich damals verstaucht hatte, als sie vom Segelboot ans Ufer gesprungen war. In Träumen oder erdachten Geschichten gab es kein verschüttetes Öl und keinen verstauchten Knöchel. Wahrscheinlich war sie ausgerutscht, weil auf den Steinen, die es in den Marinas gibt, Öl verschüttet worden war. Damals, als sie zum ersten Mal auf der Insel war, auf der sie zuvor angeblich noch nie gewesen sei. Damals hatte ihr jemand geholfen, starke Männerhände hatten sie zurück aufs Boot getragen, um den Knöchel einen Verband gelegt. Es war ein Glück, dass sie sich den Knöchel verknackst hatte, sonst hätte sie geglaubt, nur geträumt zu haben, ich hätte vielleicht geträumt, aber der Knöchel ist unerbittlich, er tut wirklich weh, er erinnert an die Wirklichkeit. Wenn es diesen Knöchel nur nicht gegeben hätte, ging ihm durch den Kopf, dann würde man noch mit der Hand abwinken. Und so irrte er durch die nächtliche Stadt, in der es immer weniger Menschen und immer weniger Autos zu sehen gab. Über eine Bahnüberführung donnerte ein Zug, er sah einige einsame Fahrgäste, die an den Fenstern saßen. Er dachte daran, dass er gerne irgendwohin fahren würde.

20.

Als er nach Hause zurückkehrte, schlief Marijana bereits. Er setzte sich zu ihr aufs Bett und betrachtete sie im schwachen Licht, das aus dem Wohnzimmer auf sie fiel. Ihre Lider zuckten manchmal, gewiss träumte sie, er wollte nicht daran denken, dass sie vom Segeln träumte, er dachte daran, dass das Leben mit Marijana sein einziges Leben war, nach so vielen Jahren liebte er sie noch immer, von Tag eins an gleich stark, er konnte sich ein Leben ohne sie nicht vorstellen. Es war schön gewesen auf Dugi otok. Eines Abends, die Insel lag im Mondschein, hatte sie gesagt: Es ist wie am Mond, keine Bäume, nur dieses silberne Gestein. Sie kann sich schön ausdrücken, meine liebe Professorin, sie liest all diese englischen Romane nicht vergeblich, wahrscheinlich spricht sie sogar jetzt im Schlaf irgendwelche schönen Sätze, sie hatte gesagt: Diese Insel ist wie ein felsiges Schiff, mir scheint, wir segeln darauf, ich war noch nie auf so einer Insel. Nie? Auf so einer? Vielleicht bedeutet das ... Janez Lipnik war zu müde, um sich noch auf weitere Überlegungen einzulassen. Stattdessen hörte er eine eigenartige Musik, als ob unter dem Fenster eine Blaskapelle aufspielte, er überlegte, ob er im Wohnzimmer etwa den Radioapparat angelassen hatte, doch das hatte er nicht, er wusste, dass er das nicht getan hatte. Als ob diese Musik mit ihren metallischen Klängen aus einem großen Raum käme, jawohl, das war dort auf der Insel, in jenem kleinen Städtchen, an einem stillen Abend hörten sie Blasmusik, sie machten sich in Richtung der Klänge auf, in Richtung der Posaunen, Trommeln und Tschinellen. Aus einem alten Gebäude, einer Art Kulturhaus, drangen Töne von Marschmusik, die ein heimisches Orchester probte. Dann Pause, die Stimme des Kapellmeisters, der etwas anordnete, mit dem Dirigentenstock ans Pult klopfte, seine Stimme war an diesem Abend so einsam, und so einsam waren auch die Schläge des Trommlers, dem der Kapellmeister speziell etwas auftrug, nur die Trommel, nur die Trommel und jetzt, jetzt: Tschinellen, bums!, sagte er, und schon setzten die Trompeten ein. Nein, nicht so, er würgte alles zusammen ab, sprach wieder lange in den großen, leeren Raum. Diese Stille, die Probe der Blaskapelle, die Stimme des Kapellmeisters im großen Schulzimmer, die Bänke wurden an die Wände geschoben, sie saßen mit ihren Instrumenten im Schoß auf den Stühlen und lauschten der Stimme des Kapellmeisters ... Und jetzt von Anfang an, sagte er, und wieder schmetternd die Trompeten, mächtig die Hörner. Sie spielen einen alten Marsch, „Schmiede sind wir" spielen sie, sagte er. Das ist ein ziemlich veraltetes Repertoire, sagte sie, ist das nicht ein Parteimarsch? Ist wirklich komisch, dass sie ihn in dieser Zeit spielen. Und plötzlich ergriff er ihre Hand: Was ist denn mit dir?, fragte Marijana. Mir ist so bang geworden, sagte er. Ich habe mich an etwas erinnert. Der Freiheit Sicht, der Freiheit Sicht.

Vergangenheit, das ist Beklommenheit. Als Kinder haben wir das in der Schule gesungen, sagte er: *der Funke hell unter der Kraft der Werke wird schmieden uns der Freiheit Licht, der Freiheit Licht.* Mein Gott, wie viel Zeit seitdem schon vergangen ist.

Sie hieß auch Zala. Zala D. Sie machte ein Zeichen ins Heft, gesehen, ein Zeichen, das hieß „gesehen". Es bedeutete: gesehen.

21.

Er saß noch immer auf der Bank zwischen dem Schaufenster des Benetton- auf der einen und des Philips-Geschäfts auf der anderen Seite. Hier saß er zwischen den Besuchern des Shoppingcenters, die an ihm vorbeigingen, in seiner Geschichte, die zurück- und vorausreichte, hinauf und hinunter, in der unerbittlichen Gegenwart, in der die Zeit nur ein Trugbild war.

Die Sekunden an der riesigen elektronischen Uhr an der Kreuzung der Gänge im großen Einkaufszentrum rasten in Richtung sieben Uhr. Doch wenngleich die Sekundenzahlen rot blinkten und durch die Minuten dem Augenblick entgegeneilten, in dem bereits zwei Stunden vergangen sein würden, seitdem Marijana weggegangen war, war die Zeit hier stehengeblieben. Die blinkenden Zahlen waren nur Schein, das war Lipnik nun völlig klar, nur der Schein der Zeit, die sich in Wirklichkeit nicht bewegte. Wo sich die Zeit bewegte, dort warf zu dieser Stunde der beklemmende Abend lange Schatten auf die Landschaft. Hier gab es keine Schatten und keine Landschaft, hier herrschte ewiger Nachmittag, mit den Stimmen aus den Lautsprechern, mit den rhythmisierten Klängen von etwas, das Musik genannt wurde, den leisen Schritten der Spaziergänger, der nackten, blutleeren Puppe ohne Haar und der künstlichen Röte im Gesicht, die an einer Fensterscheibe lehnte und ihn mit ihren leeren Augen ansah. Hier hatten die Menschen, die an ihm vorbeigingen, leere Augen, die über helle Oberflächen irrten, ohne zu wissen, wohin sie eigentlich gingen und woher sie gekommen waren. Dort irgendwo war ein Zuhause, in das Essen und Kleidung angeschleppt werden mussten, Schönheits- und Duftmittelchen, so ein Heim hatte aber auch der Höhlenmensch gehabt, der Troglodyt lag auf der Lauer nach neuen Fleischstücken und Gebrauchsgegenständen, er schleppte sie in seine Höhle und wusste weder etwas vom gestrigen noch vom morgigen Tag. Wo es keinen Schatten gibt, dort ist Mittag, dort gibt es kein Davor und Danach, nur das Jetzt, das reglose, leuchtende, raunende, ächzende Jetzt. Janez Lipnik stand einige Male auf und spazierte an den Auslagen entlang, hier gab es nichts, was ihn aufgeregt hätte, keine Beklommenheit, auch keine interessante Vergangenheit. Warum harrte er überhaupt noch in dieser großen, lärmenden, stets gleichen Gegenwart aus. Nichts von dem, was hier vorging, würde einen Weg zu den Archiven finden, nichts davon würde einen Archivar in fünfzig Jahren interessieren, hier gab es keine Vergangenheit, aber auch keine Zukunft, denn der morgige Tag würde dem heutigen gleichen, hier war die Geschichte für immer stehengeblieben. Hier drehte sich die Erde nicht mehr. Würde sie sich drehen, könnte sie nicht flach sein. Und hier gab es eine einzige Plattform, so weit der Blick reichte, hell, glatt, reglos und eine Menge verlorener Menschen darauf, Menschen, die ihr Gestern und Morgen verloren haben. Sie haben den Himmel verloren, denn oben war ein Plastikdach, auf das der Regen rieselte, oben gab es eine Wolkenkuppel, die diese große Plattform regungslos bedeckte. Im Kopf gab es nicht einmal mehr jenen Jetski, sondern etwas Hohles und Leeres, so etwas wie das Nichts.

Aus den Augenwinkeln bemerkte er, dass neben seinen Tüten eine ältere Dame und ein älterer Herr stehen geblieben waren. Sie unterhielten sich über etwas, zeigten auf die Tüten und sahen sich um. Lipnik ging hin, setzte sich und öffnete eine der Tüten, damit die Dame und der Herr verstehen würden, dass dies seine Einkaufstüte war. Und sie verstanden es wirklich, wortlos begannen sie, sich nach den Eingängen der Geschäfte umzusehen, in deren Richtung sie noch gehen mussten.

Auch er sollte sich auf den Weg machen. Alles sah so aus, als ob Marijana nicht mehr kommen würde. Ein Missverständnis? Nach Hause? Zu Hause hatte er nichts mehr zu suchen. Auch im Archiv hatte er nichts mehr zu suchen.

22.

Vor einigen Tagen hatte ihn der Archivleiter angerufen.

– Wir haben ernsthafte Beschwerden erhalten, sagte er ohne Umschweife. Weil Sie keine Daten ausgefertigt haben, kommen die Leute nicht zu ihrem Vermögen. Und dann noch die Erbschaftsanfragen. Das sind ernste Sachen, Herr Lipnik.

Er sagte, er sei in letzter Zeit mit dem „Australischen Bestand" beschäftigt gewesen. Er habe Urkunden inventarisiert. Er habe Notizen gefunden, die es zu prüfen gelte.

Der Leiter sagte, der „Australische Bestand" könne warten.

– Er kann nicht warten, sagte Lipnik.

– Darüber, was warten kann und was nicht, werden nicht Sie entscheiden, sagte der Archivleiter.

Er sagte, er, Lipnik, habe seine Arbeit bisher ausgezeichnet ausgeführt, all die Jahre habe es keine ernsthaften Beschwerden gegeben. Es freue ihn, den Leiter, dass er auch an Samstagvormittagen und manchmal nachts arbeite. Aber was er eigentlich mache, das wisse niemand mehr. Die Kunden warteten auf die Daten. Da gebe es ernste Fragen zu klären, Denationalisierungs- und Nachlassfragen.

– Das haben Sie bereits erwähnt, meinte Lipnik. Die ernsten Fragen.

Der Leiter klopfte mit einem Bleistift auf den Tisch. Er schwieg einige Zeit.

Er sagte, er habe überhaupt nicht vor, sich in sein Privatleben einzumischen, vielleicht habe er in seinem Privatleben irgendwelche Probleme. Doch das interessiere ihn nicht, er wolle nur, dass die Arbeit erledigt werde. Und obwohl es ihn nicht interessiere, müsse er dennoch fragen:

– Was ist los mit Ihnen, Lipnik?

Lipnik schwieg. Was sollte los sein?

– Ich weiß nicht, sagte er, was los sein soll.

Wie sollte er wissen, was mit ihm los war, wenn er nicht einmal wusste, ob Marijana vor ihm und ohne ihn und mit irgendwelchen anderen Leuten auf Dugi otok gewesen war oder ob sich dieser Hohlkopf Beno das Ganze ausgedacht hatte. Er, Janez Lipnik, war es gewohnt, dass er den Dingen auf den Grund ging. Auch er konnte nicht feststellen, ob Offizier Aleksij und der junge Adjunkt ein und dieselbe Person waren. Vielleicht war es so, vielleicht auch nicht. Er wusste nicht einmal, ob die Lehrerin Zala mit einem Fahrrad der Marke Presto fuhr und ob dieses Fahrrad, das vor seinen Augen mit gebrochenen Speichen und algenbehangen aus der Ljubljanica gezogen worden war, jenes Fahrrad, das wie eine verkrüppelte Erinnerung war, wie in Wasser und Schlamm verlorene Geschichte, in irgendeinem Zusammenhang stand mit den Ereignissen vor über fünfzig Jahren oder zumindest mit dem ungewöhnlichen Zufall, dass gerade in dem Augenblick, gerade in der Minute, als es aus dem Wasser gezogen wurde, er, Archivar Lipnik, eines sonnigen Samstagvormittags am Flussufer stand. Er wusste nicht einmal, warum er sich all diese Fragen stellte, wo er doch keine einzige richtige Antwort darauf hatte. Er wusste nur, dass es Antworten gab, dass irgendwelche vergangenen Leben in den Archivurkunden begraben waren und dass das ungleich interessanter war, ja, auch aufregender als die Urkunden, mit denen die Leute beweisen würden, dass ihre Häuser, ihre Äcker oder gar Fabriken einst in ihrem Besitz gewesen waren. Das waren immerhin Gegenstände, was sollte das mit dem Leben zu tun haben – verstehen Sie das Leben, Herr Archivleiter?

Er sagte:

– Ich weiß nicht, warum die Leute es mit diesen Denationalisierungen so eilig haben. Wenn sie fünfzig Jahre ohne Vermögen waren, können sie doch noch ein wenig warten.

Der Leiter holte tief Luft. Er wollte nicht zornig werden. In Archiven sind die Menschen ruhig und sprechen leise. Er klopfte nur mit seinem Bleistift.

– Genau deswegen, sagte er mit ruhiger und leiser Stimme, genau deswegen haben sie es eilig: weil sie seit fünfzig Jahren gewartet haben.

Lipnik überlegte, dass eigentlich nicht sie dieses Vermögen bekommen haben, ihre Väter und Großväter haben es sich durch harte Arbeit verdient. Nach dem Krieg wurde es beschlagnahmt, aber die Väter,

Großväter, Mütter und Großmütter sind größtenteils alle, fast alle verstorben – warum hatten es nun die Söhne und Enkel mit diesem Vermögen so eilig? Er besann sich, das nicht zu sagen, es war nicht seine Sache.

– Das ist nicht meine Sache, sagte er, aber dennoch: Sie haben es ja nicht selbst erarbeitet, das ist die mühevolle Arbeit ihrer Väter und Großväter.

Der Archivleiter vergaß, dass man im Archiv ruhig und leise sprach. Laut und aufgeregt rief er, dass dies seltsame Antworten seien.

– Wenn das nicht sogar Ausreden sind, Herr Lipnik, merkwürdige Ausreden für unerledigte Arbeit. Zuerst ist ganze Monate lang der „Australische Bestand" auf Ihrem Tisch gelegen, nun kramen Sie schon seit drei Wochen darin herum, statt ihn längst zur Weiterbearbeitung und Verwahrung abgegeben zu haben. Was ist los mit Ihnen, Lipnik, was geht hier vor?

Lipnik fand, dass diese Frage bereits gestellt worden sei und dass sie keiner Antwort bedürfe. Auch jetzt befand er es nicht für notwendig, zu antworten.

Der Leiter stand auf und trat ans Fenster. Er blickte lange die blühende Kirsche an, jenen Baum, den, einen Stock höher, auch Janez Lipnik oft betrachtete, den er nicht nur betrachtete, sondern der sich so tief in seine Erinnerung eingeprägt hatte, dass er sogar von ihm träumte, von den weißen Blättern der blühenden Kirsche, überströmt vom bläulichen Mondlicht.

– Archivarbeit, erklärte der Leiter geduldig, ist nicht so einfach, wie allgemein angenommen wird. Manch einem versagen die Nerven bei dem Arbeitsumfang und der immensen Genauigkeit, derer es hier bedarf. Obwohl wir manchmal daran denken, welche Schicksale in diesen Urkunden um uns herum verborgen sind, obwohl so mancher von uns zuweilen darüber nachdenkt, dass dieses Gebäude vom Keller bis zur Decke mit menschlichen Leben angefüllt ist, mit Menschen aus vergangenen Zeiten, ganzen Jahrhunderten, aber so, auf diese Weise, Lipnik, dürfen wir nicht denken. Wir müssen über Bestände nachdenken – haben Sie gehört? Über Bestände, über Urkunden. Über Klassifizierungen. Über das Pertinenzsystem und das Provenienzsystem. Wenn wir bei jeder Urkunde, die wir zur Hand nehmen, an den Menschen denken würden, der mit ihr verbunden ist, wäre das nicht gut. Wir hatten einen Kollegen, der eines Abends nackt im Tivolipark gesessen ist, Sie können sich bestimmt an diesen Fall erinnern.

Lipnik konnte sich an diesen Fall erinnern. Er überlegte, ob vielleicht gerade er derjenige war, der nackt im Park gesessen war, der eines Nachts das Geschlecht und die Brüste des bronzenen Mädchens mit roter Farbe beschmiert hatte. Es stimmt, dachte er zugleich, es stimmt, dass meine Gedanken mit erschreckender Geschwindigkeit in unvorhergesehene Richtungen ziehen.

– Er hat zu viel getrunken, fuhr der Leiter fort, unser Kollege hat zu viel getrunken, auch das kommt bei uns Archivaren leider vor. Aber bei der Arbeit sind die Dinge gelaufen, wie sie nun bei Ihnen laufen, das heißt nirgendwohin. Alles ist stillgestanden. Was bei diesem Menschen im Kopf vorging, dass er sich im Park bei Minusgraden nackt auszog, bitte, was in seinem Kopf vorgegangen ist, daran will ich nicht einmal denken, er hat geträumt, er sei irgendwo anders, bestimmt, und nicht, dass er am helllichten Tag nackt im Park herumgehe, vielleicht wollte er gegen etwas protestieren, vielleicht sogar gegen mich, weil ich ihn zur Arbeit angetrieben habe, aber darüber will ich nicht nachdenken, denn das liegt jenseits meines Vorstellungsvermögens, ich frage mich lediglich, was in einem menschlichen Kopf passiert, dass er so etwas tut.

Lipnik sagte: Sie denken ja die ganze Zeit nach.

– Wer?

– Sie. Sie haben gesagt, dass Sie nicht darüber nachdenken wollen, aber Sie fragen sich die ganze Zeit und denken darüber nach, was in seinem Kopf vorgegangen sein mag.

Der Leiter war einen Moment lang verwirrt.

– Vielleicht haben Sie Recht, sagte er, vielleicht denke ich auch über Sie nach, was in Ihnen vorgeht, weil Sie seit drei Wochen nicht einen einzigen Bescheid ausgestellt haben, keine Unterlagen aus den Vermögensbeständen, nichts.

– Ich habe eine Geschichte aus dem „Australischen Bestand“ rekonstruiert, sagte Lipnik.

Der Leiter schwieg einen Moment lang. Dann sagte er ruhig, dass er, Lipnik, nicht deswegen hier sei, um Geschichten zu rekonstruieren. Wenn er weiterhin vorhabe, Geschichten zu rekonstruieren, statt Bescheide und Urkunden auszustellen, die für Denationalisierungsverfahren benötigt würden, dann sei es besser, wenn er sich eine andere Arbeit suche.

Lipnik schwieg lange. Was sollte man denn sagen, wenn der Vorgesetzte einem erklärte, man solle sich eine andere Arbeit suchen? Er konnte keinen richtigen Satz finden. Er wiederholte nur:

– Eine andere Arbeit?

Der Leiter seufzte wie jemand, der einem anderen Menschen etwas nicht begreiflich machen kann.

– Das habe ich nicht gesagt. Ich habe gesagt, wenn.

Er habe nicht gesagt, er solle sich eine andere suchen, er habe gesagt, er solle sich eine suchen, wenn er weiterhin vorhabe, Geschichten zu rekonstruieren.

Lipnik sagte, die Geschichte sei interessant.

Der Leiter meinte, dass sie das vielleicht wirklich sei, aber dass sie ihn nicht interessiere.

Wenn sie jedoch ihn, Lipnik, interessiere, solle er sich der Schriftstellerei widmen. Archivarbeit sei etwas anderes.

Aber sie ist interessant, dachte Lipnik trotzig.

Sie ist interessant, denn der junge Adjunkt hat das Mädchen, das in den Notizen als Zala auftritt, im Sommer des Jahres zweiundvierzig getroffen, als er als Beamter in der Forstwirtschaft tätig war. Wäre er Schriftsteller, würde er sie beschreiben. Die einsame Lehrerin aus Maribor, die sich, mitten im Krieg, umstellt in Dolenjska wiedergefunden hatte. Den jungen Adjunkten und seine Leidenschaft, wegen der sich dieser durch so manchen militärischen Hinterhalt kämpfen musste, um zu ihr zu gelangen. Du riskierst aber viel für einen Fick, hatte sie lachend zu ihm gesagt. Sie hatte es nicht genau so gesagt, man weiß nicht, was sie gesagt hatte. In der Chronik der erotischen Erlebnisse des Adjunkts stand geschrieben: Du riskierst aber viel für …, der Verfasser verwendete keine unanständigen Wörter. Sie hatten Äpfel gegessen. Leutnant Guido aus dem Friaul hatte auch bei ihr angeklopft, genau zu dem Zeitpunkt, als sie mit dem Adjunkten im Bett lag. Der Adjunkt fand sich ein Jahr später in der Uniform der königlichen Armee wieder, am Ende begegnete er Guido vor der Burg Turjak noch einmal. Eine interessante Geschichte, eine wirklich interessante Geschichte. Kurzum: Er hatte sie in Gesellschaft zweier italienischer Offiziere und der Freundin Antonija kennengelernt, seiner Mitarbeiterin auf Schloss Soteska.

23.

Das war zumindest den Notizen des unbekannten Autors zu entnehmen, die Archivar Janez Lipnik zunächst mit dem Wort Perversling gekennzeichnet hatte, bevor er dachte, er sei ein Eroberer, was jedoch nicht wirklich zum sensiblen Inhalt des Textes passte, weswegen er schließlich „Liebhaber“ auf den Aktenordner schrieb und nach einiger Zeit „Der Große“ hinzufügte. Der Große Liebhaber rühmte sich mit seiner Größe jedoch nicht von Anfang an. Mitte des neunzehnten Jahrhunderts hatte der Dichter Jovan Vesel Koseski folgende Verse geschrieben: „Das Gesetz der Natur ist derart, dass aus Kleinem Großes erwächst.“ Und auch der Große Liebhaber war anfangs noch nicht groß gewesen. Er war ein kleiner Beamter am Gut der Auersperger, am Schloss Soteska in der Nähe von Dolenjske Toplice, ein Adjunkt. Er hatte seinen Militärdienst in Serbien hinter sich, wo er als Jurist in eine Schule für Reserveoffiziere geladen wurde. Er kehrte als Leutnant zurück, wurde im Jahre einundvierzig mobilisiert, doch gelangte er gar nicht bis zu seiner Einheit, weil die „unbesiegbare jugoslawische Armee“, wie sie in seiner Schule genannt wurde, davor zerfallen war. Der Staat hatte kapituliert, Ljubljana, wo er damals gewohnt hatte, wurde von der italienischen Armee besetzt. All dies war mehreren Stellen der maschinegeschriebenen Seiten zu entnehmen. Doch nirgendwo wurde der Name des Verfassers erwähnt, von keiner Frau wurde er beim Namen genannt. Natürlich wurde er das, nur hatte der Autor dies geschickt verschwiegen, beziehungsweise war diesem Namen mit Beschreibungen ausgewichen worden, wie wir sie bereits gesehen haben: „Oh du ungeduldiger *Junge*.“ Oder an anderer Stelle: „Komm, mein *Schätzchen*.“ Weil er anfangs auch noch kein Großer Liebhaber war – dass er ihn in Gedanken jedoch „Junge“ oder „Schätzchen" nennen würde, das widerstrebte Janez Lipnik – benannte er ihn nach dem, was er getan hatte, wenn er nicht mit einer Frau zusammen war oder beschrieb, was er mit ihr tat. Er arbeitete als Adjunkt, er war ein junger Adjunkt am Gut des Grafen von Auersperg. Also: Adjunkt. Die Frauen hingegen hatten Namen. Einige hatten neben den Vornamen auch Nachnamen und waren mit Angaben zu ihren Berufen, Körpermaßen und Neigungen versehen.

Das Forstamt befand sich in einem kleinen Ort namens Soteska. Ein freundliches Tal, das an dieser Stelle enger wurde, ein Fluss, rundherum Wälder. Er war zweiundzwanzig Jahre alt, er vermisste Ljubljana, er fühlte sich, wie er erzählte, einsam und rastlos. Ganze Tage lang arbeitete er im Amt, wo er auch zu Mittag aß, abends kehrte er in sein behagliches Zimmer in einem nahe gelegenen Bauernhaus zurück. Aus seiner Einsamkeit schickte er einem Mädchen ruhelose und wehmütige Briefe nach Ljubljana, Ende des Jahres einundvierzig war die Post noch in Betrieb. Die einzige Frau in seiner Nähe war Antonija P., die Sekretärin des Grafen, eine Frau mit einem Pferdegesicht, wie er rüde notierte, und sogar die hatte einen Liebhaber – einen italienischen Major, der sich die Zeit mit ihr während seiner Arbeit im besetzten Gebiet vertrieb. Sie besuchte ihn in Dolenjske Toplice, wo die Einheit des Majors ihr Hauptquartier hatte. Um ihren jungen und wehmütigen Mitarbeiter aufzuheitern und wenigstens ein bisschen die Wolken der Sehnsucht nach seiner Heimatstadt zu vertreiben, lud sie ihn eines sonnigen Nachmittags ein, in ein angesehenes Restaurant dieses Kurortes mitzukommen – sie war natürlich von ihrem Major dorthin eingeladen worden. Beim Mittagessen waren außerdem noch ein italienischer Offizier und Zala zugegen, eine Lehrerin aus Dobrava, unweit von Soteska. Das Hauptziel dieses Mittagessens, zu dem sie mit den Rädern gefahren waren, ebenso wie Zala aus Dobrava, lag, wie der Adjunkt bald bemerkte, vor allem darin, dass sich der ebenso junge wie einsame italienische Offizier und die Lehrerin näher kommen sollten. Der Maggiore war ein großzügiger Befehlshaber: Das Glück, das ihn ereilte, seinen Armeedienst in einem fremden Land nämlich mit weiblicher Gesellschaft lindern zu können, wollte er auch mit seinem Untergebenen teilen, dem Leutnant Guido aus Udine im Friaul. Die Umstände für eine neue Verbindung waren insofern umso weiter gediehen, als auch die beiden Mädchen nicht aus der Gegend waren, sie kannten sich aus ihrer Heimatstadt, aus Maribor an der österreichischen Grenze. Der

Adjunkt hatte schon nach den einführenden Scherzen und dem Gelächter, während dem wenige italienische und slowenische Worte geradebrecht wurden, eingesehen, dass er hier überflüssig war. Die Gesellschaft war nicht zum ersten Mal beisammen, nun ging es darum, dass sich nach Antonija, die dem Major bereits nähergerückt war, auch Zala dem schwarzhaarigen Tenente annäherte. Er fühlte sich auch deswegen überflüssig, weil er jünger aussah, als er in Wirklichkeit war, und weil sein Kopf geschoren war wie der eines Einsiedlers. Seine Haare hatte er, wie er berichtet, zum Zeichen der Buße und Reue geschnitten, weil er die Stadt verlassen hatte, deren Kaffeehäuser und Promenaden, und in eine Gegend arbeiten gegangen war, wo sich Fuchs und Hase gute Nacht sagen. Und wirklich, bald nahm keiner mehr Notiz von ihm, obwohl es offensichtlich war, dass er doch einige Worte mehr Italienisch konnte als die beiden Mädchen. Beide Paare, das erste bereits innig verbunden und das zweite erst im Entstehen, also in anfänglicher Verstrickung, hatten sehr viel Spaß an den sprachlichen Missverständnissen, der Adjunkt bemerkte, dass die beiden Italiener Kavaliere waren, während sich die Mädchen auf ihre Rechnung einige ziemlich derbe Bemerkungen erlaubten, denen allgemeines Gelächter folgte, die Offiziere lachten, weil eben auch Antonija und Zala lachten.

24.

Als sich das Mittagessen dem Ende zuneigte und sie die Weinflasche bis zum Boden gelehrt hatten, war klar, dass sich die beiden Frauen aus Maribor nun trennen würden, zumindest hakte sich Antonija bei ihrem Major ein. Der Tenente schlug vor, Fräulein Zala mit dem Automobil zu ihrer Schule auf Dobrava zu fahren, doch lehnte Zala dies – zur Überraschung aller – entschieden ab. Der junge Tenente, der sich schon in der Rolle ihres Liebhabers gesehen hatte, war gekränkt. Um ihn ein wenig zu trösten, erklärte Zala, es sei zu gewagt, wenn sie zusammen mit einem italienischen Offizier in Uniform gesehen würde. Auch der Major war dieser Meinung, auf dem Weg könnte das Auto in einen Partisanenhinterhalt geraten, damals hatten sie bereits die Anweisung, sich nicht von größeren Ortschaften zu entfernen. Der Tenente, der von Zalas Lächeln, ihren weißen Zähnen, ihrem honigfarbenen Haar und den üppigen Brüsten unter der weißen Bluse längst vollkommen geblendet war, war offenbar bereit, auch Partisanenschüsse zu riskieren. Im Vorraum des Restaurants blieb er stehen und begann sie in Gegenwart des Adjunkts zu überreden, mit ihm ins Hotel mitzugehen. Zala lächelte und schüttelte den Kopf. Es sah nicht so aus, als wäre es ihr unangenehm, es sah so aus, als würde sie sich angesichts der Umstände zu so etwas eben nicht hinreißen lassen. Der verzweifelte Tenente, dem offenbar etwas versprochen worden war und für den dieses Versprechen nun immer unerreichbarer wurde, rief den Major zu Hilfe. Der Major begann mit Antonija zu verhandeln, Antonija trat zu Zala und flüsterte ihr etwas zu, Zala sagte: Nein, ich habe nichts versprochen. Wenn du das getan hast, ist das deine Sache. Der Major sagte etwas zu Antonija und Antonija übersetzte es. Guido ist jung und traurig, er denkt, er wird jung in einem fremden Land sterben. Das sind aber schlagende Argumente, sagte Zala. Guido sah ein, dass er sie ohne Hilfe des Majors ansprechen konnte. Er sagte es Antonija und sie übersetzte. Zala gefalle ihm sehr, und wenn er sterben müsse, wäre es ihm ein starker Trost, wenn er sie davor noch nach Hause begleiten dürfe. Zala lachte laut auf, Guido errötete und trat beleidigt zur Tür. Antonija hingegen flüsterte Zala etwas ins Ohr. Der Adjunkt schnappte auf, was sie sagte: Bist du verrückt? Das gesamte Personal im Hotel ist slowenisch. Du kannst dich mit ihm spielen, sagte sie, wenn du willst. Aber ich werde es nicht tun.

Das Abendläuten erklang und es nahte die Ausgangssperre. Herr Adjunkt, sagte sie zu ihm, wir beide sollten schon auf dem Weg sein. Damals, wie er selbst berichtete, dachte er zum ersten Mal daran, dass er an die Stelle des Tenente treten könnte. Sie hatten ein Stück gemeinsamen Heimwegs. Er schlug vor, mit ihr nach Dobrava zu fahren, es sei unsicher in diesen Zeiten, als Frau alleine auf Waldstraßen zu fahren. Zala willigte ein. Er dachte daran, an die Stelle des unglücklichen jungen Leutnants zu treten, der in Dolenjske Toplice mit seinen Gedanken an das ungerechte Schicksal, an den Tod und diese entgangene Chance vor dem Tode allein geblieben war. Der Adjunkt war jünger als die Lehrerin Zala, er hatte einen rasierten Kopf, und in der Forstuniform sah er aus, wie er selbst erzählte, wie ein Tiroler Jockel. Die Wahrscheinlichkeit, dass es ihm gelänge, an die Stelle dieses schwarzhaarigen und stattlichen Offiziers zu treten, war gering, doch er dachte trotzdem daran.

– Herr Adjunkt, sagte sie, während sie lachte, Sie könnten mich nach Hause begleiten.

Antonija blieb beim Major, der Tenente blieb mit sich selbst allein, Zala D. und der Adjunkt jagten ihre Fahrräder über die leeren Straßen, durch die Wälder und die menschenleeren Dörfer. Die Menschen gingen um diese Uhrzeit nicht mehr aus den Häusern, sie trafen lediglich ein paar ältere Frauen, die von der Messe zurückeilten. Als sie in Dobrava angekommen waren, sah der Adjunkt die Vorhänge, die hinter kleinen Fenstern weggeschoben wurden: unsere Lehrerin in männlicher Begleitung, mit jemandem vom Auersperger Amt?

Auch Zala spürte diese Blicke, trotzdem lud sie ihn zu sich ein.

Mockingly she pushed me away: "But Mr Adjunkt, what will the people say..?!" and then she left the room with "I'll bring some apples"... She looked so lustfull, inviting..so natural, uninhibited..
I was excited and confused. Is she teasing me? She was older, more experienced..would she laugh at me if I just jump in her bed..?! Then I heard her open the main door downstairs and drag my bicycle in the corridor and lock the door again. The last hint! With palpitating heart I undressed in hurry, jumped in bed in my underpants and covered myself, thinking: 'What is going to be her reaction?..Che sara', sara'..!'

25.

Sie wohnte im ersten Stock des Schulgebäudes am Ende des Dorfes. Mit einem großen Schlüssel öffnete sie die Tür und stellte ihr Fahrrad in den Korridor. Sie zeigte ihm alle drei Klassen, an den Wänden hingen noch immer Bilder des jungen König Peter in Offiziersuniform.

Jetzt sind Ferien, sagte sie, im Herbst wird es nur noch genug Schüler für eine Klasse geben. Die Menschen wandern an sicherere Orte aus. Und diesen König werden wir wohl abnehmen müssen.

Ihre Schritte hallten durch die leeren Räume.

Ob sie keine Angst habe in diesem leeren Haus? Es sei Krieg.

Wovon solle sie denn leben? Von der Luft?

Sie war achtundzwanzig Jahre alt, überall herum gab es bewaffnete Menschen, die einen bewaffnet, die anderen bis auf die Knochen verängstigt. Sie sperrten sich in ihren Häusern ein und zogen vorsichtig die Vorhänge an ihren Fenstern zu. Nach Maribor, wo sie herkam, könne sie nicht zurück, die Stadt sei von den Deutschen besetzt worden, es gebe keine slowenischen Schulen mehr. Also sei sie allein in der leerstehenden Schule geblieben.

Ihre Wohnung war leer. Die Fenster blickten zur staubigen Straße, im Hintergrund erstreckten sich grüne Hänge. Nun wurden sie langsam in Dunkel gehüllt, von den letzten Strahlen der Augustsonne angeschienen.

Sie tranken Apfelmost.

Sie zeigte ihm Fotografien ihrer Familie. Der Vater sei ein Offizier der altjugoslawischen Armee gewesen, auf einem Foto war er in Sarajevo zu sehen, mit Epauletten an den Schultern und einem Säbel an der Taille. Sie habe einen älteren Bruder, er heiße Zoran, auf dem Foto war er auf einer Straße in Maribor, in einem gebügelten Anzug, zu sehen. Sie seien ziemlich oft umgezogen, schließlich habe der Vater eine Stelle in der Heimatstadt bekommen. Deswegen sei es für sie hier nicht schwer, sie sei daran gewöhnt. Und was solle sie daheim überhaupt tun? Der Vater sei in Gefangenschaft, angeblich solle er bald zurückkehren. Die Schwester arbeite im Krankenhaus, es gehe, irgendwie gehe es.

Er fragte sie, ob ihr der Tenente gefallen habe.

– Er ist ja ein ansehnlicher kleiner Herr, dieser Guido, sagte sie.

Warum sie dann nicht bei ihm geblieben sei?

Deswegen, weil sie diese jungen Offiziere gut kenne. Sie seien oft zu ihnen nach Hause gekommen und hätten Sliwowitz getrunken. Das seien Serben gewesen, das ganze Haus habe nach Zwetschgenschnaps gestunken. Die meisten hätten einen Schnurrbart getragen, sagte sie.

Sie lachte.

– Nun lassen sie sich angeblich Bärte wachsen. Angeblich werden sie diese erst dann abrasieren, wenn der König zurückkehrt.

Der Adjunkt dachte an den jungen König ohne Bart. Mit einem Säbel in Offiziersuniform. Überall lauter Offiziere, und er in der amtlichen Forstuniform, wie ein Jockel. Obwohl in Wirklichkeit auch er ein Leutnant war. Ein Leutnant der königlich-jugoslawischen Armee in Reserve.

– Wächst Ihnen überhaupt schon ein Bart?, lachte sie.

Als sie sich zu ihm neigte, um ihm Apfelmost einzuschenken, küsste er sie auf den Hals.

– Oh, Herr Adjunkt, sagte sie, was würden die Leute sagen, wenn sie das sähen?

Er zog sie an sich und küsste sie auf den Mund.

Sie sah ihn nachdenklich an.

– Du kannst ja schon küssen.

Einen Augenblick später lachte sie erneut:

– Wer hat dir das denn beigebracht?

Sie sagte, sie würde Äpfel bringen. Sie habe einen ganzen Keller voll. Er hörte sie eine Tür in den unteren Räumen aufsperren. Sie ließ lange Wasser laufen, nun wäscht sie die Äpfel. So lange? Vielleicht wäscht sie sich selbst? Wie der Adjunkt aufrichtig berichtet, wurde ihm bei diesem Gedanken heiß. Dann hörte er, dass sie die Außentür öffnete und sein Fahrrad in den Korridor stellte. Hier konnte es sich um keinen Irrtum mehr handeln.

Sein Herz begann wild zu pochen. Er zog sich bis auf die Unterhose aus und kroch in ihr Bett.

Sie kam mit einem Teller voller Äpfel.

– Wie kannst du es wagen?, sagte sie. In ihrer Stimme jedoch war keine Wut zu vernehmen. Sie lächelte.

– Es wird Nacht, sagte sie. Die Leute haben dich gesehen, als du gekommen bist.

Sie trat ans Fenster und zog die Vorhänge zu. Sie drehte sich in ihrer weißen Bluse und dem grauen Rock zu ihm um.

– Was willst du von mir? Du hast nicht einmal gefragt, ob du ins Bett darfst.

Sie setzte sich auf einen Stuhl und biss in einen Apfel.

– Ich habe einen Freund, sagte sie, was, wenn er kommt?

Das war keine Sache, über die der Adjunkt nun sprechen wollte.

– Wirst du mir keinen Apfel anbieten?, fragte er.

Sie warf ihm einen Apfel zu, den er geschickt auffing und aufs Nachtkästchen auf einen Stapel Bücher stellte.

– Ich will keinen Apfel, sagte er, ich will dich.

Zala lachte laut auf.

Er will keinen Apfel. Ach, mich will er, der einsame Beamtenbub.

– Und was würdest du mit mir tun, junger Herr Adjunkt?

Sie trat ans Bett und zog die Decke von ihm runter.

– Was haben wir denn da?

Mit dem Blick streifte sie das stehende Banner, über das sich seine Unterhose spannte.

Sie lächelte und stieß die Sandalen von ihren Füßen. Sie knöpfte ihren Rock in der Taille auf und zog ihr Höschen aus, mit einem Bein kniete sie sich aufs Bett, mit dem anderen schwang sie sich über ihn, sie zog den Stoff an ihm herab und fand mit ihrem feuchten Geschlecht, wonach sie gesucht hatte. Sie stöhnte auf. Mit beiden Händen fasste sie nach seinem Gesicht und küsste ihn heftig auf die Lippen, sie streichelte seinen rasierten Kopf, erneut richtete sie sich auf und öffnete ihren Büstenhalter, sie führte seine Hände zu ihren Brüsten und bewegte sich die ganze Zeit über, die fleischliche Umarmung hatte ihn völlig überströmt, mit Grauen dachte er daran, dass er es nun wirklich wie ein jugendlicher Adjunkt beenden würde, dass es überhaupt keine Rettung gab. Ich komme, flüsterte er. Ein wenig noch, sagte sie, doch es war bereits zu spät, er war schon gekommen, alles war schon nass in ihrem und über seinem, in ihrer beider und auf ihrer beider Geschlecht und über dem Bett, der Herr Adjunkt war schon lange einsam, schon lange hatte er von so etwas geträumt, es konnte überhaupt nicht anders sein.

Sie legte sich zu ihm.

– Oh du Ungeduldiger, sagte sie. Du hast nicht auf mich gewartet.

Sie stand auf und brachte ein Handtuch. Sie rieb seinen und ihren Körper ab.

Sie warf das Handtuch über den Stuhl und zog sich langsam aus. Nun legte sie sich nackt zu ihm und deckte sie beide mit dem kühlen Bettlaken zu. Er fühlte, wie sich Zala neben ihm bewegte. Er berührte ihre Schenkel, die Muskeln an ihnen bebten. Er bewegte seine Finger nach unten über ihre sich bewegende Hand, er sah ihre geschlossenen Augen an. Jetzt, sagte sie, während sie schnell atmete, machen wir ... noch etwas für mich … Das erregte ihn voll und ganz, er hatte noch niemals etwas Ähnliches erlebt, eine Frau, die neben ihm masturbierte, er spürte, dass all seine Kräfte wiederkehrten, er legte sich auf sie und bohrte sich zwischen ihren Fingern in sie, nun bewegten sie sich langsam, obwohl Zalas Finger immer schneller wurden und obwohl ihre Schenkel immer stärker bebten … Jetzt, wisperte sie, jetzt kommt es … auch mir …

Dann ruhten sie sich aus und aßen Äpfel.

– Sag mir etwas, sagte er. Wenn ich heute nicht in eurer Gesellschaft gewesen wäre, wärst du dann mit diesem schwarzhaarigen Itaker, diesem Tenente mitgegangen?

– Du meinst, mit Guido?

– Mit ihm.

Sie begann zu lachen.

– Was sagst du da, du Blödian.

Dann wurde sie nachdenklich.

– Es stimmt aber, dass er schön singen kann. Letztens hat er ein altes wehmütiges Lied gesungen. *La preghiera … la preghiera del legionario.* Das Gebet des Legionärs. Über den Krieg. Über den Tod.

Er sagte ihr, sie solle es vorsingen. Sie sahen einander lange an. Warum solle sie ihm ein Soldatenlied vorsingen? Außerdem kenne sie den Text auch nicht. Die Melodie dagegen kenne sie. So: lala – lalala. Mit heller Stimme versuchte sie jene Melodie zu treffen, die er, Guido, gesungen hatte, das Gebet des Legionärs.

– Was ist denn mit dir?, fragte sie. Du wirst doch nicht eifersüchtig sein.

Er war eifersüchtig. Sehr. Er sagte, es sei ihm egal. Sie wusste, dass es ihm nicht egal war. Er war verliebt und eifersüchtig auf diesen Makkaronifresser. Am liebsten wollte er ihn abknallen. Im Krieg wurden die Dinge so gelöst. Und es war auch noch nützlich für die Heimat.

Er ging am Morgen weg, als die Hähne schon lange krähten. Mit roten, unausgeschlafenen Augen schaffte er vorsichtig das Rad aus dem Korridor, trat noch einmal hinein und umarmte und küsste sie heftig im Halbdunkel. Er fuhr die Straße hinunter, die aus dem Dorf führte. Am Waldrand drehte er sich um und ging den angrenzenden Hang entlang. In der Ferne sah er Mäher, die sich mit gleichmäßigen Schwüngen zur Erde bückten, zu ihrer reichen, weichen, grünen Oberfläche. Er radelte durch morgendliche Dunstschwaden, zwischen Feldern und durch feuchte Wälder in dunklem, sattem Sommergrün.

26.

Am Beginn des Weges, der den jungen Adjunkt durch eine ansehnliche Geschichte von Frauenherzen und Geschlechtsorganen führte, war die Liebe. Damals, als er die Lehrerin Zala getroffen hatte, war er noch kein Eroberer, bestenfalls war er wollüstig. Er war kein kaltblütiger Sammler und Rechner, er war ein heißblütiger und einsamer junger Mann, der sich mitten im Krieg weit draußen auf dem Lande wiedergefunden hatte. Es stimmte: Der junge Adjunkt wurde später der größte Herzensbrecher der slowenischen Geschichte. Zumindest den Angaben nach zu urteilen, über die die Wissenschaft, die sich mit dieser Geschichte befasst, verfügt. Er hinterließ eine ausführliche Dokumentation, ausgestattet mit den Fotografien beinahe aller Frauen, mit denen er zusammen war und mit denen er zusammengelegen, geschlafen, verkehrt hatte oder wie wir eben die unermessliche Zahl an Beschreibungen von Koitussen in der umfangreichen Mappe nennen wollen, die er vor seinem Tod seinem Freund aus dem Kulturverein in Melbourne vermacht hatte. Über Zala hingegen schrieb er schön, und obwohl er später in seinen umfassenden und detaillierten Beschreibungen niemals vulgäre Worte benutzte, kann man sagen, dass die schönsten Seiten gerade Zala gewidmet sind. Die schamlosen Einzelheiten über ihren Intimverkehr gehören zum Beginn der natürlichen Entwicklung des kleinen Beamten und Großen Liebhabers. Zahlreiche spätere Eintragungen waren oberflächlicher, dort in den Fünfzigerjahren des zwanzigsten Jahrhunderts wurden sie fast schon zur Statistik. Vor Zala hatte er bereits einige jugendliche sexuelle Erfahrungen gemacht, die auch beschrieben werden: das Dienstmädchen zu Hause, das das Badezimmer betrat und sein aufgerichtetes Glied bemerkte und sich mit geübten Händen daranmachte; ein Mädchen aus dem Schwimmbad Ilirija in Ljubljana, das sich mit ihm in einer

Umkleidekabine wiederfand, in ihrem Fall um sich auszukleiden; eine Kollegin aus der Studienzeit, mit der zusammen er den Kopf über die Skripten beugte, bis sie sich im Bett befanden, und die Enttäuschung, die folgte, als er die Kollegin in einem anderen Bett antraf, bei seinem Freund. Doch all diese Ereignisse stellen all jene in den Schatten, die dem Mittagessen mit den beiden italienischen Offizieren im Hotel in Dolenjske Toplice folgten. Ihre stürmischen Treffen im Sommer und Herbst des Jahres zweiundvierzig, die sich bis zum Herbst dreiundvierzig hinzogen, hatten ihn so überwältigt, dass er sich sein ganzes Leben lang daran erinnerte. Mit allen Frauen, die nachfolgten, kehrten seine Gedanken und sehnsüchtsvollen Gefühle zu ihr zurück. Obwohl er sie in seinen Notizen ein wenig ironisch als seine Bettlehrerin bezeichnete, obwohl er sich an einer Stelle vergaß und ihr nymphomanische Neigungen zuerkannte und sich dabei zu fragen vergaß, wie man dann wohl sein eigenes unersättliches geschlechtliches Verlangen benennen sollte, das ihn zu Zala hinzog und später zu vielen anderen Frauen, kann man behaupten, dass gerade sie sein Leben verändert hatte.

Es ist zwar schwer zu glauben, dass der junge Jurist und Reserveleutnant der jugoslawischen Armee vom Adjunkt bis zum Leiter der Auersperger Forstverwaltung aufgestiegen sein sollte, denn dies war weder eine Zeit für Beamtenkarrieren noch für Forstverwaltungen und auch nicht für die Auersperger. Die Kriegsereignisse gingen mit immer größerer Geschwindigkeit vonstatten, die Wälder waren bald nur noch unter der Kontrolle der Partisanen, gegen die in den Auersperger Wäldern die Italiener im Jahre zweiundvierzig eine schreckliche Offensive gestartet hatten, Graf Auersperg selbst machte sich von seiner Burg auf und davon, ehe die Dorfwachen darin Unterschlupf suchten und die heftige Partisanenbelagerung begann, die von italienischen Kanonen unterstützt wurde. Es gab keine Zeit für jene Dinge, an die Menschen denken, wenn Friede herrscht. Es gab keine Zeit, weil die Welt, wie Zala und der Adjunkt sie kannten, zum Teufel ging und das mit großer Hast. Es floss Blut, tödliche Wunden klafften, es war die Zeit des Todes. Aber es war auch die Zeit der Liebe, die er in seinen Notizen nicht so zu nennen wagte, dieses Wort war dort nicht zu finden. Doch der junge Adjunkt war sichtlich verliebt. Jeden Samstag kam er nach Dobrava angeradelt, immer häufiger über große Umwege, nicht selten schob er das Fahrrad durch schlammige Wald- oder Feldwege, um die Soldatenpatrouillen auf den Straßen zu umgehen, jeden Samstagabend öffnete

Zala das Schultor, stellte sein Fahrrad in den Korridor und führte ihn in ihre Wohnung, wo es nach Sauerkraut und Blutwürsten roch. Jeden Sonntagabend kehrte er nach Soteska zurück, mit immer größeren Schwierigkeiten, Ende des Jahres zweiundvierzig stand schon an jeder größeren Kreuzung ein Militärlastwagen oder ein gepanzertes Fahrzeug der italienischen Armee, die jeden aufhielt, der auftauchte. Die Italiener wurden nervös, sie überprüften nicht mehr nur die Dokumente, man musste alles, bis zum letzten Hemd, bis zur Unterhose, aus der Tasche oder dem Rucksack räumen.

27.

Der Adjunkt hatte indes nicht aufgegeben, etwas, das er selbst nicht Liebe zu nennen wagte, zog ihn unaufhaltsam zu ihr hin. Als der erste Schnee fiel, besorgte er sich Skier und fuhr darauf über weite Waldlichtungen in Richtung Dobrava, watete mit den Skiern auf den Schultern durch Schneewehen und kroch in den Wäldern unter schweren Fichtenästen durch, von denen oft eine Lawine von kaltem Nass in seinen Kragen fiel. Der Weg wurde immer länger und beschwerlicher. Eines Januarabends, als es zu dämmern begann und er weit weg von zu Hause war, aber auch genauso weit von Dobrava, versuchte er eine Abkürzung durch die eng beieinander wachsenden Bäume am Waldhang zu finden. Langsam fuhr er mit den Skiern hinab, als er plötzlich Stimmen italienischer Soldaten hörte, so etwas wie „Fermo! Alto là!". Er warf sich zu Boden und schob sein Gesicht in den Schnee. Einen Augenblick später hörte er auf Slowenisch: „Da unten, unten … auf der Straße!" Und in diesem Augenblick pfiffen die Kugeln über seinen Kopf hinweg. Er befand sich auf einem Waldhang, über den sich die Partisanen, die am Bergrücken waren, und die Carabinieri, die sich auf der Straße befanden, gegenseitig beschossen. Er wusste, dass es auf ihn niedergehagelt hätte, hätte er aufgeschrien, deswegen biss er in den Schnee und grub ihn mit den Händen hastig weg, bis er darunter den gefrorenen Boden spürte. Die wilde Knallerei ließ langsam nach, ein italienisches Automobil fuhr rasch davon, die Partisanen jagten noch eine triumphale Maschinengewehrsalve hinterher, dann herrschte Stille. Langsam grub er sich aus dem Schnee, stieg über das gefrorene Bachbett hinunter, fand einen Feldweg, versteckte sich vor dem fernen Brummen eines Autos in einem leeren Haus, bis er sich gegen Morgen, aber noch immer in tiefster Dunkelheit, vor der Schule auf Dobrava wiederfand. Er klopfte lange die vereinbarten Zeichen an die Tür, bis sie ihm völlig verschlafen öffnete. Als er ihr erzählte, was passiert war, sagte sie: „Du riskierst aber wirklich viel für ..." In den Notizen standen drei Punkte, vielleicht hatte Zala an jenem Morgen ein Wort verwendet, das der Adjunkt niemals aufgeschrieben hatte, vielleicht hatte sie es ganz unbedarft verwendet, wie möglicherweise das Wort Liebe, aber weder das eine noch das andere war in der umfassenden Dokumentation zu finden.

28.

Der Winter ging vorüber, der Schnee schmolz dahin und der Adjunkt konnte Zala wieder mit dem Fahrrad besuchen. Eines Samstagabends hielt vor dem Haus ein Automobil. Kurz darauf begann jemand laut an ihre Wohnungstür zu klopfen. Der Adjunkt hörte, dass sie lange mit einem Mann sprach, er hörte seine italienischen Worte und ihre Antworten in einer Mischung aus Italienisch und Slowenisch, es war, als versuchte sie ihn von etwas zu überzeugen. Es erschütterte ihn, als er in der männlichen Stimme die des Offiziers aus Dolenjske Toplice erkannte, es war der Tenente aus dem Friaul, er konnte sich an seinen Namen erinnern: Guido. Dann wurde die Tür zugeschlagen, er hörte, dass sie zugesperrt wurde, er hörte Rufe im Hof und das Auto, das davonbrauste.

– Es ist nichts, sagte sie, als sie zurückkehrte. Er wollte wissen, ob jemand die verlassenen Häuser besuche.

– Und woher weiß er, wo du wohnst?

– Was weiß ich, woher er das weiß, sagte sie unwillig.

– Warum hast du ihn nicht auf einen Apfelmost eingeladen?, fragte der Adjunkt vorwurfsvoll.

– Du wirst doch nicht auf Guido eifersüchtig sein, sagte sie.

Er war eifersüchtig. Sie sagte: auf Guido. Sie hätte sagen können, du wirst doch nicht auf diesen Itaker-Soldaten eifersüchtig sein, auf den Makkaronifresser, was auch immer. Sie sagte: auf Guido. Er hatte jenen Tag in Dolenjske Toplice nicht vergessen, als er sie ihm vor der Nase weggeschnappt hatte, diesem gut aussehenden schwarzhaarigen Tenente aus dem Friaul. Er überlegte, dass sie damals auch er, der Itaker-Liebhaber, hätte mitnehmen können. Er wusste, dass sich seine Mitarbeiterin vom Amt, Antonija P., noch immer mit dem italienischen Major traf. Die

Partisanen ließen sie durch ihre Vertrauensmänner wissen, dass sie von dieser Beziehung wussten, sie solle nicht mehr mit ihrer Geduld spielen. Auch Zala solle sich nicht spielen, sagte der Adjunkt, die aus dem Wald verstünden keinen Spaß. Zala war gekränkt: Was ist denn mit euch allen los?

– Kann eine Frau denn nicht zusammen sein, mit wem sie will?, rief sie erbost. Das hat nichts mit dem Krieg zu tun.

Nun war er gekränkt. Er schwieg. Er wusste, dass sie Antonija meinte, ihre Freundin aus Maribor. Doch wenn sie diejenige rechtfertigte, die beinahe offiziell die Geliebte des italienischen Majors war, dem es egal war, ob sie ein Pferdegesicht hatte, vielleicht gefiel ihm das sogar, wenn sie sie rechtfertigte, rechtfertigte sie sich vielleicht selbst. Fast sicher. Wie konnte er wissen, wo sie wohnte? Warum hatte er an ihre Tür geklopft? Warum war er nach kurzem Gespräch wieder abgefahren? Hatte sie ihm gesagt, er solle später kommen, wenn er nicht mehr hier sein würde? Wenn er damals im Hotel nicht dabei gewesen wäre, wenn sie der Tenente Guido, der Offizier, nach Hause begleitet hätte, wenn sie mit ihm ins Bett gegangen wäre, dem Besatzungssoldaten – hätte das auch nichts mit dem Krieg zu tun gehabt? Die Partisanen hatten Ehebrecherinnen die Haare abgeschnitten, jene, von denen sie annahmen, dass sie auch Spioninnen waren, erschossen sie. Und sie sagte: Das hat nichts mit dem Krieg zu tun.

Oh doch, das hatte es, und wie. Alles hatte in dieser Zeit mit dem Krieg zu tun, er mischte sich in jedes Leben ein. Auch in das Leben des jungen Adjunkten.

29.

Er erfuhr, dass das Auersperger Forstamt in Soteska bald geschlossen werden sollte. Das Wirtschaften mit Wäldern hatte keinen Sinn mehr. Die Förster wurden das eine Mal von den Italienern, das andere von den Partisanen verhört. Einer wurde hinter einem Holzstoß erschossen, weil er verdächtigt wurde, den Italienern Informationen über ihre Truppenbewegungen zukommen zu lassen. Es nahte die Zeit seiner Abreise. Ihre Intimitäten samstagnachts und an den Sonntagvormittagen wurden zusehends wilder und immer krampfhafter. Der Schmerz des Abschieds, der näher rückte, verwandelte sich in einen physischen Schmerz. Eines Nachts im März, als von den Bergen in der Ferne das Knallen der Gewehre und das Knattern der Maschinengewehre zu vernehmen war, hatten sie sich ohne Ende und ohne Höhepunkt umarmt, angefasst, gestreichelt, gebissen, ohne Ende hatte er sie wie verrückt gevögelt, sie geschlagen, sie hatte ihn einige Male in den Hals gebissen, und als sie außer Atem innehielten, sah er, dass sein geschwollenes Glied blutete, während Zala zu Boden fiel, als sie vom Bett aufstand. Er sprang auf die Füße, um sie aufzuheben, sie ging ein nasses Tuch holen, wischte ihn ab, er streichelte ihr Haar. Es tut so weh, sagte sie, aber es ist so schön. Ich weiß, dass du gehen wirst, sagte sie.

– Nimm mich mit, mein Junge, sagte sie.

Er konnte sie nicht mitnehmen. Wohin hätte er sie denn mitnehmen sollen?

Er war dreiundzwanzig Jahre alt, sie neunundzwanzig. Er würde nach Ljubljana gehen, seine Eltern waren in Trbovlje, er würde sich ein Zimmer suchen, würde versuchen eine neue Arbeit zu finden.

– Und wovon sollen wir leben?, fragte er.

Darum ging es nicht. Er war zu jung, um einfach so anzufangen, mit einer Frau zusammenzuleben. Und er wollte so bald wie möglich aus diesem verrückt gewordenen Land verschwinden, wo jeder jedem auflauerte und bereits an jeder Kreuzung Schüsse abgefeuert wurden. Er wollte leben, und zum Überleben gab es an diesem Ende der Welt immer weniger Möglichkeiten. Er wollte frei leben und konnte sich nicht auch noch eine einsame Lehrerin aufhalsen, die sechs Jahre älter war als er.

Er kam an einem Sonntagvormittag zu ihr, um Abschied zu nehmen, wie in seinen Memoiren geschrieben stand. Antonija war bei ihr, sie sah verweint aus. Wahrscheinlich hatten ihr die Partisanen wieder gedroht. Zala sagte, sie seien auf dem Weg zur Messe. Er sagte, er wolle gerne unter vier Augen mit ihr sprechen. Antonija meinte, sie werde vor der Schule warten. Im dem Augenblick, als sie hörten, dass unten das Schultor zufiel, hob sie ihren Rock. Gib es mir noch einmal, sagte sie. Er nahm sie von hinten. Als er kam, ließ sie den Rock los und lächelte.

– Das ist besser als drei Herren Doktoren zusammen, sagte sie und lächelte ihn an.

Das ist besser als drei Herren Doktoren zusammen, notierte er später ins Buch seiner Erinnerungen.

Er sah, dass sie Tränen in den Augen hatte. Wenn du kannst, sagte sie, komm mich mal besuchen. Ich weiß nicht, wo ich sein werde, sagte er. Dann schreib mir, sagte sie. Er wusste, dass er ihr nicht schreiben würde. Schließlich würde er es auch nicht können, die Post war nicht mehr in Betrieb, die Partisanen sprengten die Eisenbahnstrecken, die Postämter waren geplündert und leer.

30.

Trotzdem kehrte er zurück. Obwohl die Notizen, in denen die Lehrerin Zala auftauchte, hier endeten und erst in Triest fortgeführt wurden, wo Tea, Olga, Adriana, Pepina, Helga und Doroteja Erwähnung fanden und nach ihnen, in anderen Städten, von Rom bis Melbourne, Hundertschaften anderer, wusste Janez Lipnik, dass er zurückgekehrt war. Mit der Intuition eines Archivars und eines sensiblen, nachdenklichen Menschen wusste er, dass ihr Liebster zurückgekehrt war. Im Bestand von Turjak fand er die Liste der Angestellten des Forstbesitzes der Auersperger. Lipnik war nicht umsonst ein *Anobium* beziehungsweise ein Klopf- oder Pochkäfer. Ein Pochkäfer frisst Bücher oder Archivmaterial. Er hatte so lange Archivbestände gefressen, bis er eine Liste in Händen hielt, auf der sich der Name des Adjunkten befand.

Er hieß Aleksij. Janez Lipniks Hände bebten, als er jene Liste in der Hand hielt und die zitternde Kirsche im Hof anstarrte, ihre weißen Blüten, die durch die Luft wirbelten. Es war Aleksij. Unter den Angestellten der Auersperger Verwaltung in Soteska gab es einen Aleksij Grgurevič, geboren im Jahr 1920, die Daten stimmten überein. Das war jener Aleksij, der sich aus der Burg Turjak gerettet hatte. Der Leutnant der königlichen Armee, der offenbar Hauptmann geworden war, im Krieg rückte man rasch vor, fand sich unter den Dorfwachen der Burg Turjak wieder, es war Aleksij. Lipniks Herz pochte, ich bin ein Pochkäfer, ein Klopfkäfer, dachte er, ich habe gefunden, wonach ich gesucht habe. Der Klopfkäfer legt seine Eier in Buchrücken, zwischen Archivseiten. Wenn die Larven ausgewachsen sind, verpuppen sie sich, und aus ihnen kriechen fertige Insekten. Dann fliegen sie in die Luft, die Käfer fliegen mit allem Wissen, das sie gefressen haben, durch die Luft, Lipnik flog über den Kirschbaum im Hof hinweg. Auf einmal war ihm alles klar, es war so einfach: Aleksij, Hauptmann der königlichen Armee in der Heimat. Gambini stand auf einer Liste der italienischen Armeebesatzung in Dolenjske Toplice. Dort hatten sie einander getroffen: Guido, der Adjunkt namens Aleksij, der Major, Antonija, Zala. Aleksij knallte später den italienischen Offizier namens Guido ab. Den Tenente Guido Gambini. Mit seinem Motorrad fegte er an den überraschten Partisanen und den italienischen Artilleristen vorbei. Einige sagten, er sei durch die Luft geflogen. Auf jeden Fall wurde sein Schuss mit großer Begeisterung aufgenommen. Er traf ihn direkt in die Stirn. Den Leutnant Guido aus Udine im Friaul, mit dem er vor einem Jahr gemeinsam in einem Hotel in Dolenjske Toplice zu Mittag gegessen hatte. Dort war auch Antonija, die Geliebte des Majors, zugegen gewesen. Alles passte zusammen. Er zog sich von Turjak nach Ljubljana zurück und von dort nach Triest. Zuvor aber hatte er noch einige Male die Lehrerin Zala besucht, die immer einsamer und immer verängstigter in jener Schule lebte, in der sie wie ein Geist umherwanderte. Er fuhr nicht mehr mit dem Fahrrad, nun kam er jedes Mal mit einem Motorrad angerattert. Er kehrte verändert zurück. Nicht nur deswegen, weil er eine Uniform trug. Auch deswegen, weil er plötzlich einen Namen hatte. Es war noch immer gefährlich, obwohl die italienische Armee 1943 schon am Zerfallen war und die Straßen einmal von den Partisanen, dann von den Dorfwachen, dann wieder von den Tschetniks besetzt wurden. Inmitten dieses Chaos besuchte der Offizier der königlichen Armee in der Heimat Zala noch immer. Es war gefährlich, doch für Aleksij war Zala D. der Buchstabe K, sie war mit K gekennzeichnet, das heißt sie war ein Kapitel seines Lebens. So ein Kapitel war es wert, seinen Kopf dafür zu riskieren. Der Pfarrer nahm Anstoß daran. Seine Köchin lag hinter dem Vorhang am Fenster auf der Lauer. Der Knecht des Pfarrers namens Franc lief mit einer Art Scheit, einer Deichsel, und mit einem Draht in den Händen herum. Aleksij war bisher schon an vielen Kämpfen gegen die Partisanen beteiligt gewesen. Einst war er auf einer Patrouille, sie machten in einem Haus Halt und plötzlich begann es zu knallen. Sie waren von Partisanen umstellt. Damals rettete er sich mit einem Sprung aus dem Fenster. Dass du dir da nicht etwas ausdenkst, würde Marijana sagen. Sie, die schon seit zwei Wochen nicht erklären konnte, ob sie auf Dugi otok gewesen war oder nicht. Ob sie log oder die Wahrheit sagte. Ich habe keine blühende Fantasie, Marijana, ich denke mir das nicht aus, ich bin ein Klopfkäfer, ich fliege, hier passt alles zusammen. Das ist ein Irrgarten der Geschichte, einer Geschichte, die in meinem Kopf dröhnt und zwischen den Archivwänden schallt, es wird einem schwindlig, wenn man hineinsieht, in ihren Abgrund, der einen hinabzieht, zu sich, in sich. Doch trotz dieses Irrgartens ist alles logisch miteinander verbunden, völlig klar verbunden, die Notizen stimmen überein, alles stimmt überein. In jener Nacht, ehe er am Morgen noch ein letztes Mal auf dem Motorrad von seiner Liebsten davonbrauste, wartete auf Aleksij eine Überraschung. In ihrer Wohnung fand er einen Menschen vor, den sie aufgenommen hatte, weil sie Mitleid mit ihm hatte. Er war ohne Dokumente, Zala dachte, er sei Forstwart, doch konnte man an seinen Händen sehen, dass er keiner war. Dann erzählte er, er sei aus Ljubljana. Aleksij überlegte, ihn unter einem Vorwand nach draußen zu locken und hinter dem Haus abzuknallen. So wie er diesen Tenente Guido abknallen würde, der noch immer hinter Zala her war, direkt in die Stirn würde er ihm eine Kugel jagen. Oder wie er in Bälde den Knecht des Pfarrers abknallen würde, der mit irgendwelchem Werkzeug in der Gegend herumspazierte und dachte, ein Mensch, der in seinen Händen eine Maschinenpistole hielt, am Gurt eine Pistole hatte und an den Schultern goldene Epauletten, könnte Angst vor einem muskulösen Knecht mit einer Deichsel und einem Draht in den Händen bekommen. Den würde er hinter dem Stall abknallen. Dass nicht womöglich ich das dazugeschrieben habe, ging Lipnik durch den Kopf, dass ich das womöglich nicht geträumt habe. Gar nichts hatte er geträumt, es war zu wirklich, als dass es ein Traum hätte sein können. Der Offizier, der sich mit einem Sprung aus dem Fenster aus einem umzingelten Haus gerettet hatte, war in der Lage das zu tun. Es war keine gute Idee, ihn damit herauszufordern, an die Tür zu klopfen, es war nicht gut, sich mitten in der Nacht auf Dobrava einzufinden, in der Wohnung seiner Liebsten, bei dem Fräulein Lehrerin Zala.

Etwas war ihm nicht klar: Einmal befand sich die Wohnung der Lehrerin Zala D. im ersten Stock der leeren Schule, ein anderes Mal im Erdgeschoß. Vielleicht hatte sie auch noch ein Zimmer oben, über den Klassen. Und obwohl Archivar Lipnik daran gewöhnt war, jede kleinste Einzelheit zu recherchieren, hielt er sich bei dieser diesmal nicht auf. Nun war nur noch von Bedeutung, dass Aleksij, der auch der Adjunkt gewesen war, im Jahre zweiundvierzig noch ein Anfänger in Liebesdingen, bis über beide Ohren verliebt war, im Jahre dreiundvierzig ein skeptischer und mutiger Soldat, ein Hauptmann, und später der große

Eroberer, der Adjunkt war Aleksij, die Wohnung konnte sich im ersten Stock oder auch im Erdgeschoß befinden. Das Fahrrad konnte von der Marke Presto sein, genauso aber auch überhaupt nicht existieren.

Manchmal träume ich, sinnierte er, von jenem himmelblauen Fahrrad. Sie hatte darauf gesessen, damals war sie noch jung, morgendlich frisch, der Rock flatterte am frühen Morgen um das Fahrrad, doch es konnte nicht zwischen die Speichen geraten, es war ein gutes Fahrrad, das ein Netz über dem Hinterrad besaß und starke Bremsen, natürlich, es war ja beinahe neu.

In Aleksijs Notizen war am Ende fast beiläufig vermerkt, dass die Partisanen Zala die Haare abgeschnitten und ihre Freundin Antonija erschossen hatten.

31.

Das Telefon klingelte. Marijana.

Ob er gedenke im Archiv zu übernachten?

Ja, am liebsten hätte er die Nacht im Archiv verbracht. Mit Menschen, die er besser kannte als seine eigene Frau. Er kannte sie nicht mehr. Und wenn er im Archiv bleiben würde – würde er denn schlafen? Wie konnte sie sagen: Gedenkst du im Archiv zu übernachten? Hier war das Leben, das Leben in den Urkunden, das Leben im Kopf, hier wurde nicht geschlafen. Übrigens schlief er auch zu Hause nicht, er blickte zur Decke und lauschte ihrem gleichmäßigen Atem. Er dachte an jene Leben, die im Archiv auf ihn warteten, die ihn riefen, um ihn wieder zu treffen. Er wollte nicht an sie denken, die neben ihm lag, gleichmäßig im Schlaf atmete, manchmal ein wenig schnarchte und manchmal aufstöhnte. Möglicherweise träumte sie, sie springe vom Boot, möglicherweise flog sie, zwischen dem Holzrand des Segelbootes und der steinernen Mole war das tiefe und weiche Meer, es zog sie in sich, sie flog, fiel. Wir alle träumen manchmal, dass wir fallen, Lipnik flog über den Grashang eines Hügels, tief unten war ein Baum, er konnte seine Krone deutlich sehen, er erkannte ihn auch, den Baum, den der winterliche Sturm fällte, es war eine Eiche, auf die er zufiel. Sie träumte, sie falle vom Boot und sie hatte Angst, sie würde fallen und in der Tiefe versinken, wo einem die Luft ausging und man erstickte, die Lungen zerbarsten, in den Ohren das Trommelfell, sie hatte Angst davor ins Meer zu fallen, trotzdem, wie banal, fiel sie auf die steinerne Mole, wo Beno seine Hand ausstreckte, um sie aufzufangen. Sie müsste aufwachen, ehe sie fiel und sich den Knöchel stauchte. Marijana hingegen wachte nicht auf, sie wachte niemals mitten in der Nacht auf, sie konnte von den furchtbarsten Dingen träumen und wachte nicht auf. Soll sie fliegen, soll sie fallen, soll sie in die unruhige

See voller Haie fallen, sie würde nicht aufwachen. Und wenn sie aufwachte, würde sie sagen: Was, du schläfst wieder nicht? Warum kannst du nicht schlafen? Und er würde die Wärme ihres Körpers spüren, jenen unsichtbaren Halo, der um einen Frauenkörper schwebt und den wir Wärme nennen. In Wahrheit aber ist es auch noch so manches mehr, der Duft, die Gänsehaut, das Herzklopfen, das unsichtbare Verlangen. Dieses Verlangen schwirrt immer dort um den Körper herum, auch dann, wenn es nicht da ist, wenn man es nicht spürt und nicht daran denkt. Sie würde sagen: Warum kannst du nicht schlafen? Und sie würde mit der Hand in sein Haar greifen und er würde mit seiner Handfläche den Seidenstoff berühren, in dem sie schlief, er würde nach ihrem Pyjama greifen, die Handfläche würde ihren Bauch, ihren Rücken, ihre Brüste, ihren Hals, die Wärme zwischen ihren Beinen, alles spüren. Das war schon vorgekommen, sie schlief nicht immer, es gab eine Zeit, da sie aufgewacht war, der Mondschein war auf ihr Bett gefallen. Ihr Gesicht war mit silbernem, bläulich silbernem Licht bedeckt gewesen, als sie aufgestöhnt und seinen Namen gerufen hatte. Mach weiter, bitte, mach weiter. Dann waren sie aufgestanden und über die felsige Insel spaziert. Wir sind mondsüchtig, hatte sie gesagt.

– Sehr bequem ist es nicht, sagte sie, falls du gedenkst im Archiv zu übernachten.

Er dachte daran, den Hörer aufzulegen, ohne zu antworten.

– Ich komme bald, sagte er, ein Paar Notizen noch.

32.

Sehr bequem ist das nicht, sagte sie, als er sie fesselte. Aber sie hatte es selbst vorgeschlagen. Das ist so ein dummes Spielchen, sagte sie, du fesselst mich an die Bettkante, die Hände, die Füße, du verbindest mir die Augen, dann gehst du aus dem Zimmer und nach einiger Zeit kommst du zur Tür herein. Er war sprachlos. Er überlegte rasch, doch nichts Kluges fiel ihm ein. Wie ein Unbekannter?, fragte er nur nach einiger Zeit. Ach, bist du langweilig, sagte sie. Bei diesen Dingen muss man nicht alles erklären. Gibt es denn in deinem Archivarkopf keine Fantasie? Das schon, sagte er, aber wo soll ich einen Strick herbekommen? Sie half ihm dabei einen Strick zu finden, sie kauften ihn in einem Geschäft, Marijana prüfte ihn vor der Verkäuferin und mit einem vielsagenden Blick, der ihm zugedacht war, sagte sie: Glaubst du, er ist stark genug? Noch am selben Nachmittag fesselte er sie wirklich. Sehr bequem ist es nicht, sagte sie. Aber interessant, sagte sie, als er mit einem schwarzen Tuch auch noch ihre Augen zuband. Und als er dann aufgeregt im Nebenraum rauchte, wusste er nicht, was hier vorging, ob er erregt sein sollte, was er wirklich war, oder ob er auch darüber nachdenken sollte: Wer hat ihr das beigebracht? Dann betrat er das Zimmer und war nur noch restlos erregt, die Sache war wirklich verrückt, ein wenig auch komisch, weil sie, während er ihren Büstenhalter öffnete, eine Hand aus der Schleife zog und sagte, hier ist es schlecht zugebunden. Sie lachten und machten weiter. Sein armer Archivarkopf, der Marijanas Meinung nach fantasielos war, war plötzlich überwältigt von diesem überraschenden Ereignis, es überwältigte ihn so, dass ihm beim Gedanken an sie, die dalag, erwartungsvoll, feucht zwischen den Beinen, noch ehe er sie berührte, im Kopf schwindlig wurde, einmal so stark, dass er begann, in seinem Büro im Landesarchiv zu onanieren. Er wurde vom Wachmann Mehmet, der durch den Gang polterte, aufgestört.

Das Ganze wurde wiederholt, zuletzt auf Dugi otok. Dort nahm er eines Nachts, als er sie gefesselt im Schlafzimmer des gemieteten Apartments zurückließ, ein Messer aus der Küchenschublade. Als das kalte Metall ihre Haut berührte, zuckte sie zusammen. Was ist das?, flüsterte sie. Ein Messer, sagte er. Es glitt über ihre Haut, ihren Bauch, über ihre Brüste und ihren Hals. Nein, rief sie mit einem Mal, das nicht. Voll und ganz, sagte er, du musst mir voll und ganz vertrauen. Das ist eine Sache des völligen Vertrauens. Es gefiel ihr nicht. Das ist ein gefährliches Spiel, sagte sie beim Frühstück. Das werden wir nicht wiederholen. Einmal werde ich dich rasieren, sagte er, langsam werde ich alle Härchen von deinem Körper abrasieren. Wirst du nicht, sagte sie, das ist kein Spiel mehr, du hast einen gefährlichen Blick. Er wusste nicht, dass er einen gefährlichen Blick besaß, nur ein wenig Fantasie hatte sich in seinem armen Archivarkopf geregt.

Sie wollte nicht mehr, dass er sie fesselte. Es passierte nur noch ein Mal, auf Dugi otok. Damals überlegte er, ob er ins Zimmer, wo sie gefesselt lag, den Arbeiter mitbringen sollte, der den Gartenzaun reparierte.

33.

Er trat ans Fenster und öffnete es. Das Licht, das aus dem Zimmer drang, erhellte einen Regenschwaden. Es regnete mit kurzen Unterbrechungen bereits seit einigen Tagen. Er hörte, wie das Wasser in den Rinnen plätscherte, auf den Kirschbaum unter dem Fenster fielen die Tropfen diffus wie in einem Wasserfall. Sie werden herabfallen, die Blüten werden morgen in der Früh auf dem Boden liegen. Er wird nicht weiß sein. Als der Wind die Blüten vom Baum blies, war es überall weiß, als läge mitten im späten Frühling Schnee im Hof. Nun wird dieses nasse Konglomerat zu Matsch. Wenn es trocknet, wird Mehmet kommen und alles zusammen auf einen Haufen kehren. Und wenn nach einiger Zeit die reifen und faulen Kirschen herabfallen, wird er den asphaltierten Hof mit einem Wasserschlauch säubern. Und mit dem Kirschbaum, anfangs mit den Blüten, dann mit den Früchten, wird noch ein Frühling vergehen. Jeder hat nur einen einzigen richtigen. Zala und der junge Adjunkt, der spätere Hauptmann, hatten ihn im Krieg. Marijana und er hatten ihn auf Dugi otok, zuerst in Ljubljana den Frühling und dann auf Dugi otok den Sommer. Und alles verging, es gab keine Zala, keinen Adjunkten, kein Dobrava und kein Dugi otok. Marijana war noch da – doch was hatte sie mit jener sanftmütigen jungen Frau noch gemein, mit der er über die felsige Insel spaziert war?

Er schloss das Fenster und begann die gewissenhaft verfassten Blätter des Menschen, den er nicht kannte, den er sich nicht vorstellen konnte, zu ordnen. Und dennoch kannte er sein Leben, nun kannte er auch seinen Namen, kannte all seine Frauen, die waren auch auf den Fotos zu sehen, während es von ihm kein einziges gab. Er konnte ihn vor sich sehen, wie er mit dem Fahrrad zu Zala fuhr, auch in Triest konnte er ihn sehen oder im Schwimmbad Ilirija in Ljubljana. Ein vergangenes

Leben, ein verschollenes. Und trotzdem so lebendig, dass es lebendiger nicht hätte sein können, lebendiger als das seine, das archivarische, das käferische. Er hatte alles, was er erlebt hatte, mit Marijana auf dieser Adriainsel erlebt. Und das gab es nicht mehr. Es blieb das Archiv, voller Leben, Stimmen, Abbildungen von in Liebeslust verschlungenen Körpern, Soldatenkolonnen, die über die Hügel von Dolenjska rückten, Explosionen auf der Burg Turjak, ein Knecht namens Franc mit einem Draht in der Hand tauchte vor seinen Augen auf.

Ich darf das nicht mehr lesen, dachte er. Ich vertiefe mich zu sehr in die Geschichte, ich tauche darin ein, ich ertrinke darin. Manchmal weiß ich nicht, was Geschichte und was Realität ist, was Nacht und was Tag ist, Morgen und Abend. Vielleicht werde ich den Beruf wechseln müssen. Auf den Kirschbaum, der von einem Regenschwall übergossen wurde, fiel Neonlicht von der Straße. Er verstaute die Notizen in einer Schublade und ging rasch die Treppe hinunter. Nach alter Gewohnheit übersprang er jeweils zwei Stufen, hastig stieg er zwischen den feuchten und heruntergekommenen Biedermeiersäulen mit den Stuckaturen hinab. Als er zur großen Eingangstür gelangte, stellte er fest, dass sie verschlossen war. Er trat zur Portiersloge, die in Dunkel gehüllt war. Er dachte, dass Mehmet vielleicht schlafe, dass er sich unter dem Pult ein Lager errichtet habe. Er klopfte an das kleine Fenster. Niemand reagierte. Im Gang ging das Licht aus. Er suchte nach dem Schalter, ihm schien, dieser müsse irgendwo bei der Tür sein, er tastete über die raue Wand, das glatte Kunststoffquadrat war nirgendwo zu finden. Er überlegte, ob es vielleicht an der anderen Wand war, er konnte sich nicht erinnern, überhaupt einmal das Licht eingeschaltet zu haben. Mehmet war stets hier gewesen, verlässlich wie die Urkunden im Archiv, wie die Regale und Tresore, in denen sich wertvolle Urkunden, Urbarien, Protokolle des Stadtrates, der Landstände befanden, Mehmet war jeden Abend, jede Nacht hier, wie das Archiv selbst. Doch nun war er nicht da. Ihm wurde ein wenig bange. Er rief einige Male, er rief Mehmets Namen, aber er bekam keine Antwort. Er dachte daran, hinaufzugehen und aus seinem Büro jemanden anzurufen oder sich an den Tisch zu setzen und einzunicken, bis die Sache geklärt war. Dann hörte er Gepolter, Quietschen, als öffnete jemand eine Tür. Er folgte den Geräuschen und betastete eine Tür. Er öffnete sie und ertastete mit den Füßen eine Treppe, die hinunterführte. Ihm fiel ein, dass er noch niemals im Keller gewesen war. Die meisten Häuser in diesem Stadtteil hatten überhaupt keine Keller, denn in der Nähe war das Moor, war feuchte Erde, die unter den Füßen einsank, wenn man sie betrat. Die Häuser schwammen auf sumpfigem Boden, erbaut auf speziellen Pfählen, damit sie sich nicht neigten. Wenn es ein Erdbeben gibt, werden sie nur ein wenig wanken. Unter uns, überlegte er, ist bewegter Untergrund. Das Wasser fließt ins Moor von Ljubljana aus den Grundwassern jenseits der Berge, eines Tages wird es einfach dort bleiben, jenseits der Berge oder unter der Erde. Er fühlte, dass es um den Keller herum schwappte, dass alles zusammen wankte, vielleicht würde das Archiv eines Tages fortgeschwemmt. Zusammen mit diesem Keller, der zu nichts zu gebrauchen war. Zu nichts, denn wo man immerhin Keller ausgehoben und eingemauert hatte, hatten diese keinen Zweck, die Feuchtigkeit drang durch die dicksten Mauern. Für das Archiv, in dem die Urkunden bei einer genau bestimmten Temperatur gelagert wurden, wo die Luft weder zu trocken noch zu feucht sein durfte, war dieses Loch, in das er tastete, völlig unbrauchbar. Wohin zieht mich dieser Lärm, dachte er, wohin in den Untergrund? Beklommenheit wuchs in seiner Brust, möglicherweise Angst. Er sah sich in diesem dunklen Loch in diesem Gebäude mitten im Moor, leicht wankend, überströmt von der Nacht und dem Regen.

Plötzlich wurde er von einem Lichtbündel angeleuchtet. Er zuckte zusammen und sprang automatisch zurück, hinauf, wo sich die Tür befand, durch die er eingetreten war.

Jemand leuchtete ihn mit einer Taschenlampe an. Er hörte Lachen. Männerlachen aus der Dunkelheit.

Das Lachen kam aus der Tiefe, aus dem Dunkel, hinter dem Licht hervor, das in seinen Augen brannte. Er wollte hinauf, er stolperte und fiel, stand auf und lief weiter. Er hielt an der offenen Tür inne. Von unten flackerte ein Lichtstrahl und tanzte an der Korridorwand. Er lauschte den Schritten, die sich hinaufbewegten. Seine Augen wurden geblendet, sodass er den Menschen nicht erkennen konnte, der seinen Blick mit der starken Taschenlampe blendete.

– Wo wollen Sie hin?

Lipnik atmete auf, er kannte diese Stimme.

– Sie werden sich noch einmal die Beine brechen.

Es war Mehmet, der Portier und Wachmann.

– Ich hab gehört, wie Sie wieder über die Treppe gepoltert sind, sagte er und lachte auf.

Er leuchtete ihm noch immer ins Gesicht.

– Ich hab gedacht, Sie werden sich sicher noch einmal ein Bein auf dieser Stiege brechen.

34.

Lipnik, der auf einer Bank im Einkaufszentrum saß, dachte an das Wort Abwesenheit. Abwesenheit von dieser Welt, die voller Licht und Musik war, Menschen, die verloren zwischen Schaufenstern herumirrten und nach etwas suchten, etwas, das sie noch kaufen könnten. Das war eine Welt, in der es ihn nicht mehr gab. Wo es vielleicht auch Marijana nicht mehr gab. Wo es genau genommen nichts mehr gab, das noch von Interesse für ihn hätte sein können. Er musste hierher kommen, um etwas Neues zu spüren, er musste mit Marijana ganz an den Rand gelangen, in den Ruin, in die Zersplitterung, an den Rand des Todes, um die völlige Abwesenheit vom Leben zu spüren, das um ihn herum dröhnte, die Distanz zu dem Volk, dem er angehörte, aus den Untiefen des Bösen, das in ihm wohnte, in diesem Volk, in diesen unschuldigen Konsumenten, die noch einmal bereit wären, all dies zu wiederholen, all dies erneut zu tun. Das ist jener Mob, dachte Lipnik, der menschliches Leben verletzt, verwundet, beendet hatte, das ist das Leben an der Oberfläche, während am Grund die finsteren Neigungen der dunklen Masse ruhten. Aufgedunsen vor Unzufriedenheit, vor stetiger, unaufhaltsamer innerer Unzufriedenheit, die sie nun mit dem Herumrennen zwischen den Geschäften zu füllen sucht, die sie in Tüten und Einkaufswagen stopft, die sie in den Abgrund ihrer eigenen Leere abwälzt, in diesem Lärm, an dieser aufgewühlten Oberfläche des Lebens im Einkaufszentrum, wo es nichts mehr gibt als Unzufriedenheit, in Tüten gestopft, in Gurgeln und Wänste, in Schränke und Schubladen. Unter dieser Oberfläche des Lichts, des Getrampels zahlreicher Füße, des Herumrennens und Vollstopfens, zwischen diesen höflichen Begrüßungen und dem Zunicken von Bekannten und Freunden herrscht Ruhe, die jeden Augenblick in Jauchzen umschlagen kann, das Jauchzen in Geheul, das Geheul in höllische Gewalt, wie sie hier herum, überall in diesem Land, bereits einmal geherrscht hat, Gewalt, in der Menschenleben verloren gingen, unter Schlägen, unter Schüssen, Leben, die in Gruben und psychiatrischen Anstalten verschwunden sind, das alte, unsichtbare Böse ist hier tief verborgen, unter den Haufenwolken am Himmel, unter dem Kunststoffdach, auf das der Regen prasselte, es regnete, er dachte an die Worte des Dichters, die im Archiv lagen,

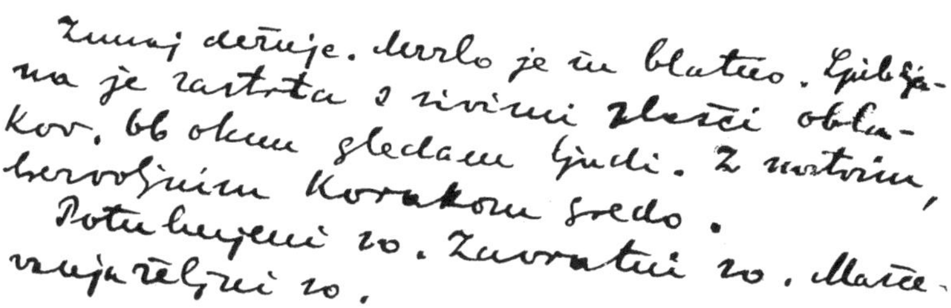
Zunaj dežuje. Mrzlo je in blatno. Ljubljana je zastrta s sivimi plasti oblakov. Ob oknu gledam ljudi. Z mrtvim, brezvoljnim korakom gredo. Potuhnjeni so. Zavratni so. Maščevaželjni so.

[*Draußen regnet es. Kalt ist es und dreckig. Ljubljana ist verhangen von einer grauen Wolkendecke. Am Fenster beobachte ich die Menschen. Müden, leblosen Schrittes gehen sie. Hinterhältig sind sie. Tückisch sind sie. Rachsüchtig sind sie.*]

und Lipnik verspürte gegenüber all diesem unschuldigen Schubsen, Quietschen von Einkaufswagen, rhythmischen Schlägen, unter dem unsichtbaren Rauschen des Regens am Dach Hilflosigkeit, Schwäche, den Wunsch, nicht mehr hier zu sein, woanders zu sein, dort, wo alles begonnen hatte, wo Unzufriedenheit und Unruhe nicht in helle Gänge gestopft und vergossen waren. Ach, sinnierte Lipnik, die Geschichte ist stärker als die Gegenwart, im Archiv ruht das Geheimnis des Bösen, das hier durch Glanz und Licht verdeckt und verborgen wird. Unter der Erde gibt es Keller, die zu nichts mehr zu gebrauchen sind. Im Archiv gibt es einen Keller, in den man über eine Wendeltreppe gelangt. Früher haben diese feuchten Keller, die nicht für Archive geeignet sind, den Menschen gedient. Doch weder als Archive noch zur Lagerung von Kartoffeln. Sondern zum Prügeln. Als Gestapofolterkeller. Seinen Vater hatten sie ins Gesicht geschlagen, Zalas Bruder auf die Fußsohlen. Später waren das die Keller des Staatssicherheitsdienstes. Ein reicher Untergrund befindet sich unter unseren Städten, dachte er, Gruben und

Keller, Folterkammern und Kerker. In einem Keller am anderen Ende des Landes, dort, wo er einst gelebt hatte, in der Nähe des Flusses, dort hatte man einen Erhängten im Keller gefunden. Er hatte seine Schuhe am Boden gelassen, angeblich hatte man ihn mit Socken an den Füßen gefunden. Es ist besser, man hängt sich am Baum auf und lässt die Schuhe unter dem Baum – warum sollte man sich an einem Gitter im Keller erhängen, wo es nach Kartoffeln und Feuchtigkeit riecht? Abwesenheit in einem Wald war etwas anderes als Abwesenheit in einem Keller, wo man an allen Seiten von Wänden umgeben war. Er fühlte nun eine solche Abwesenheit inmitten des Einkaufszentrums, mitten auf dem hellen Gang. Er war beinahe nicht mehr hier. Er war in die Notizen jener Menschen eingetaucht, die es möglicherweise nicht mehr gibt. Mit der Hilflosigkeit gegenüber dieser Welt um ihn herum, hell und tosend, wuchs die Abwesenheit von dieser Welt, wuchs die Anwesenheit des Vergangenen und des Verschwundenen, aber irgendwo anders war er präsent. Dort war er zu Hause, in einer verlorenen, verschwundenen Erinnerung.

Er richtete seinen Blick erneut auf die nackte Frau, die jener Mann mit den Stecknadeln zwischen den Zähnen ans Schaufenster gelehnt hatte. Und zuvor hatte er ihre Haare abgenommen. Sie lagen noch immer dort, ihre Haare, ein Häuflein heller Haare, das er zu Boden geworfen hatte. Sie sah ihn mit hohlen, leeren Augen an. Wo ist mein Haar, mein schönes Haar?, sagte sie zu ihm. Sie sagte nichts von dem Kleid, das ihr auch abgenommen worden war. Die Kleider wechseln, im Frühling trägt man in der Auslage das eine, im Herbst ein anderes, im Sommer einen Badeanzug. Aber das Haar, das Haar kann man dir nicht so mir nichts, dir nichts vom Kopf nehmen, nicht wahr, Lipnik?

35.

Vor einigen Tagen hatte Janez Lipnik zum ersten Mal gedacht: Es gibt keine Kirschblüten, es gibt keinen Frühling. Die Zeit hat ihren Lauf verloren. Ich tauche ein in diese Notizen und jene aus der Nervenheilanstalt. Zum ersten Mal dachte er daran, dass er eigentlich schon seit Langem abwesend von dieser Welt war. Der Pochkäfer fliegt aus den Archivurkunden, prallt gegen Fensterscheiben, bis er eine Öffnung findet, dann fliegt er zwischen den Kirschblüten umher, er sieht alles. War ich denn nicht auf der Burg Turjak, dachte der starrköpfige Klopfkäfer, und davor noch auf Dobrava? Hatte Aleksij nicht gemeint, ich solle mich um sie kümmern, sollte ihm was zustoßen? Ist ihm etwas zugestoßen, ist er von einer Mine zerfetzt worden? Oder ist er wirklich mit seinem Motorrad über die Auersperger Wälder, über die Krim, tief über dem Moor von Ljubljana geflogen? Zum ersten Mal überlegte er: Es gibt keinen Juni, es gibt keinen Frühling, es gibt keine Kirschblüten. Das Pflaster im Hof ist nicht mit weißen Blütenblättern bedeckt, dort wächst ein großer Baum, vielleicht eine Föhre. Ich befinde mich nicht im Frühling des Jahres 2000, es ist Herbst, der frühe Herbst des Jahres dreiundvierzig, ich sehe das Laub, das von den Bäumen gefallen ist, von den Buchen, vom Ahorn, es hat noch nicht zu faulen begonnen, es ist rutschig unter meinen Füßen, wenn ich über den steilen Hang hinaufgehe. In der Ferne sind einzelne Schüsse zu hören, sie töten noch die letzten Verwundeten, ach, hör auf – wer würde denn Verwundete umbringen? Vor der Burg Turjak, unten in Velike Lašče, überall werden entwaffnete Dorfwachen erschossen, die sich auf der Burg Turjak ergeben haben, und unweit von dort die Tschetniks, die in Grčarice von den Partisanen gebeugt worden waren. Vor seinen Augen tauchte die Stirn eines jungen Burschen auf, der in einer Reihe, in der die Entwaffneten darauf warteten, dass ihnen die Hände gefesselt wurden, von einem Mann des Militärgeheimdienstes abgeknallt wurde. Dieser hatte ihn erkannt, den slowenischen Bruder, der ein Seminar an der Technik besucht hatte, er drehte ihn um, er konnte ihm nicht in die Augen sehen, er befahl ihm, sich auf den Bauch zu legen, er schoss ihm ins Genick. Er hatte schlecht gezielt, und der Schuss ging in den Schädelknochen, nur noch ein blutüberströmtes Loch klaffte, zertrümmerte Knochen und Knorpel, das Blut spritzte zum Soldaten, der danebenstand. Das kann kein Traum sein, schoss es Lipnik durch den Sinn, es war ein Traum, als ich im Archiv gesessen bin und die Kirschblüten betrachtet habe, die auf das Pflaster im Hof fielen. Warum aber will dieser Hang kein Ende nehmen? Jedes Mal, wenn er es schaffte, durch das dichte Unterholz zu kriechen, rutschte er auf einer dicken Schicht von abgefallenem Laub aus und wurde mit seinem ganzen Gewicht, je größer das Gewicht, desto größer die Beschleunigung, zurückgewirbelt, ganz hinunter, bis zum Bach.

Er wusste, wohin es ihn zog, dahin, wo er sich wiedergefunden hatte, als er vom Baum gestiegen war. Doch nun musste er sich verstecken. Auf den Straßen zogen Partisanenkolonnen dahin, dazwischen waren hie und da Gefangene in Fesseln zu sehen.

Die Wolken ließen sich über den Baumwipfeln nieder. Es begann zu regnen.

Nachmittags war er nur noch eine Schussweite von Dobrava entfernt. Er wusste bereits genau, was dieses Wort bedeutete, Schussweite, die Entfernung, die ein Gewehrschuss überwindet. Er sah den Kirchturm und das Dach des Pfarrhauses. Er beschloss, noch ein wenig zu warten, er würde in der Dämmerung an ihr Fenster klopfen. Zala würde das Licht löschen und im Dunkeln fragen, wer da sei. Dann würde sie ihm die Tür öffnen, so wie sie sie Aleksij geöffnet hatte. Er würde sich waschen und sich mit ihr ins Bett legen. Er wollte nicht an Aleksij denken, sein Lager war dort oben, über den Fichten, noch höher, über den Sternen, schwebend in den Weiten des himmlischen Jerusalem. Womöglich traf er ihn jetzt, womöglich wusste er, was er dachte – was wissen wir denn darüber, was danach kommt? Andererseits hatte er ihm gesagt, hatte er ihm aufgetragen, sich um sie zu kümmern, falls ihm etwas zustoßen sollte. Er wusste nicht, was ihm zugestoßen war, aber er war nicht da, Aleksij war nicht da. Er wollte nicht an ihn denken, er dachte an sie, sie würde sich im Nachthemd zu ihm legen, möglicherweise in einem seidenen Unterrock. Er setzte sich ins Moos und lehnte sich mit dem Rücken an den rauen Stamm einer großen Föhre, in den Wipfeln pfiff leicht der Herbstwind, jetzt war es noch warm, bald würde der Winter kommen. Es war warm und Müdigkeit übermannte ihn, er schlief ein.

36.

Er wurde vom Lärm der Automobilmotoren geweckt. Drei Lastwagen krochen unten auf der Straße langsam durch die Schlucht. Er sah kleine helle Pilzhüte, Metallkäppchen, die Helme deutscher Soldaten, sie hielten Gewehre zwischen ihren Beinen und wankten damit über die kurvige Straße, auf der die Automobile vorrückten. Die Italiener wurden abgezogen, die Deutschen waren im Anmarsch. Er rückte tiefer in den Wald hinein und wartete, bis der Lärm verebbte. Dann stieg er bis zum Waldrand hinunter und ging zwischen den langen Schatten des abendlichen Waldes über eine weite, ebene Lichtung in Richtung der Dächer von Dobrava. Als er aus dem Wald trat, konnte er sehen, dass jene Tür im Schulhaus geöffnet wurde, wo sich ihre Wohnung befand. Ein Lichtstrahl fiel in den Hof. An der Tür erblickte er ihr an die Mauer gelehntes Fahrrad. Ein Fahrrad von himmelblauer Farbe, ein schönes Fahrrad, modern, von Presto. Und neben dem Fahrrad stand ein Mann mit einem Gewehr, ja, er war aus ihrer Wohnung gekommen. Direkt hinter ihm Zala, die schwankte, als hätte sie jemand aus dem Korridor gestoßen. Und tatsächlich, zwei weitere Gestalten gingen hinter ihr. Janez Lipnik zog sich rasch in den Wald zurück und legte sich ins Heidekraut. Er sah, dass Zala zum Pfarrhaus blickte, als erwartete sie Hilfe von dort. Dann ging sie mit ihnen über den Fahrweg der Holzarbeiter, der in den Wald und den Hügel hinauf führte. Jenen Weg entlang, auf dem Aleksij zumeist gekommen war und den sie eines Morgens, eines nicht so fernen Morgens, mit dem Motorrad davongejagt waren, Aleksij am Lenker, Janez Lipnik im Beiwagen.

Sie blieben am Wegrand zwischen niedrigen Fichten stehen.

– Na, sagte einer von ihnen, wo ist dein Offizier?

Janez Lipnik hörte nur die Stimmen, er drückte seinen Kopf zu

Boden, ihm kam es so vor, als seien sie ganz nahe, und er traute sich nicht aufzublicken. Er konnte ihr Gesicht nicht sehen, er hörte ihre Antwort nicht, Zala schwieg.

– Knall sie ab, die Weißgardisten-Hure, sagte eine andere Stimme, was fragst du sie noch?

– Ich werde sie abknallen, sagte der Erste, wenn die Zeit gekommen ist.

Er wird sie nicht abknallen, dachte Janez Lipnik, er wird sie nicht abknallen, die deutsche Kolonne ist in der Nähe, wenn er sie abknallt, würde man den Schuss hören, wenn ich den Kopf hebe, dachte er, dann wird er wirklich jemanden abknallen, und zwar mich, weil er keine Zeit haben wird nachzudenken, er wird mir in den Kopf schießen. So wie sie jenem Studenten in die Stirn geschossen haben und ein blutiges Loch klaffte.

Er hörte einen lauten Klaps, eine Ohrfeige in ihr Gesicht, der Schlag einer schweren Männerhand. Er hörte Zala, die überrascht aufstöhnte und stotterte: Warum schlagen Sie mich?, fragte sie, dann begann sie die Frage laut zu wiederholen, als hoffe sie von jemandem gehört zu werden: Warum schlagen Sie mich, warum?

– Wo ist dein Offizier?, fragte der Erste noch einmal.

– Du Drecksau, fügte der andere hinzu.

Dann waren sie einige Zeit lang still.

– Du Hündin, du läufige, sagte der andere, als wäre es nicht genug gewesen, was er kurz zuvor gesagt hatte, statt unsere Kinder zu unterrichten, ist sie Tag und Nacht läufig.

– Ich habe die Kinder ja unterrichtet, sagte Zala leise. Ihre lauten Worte hatte niemand gehört, es gab niemanden, der sie hätte hören können, als sie laut gerufen hatte: Warum schlagen Sie mich? Sie versuchte diese Leute auf andere Weise loszuwerden, die offenbar Zeit hatten, vielleicht lehnten sie an Baumstämmen, vielleicht saßen sie sogar da und Zala zwischen ihnen, Janez Lipnik konnte sich nicht vorstellen, was dort vorging, er drückte seinen Kopf in den Boden, er roch feuchte Erde und atmete, leise, noch leiser, als Zala sprach. Jeden Tag habe ich die Kinder unterrichtet, sagte sie.

– Und in der Nacht warst du läufig, sagte der Dritte, der sich bisher noch nicht zu Wort gemeldet hatte.

– Wo ist dein Offizier?, fragte der Erste ruhig.

– Vielleicht in Ljubljana, sagte sie.

– Ach, vielleicht in Ljubljana? Vielleicht aber metzelt er irgendwo unsere Leute nieder.

– Ich weiß es wirklich nicht, ich weiß wirklich nicht, wo er ist.

– Knall sie ab, die weiße Hure, sagte der grimmigste unter ihnen.

– Vielleicht hast du Recht, sagte der Erste.

Er war nicht sehr überzeugend, seine Stimme war nicht entschlossen, er wollte sie erschrecken.

– Wenn du erzählst, sagte er, in welcher Einheit er ist, wann er zu dir kommt, wann er weggeht, wenn du alles erzählst, wird dir nichts passieren.

– Soll ich sie fesseln?, fragte der Dritte, der nicht viel redete.

– Und davor könnten wir sie vielleicht noch ... ich würde sie schon, sagte der Grimmige. Schau, was für eine schöne weiße Bluse sie anhat.

Es war eine Art Gedränge zu vernehmen, ihre Stimme, die aufjammerte.

– Lass sie, sagte der Erste. Und nach einiger Zeit bestimmter: Lass sie, hab ich gesagt.

Der Grimmige hatte schlechte Laune.

– Glaubst du wirklich, sagte er, dass ich mir von dieser Hure noch einen Tripper holen will?

– Sie haben meine Bluse zerrissen, sagte Zala leise.

– Na, dann fessle sie, sagte der Erste, hast du eine Schere?

Er hatte keine Schere, er nahm ein Messer.

– Lass das, sagte der Zweite, ich hab eine Schere. Sie gehört ihr; ich hab sie im Vorbeigehen mitgenommen. Er lachte auf: Gekommen ist das Stündlein, gehn muss das Frisürlein.

Er hörte, dass sie vor Schmerzen stöhnte, dann war eine Art Gerangel zu hören, er hielt sich die Ohren zu, grub seinen Kopf in den Boden, in die Walderde. Dann hörte er sie den Fahrweg hinuntergehen. Weißt du, sagte der Grimmige, dass ich fast einen Steifen bekommen hab? Du hättest sie abknallen sollen, die Hure, die weiße, 'nen Schuss in den Kopf und nicht so was.

37.

Als er das Haus betrat, saß sie auf der Küchenbank und starrte vor sich hin, auf den Tisch, auf dem sich Essensreste befanden. Also hatten sie gegessen, ehe sie sie in den Wald geführt hatten. Sie hob den Blick nicht. Am geschorenen Kopf waren zwischen den verbliebenen Haarbüscheln Spuren von Blut zu sehen, sie hatte auch Blutkrusten im Gesicht, um die Nase und unterhalb der aufgeplatzten Oberlippe. Er ging ins Bad und ließ Wasser ein.

– Keine Menschenseele war zu sehen, sagte sie, weit und breit kein einziger Mensch.

In der Nacht stand sie auf und stieß ihn an der Schulter.

– Geh, sagte sie, sie kommen zurück.

– Jetzt kommen sie nicht, sagte er.

– Doch, sagte sie, sie werden uns beide umbringen.

Mit leeren Augen irrte sie im Raum umher.

– Aleksij, sagte sie.

– Ich bin nicht Aleksij, sagte Janez Lipnik.

– Aleksij, sagte sie, morgen früh gehe ich Antonija holen. Überall herrscht so ein Chaos.

Den ganzen Tag hatte es geregnet. Er ging in ihrer Wohnung auf und ab, schlief, aß, schlief. Und ging wieder ans Fenster, blickte in den Herbstregen hinaus, den der Wind in großen Schüben anwehte und gegen die Scheiben warf.

Aus Dolenjske Toplice kehrte sie erst am Abend wieder zurück. Sie war durch und durch nass.

– Du bist noch hier?, fragte sie, aber es hörte sich nicht so an, als sollte er woanders sein.

– Wo sollte ich denn sein?, fragte er. Sollte ich draußen im Regen stehen, mitten im Krieg, dachte er, im Wald, auf dem Baum, oder wo sonst?

– Hast du was gegessen?, fragte sie, als sie ihre schlammigen Schuhe auszog. Dann rubbelte sie ihren Kopf mit einem Handtuch trocken, die Haarreste darauf, ging ins Schlafzimmer und machte die Tür hinter sich zu. Er hörte das Bett knarren. Er trat zur Tür und lauschte.

– Gehst du schlafen?

Er öffnete die Tür. Hier war einst alles weiß vom Verputz. Hier hatte einst jemand an die Decke geschossen.

– Mach die Tür nicht auf, sagte sie, ich ziehe mich um.

Doch die Tür stand bereits offen. Sie saß am Bett und zog einen durchnässten Strumpf vom Bein. Auch ihre Haut war nass. Helle, glatte Schenkelhaut, ein wenig gerötet von der Kälte.

– Sieh mich nicht an, stieß sie aus ihren feuchten, roten Lippen hervor, sie, mit ihrem frottierten, aber noch immer feuchten Haar. Sieh du mich auch nicht an, hätte er sagen sollen, denn sie sah ihm direkt in die Augen, und ihr Blick fuhr durch ihn hindurch und in die Brusthöhle hinein, wo sein Herz klopfte, immer schneller. Sieh du mich auch nicht an, denn wenn du mich so ansiehst, wird mein Herz wild, und wenn du deinen Blick nicht abwendest, werde ich diese Tür niemals zumachen, durch die ich schon einmal das Knarren des Bettes gehört habe, durch die ich schon einmal dein Stöhnen und Seufzen gehört habe, aber das ist jetzt vollkommen egal, jetzt sitzt du allein auf dem Bett mit einem nassen Strumpf in der Hand, deine Haut ist weiß und nass und von der Kälte ein wenig gerötet, du siehst mich durch eine Haarsträhne an, und nur wenn du den Blick abwendest, wenn du noch einmal sagst, ich soll die Tür nicht mehr aufmachen, ich soll sie zumachen, dann werde ich sie vielleicht wirklich zumachen und vielleicht werde ich wirklich weggehen, deswegen sag es nicht. Und sieh mich weiter an, nass und feucht, mit geöffnetem Mund, auf dem knarrenden, ordentlich gemachten Bett sitzend, sieh mich weiter an, wende deinen Blick nicht ab, bedecke auch deine weißen Beine nicht, tu nichts, sag nichts.

Er trat zu ihr hin und berührte ihr feuchtes Haar. Sie wich nicht aus. Sie ließ nur ihren Kopf sinken, starrte auf das nasse Ding, das sie in der Hand hielt, sie wusste nicht, was sie mit diesem Strumpf tun sollte, sie warf ihn über den Bettrand. Er stand vor ihr und glitt mit seiner Hand über ihren Nacken. Ihre Hände fassten nach dem anderen Fuß, sie wollten noch den zweiten Strumpf hinunterziehen, aber griffen stattdessen plötzlich hinauf, sie umfingen seine Hüften, mit aller Kraft drückte sie ihren Kopf an seinen Bauch, er spürte, dass sie zitterte, etwas schüttelte sie, als wollte sie in Tränen ausbrechen. Sie begann nicht zu weinen, nur eine Art Geschluchze, eine Art Traurigkeit und vielleicht auch Glück überkam sie, weil sie nicht allein war, weil sie trotz allem, was geschehen war und was in dieser schrecklichen, unsinnigen Zeit noch immer geschah, nicht allein war, mit ruckartigen Bewegungen zog sie sein Hemd hinter der Hose hervor, sie legten sich hin, er fasste mit der Hand zwischen ihre nassen Schenkel, sie trug noch immer einen Strumpf. Sie atmete stoßweise und schluchzte zugleich, erst jetzt berührte sie sein Gesicht, seinen Kopf, sie küsste ihn stürmisch und zog ihn an sich, dann wieder schob sie seinen Kopf weg, er sah, dass sie Tränen in den Augen hatte, dass etwas mit ihr geschah, das sie überhaupt nicht mehr aufhalten konnte. Er selbst vermochte es auch nicht, er schloss die Augen und in seinem Kopf hallten ferne Explosionen, die Burgmauer stürzte ein, hinter der er gelegen war. Ich darf die Augen nicht schließen, dachte er, er sah sie an, ihre nackten Brüste, ihr nasses Gesicht, ihren geöffneten Mund, durch den nun eine Art Murmeln kam, ihre Augen blickten zur Decke. Auch er selbst blickte schließlich zur Decke, als er auf dem Rücken lag und dem Rauschen des Regens lauschte, den der Wind übers Dach jagte und an die Fensterscheiben. Er blickte auf die Löcher in der Decke, den durchlöcherten und von Maschinenpistolensalven zerfetzten Verputz, den zerborstenen Himmel über sich.

38.

Das hätte ich nicht tun dürfen, sagte sie. Aber ich weiß doch nicht, wie lange ich noch am Leben sein werde.

Antonija wusste, dass ihr das passieren konnte.

Für einige Zeit war sie in ein Hotel in Dolenjske Toplice umgezogen. Vom Hotelfenster aus beobachtete sie, wie die italienische Armee abzog. Sie hatte die letzte Nacht noch mit dem Major zusammen verbracht. Er gab ihr ein Bild von sich.

Es klopfte an der Hoteltür. Mit Schrecken blickte sie die Türklinke an, die nach unten gedrückt wurde. Der Augenblick, vor dem sie sich gefürchtet hatte, war gekommen.

Zwei Partisanen mit Maschinengewehren traten ein.

– Ich weiß, warum Sie gekommen sind.

– Gehen wir, sagte einer.

Der Partisanenoffizier musterte sie lange.

– Welche Informationen hast du ihm zukommen lassen?

– Keine.

– Du hast ihm über unsere Truppenbewegungen berichtet.

– Das habe ich nicht.

– Weißt du, warum wir dich holen gekommen sind?

– Ich weiß, warum Sie gekommen sind. Sie werden mir die Haare abschneiden.

– Du weißt es nicht, nein, sagte der Offizier.

Sie war darauf vorbereitet, dass man ihr die Haare abschneiden würde. Sie war bereit, darum zu bitten, dass sie abgeschnitten würden. Sie hätte auch niederknien können. Diese Leute waren überzeugt, dass sie ihren Major mit Informationen versorgt hatte. Nur mit welchen? Sie wusste doch nichts. Sie hatte mit ihm geschlafen. Sie konnte alles erzählen. Gefickt. Gevögelt. Den Itakerschwanz in den Mund genommen. Nur sie nicht umbringen. Mit ihrem Pferdegesicht am Leben lassen. Alle sagten, sie habe ein Pferdegesicht. Außer ihm, dem Major. Sie liebte ihn. Doch das würde sie nicht sagen, das wusste nur Zala. Sie können die Haare abschneiden. Sie kahl scheren. Sie wachsen ja wieder, sagte sie.

– Wir werden dich nicht scheren, sagte der Offizier. Denn du bist nicht nur eine Itakerhure. Wenn du nur eine italienische Nutte wärst, was du natürlich bist, eine Nutte, die mit dem Besetzer herumhurt … wenn du nur das wärst, eine läufige Hündin, die mit einem Menschen ins Bett geht, der unsere Leute erschießen lässt, dann würden wir dich scheren.

– Was machen Sie dann mit mir? Sie spürte, dass ihr vor Todesangst der Schweiß über den Rücken lief.

Sie sah Baumwipfel, die sich hinter den Fenstern unhörbar im warmen Septemberwind wiegten.

– Das werden wir noch sehen. Wenn genug Zeit bleibt, kommst du vor Gericht.

Es blieb keine Zeit fürs Gericht. Sie führten sie in den Wald und erschossen sie. Die Hand des jungen Partisanen, dem die Exekution zugeteilt worden war, zitterte. Er konnte ihr nicht in die Augen sehen, niemand konnte das. Die Partisanen schossen häufig von hinten in den Kopf, er erschoss sie von hinten, während sie über den Waldweg ging. Weil seine Hand zitterte, streifte die erste Kugel nur ihr Ohr, im Nu war sie von Blut überströmt. Sie fasste sich an den Kopf und blickte dann ihre blutigen Hände an. Sie fiel auf die Knie und begann hastig ins Gebüsch zu kriechen. Der zweite Schuss traf sie zwischen die Rippen, sodass es sie auf den Rücken warf und sie noch einmal die Baumwipfel sah, die sich unhörbar im Wind wiegten. Leicht raschelndes Laub. Pappeln? An der Küste gibt es Pappeln. Rund um Maribor Buchen, höher oben Fichten, Föhren.

Die letzten Worte, die sie gehört hatte, waren: Verdammter Tollpatsch. Sie wurden von einem Offizier ausgesprochen, der den Weg angelaufen kam und dem jungen Partisanen das Gewehr aus der Hand riss. Er trat schließlich zu ihr hin und schoss ihr mit der Pistole in die Stirn.

Mit dem Laub trocknete er seine Hände, auf die Blut gespritzt war. Seine Hände waren breit wie Schaufeln, sie sahen linkisch aus, und dennoch waren sie erfahren. Was siehst du mich an?, sagte er zum bebenden Burschen. Verträgst du kein Blut?

Das sind diese Studenten aus Ljubljana, sagte er zu den anderen, die schwerfällig zwischen den Bäumen herumstanden. Wenn es kracht, rennen sie davon wie die Hasen.

39.

Aleksij, sagte Zala, lass mich nicht allein. Sie werden mich erschießen.

– Ich bin nicht Aleksij, sagte Janez Lipnik. Er ist dreiundzwanzig Jahre alt, er ist von der Burg Turjak geflohen. Jetzt ist er vielleicht schon in Triest.

– Schau, was für Wunden ich am Kopf habe, Aleksij, sagte Zala.

– Das ist von der Schere, sagte Janez Lipnik. Du hast dich an jenem Balkon in Maribor am Kopf geschnitten. Habe ich das geträumt? Oder träume ich jetzt? Dein Bruder wurde von den Deutschen erschossen. Dir wurden von den Partisanen die Haare abgeschnitten. Sie haben dich am Kopf verletzt. Oder träume ich, wenn ich sage, dass ich dich am Balkon gesehen habe? Es hat geregnet. Ich war acht Jahre alt. Und jetzt bin ich fast sechzig. Ich konnte dir nicht helfen. Auch jetzt kann ich es nicht.

– Was wird aus mir?, fragte sie. Wie soll ich nach Maribor zurückkommen?

– Nimm dein schönes himmelblaues Presto-Fahrrad und fahr nach Ljubljana.

Von dort wird es schon weitergehen, sagte er.

– Ljubljana ist weit, sagte sie.

– Es ist nicht so weit, sagte er. Ich fahre mit Aleksijs Fahrrad. Noch besser wäre es mit dem Motorrad, aber mit dem ist er schon weggefahren. Wenn alles gut geht, werde ich morgen Abend über die Tromostovje-Brücke spazieren.

– Mein Bruder?, fragte sie. Zoran?

– Ja, sagte er, dein Bruder.

– Erschossen?

– Ja. Im Hof des Gerichtsgefängnisses in Maribor.

40.

Einige Tage, bevor er sich mit abwesendem Blick am blitzblanken Gang des Einkaufszentrums wiederfand, hatte Marijana gesagt, er würde nachtwandeln. Es stimme nicht, dass er nicht schlafe, wie er sagte, es stimme nicht, dass er von Schlaflosigkeit geplagt werde, während sie vom Abend bis zum Morgen schlafe, sogar schnarche, es stimme nicht. Vorige Nacht habe sie ihn gehört, wie er im Schlaf redete. Er sei am Bett gesessen und habe undeutliche Sätze von sich gegeben. Er habe mit dem Oberkörper geschaukelt wie ein jüdischer Rabbiner, der mit seinem Gott sprach.

Zum Abendessen brachte sie eine große Schüssel verschiedenster bunter Salate und sagte, sie könne nicht nachvollziehen, was in seinem Kopf vorgehe.

– Was sollte denn vorgehen?

– Nachts wirst du von irgendwelchen Wahnvorstellungen getrieben. Und sonst schweigst du, sagte sie, du redest nicht mit mir.

– Worüber soll ich denn reden?

– Darüber, was in deinem Kopf vorgeht. Früher hast du mir zumindest etwas über deine Arbeit erzählt. Hast du dieses Fahrrad gefunden?

– Welches Fahrrad?

– Das, das aus der Ljubljanica gezogen wurde. Du hast gesagt, das sei möglicherweise jenes Fahrrad aus den Notizen dieses Pornografen. Ach ja, was ist eigentlich mit ihm? Hast du herausgefunden, wer das geschrieben hat?

– Das hast du schon einmal gefragt. Ich habe gesagt, dass er kein Pornograf ist.

– Na, dann noch schlimmer: ein Perversling.

Sie lachte laut auf. Ihr Lachen störte ihn. Das ist nicht komisch, dachte er, was gibt es da zu lachen?

Sie wurde mit einem Mal ernst.

– Ich weiß, das wird dir nicht sehr gefallen, sagte sie, aber kann ich etwas sagen?

Er sah sie an. Nun würde sie es sagen. Ich weiß, was dich quält, würde sie sagen. Dich quält die Frage, ob ich schon früher einmal auf Dugi otok gewesen bin. Mit jemand anderem. Ob ich mir den Knöchel verstaucht habe, als ich vom Boot gesprungen bin. Sag es, dachte er, sag es.

– Etwas Salat klebt an deinen Zähnen, sagte sie.

Sie prustete los. Jeden Abend klebte Salat an seinen Zähnen, da er jeden Abend den Salat aß, den Marijana zubereitete.

– Du hast ein Stück Grün zwischen dem Zweier und dem Dreier.

– Stört es dich? Mich nicht.

– Es stört mich nicht, sagte sie. Es ist komisch. Als hättest du eine grüne Plombe zwischen dem Zweier und dem Dreier.

Er legte die Gabel weg.

– Vielleicht ist es auch Petersilie, sagte er.

– Ich habe keine Petersilie dazugegeben, sagte sie.

– Und auch keinen Knoblauch, sagte er, wenn man Knoblauch isst, muss man nachts aufstoßen.

Ein Stück Grün, Salat oder Petersilie. Im Alltagsleben stören uns die Fehler anderer Menschen. Auch wenn es unsere Nächsten sind. Wenn wir von der Begierde gepackt werden, stört uns nichts mehr, noch mehr vom Geruch, noch mehr Schweiß, das wollen wir. Wenn wir morgens aufwachen, sind wir wieder da, Salat zwischen dem Zweier und dem Dreier. Obwohl wir im Normalfall morgens keinen Salat essen. Außerdem putzen wir uns sorgfältig die Zähne, das schon. Es ist jedoch morgens etwas anderes, das uns stört. Morgens noch mehr als abends. Tatsächlich, sie hatten schon sehr lange nicht mehr miteinander geschlafen. Wie lange? Er wünschte sich, dass sie außer Atem nebeneinander liegen blieben. Wie dieser Schreiber, Aleksij? In seiner sich ewig wiederholenden Geschichte? Das wollte Lipnik. Doch zuvor bedurfte es der Worte, und derer war er nicht fähig. Er war nicht fähig zu fragen, ob sie vor ihrem gemeinsamen Urlaub auf Dugi otok gewesen war. Wann? Wann auch immer. Sie war nicht fähig zu fragen, was ihn plagte – ob es etwas mit ihr zu tun hatte? Sie sagte nur, ich kann nicht wissen, was in deinem Kopf vorgeht. Was in meinem Kopf vorgeht, weiß ich denn, was in meinem Kopf vorgeht? Hätte sie jedoch gesagt: Hat es was mit uns zu tun? Ist es das, was dich quält? Dann hätte er gesagt, so manches, so manches quält mich, und schon wären sie auf einem Weg, der irgendwohin führte, denn wer dies sagt, zeigt seine Eifersucht. Lipnik hingegen würde das nicht zeigen. Niemals. Warum trat sie nicht einen Schritt nach vor, warum redete sie vom Salat zwischen dem Zweier und dem Dreier, es war ja klar, dass das eklig und komisch aussah, warum musste sie dann noch hinzufügen, dass es komisch und eklig aussah. Sie sagte nur, dass es komisch sei, aber sie dachte, es sei eklig, natürlich war es eklig, wenn man Petersilie an den Zähnen hatte, Petersilie, die aussah wie eine grüne Plombe. Er wollte nicht, dass sie sich darüber unterhielten, ob Plomben überhaupt grün sein konnten – wer hat denn schon einmal eine grüne Zahnfüllung gesehen? Goldene schon, aber sogar die werden in letzter Zeit durch Porzellanfüllungen ersetzt, weil Metall im Mund angeblich nicht gesund sei. Petersilie dagegen schon und Knoblauch auch. Wenn dem so war, war es besser zu schweigen. Sonst würde sie sagen, dass wieder irgendein Jetski in seinem Kopf herumschwirrte. Sie kam gern auf dieses Thema zurück, wenn sie sich nicht gut verstanden. Sie waren schon lange zusammen, es war unmöglich, dass sie sich nicht ab und zu auch stritten. Am besten hatten sie sich auf Dugi otok verstanden. Doch auf Dugi otok gab es nun auch ein Segelboot, in dessen heißem Bauch zwei Paare schliefen. Zwei Männer, zwei Frauen. Einer der Männer hatte den blöden Namen Pepo. Der andere hieß Beno und war ein Blödmann. So ein Blödmann wie Guido. Obwohl jener Guido zumindest traurig war, er sang das traurige Lied vom Tod eines Legionärs. Und nachts klopfte er an Zalas Tür. Hatte sie ihm jemals aufgemacht? Das wusste er nicht, das wusste nicht einmal Hauptmann Aleksij, hätte er es gewusst, hätte er es niedergeschrieben. Der Blödmann Beno war niemals traurig, er spielte an Mittwochabenden Basketball, im Sommer ging er segeln. Und mit so einem Blödmann sollte Marijana ein Geheimnis haben, ein Geheimnis über Dugi otok? Mit einem Menschen, der aus reiner Langeweile in sein Büro kam, nicht nur, dass er hereinkam, abgesehen davon setzte er sich jedes Mal, wirklich jedes einzelne Mal, mit einer Arschbacke auf seinen Schreibtisch. Beno erledigte die Arbeit, die eben seine war, völlig zufällig. An der Börse wäre er besser aufgehoben gewesen. Jeden Tag sprach er davon, dass etwas fiel. Wenn man dachte, dass der Regen fiel, stellte sich heraus, dass die Indizes irgendwelcher

Aktien fielen. Außerdem war er ein Wüstling. Er erzählte, wie einfach er jede Frau verführen könne. Der alte Wüstling, er konnte nicht anders, als bei jeder Gelegenheit, bei jedem Schritt, den er tat, zu sabbern. Er kommt in eine Bäckerei und sagt zur jungen Verkäuferin: Wissen Sie, warum ich jeden Tag in Ihre Bäckerei komme? Und er sieht sie mit seinen hellen Augen an und der unsichtbare Speichel des Verlangens tropft von seinem Kinn. Die Verkäuferin lächelt, es gibt ja nur eine Antwort, aber er überrascht sie, er lässt sie ein wenig warten, sodass die Frau fragen will, warum, aber ehe sie fragt, sagt er: Wegen dem Mohnstollen, er ist köstlich. Und schon hat er Kontakt aufgenommen, diese durchtriebene schleimige Schnecke, schon waren sie in Kontakt, der nicht nur ein Kontakt des Brotes und des Mohnstollens wegen war, ein anderes Mal wird er sagen, er kommt wegen der netten Bedienung und so weiter und so fort, bis er eines Abends sagen wird: Das Brot ist euch ausgegangen – kommst du zu mir auf einen Kaffee? Oder etwas ähnlich Dämliches, was wirken wird, wirken wird es deswegen, weil er bereits ein ganzes Gebäude versteckter Andeutungen aufgestellt hat, es wirkte noch immer.

Beno sagte, dass sich die Frauen so gern flachlegen ließen, weil sie keinen Willen hätten. Das habe er irgendwo gelesen.

Warum musste sich ein feinfühliger Mensch, wie Janez Lipnik einer war, er selbst hielt sich zumindest für so einen, aber für einen solchen hielt ihn auch Marijana und hatte ihn auch Zala schon vor langer Zeit gehalten, warum also musste er sich mit zwei solchen Trotteln befassen, wie es Beno und Pepo waren, Pepo und Beno, warum musste er daran denken, ob sie am Segelboot irgendwelche Seile verwendet hatten, dort gab es ja haufenweise Seile zum Fesseln von Handgelenken, zum Fesseln von Fußknöcheln, warum musste er an eine Jana denken, die sich auch auf jenem Segelboot befunden hatte und die zu allem Überfluss auch noch mit einem Bus voller besoffener ungarischer Soldaten gefahren war? Hatten sie gesungen, hatten sie in einer Mondnacht ein Lied gesungen, hatte Beno gesungen, vielleicht hatte er auch eine Seele, wenn auch eine einfache, und sang manchmal. Wie Guido. *La preghiera … la preghiera del legionario.*

In solche verliebten sie sich. Er dagegen hatte Petersilie zwischen den Zähnen. Oder Salat. Wie auch immer.

Er fragte sie, ob sie seinen Mitarbeiter Beno schön finde.

– Wie: schön?

– So. Als Mann. Als Wolf des Meeres. Er könnte in einem Film mitspielen.

Zuerst sah sie ihn verwundert an, als versuche sie zu verstehen, was er damit sagen wollte. Dann prustete sie los vor Lachen. Essensstückchen und Weintropfen fielen auf den Tisch.

Sie sagte: Es gibt nichts Hässlicheres als einen schönen Mann.

41.

Er ging aus und kehrte ein wenig betrunken zurück. In einer Vorortschenke sah er Licht, einige Männer hingen an der Theke herum. Er ging hinein und kippte drei, vier ekelhaft riechende Whiskys. Da er das nicht gewöhnt war, hätte es ihn beinahe umgehauen. Als er nach Hause kam, schlief Marijana oder tat zumindest so, als ob. Er beneidete sie um ihre Ruhe. Er hasste ihr früheres Leben. Er dachte daran, sie aufzuwecken und ihr etwas Gemeines zu sagen, Sau, Nutte, vielleicht würde er sie schlagen. Dann würden sie einander alles sagen und sich vielleicht lieben. Wie Zala und Aleksij sich geliebt hatten. Er konnte sie nicht wecken, vielleicht liebe ich sie nicht mehr, dachte er, vielleicht liebe ich Zala. Er war neidisch, eifersüchtig, böse und betrunken. Betrunken, eifersüchtig und böse. Er übernachtete im Wohnzimmer auf der Couch.

– Was ist mit dir?, fragte sie am nächsten Morgen. Du wirst komisch. Du redest nicht, du schläfst nicht. Du hockst im Archiv und tauchst in irgendwelche Geschichten ein. Das sind nicht deine Geschichten. Jetzt trinkst du auch noch, du hast nie getrunken. Ich verstehe dich nicht mehr, sagte sie am Morgen.

Ihre Worte schwirrten in seinem Kopf herum.

– Letzthin hast du gesagt, du verspürst manchmal eine Art Schwindel. Wollen wir nicht miteinander reden?

Sie sagte, sie habe einige Dinge über diese Erkrankung gelesen. Schwindel könne unter anderem ein Zeichen von psychischen Problemen, Konfliktsituationen am Arbeitsplatz, belastenden Schwierigkeiten sein, die eine Person aus dem seelischen Gleichgewicht werfen. Im Schwindel äußere sich die Seelenqual eines Menschen körperlich.

Er begann laut zu lachen. Das sei sogar ein wenig komischer als der

Salat zwischen dem Zweier und dem Dreier letzten Abend, die grüne Plombe. Seelenqual, die sich körperlich äußere? Wer hätte denn so was schon gehört? Ob sie sagen wolle, er solle sich zu einem Psychiater begeben?

Und obwohl er müde und zerstreut war und sich über sich selbst wunderte, dass ihm zugestoßen war, was ihm zugestoßen war, dass er in einer Vorstadtschenke herumgehangen hatte, und obwohl seine Augen ein wenig blutunterlaufen waren, arbeitete sein Kopf tadellos.

– Die Menschen glauben immer lieber das, sagte er, was sie nicht verstehen können, als das, was sie verstehen können oder verstehen könnten, wenn sie sich ein wenig bemühen würden. Hab ich mich klar ausgedrückt?

Sie hätte sagen können: Schwirrt dir wieder dieser Jetski im Kopf herum? Hat er deinen Traum zerbrochen?

Das sagte sie, wenn sie ein Gespräch darüber anfing, dass er komisch sei, dass er nicht schliefe. Sie sagte nichts über den Jetski. Sie sagte:

– Was ist denn los mit dir? Du erzählst nichts mehr. Du weißt doch, dass mich deine Arbeit interessiert.

– Das ist keine Arbeit, sagte er, das hat mir niemand aufgetragen.

Danach folgte Schweigen.

– Dann eben nicht, sagte sie.

Dann eben nicht, dachte er, dann ebennichtebennicht. Wenn sie nicht antwortet, werde auch ich es nicht tun, dann eben nicht.

Und außerdem: Was hätte er sagen sollen, wo sie doch selber nur zu gut wusste, dass er das, was er machte, aus Leidenschaft tat? Aus Leidenschaft der Wahrheit gegenüber. Aus der Beklommenheit heraus, die aus der Vergangenheit in uns dringt. Sie wusste nur zu gut, dass seine Arbeit, nämlich die, die ihm aufgetragen wurde, die Suche nach Erbschaftsdaten war. Für Denationalisierungsverfahren. Für Kriegsentschädigungen. Was scherten ihn die Entschädigungen, das machte er mit links. Er war in irgendwelche Notizen versunken. In längst vergangene Geschehnisse. Warum fragte sie ihn dann solche Dummheiten? Verstand sie denn nicht, dass sich die Dinge in seinem Kopf türmten?

42.

Ist heute Montag oder Dienstag?

Janez Lipnik saß noch immer auf der Bank am Gang des großen Einkaufszentrums. Eine ältere Dame trat fast gegen die Tüten an seinen Füßen und bemerkte überhaupt nicht, dass Janez Lipnik versuchte, diese missmutig wegzuschieben. Die Dame sah sich mit gierigen Blicken um, wohin sie noch gehen könnte. Wohin wird sie nur gehen, überlegte Lipnik, wenn sie nicht einmal weiß, ob Montag oder Dienstag ist?

– Dienstag, sagte ein Herr mit grauem Haar, ihr vom Einkaufen erschöpfter Mitkämpfer. Dienstag natürlich.

Dienstag also, dachte Janez Lipnik. Wie konnten sie überhaupt über so etwas reden? Petersilie oder Salat, grüne oder goldene Plombe, Zweier oder Dreier.

Nach den Feiertagen gerate ich immer durcheinander, sagte die Dame und trat wieder zwischen seine Tüten, während sie sich in Gedanken schon wieder umsah, wohin sie sich noch aufmachen könnte. Wenn Montag noch ein Feiertag ist, sagte sie, denke ich, dass Dienstag Montag ist. Weil der Montag am Feiertag stattfindet, als wäre er ein Sonntag.

In Janez Lipnik stieg Wut auf:

– Denkt sie denn dann, dass Mittwoch Dienstag ist und Sonntag Samstag?

– Die Leute müssen eben irgendetwas reden, würde Marijana sagen.

– Aber warum sagen sie nicht: Schau, wie grün der Hügel ist?

– Sie können nicht sagen, schau, wie grün der Hügel ist, wo es doch im Einkaufszentrum keinen Hügel gibt.

Marijana war so verdammt rational. Sie hatte auf jede Frage eine Antwort parat. Aber es gibt nicht auf jede Frage eine Antwort, nicht auf jede. Auf eine Frage hätte sie keine. Wenn er sie fragen würde, ob sie schon einmal früher auf Dugi otok gewesen sei. Nur darauf hätte sie keine Antwort, nur das könnte sie nicht erklären, wenn er sie fragen würde. Sie müsste aber, sie müsste es erklären, denn wenn sie das nicht erklären würde, würde er denken, dass er so viele Jahre mit einem Menschen verbracht hatte, den er nicht kannte. Aber er würde es nicht, er würde sie nicht fragen. Sie würde es erklären müssen, ohne dass er sie fragte. Denn sie war kein Archivmaterial, durch das man sich bis zur Wahrheit vorkämpfen musste. Sie konnte selbst antworten. Jetzt hörte Janez Lipnik im Kopf eine Art Summen, aber er wusste nicht, ob wegen der lärmenden Musik in diesem hellen Raum oder wegen jenes Jetskis, der ihm vor Jahren das erste Mal die Nerven zerfetzt hatte. Zum ersten Mal und das vollkommen. Nun würden seine Nerven jeden Augenblick von diesem Summen und dieser Frau zerfetzt, die durch seine Tüten marschierte. Sie bemerkte überhaupt nicht, dass sie seine Tüten mit dem Bein trat. In den Tüten war Milch, war Brot. War französischer Käse, eine Flasche Bordeaux und Marijanas Seidenstrümpfe, waren Kissenüberzüge, Orangen und ein Messer. Ein Brotmesser, aber dennoch ein scharfes Messer. Ein Messer, das ihm den letzten Nerv tötete.

Die Frau entschied trotzdem, welchen Weg sie einschlagen würde, den zum Schuhgeschäft, welchen denn sonst. Davor trat sie noch einmal unabsichtlich gegen seine Tüte (mit dem Käse, der Milch?), der grauhaarige Herr taumelte verloren hinter ihr her.

Es war Dienstag. Dienstag nach den Feiertagen, als Marijana und er einander angeschwiegen hatten.

Am Samstag war er den ganzen Tag im Archiv gewesen. Am Sonntag hatten sie einander angeschwiegen. Am Montagmorgen war sie gegangen. Doch in seinem Kopf blieb nicht die Erinnerung an ihr Weggehen, ans Taxi, das sie weggebracht hatte. Was blieb, war die Erinnerung an das Schweigen. Das Schweigen des Sonntagnachmittags, das Schweigen der langen Nacht, das Schweigen des Telefons, das am Montag hätte läuten müssen. Nun war Dienstag, es war Dienstag, obwohl der Dame, die gegen seine Tüten getreten hatte, nicht klar war, ob nicht vielleicht doch Montag sei, nach den Feiertagen geriet sie immer durcheinander. Als würde ein Tag dem anderen gleichen. Dem war aber nicht so. Montag war der Tag von Marijanas Fortgehen und des stillen Telefons gewesen. Ich kann nicht wissen, was in deinem Kopf vorgeht, hatte sie gesagt. In meinem Kopf, wollte er sagen, fährt dieser verdammte Jetski von Dugi otok herum. Deswegen kann ich nicht darüber sprechen, was in meinem Kopf vorgeht. In ihm türmen sich die Dinge, sie geschehen nicht, sie stauen sich wie ein riesiges Gewässer hinter einem Staudamm. Doch er hatte nichts gesagt. Wie jene Puppe, die an der Fensterscheibe lehnte, auch sie sagte nichts.

43.

Wohin reist deine Seele?, fragte Marijana. Weg von mir, sagte sie, irgendwo anders hin. Konnte Marijana denn nicht verstehen, dass sich die Dinge in seinem Kopf türmten? Sie sammelten sich wie ein riesiges Gewässer hinter einem Staudamm. Wie sie sich im Kopf von Zala D. aufgetürmt hatten? Unter den Briefen erschossener Geiseln im Gefängnis von Maribor fand er den Namen ihres Bruders. Es hätte ihr Bruder sein können, der Familienname war derselbe. Die Deutschen hatten jeder Geisel, die zur Erschießung bestimmt war, erlaubt, einen letzten Brief zu schreiben. Zoran D. verabschiedete sich von Papa und Mama, es tat ihm leid, dass sie wegen ihm leiden müssten, wenn sie erfahren würden, dass es ihn nicht mehr gab. *Sagt Zala, dass ich sie sehr vermisst habe. Wir sehen uns über den Sternen, dort werden wir alle wieder vereint sein. Ich umarme euch alle in Gedanken. Zoran.* Wenn das ihr Bruder war, und er war es fast mit Sicherheit, und Lipnik würde das mit der Verlässlichkeit eines erfahrenen Archivars herausfinden, es dürfte nicht einmal allzu schwer sein, dann blieb die Frage, ob Zala dieser Brief erreicht hatte. Wo? In Dolenjska konnte sie nicht bleiben, dort herrschte im Herbst dreiundvierzig das Chaos, es gab Partisanen, Dorfwachen, Tschetniks, abziehende Italiener, heranmarschierende Deutsche. Es wäre durchaus möglich, dass die junge Lehrerin in der verwaisten Schule geblieben war, die schon lange von niemandem mehr besucht wurde, allein und schutzlos, der argwöhnischen Umgebung ausgeliefert, den Partisanenspitzeln im Gelände und dem Pfarrhaus gegenüber der Schule, wo sie einen schlechten Ruf hatte, ausgeliefert einem gewissen Knecht Franc, der nicht vergessen konnte, wie ihn ihr Aleksij, der Offizier Aleksij, gedemütigt hatte. Das war nicht möglich. Gewiss wollte sie nach

Maribor, zu ihren Eltern und Freunden, aber das war noch schwieriger als in Dolenjska zu bleiben. Sie war weggegangen, und sie konnte nur nach Ljubljana gegangen sein. Sie fuhr mit dem Fahrrad in Richtung Ljubljana durch die abziehende italienische Armee hindurch, zwischen umgekippten Lastern und krepierenden Maultieren, die auf der Straße niedergeschossen worden waren. Sie warf ihr Fahrrad auf einen der Lastwagen und ertrug die Blicke schwarzhaariger Soldaten. Doch keiner hatte Lust dazu, sie zu belästigen. Vor Ljubljana stieg sie ab, wie aus einem Zug, sie winkten ihr. War es so? Die Stadt war voller Flüchtlinge aus der Štajerska und aus Dolenjska. Dort war es immer noch am besten sich zu verstecken oder, so weit es ging, unbemerkt zu leben, trotz der vielen Flüchtlinge und der schnellen Regimewechsel herrschte dort zumindest annähernd eine Art von Ordnung. War sie nach Ljubljana gegangen?

44.

Die wahrscheinlichste Lösung lag ganz nahe, viel näher, als er sich im sonderbarsten Traum hätte vorstellen können. Sie lag ungefähr einen Meter von seiner Hand entfernt. Doch wenn man sie nicht sieht, ist es völlig egal, ob sie einen Meter oder einen Kilometer entfernt liegt oder vor der Nase oder tief unten im Archivkeller verloren, vielleicht unter einer falschen Klassifizierung, vielleicht in einem falschen Aktenordner.

Er kehrte zu den Notizen des Großen Liebhabers zurück, um möglicherweise dort einen Hinweis zu finden. Zala erzählte an einer Stelle von ihrer Kindheit. Und von einem weiteren Offizier, ihrem Vater. Von Nächten, als im großen Wohnzimmer getrunken wurde, als der Vater eine Männergesellschaft versammelt hatte, während sie sich unter der Decke die Prahlereien über die Artillerie- und Kavalleriekunstfertigkeiten anhörte, die Trinklieder zum Wohle des jungen Königs und des ewigen Jugoslawien. Geschichten über die Kämpfe um Kärnten: Wie einem slowenischen Offizier, sein Name war Puncer, die deutschen Heimatkämpfer die Brust mit einem Bajonett durchstochen hatten. Sie hatten ihn auf den Boden gelegt und ihn mit dem Bajonett in einem Bauernhaus an den Holzboden genagelt. Solche Geschichten bekam sie zu hören. Oh, auch Lipnik kannte solche Geschichten. Geschichten von Messern. Die Geschichten seines Vaters aus dem Konzentrationslager. Dann wurde manchmal gesungen: *es marschierte, es marschierte König Peters Garde*. Oh, wie gut das Janez Lipnik kannte. Er kannte diese Stimmen, nur, dass sie nicht aus dem großen Wohnzimmer kamen, weil sie kein Wohnzimmer hatten, sondern aus einer kleinen Küche, er kannte die tiefen Männerstimmen in der Nacht, ihr Getöse und ihr Singen: *der Freiheit Sicht, der Freiheit Sicht, des Glückes*

Licht. Und sie hörte das Weinen ihrer Mutter, nachdem die Männer gegangen waren, und Zorans wütende Worte. Ihr Bruder, älter als sie, hatte oft Streit mit dem Vater.

45.

Der Hinweis auf die Lösung kam von keinem Geringeren als Beno. Dem gleichgültigsten und unfähigsten Archivar auf der Erdkugel. Nachmittags betrat er Lipniks Büro und setzte sich an den Tischrand. Er kaute Kaugummi. Er sagte, er müsse den Geschmack vom Knoblauch loswerden, der im Salat gewesen sei. Es störte Lipnik nicht, dass er kaute, es störte ihn, dass er immer nur vom Segeln und von den Frauen schwatzte, die mit ihm segeln waren. Noch mehr störte ihn aber, dass er sich immer auf seinen Tisch setzte. Lipnik hasste diese alltägliche, selbstverständliche Frechheit. Noch mehr hasste er die Tatsache, dass Beno dieses Herumsitzen auf seinem Tisch überhaupt nicht als Frechheit empfand, sondern als so etwas wie eine Freundschaftsgeste. Nun würde er sagen, dachte Lipnik: Du arbeitest noch immer?

– Du arbeitest noch immer?, fragte Beno.

– Wie du siehst, sagte Lipnik, ohne den Blick von seinem Schreibtisch zu heben.

– Und draußen ist so ein schöner Tag.

Draußen war ein schöner Frühlingstag, bald würde der Sommer kommen, er wünschte sich sehr, Beno würde das Segeln nicht erwähnen.

Er sagte, er solle ihm die Notizen jenes perversen Typen leihen, der die Zeit des Krieges und der Emigration durchgebumst und alles flachgelegt hätte, was nach Frau roch und nicht auf einen Baum geflohen oder in einen Graben gesprungen sei. Er wolle sich gern den Nachmittag ein wenig abwechslungsreicher gestalten. Lipnik erklärte, dass er diese Sache noch untersuche. Er wünschte sich sehr, dass nichts über das Segeln käme. Doch Beno sagte nichts über das Segeln, er sagte, es regne, Regen falle, er falle unentwegt. Lipnik hob geistesabwesend seinen Blick zum Fenster. Natürlich, es regnete, der Regen nieselte die Scheiben entlang, über den

Kirschbaum draußen liefen winzige Regentropfen, es schüttete. Beno dachte gewiss nicht an die Kirschblüten, er bemerkte sie nicht einmal. Er dachte daran, wo er sich eine Studentin schnappen könnte, damit sie mit ihm segeln ginge. Er überlegte, dass jener Hengst, der Zala und noch so ungefähr tausend andere Frauen gehabt hatte, möglicherweise so gewesen sein könnte wie er. Nein, so dumm wie Beno konnte er nicht gewesen sein. Das war nicht möglich. Auch nicht auf eine so gleichgültige Weise unverschämt wie Beno, der überdies nicht wusste, dass es dreist und auch ein wenig gewaltsam war, wenn man den Hintern, die Hälfte des Hinterns an den Rand seines Tisches setzte, nur etwa einen Meter von ihm und seinen Aufzeichnungen entfernt.

– Der Börsenindex fällt, sagte Beno und kaute dabei laut. Hast du die heutigen Werte nicht gesehen?

Er wusste sehr wohl, dass Lipnik die heutigen Werte nicht gesehen hatte.

Warum sollte sich ein Archivar mit dem Börsenindex auseinandersetzen? Deswegen, hatte ihm Beno schon vor langer Zeit erklärt, damit du nicht in diesem Archiv vor dich hin faulen musst. Leih dir Geld, leg es in Fonds und Aktien an und dann sieh dir in der Zeitung die Werte an. Manchmal könne man regelrecht das Rascheln des Geldes hören, das sich anhäufte, manchmal klimpere es nur wie Kleingeld. Er werde sicher nicht in diesem Archiv dahinfaulen. Er werde sich ein Haus auf einer Adriainsel kaufen. Vielleicht ein Fitnesscenter für Touristen eröffnen. Abends in einem Gasthaus am Strand sitzen und trockenen Rotwein trinken, Plavac. Lipnik wünschte sich sehr, Beno würde gehen. Er hasste ihn. Er hasste das Segeln und Beno und die Börse. Ein wenig auch Marijana, sollte es stimmen, stimmte es denn wirklich?

– Du wirst in diesem Archiv verfaulen, sagte Beno. Er streckte sich über seinen Tisch und nahm eine Mappe mit Notizen von einem Haufen. Er öffnete sie und blätterte. Er las ein paar Zeilen.

– Was ist denn das?, fragte er. Sag bloß, dass du dich jetzt mit Verrückten beschäftigst?

Lipnik wusste, was Beno in den Händen hielt. Die Aufzeichnungen von Ivanka K. Im Krieg war sie Pflegerin in Studenec gewesen. Sie schrieb, dass es in jener Zeit mehr Verrückte draußen gegeben hatte als in der Nervenklinik.

– Du wirst noch durchdrehen, sagte Beno, warf die Mappe auf den Tisch und nahm die Hälfte seines Hinterns von Lipniks Tisch.

Lipnik sah ihn beinahe dankbar an. Etwas blitzte in seinem Kopf auf. Er lächelte ihm sogar zu, als er fortging. Beno sah ihn an, kaute und nickte mit dem Kopf. Als er ging, ließ er die Tür hinter sich offen. Lipnik nahm hastig die Mappe zur Hand, die Beno auf den Tisch geworfen hatte. Ein Licht war ihm aufgegangen: Wurde in diesen Notizen nicht eine junge Lehrerin erwähnt? Sie war an einem verregneten Tag eingeliefert worden. Ivanka K. hatte sie an einer Stelle erwähnt. Sie hatte viele Frauen, die in ihrer Obhut standen, beschrieben. Sie hinterließ jedoch keine Namen. Sie hinterließ die Namen einiger Domobranzen, die im Jahre vierundvierzig ihren Ehemann, einen Schmied und Pfleger in der psychiatrischen Klinik, getötet hatten. Sein Gesicht war völlig entstellt gewesen, sie hatten ihn offenbar gefoltert. Lipnik überflog ihre Notizen lediglich. Nun fühlte er, dass hier drinnen irgendwo Zala sein musste. Wie in einem schrecklichen Traum, den die Pflegerin Ivanka K. mitten im Krieg beschrieben hatte.

46.

Am Abend grübelte er: Ach, diese gemeinsamen Abende, diese Salate, diese Fernsehnachrichten, diese Beine, die auf die Couch gezogen waren. Während der Hauptnachrichten schaltete er plötzlich den Fernseher aus. Er sagte, er würde sich lieber Werbung für Beinenthaarung ansehen als diese leeren Köpfe, er könne sie nicht mehr sehen. Marijana sagte, sie würde die Nachrichten trotzdem gerne zu Ende schauen. Er könne nicht einfach so den Fernseher vor ihrer Nase ausschalten. Was sie denn sehen wolle, dieses politische Gequassel, dieses aufgebauschte Zeug, die Wirtschaftsaffären, was wolle sie sehen? Sie sagte, dies alles sei dennoch ein wenig interessanter als Beinenthaarung.

– Wachsen Sie, zupfen Sie, rasieren Sie?, rief er, das ist um ein Vielfaches interessanter.

– Schon möglich, sagte sie und schaltete den Fernsehapparat ein, aber mich interessiert in diesem Augenblick, was in der Welt geschieht.

– Nichts, sagte er, es geschieht nichts. Alles ist schon längst geschehen. Er zeigte auf seinen Kopf: Und alles ist hier drinnen. Alles ist hier drinnen, sagte er und schaltete den Fernseher aus, alles ist hier drinnen in meinem Kopf, verstehst du?

Sie verstand nicht. Sie sagte, dass dies, was er gerade tue, Gewalt sei.

– Gewalt?, rief er aus. Das ist Gewalt?

– Ja, sagte sie, das ist Tyrannei.

– Du weißt nicht einmal, was Gewalt überhaupt ist, schrie er.

– Werde ich denn auch das erfahren müssen?, sagte sie wütend.

Er ging hinaus und knallte die Tür zu.

47.

Er versuchte herauszufinden, wo Zala D. von dem Zeitpunkt an war, als er die letzte Angabe über sie im Buch des Großen Liebhabers gefunden hatte, bis zu jenem nach Kriegsende, an dem sie als Lehrerin an einer Grundschule in Maribor wieder auftauchte. Die Eintragung am Ende des ihr gewidmeten erotischen Kapitels besagt, die Partisanen hätten Zalas Kopf geschoren und Antonija liquidiert. Der Adjunkt hatte dieses Wort nicht verwendet, er schrieb, dass sie sie umgebracht hatten. Der buchhalterische Ausdruck *Liquidierung* überraschte Lipnik immer wieder aufs Neue, wenn er in Archivdokumenten darauf stieß. Er war so buchhalterisch rein: *7 Verräter an Ort und Stelle liquid.*, so einfach, dass er dabei immer wieder zusammenzuckte. Kein Blut, kein Stöhnen, keine Schmerzen, keine Angst, nichts. Eine Person, sieben Personen wurden entfernt, liquidiert, die Sache war abgeschlossen, man denkt dabei nicht einmal daran, dass auch ein Leben beendet wurde. Er überlegte, dass es dem Liquidator leichter fiel auf den Abzug zu drücken, wenn er dabei dachte, eine Liquidierung vorzunehmen, die nicht einmal eine Exekution war, sondern lediglich ein Abschluss, eine Auslöschung, ein Strich, ein Punkt, ein Ende. Eine Liquidierung hatte nicht nur die Freundin Antonija erlebt, wenn man das so sagen kann, auch Zalas Bruder war liquidiert worden. Er war von den Nazis im Hof des Gerichtsgefängnisses in Maribor liquidiert worden. Wie der jüdische Linguist Victor Klemperer schreibt, der den Krieg mitten in Deutschland in einem Hausgefängnis überlebt hatte, wurde dieser Ausdruck auch von den Nationalsozialisten verwendet. *Siebzehn Banditen liquidiert.*

Am Abend vor der Erschießung hatte er einen Abschiedsbrief geschrieben. Wohin hatte man ihn ihr gebracht? Nach Ljubljana. Zala hatte im September dreiundvierzig einige Zeit in Dolenjske Toplice verbracht. Dann war sie nach Ljubljana gegangen.

48.

Am Vormittag rief ihn Marijana im Archiv an. Sie sagte, sie werde es ihm am Telefon sagen, wenn sie schon zu Hause dazu nicht in der Lage sei. Warum sie dazu nicht in der Lage sei, warum nicht? Deswegen, weil er Türen zuschlage. Und den Fernseher ausschalte. Weil er schweige oder schreie. Sie gehe von zu Hause weg. Was soll das alles? Warum geht denn auf einmal alles so schnell?, fragte er. So lange sei alles langsam gegangen und jetzt auf einmal rase alles irgendwohin. Sie sagte, er solle sie um Himmels willen anhören. Ich höre zu, sagte er. Ich weiß nicht mehr, was geschieht ... in meinem Kopf?, sagte er. Das hätten wir schon gehört.

– Jetzt hör doch zu, verdammt noch mal. Er wollte den Hörer auflegen. Seit er die Notizen jenes Erotomanen entdeckt hätte, sagte sie, sei er nicht mehr derselbe. Zunächst hätte er kryptisch davon geredet, dass er einer Person aus diesem einmaligen Dokument auf der Spur sei. Sie verstehe nicht, warum die Aufzeichnungen über Abenteuer im Bett ein einmaliges Dokument sein sollten. Deswegen, weil Krieg gewesen sei, im Krieg hätten alle über Kämpfe geschrieben, während er über seine Frauen geschrieben hätte. Deswegen? Sie habe mit Beno gesprochen. Ach, mit Beno, worüber denn? Über ihn, sie hätten über ihn gesprochen. Auch Beno sei der Meinung, er verhalte sich in letzter Zeit eigenartig. Und so denke auch der Archivdirektor, sein Vorgesetzter. Aha, rief Lipnik aus, aha, der Vorgesetzte! Was wüssten denn die beiden schon! Als er Beno, seinem Arbeitskollegen, gegenüber erwähnt habe, auf was für außergewöhnliches Material er in einem Paket aus Australien gestoßen sei, habe dieser laut aufgelacht. Was soll's, habe er gesagt, der hat den Krieg nicht überlebt, sondern überfickt. Hast du gehört?, fragte er. Das ist alles, was dieser

Weise zu meiner Entdeckung, zu meiner Forschungsarbeit zu sagen hat, bitte.

– Bitte hör zu. Bitte.

Die Person, die in den Erinnerungen auftauche, die Frau, stehe mit seinem, Lipniks, Leben in Verbindung. Das war noch das Präziseste, was sie aus ihm herausbekommen konnte, und sogar das war völlig nebulös. In welchem Zusammenhang solle diese, womöglich bereits vor Langem verstorbene oder aber – sofern sie noch lebte – sehr, sehr alte Dame mit ihm, mit seinem Leben stehen? Ein paar Mal habe sie versucht, ihn dazu zu bringen, mehr zu erzählen, nicht aus Neugierde, sondern weil ihr schien, der Mann, mit dem sie lebte, ihr Mann, ihr Nächster, stecke plötzlich in Schwierigkeiten. Außerdem scheine ihr, dass diese Schwierigkeiten von seiner Entdeckung herrührten, von jenen Papieren, die an seinem Arbeitstisch lagen oder in der verschlossenen Schublade im Büro des Landesarchivs. Wenn sie wüsste, worum es sich hier handelte, könnte sie ihm vielleicht irgendwie helfen. Sie würde ihn dazu ermuntern, dieser Sache auf den Grund zu gehen oder sofort damit aufzuhören. Die Sache habe nämlich angefangen, ihr gemeinsames Leben anzugreifen. Er sei nie ein sonderlich gesprächiger Mensch gewesen, er habe oft stundenlang gelesen, ohne den Blick vom Buch zu heben, manchmal habe er lange, ohne ein Wort zu sagen, aus dem Fenster geblickt, er habe sich gern, so habe er es ihr schon vor Ewigkeiten gesagt, „etwas Eigenes gedacht“. In den letzten Wochen hingegen habe er sich so oft „etwas Eigenes gedacht“, dass dies irgendwie unerträglich geworden sei. Bei jeder Kleinigkeit habe er die Stimme erhoben, habe etwas gesagt, das sie beim besten Willen nicht habe verstehen können und sei gegangen. Er fragte, ob das alles sei, was sie zu sagen habe. Er denke, sie müsse ihm etwas anderes sagen.

– Was?

– Etwas über die Reise der Seele. Hast du nicht gesagt: Wohin reist deine Seele?

Er hörte ihren Atem. Sie sagte, sie verstehe ihn nicht.

Dann sagte sie, sie könne nicht mehr.

49.

Trotzdem konnte sie. Sie war eine entschlossene Frau. Sie versuchte ihre Ruhe zu retten, die plötzlich irgendwohin verschwunden war, irgendwo im Kopf dieses immer unruhigeren Menschen, mit dem sie seit so vielen Jahren zusammenlebte und den sie von Tag zu Tag weniger kannte. Sie lud ihn zum Mittagessen in ein chinesisches Restaurant ein.

– Es wäre gut, sagte sie, wenn du zumindest an einem Nachmittag nicht arbeiten würdest. Gehen wir mittagessen, so wie früher.

– Dann sei es so wie früher.

Im Chinarestaurant fing er nicht mit ihr zu streiten an, sondern mit dem Kellner, der nicht in der Lage war, ihm zu erklären, warum ein Gericht „Ameisen klettern auf den Baum“ hieß.

POSEBNE JEDI (SPECIAL DISHES)

201. Mravlje plezajo na drevo *Ants climb the tree*	螞蟻上樹	*6,40 € / 1.533,70 SIT*
202. Piščanec s pečenim rižem *Chicken with chrispy rice*	鍋粑雞	*7,10 € / 1.701,44 SIT*
203. Govedina s pečenim rižem *Beef with chrispy rice*	鍋粑牛	*7,10 € / 1.701,44 SIT*

– Wenn Sie Chinese sind, schrie er, müssten Sie das schon wissen. Der Chinese sagte in gebrochenem Slowenisch, dass einige Speisen eben ihre eigenen Bezeichnungen hätten. Wahrscheinlich sehr alte Bezeichnungen. Er fragte den chinesischen Kellner, warum man diese mit Fleischstückchen vermischten dünnen Spaghetti so nenne. Der Kellner zuckte mit den Achseln, er wusste es nicht. Vielleicht konnte er nicht gut genug Slowenisch.

– So sagt man eben, sagte er.

Lipnik meinte, er wisse nicht, wo hier der Baum sei. Diese Fleischstückchen, damit könnten symbolisch die Ameisen gemeint sein – wo aber sei der Baum?

Marijana sagte, er solle, bitte, nicht wie üblich die Sache verkomplizieren.

– Wer verkompliziert hier? Lipniks Stimme war höher geworden. Ich soll hier verkomplizieren? Die Spaghetti können auf keinen Fall ein Baum sein, nicht einmal symbolisch, die Fleischstücke könnten zwar die Ameisen sein – aber warum sollte der Mensch Ameisen essen, wenn auch nur symbolisch?

Der Kellner sah ihn verwundert an und zuckte mit den Schultern.

Natürlich, sagte Lipnik, wahrscheinlich bedeutet dass, dass ihr in China früher Ameisen gegessen habt. Würmer esst ihr heute noch. Und Heuschrecken. Das Gesicht des Kellners verfinsterte sich. Er ging nach hinten, Marijana wusste, dass er jemandem etwas erklärte. Dann kehrten er und noch ein Mann an den Tisch zurück. Was der Herr wünsche?, fragte der andere, der ebenso Chinese war. Die Rechnung, sagte Lipnik, die Rechnung für die Ameisen.

Marijana lächelte beide Kellner an. Es ist nichts, sagte sie, es ist nichts, wir würden nur gerne zahlen. Nur das.

Sie nickte besänftigend. Auch die beiden Kellner nickten und lächelten. Nur die Rechnung?, sagte der erste. Nur das, sagte Marijana.

Während sie zahlte, stand Lipnik auf und ging hinaus.

Einige Zeit lief sie zwischen den Lokalen und Geschäften des naheliegenden Einkaufszentrums umher, rasend vor Wut, bereit, ihm noch einmal, noch ein letztes Mal einige Dinge zu erklären. Dass es so nicht mehr weitergehen konnte. Dass er beim kleinsten Konflikt einfach aufstand und ging, war schon zu einer Gewohnheit geworden. Manchmal hatte er auch noch den Fernseher ausgeschaltet und die Tür zugeschmissen. Ihr schien, als würde sie ihn jeden Augenblick irgendwo auf dem Gang des Einkaufszentrums erblicken, wo er üblicherweise herumirrte, ziel- und gedankenlos, genaugenommen in der einzigen Absicht, die Zeit totzuschlagen, bis sie aus einem Geschäft zurückkommen würde. Manchmal saß er mit den Tüten, die sie ihm dagelassen hatte, damit sie im großen Zentrum flexibler war, auf der Bank auf dem großen und hellen Gang und las etwas.

Diesmal war er nirgendwo zu sehen. Sie dachte daran, dass er im Auto auf sie wartete. Das Auto stand jedoch leer auf dem Parkplatz, sie suchte den Reserveschlüssel und fuhr weg. Sie dachte darüber nach, dass er eines Tages wirklich einfach gehen würde.

Hatte er sich nicht vor ungefähr einer Woche in der Zeitung die Fotos eines vermissten Mannes angesehen?

– Weißt du, hatte er gesagt, dass in diesem kleinen Slowenien fast hundert Menschen vermisst werden? Die meisten davon werden überhaupt nie gefunden. Sie verschwinden einfach.

– Dieser da, hatte er gesagt und sah sich dabei die Fotografie an, rasiert sich nur den Schnauzer ab und niemand wird ihn mehr erkennen.

– Die meisten, hatte er gesagt, verschwinden einfach. Vielleicht erhängt sich einer an einem Baum tief im Waldinneren.

– Was für Gedanken sind denn das?, hatte sie gefragt. Ein Haufen unausgeglichener Menschen läuft auf der Welt herum. Wir können uns nicht auch noch damit auseinandersetzen.

– Er kann in ein anderes Land gehen, hatte Lipnik die verschiedenen Möglichkeiten weiter durchgewälzt. Er kann sich im Wald verirren, unsere Wälder sind groß und dunkel. Er kann auch in eine Grotte im Karst fallen. Oder er steigt hinab mit dem Gedanken, einige Zeit dort zu verbringen und dann zurückzukehren. Manchmal aber schafft es einer nicht mehr zurück.

Sie hatte ihm die Zeitung weggenommen und das Foto des verschwundenen Mannes betrachtet.

– Slowenien, hatte er gesagt, ist wie ein Meeresschwamm. Sein Untergrund ist völlig durchlöchert. Und überall da unten zirkulieren Flüsse. Du folgst einem Fluss mitten auf dem Feld unter die Erde hinab und kommst in einem anderen, in einem tiefen Voralpental wieder heraus.

– Auch an diesem Abend irrte er irgendwo in den Vororten herum.

Er kam spät nach Hause, an sich den Geruch von Alkohol, wenn man den Schnapsgestank so nennen kann. Er legte sich neben sie und schlief im Nu ein. Gegen vier Uhr morgens sah sie ihn am Fenster sitzen. Sein Gesicht war blass und in Neonlicht gehüllt. Er wandte sich mit unausgeschlafenen, roten Augen zu ihr um und sagte ein paar eigenartige Sätze. Etwas ist in mein Leben getappt. Aus dem Dunkel, aus dem Regenschleier hervor, aus der Nacht, aus der Vergangenheit. Die Vergangenheit überflutet uns, sagte er, sie wird uns ertränken, uns wie der anhaltende Regen erdrücken.

Was er damit meine? Dass alles miteinander verbunden sei, das meine er, ahne er genau genommen, alles sei mit dünnen Fäden miteinander verbunden, die reißen könnten.

50.

Lipnik las:

Nun, da ich dies schreibe, bin ich in einer anderen Abteilung, ich habe Nachtdienst und kann ein wenig über mein Leben erzählen. Meine Freundinnen lachen mich aus, sie sagen, dass ich mich gewiss schon ein wenig mit den Krankheiten angesteckt habe, seit ich hier bin. Aber das hält mich keineswegs zurück, denn das, was die Menschen in diesen Zeiten des Krieges außerhalb dieser Mauern einander antun, ist manchmal nicht viel normaler als das, was in unserer Anstalt vor sich geht. Ich erinnere mich an den Dreikönigstag vor drei Jahren, ich gehe durch die Zimmer und sehe nach, wie sich die Patienten verhalten, als mich plötzlich eine Frau mit einer solchen Wucht packt, dass ich sofort am Boden liege wie ein Bündel, und mir mit der gewaltigen Kraft einer Verrückten den Hals zudrückt. Wir kämpften auf Leben und Tod, ich bin ja nicht feige und auch nicht schwach, während meiner Kindheit habe ich auf dem Bauernhof gearbeitet. Aber damals war ich bereits völlig entkräftet, und noch jetzt schüttelt es mich, wenn ich daran denke. Aber nicht vor Kälte, denn ich sitze und schreibe in eine Decke gehüllt. Als die Patientinnen sahen, was geschah, kamen sie mir zu Hilfe, ein ganzer Haufen von uns war am Boden, aber ich konnte mich trotz ihrer Hilfe kaum aus dem Faustgriff der rasenden Frau befreien. Wer nicht gesehen hat, wie diese Menschen leben und was sie tun, kann sich das nicht vorstellen. Aber in unserer Abteilung ist es schön, hier gibt es an die achtzig Patienten, manchmal mehr, manchmal weniger, das hängt davon ab, wie sie genesen und in welcher Zahl neue kommen. Hier können sie sich frei bewegen, im Winter sind sie drinnen, im Sommer haben wir einen umzäunten Garten, in dem sie spazieren gehen können. Am Morgen stehen sie um sieben Uhr auf, am Abend gehen sie um sechs Uhr schlafen. Es wäre aber besser, wenn neben den Geisteskrankheiten nicht auch noch andere grassieren würden. Die Schwindsüchtigen müssen in Holzbaracken hausen, damit sie isoliert sind. Und jetzt wütet auch noch die Wassersucht, eine der Patientinnen ist schon ganz am Ende, ihr ganzer Körper ist rissig, sie ist nur noch eine einzige Wunde und ihr Leben wird nur noch durch Injektionen verlängert. Ich habe den Arzt gebeten, man solle sie endlich lassen, damit sie in Ruhe sterben könne, da sie schreckliche Qualen erleide. Ansonsten gibt es am häufigsten Epilepsie, Lähmungen und religiösen Wahn, der ist am schwersten zu heilen. Traurig ist es mit jenen Patienten, die schon vollkommen gesund sind, für die es aber niemanden gibt, der sie abholt. So müssen sie auf die Gnade ihrer Verwandten warten. Einige von diesen fürchten, sie nach Hause mitzunehmen, aus Angst, die Krankheit könnte erneut ausbrechen, was wirklich oft der Fall ist. Und die sind dann dazu verurteilt, bis zum Tod hier zu bleiben. Wohin soll man sie denn schicken, wenn sie die Verwandten nicht haben wollen? Unter meiner Aufsicht ist auch Marija R., eine arme, verstoßene und von der gesamten Welt verachtete Frau. Sie war ein uneheliches Kind, ihre Mutter war Dienstmädchen, das den ganzen Tag gearbeitet hatte, und so wuchs sie ohne jegliche Erziehung bei ihrem Onkel auf. Mit fünfzehn ging sie in die Welt hinaus, wo sie sich völlig verirrte und auch gleich ein Kind bekam. Sie hat es erstickt und ins Wasser geworfen. Dann ging sie an einen anderen Ort, bekam ein zweites Kind und machte mit ihm dasselbe wie mit dem ersten. Sie geriet in die Hände der Justiz und wurde zu vielen Jahren Haft verurteilt, im Gefängnis bekam sie eine Nervenkrankheit, deswegen wurde sie nach Studenec geschickt. Nun ist sie schon seit neun Jahren hier, wenn man mit ihr spricht, ist sie völlig normal, sie beklagt sich oft bei mir, dass sie lieber ihre Strafe absitzen würde, als sich hier mit den Verrückten herumzuschlagen. Sie hilft mir sehr dabei, andere zu bändigen, weil sich die anderen Frauen vor ihr fürchten. Wenn sie dazwischengeht, ist sie wie ein Löwe, alle treten vor ihr zurück, ihre großen Augen glänzen in einem eigenartigen Feuer, dass man regelrecht Angst bekommt. Ich würde sie trotzdem recht vermissen, wenn sie nicht hier wäre.

51.

Als sie beim Chinesen Ameisen aßen, die auf einen Baum kletterten, begann in seinem Kopf der Jetski herumzuschwirren. Jener Jetski von Dugi otok war ein *furor brevis*. Eine kurze Raserei. Das war damals, als sie vor dem Sturm geflüchtet waren, nicht vor einem meteorologischen Phänomen, sondern vor der Militäroperation, die so genannt wurde, *Oluja* auf Kroatisch. Geflüchtet? Janez würde dieses Wort nicht ertragen, sie waren überhaupt nicht geflüchtet, sie hatten sich zurückgezogen, ihren Urlaub unterbrochen, da in den Radionachrichten unentwegt von einer großräumigen Aktion berichtet wurde, die die kroatische Armee gegen die Einheiten der aufständischen Serben in der Umgebung von Knin eingeleitet hatte. Im Radio wurden kroatische Militärmärsche gespielt. Doch die Radiosendungen vermochten sie nicht von dieser ruhigen – wie es schien, war sie damals die ruhigste Insel der Adria und aller anderen Meere gewesen – Insel zu vertreiben. Der Krieg in Bosnien hielt noch immer an, in den Nachrichten wurde von Granatenbeschüssen auf die eine oder andere Stadt berichtet, dort irgendwo weit oben heulten die Sirenen, die Menschen flüchteten in Luftschutzräume. Sie hätten einander in den Wäldern, wie ein bosnischer Flüchtling im Fernsehen berichtete, wie wilde Bestien gehetzt und niedergemetzelt. Marijana fragte sich später des Öfteren, wie es möglich war, dass sie angesichts solcher Nachrichten – Janez hörte sie sich jeden Abend und jeden Morgen an – in der Sonne liegen, auf der leeren Insel herumwandern, schwimmen und sich manchmal nachts unter den Sternen lieben konnten. Sie waren immerhin verliebt – was hätten sie anderes tun sollen? –, sie waren frisch verheiratet und verliebt, allein mitten auf der Insel, allein weit weg vom Krieg. Dennoch unweit vom Jetski. Auf den völlig leeren, vollkommen stillen Strand, unter duftenden Föhren und über dem Plätschern des Wassers gegen die Felsen, war wie vom Himmel ein Jetski gefallen. Besser gesagt aus der Hölle, er kam aus der Hölle angerast. Auf ihm saß ein nach vorne gebeugter junger Mann, der wie wild Gas gab, unter seiner Maschine spritzte das Wasser hervor, er begann in der Bucht im Kreis zu fahren, in Ellipsen, in kurzen Stößen, wenn er startete, und in langen Kurven, wenn er offenbar schon müde geworden war.

Als er zum ersten Mal angerast kam, hatte Janez geschlafen.

Als er die Augen öffnete, sprach er einen eigenartigen Satz aus, den Marijana danach öfter wiederholte: Er hat meinen Traum zerbrochen.

52.

War es möglich, dass Zala D. im vorletzten Kriegsjahr in der psychiatrischen Klinik Studenec bei Ljubljana in Behandlung gewesen war? Ivanka K. schrieb in ihren Erinnerungen über den Dienst in dieser Anstalt während des Krieges über eine junge Lehrerin, die aus Ljubljana dorthin gebracht worden war. An einer Stelle erwähnte sie, dass sie aus Maribor komme, ihr Vater sei ein Offizier der jugoslawischen Armee gewesen, der Bruder sei von den Deutschen im Hof des Gefängnisses von Maribor erschossen worden. Janez Lipnik dachte sehr bald daran, dass es sich um Zala handeln könnte. Aber warum sollte sie dort gewesen sein? War ihr Verstand nach jener schlimmen Erfahrung mit den Partisanen verwirrt? War ihr später noch etwas zugestoßen? Die Autorin der Memoiren notierte an keiner Stelle ihren Namen, in der ganzen Schrift kam kein einziger Name vor. Vor allem aber denkt man nie darüber nach, ob Irrenanstalten im Krieg überhaupt in Betrieb waren. Die Welt war doch damals voller Irrer und alle waren draußen.

Dasselbe fragte sich auch die Verfasserin der Memoiren, genauer gesagt jene des Tagebuchs, denn ein Teil des Textes war schon während des Krieges entstanden, sie meinte, sie wüsste nicht mehr genau, wo es mehr Verrückte gab, draußen oder drinnen: Denn das, was die Menschen im Krieg einander außerhalb dieser Mauern antun, ist manchmal nicht viel normaler als das, was in unserer Anstalt vor sich geht. Zahlreiche arme Leute sterben hier und sind sich ihres traurigen Schicksals nicht einmal bewusst, notierte die Pflegerin Ivanka K. in ihr Tagebuch. In der bestgesicherten Abteilung hocken die Patienten völlig nackt auf Strohhaufen. Sie ertragen keine Kleidung am Leib, sie zerreißen sie sofort. Die sind wirklich völlig verrückt, schrieb Ivanka K., einige von ihnen denken, dass die Strohhaufen Lehnsessel sind und dass sie in den schönsten und prächtigsten Gemächern sitzen. Man muss mutig sein, schrieb sie, wenn man ihnen am Morgen den Kaffee bringt, muss man die Tür von innen zusperren, damit sie einem nicht davonlaufen, und darf überhaupt nicht zeigen, dass man Angst vor ihnen hat, weil man sonst sofort Gefahr läuft, Prügel zu bekommen. Das Leben dieser Menschen ist schrecklich traurig, sie kauern oder sitzen da, essen wie die Tiere, manchmal kreischen sie fürchterlich – man kann nicht glauben, dass sie früher unter anderen Leuten gelebt haben, gesund, schön, jung. Es läuft einem kalt über den Rücken, wenn man sie ansieht und denkt: Gott bewahre mich vor solch einer schrecklichen Krankheit, so ein Mensch ist ein lebendiger Toter. Einige wollen wochenlang nichts essen, man muss sie füttern wie Babys. Oder sie sogar über eine Sonde ernähren, und zwar so, dass man die Sonde durch die Nase schiebt, sonst wird sie vom Patienten zwischen die Zähne gepresst oder durchbissen. Aber zum Glück ist bei solchen Patienten immer ein Arzt dabei. Das ist die eine Sorte von Patienten, die anderen wiederum schauen tagelang von morgens bis abends aus dem Fenster oder stehen an der Tür, sodass ich manchmal jemanden wegschubsen muss, damit ich überhaupt hinaus kann. Für die gibt es ein wenig bessere Zimmer, es gibt je vier Eisenbetten in jedem, darauf auch Matratzen. Die schlimmste Abteilung ist jene, die wir die „Rabiate“ nennen, und das deshalb, weil sich dort die Jähzornigsten und Gefährlichsten befinden, sie sind in eine Art Hühnerstall eingesperrt, einige liegen auf dem Boden, wie Neugeborene mit Stoff umwickelt, in Zwangsjacken oder sogar mit Gurten zusammengebunden. Alles in allem gibt es drei Abteilungen. Die erste ist die „Rabiate“, die zweite ist die „Unruhige“, wir nennen sie so, weil in ihr schon immer die unruhigen, aber ein wenig gescheiteren Patienten waren, mit ihnen kann man reden. Und die dritte ist die „Ruhige“, darin schreit niemand, einige sind sogar völlig gesund und warten darauf, nach Hause gehen zu dürfen.

53.

Am nächsten Tag kam er wieder. Der Jetski. Er kreiste wild in der ruhigen Bucht herum. Janez sagte, er werde diesen Teufel im Hafen suchen und seinen Motor zerstören. Er sagte, er sei ihm die ganze Nacht im Kopf herumgefahren, er wäre da drinnen herumgeschwirrt, und als er aufgewacht sei, hätte er sich über die Stille gewundert, die über dem Haus lag. Sie wechselten den Strand. Der tosende Teufel dagegen, zunächst in Gestalt eines nach vor gebeugten jungen Mannes in roter Badehose, der wie wild lärmte und um sich herum Wellen aufwarf, der sich in engen Kreisen drehte und ganz nahe an der Küste entlang fuhr, tauchte auch dort auf. Das war im August, Janez redete davon, dass er überhaupt nicht mehr schlafen könne, weil ihm dieser Teufel nachts unentwegt im Kopf herumbrumme, er stand auf und legte sich nieder, in stillen Nächten spazierte er zum Strand, kehrte auf Zehenspitzen zurück ins Zimmer und weckte sie dennoch jedes Mal auf. Das Brummen des Jetskis, das Janez Lipnik für einige Tage und Nächte völlig aus der Bahn geworfen hatte, war nur die Ankündigung von etwas Schlimmerem, des Krieges, der nun wirklich näher an die Insel rückte. Eines Augustmorgens, als Janez von seinem schlaflosen Spaziergang zurückgekehrt war, beschlossen sie, mit offenen Augen und Ohren und Nasenlöchern den Sonnenaufgang abzuwarten, sie würden ihn einatmen, ihn in die Lungen schöpfen, sagte Marijana, sie würden ihn am frischen Morgen auf dem Hügel über der Stadt erleben. Ohne den Jetski. Als sie dort oben standen, sagte sie: Wenn man bedenkt, dass die Sonne schon seit tausend Jahren so aufgeht, schon seit mehr als tausend Jahren, aber mehr kann man sich kaum vorstellen, wenn man bedenkt, dass die Sonne jeden Morgen so aufgeht … Jener Morgen war hingegen nicht wie tausend andere

Augustmorgen. Von der Straße weit unten wurde das Brummen von hunderten Motoren angeweht, aber es waren keine Jetskis, Lastwagenkolonnen fuhren in Richtung Hafen, wo mehrere Fähren auf sie warteten. Das ist die Armee, sagte Janez. Da passiert etwas. Sie fuhren mit dem Auto in die Stadt, die voll von jungen Männern in Uniform war, sie hatten sich offenbar nachts versammelt, nachdem sie von allen Teilen der Insel hergekommen waren. Das kleine Café, in dem sie normalerweise einkehrten, war trotz der frühen Morgenstunde voll von Menschen, aber es war irgendwie still, es gab keine lauten, morgendlichen, mediterranen Begrüßungen und Gespräche. Einige Soldaten rannten die Straße in Richtung Hafen hinunter. Der Sonnenaufgang war so wie Tausende anderer Augustmorgen auch, nur anders. In der Stadt herrschte plötzlich eine beklemmende Atmosphäre. Die blonde Dame, die Besitzerin, die ihnen Kaffee brachte, hatte nasse Augen. Was geht hier vor? Sie ziehen hinauf, sagte ihre Bekannte. Dort ist mein Sohn, sagte sie und neigte den Kopf in Richtung des Tisches, wo schweigend einige junge Männer in Uniform saßen. Das ist die Mobilisierung, sagte Janez.

Sie flüchteten wirklich von der Insel.

Das ist ein und derselbe Krieg, sagte er, als sie durch niedergebrannte Dörfer fuhren. In meinem Kopf schwirrt ein Jetski und das Ganze wiederholt sich, benommen und schwindelerregend, immer wieder dieselbe Geschichte, immer wieder dieselbe.

54.

Die neue Patientin, eine junge Lehrerin, die aus Ljubljana in die Klinik gebracht worden war, fand sich kurzzeitig in der „Unruhigen Abteilung“ wieder, wurde aber bald in die „Ruhige“ verlegt. Sie war an einem verregneten Tag mit einem Auto hierher gebracht worden. Sie stieg in aller Ruhe aus dem Wagen, blickte sich um, als wäre sie an einen gänzlich unbekannten Ort gelangt, und es stimmte, sie war nie zuvor hier gewesen. Sie war so zurückhaltend und geistesgegenwärtig, dass ihr der Notarzt sogar einen Schirm über den Kopf hielt, damit sie nicht vollkommen durchnässt wurde. Nur ihre Augen verrieten, dass etwas mit ihr nicht stimmte. Ihr Blick irrte hin und her, wie der Blick eines jeden, der hierherkam, gewiss war sie ein wenig verschreckt, aber ihr Blick ... das war alles, was jene eigenartige Unruhe ausdrückte, nach der man urteilen kann, dass im Kopf eines Menschen nicht alles in Ordnung ist.

Damals war gerade eben ein Monat vergangen, schrieb Ivanka K., seit sich eine andere Lehrerin das Leben genommen hatte. Sie hatte sich in meiner Abteilung erhängt. Sie war bereits tot, als ich die Zelle betrat. Beinahe hätte mich vor lauter Sorge der Schlag getroffen, da ich ja für ihr Tun verantwortlich war. Wie qualvoll es ist, einen Erhängten zu bergen und ihn künstlich zu beatmen, wenn es nicht mehr hilft. Die Schwestern eilten zu Hilfe, wir riefen auch den Arzt, aber es war bereits zu spät. Sie hatte sich von den irdischen Qualen befreit. Sie litt an religiösem Wahn, sie hatte stets behauptet, dass sie verdammt sei und an der Tür der Teufel auf ihre Seele wartete. Für sie war alles zu Ende, doch für mich begann eine schwere Zeit. Ich musste drei Ärzten und dem Klinikdirektor Rede und Antwort stehen, sie fragten mich bis ins letzte Detail darüber aus, wo ich gewesen sei, was ich unternommen hätte und wie viele Schritte ich von der Klinik entfernt gewesen sei.

Eine Freundin sagte zu mir: Na, da hast du wieder eine Lehrerin. Weil das passiert war, war sie wirklich sehr vorsichtig und misstrauisch, als die neue Patientin ankam. Diese wirkte ruhig –, bis auf ihren herumirrenden Blick. Ich saß bei ihr am Bett und fragte sie, was ihr zugestoßen sei, aber ich konnte nichts Richtiges in Erfahrung bringen. Einer der Ärzte sagte – das schnappte ich am Gang auf –, ihr Bruder sei in Maribor erschossen worden. Sie hatte sehr an ihm gehangen. Das hatte sie irgendwo in Dolenjska erfahren. Und weil sie wegen des immer schlimmer werdenden Krieges nicht nach Hause konnte, um zumindest die Mutter zu trösten, wurde sie immer bedrückter, wie zahlreiche andere unglückliche Menschen in jenen schweren Zeiten. Sie begann sich eigenartig zu benehmen, richtig peinlich, ein Arzt hatte es einer Schwester erzählt und die Schwester mir, dass sie angeblich vor einem Hotel in Dolenjske Toplice angefangen haben soll sich auszuziehen. Sie selbst erzählte lange nichts, sondern war ruhig, und alle atmeten auf, weil sie noch diejenige in Erinnerung hatten, die sich erhängt hatte. Es schien, als wäre es leicht, mit ihr zu arbeiten. Sie wurde in die „Ruhige“ Abteilung verlegt. Dort sind solche, denen in dieser verrückten Zeit etwas Schlimmes widerfahren ist. Die Ärzte sagen, dass bei diesen die Zeit selbst die seelischen Wunden heilt, man müsse nur abwarten.

Dem war aber nicht so.

Die neue Patientin erwischte bei der ersten Visite den Arzt an seinem langen grauen Bart und wickelte diesen um die Hand. Gemeinsam haben wir sie gepackt, schrieb Ivanka, deren Zeilen im Archiv lagen, und unter großen Schwierigkeiten weggeschafft. Wir hüllten sie in nasse Laken, die die Nerven beruhigen. Wir legten sie auf eine Matratze, an der zwei lange Bänder befestigt waren, mit denen banden wir sie zusammen. Davor hatten wir noch sechs nasse Betttücher über die Matratze gebreitet und die völlig nackte Frau daraufgelegt, die wir mit drei weiteren Laken gut einhüllten. Darüber legten wir noch sechs trockene Laken und obenauf zwei Decken. Wir ließen sie zwei Stunden so liegen, damit sie gut durchdämpfte und sich ihre Nerven langsam beruhigten.

Die Lehrerin wurde vierzehn Tage später in die „Ruhige Abteilung“ verlegt. Es war noch einige Zeit lang kein Wort aus ihr herauszubringen. Aber, wie die Ärzte sagen, die Zeit heilt selbst die seelischen Wunden,

mel namreč dolgo sivo brado do je po
roke okrog zavil, lahko si mislite
kakšen halo je bil, ženske smo komaj
strgale od njega potem pa hodili v mok
rjuhe, to je bilo naj hujša kazen, in
tudi pomirjenje živcev, Tedaj pa gurte
to sta z pasova dolga na ta dva po
~~modrac~~ modrac na vrh z deki 6 mok
in 6 suhih rjuh, na mokre rjuhe
besnega golega človeka, poviti kokor o
jenčka ga zvezati in pustiti 2 uri da
se ves prepari in tudi umiri živce
za lep čas, to je bila naj hujša kazen
tudi za take ki so se radi pretepali.
Hrana je bila dobra, tudi dosti kruha je
tako da se človek večkrat misli če t
do prišli taki časi da bi stradali, kje
se tukaj hrani sto kokoši ali še več

man muss nur abwarten. Und es war wirklich so, sie beruhigte sich langsam, sie begann sogar mit den Schwestern und Pflegerinnen zu reden. Sie wurde bald entlassen.

55.

Er atmete auf.

Dennoch dachte er nun, ihn für einen Augenblick wieder zu hören, jenen Jetski. Er brummte in seinem Kopf. Immer wieder brauste er auf. Das ist Lojzes Sense, dachte er ganz klar: Wenn sie über Gräser flitzt, wenn sie der junge Bursche schwingt. Und es war noch nicht lange her, seit die Geschichte ein fließender Strom gewesen war, als Menschenmengen über Straßen strömten und auf den großen Plätzen alter Städte zusammenliefen, die damals zauberhafte Namen hatten, von denen jeder für sich einen geheimnisvollen Glanz innehatte.

Danzig, Leipzig, Temeschburg, Wilna – was für Namen!

Damals kannte er keine Erschöpfung, er schwamm gegen den Strom, gegen den Strom der alten Zeit, die immer noch in ihrem schlammigen Flussbett dahinkriechen wollte, er schwamm gegen ihre gefährliche Macht. Er ging zu Versammlungen. Auf den Kongressplatz, wo Staaten zerfielen, noch einer war am Zerfallen. Er freute sich. Aber er sah sich selbst auch anders. Als Schlucht, als Klamm, durch die die Geschichte fegen würde, und er müsste sie fühlen. Die Zeit würde durch sie hindurchschießen, wie wilde Schnellen. Nun war er hier, in der abwesenden und stillstehenden Zeit, sein Blick war zwischen den blinkenden Ziffern der elektronischen Uhr im Einkaufszentrum eingekeilt. Er wartete darauf, dass Marijana vom Frisör kam. Oder von der Kosmetikerin. Etwas in der Zeit war entzweigebrochen. Er konnte deutlich fühlen, dass etwas geschehen war, doch er wusste nicht, was. In seinem Kopf entstanden Bilder. Mäher! Explosionen! Tunnels! Eine behandschuhte Hand, die im Winter eine kalte Waffe lädt. Menschenmassen auf den Plätzen alter Städte. Fichten, von denen Schnee auf die Menschen fällt, die darunter eingeschlafen sind. Bilder, Abbilder, Gesichter, das Rauschen des Regens, der übers Dach prasselte. Ein angehaltener Augenblick, fliehende Bilder.

56.

Für einige Tage machten sie in Zadar Halt, die Stadt war voller Militär. Von irgendwoher kamen und gingen unrasierte Männer in schmutzigen Uniformen, abends gab es Alarm, die Hotels waren voller Flüchtlinge, sie hätten beinahe keine Unterkunft gefunden. Das Brummen des Jetskis in Lipniks Kopf nahm zu. Er erzählte Marijana, was in ihm vorging. Hier herrscht Krieg, sagte sie, die Menschen töten einander. Wir wissen nicht, wie wir nach Hause kommen sollen und du beschäftigst dich mit diesem dämlichen Jetski. Immer mit einem Detail, immer mit einem verdammten Detail. Sie hat Recht, dachte er. Nun beschäftige ich mich mit dem Fahrrad. Am Sonntag hatte sie ihn gefragt, ob er jenes Fahrrad in den Kriegsnotizen gefunden habe. Er hatte es ihr nicht erzählt. Weil sie wieder gesagt hätte: immer mit einem Detail, immer mit irgendeinem Detail. War sie vom Segelboot gesprungen? Was würde sie denn zu diesem Detail sagen: War sie vom Boot gesprungen, hatte sie sich den Knöchel verstaucht? Was würde sie sagen, wenn sie wüsste, dass er wusste, dass er genau wusste, dass Jana auf dem Segelboot gewesen war, diejenige, die mit dem Bus voll betrunkener ungarischer Soldaten gefahren war. Er wusste, dass zwei muskulöse Schwachköpfe dabei waren, Beno und Pepo, wenn sie wenigstens Benjamin und Jože geheißen hätten und nicht Beno und Pepo. Das waren Details, das waren Details.

Obwohl er es nicht wusste. Er wusste es nicht, solange er nicht fragte. Die Art und Weise, wie sie antworten würde, würde alles verraten. Bis dahin wusste er es nicht. Er wusste, was vor einem halben Jahrhundert geschehen war, er wusste nicht, was vor ein paar Jahren geschehen war. Jener Fernseher, der aus der Auslage auf der anderen Gangseite des Shoppingcenters hervorblitzte, war wie eine Luke, durch die das Jenseits leuchtete. Das ist nicht allen gegeben, dachte Lipnik, ich blicke da hinein und sehe. Ich sehe mein Leben, ich sehe ihre Leben. Marijana wusste es schon lange, er hatte es ihr schon längst erzählt, dass er sich die Dinge sehr lebhaft vorstellen konnte. So lebhaft, als wäre er dabei. So lebhaft, dass er sie körperlich spüren konnte. Eine Tasse, kühlen Tau im Morgengras, die Schärfe der Sense, das konnte er spüren, er konnte sie auch hören: ein Knall in der Nacht, das Knarren des Bettes, Gepolter an der Tür. Er konnte uralte Bäume sehen, die sich am Pohorje-Gebirge im kalten Winterwind wiegen. Schnee fällt auf frierende Männer, die kalte Waffen in den Händen halten. Sie schießen. Sie schießen auf Gestalten, die zu ihren Füßen liegen. Das sind halb tote, halb lebendige Partisanen. Sie liegen im Schnee zwischen den Pohorje-Fichten. Sie töten sie, sie schießen auf Tote, sie schießen auf jene, die sich noch bewegen. Lipnik kannte auch ihre Namen, ihre Gesichter. Sie machten Fotos mit den Leichen, er kannte auch die Gesichter der Mörder, sie hatten sich tief in sein Gedächtnis eingeprägt, schon längst. Er konnte sie nicht mehr auslöschen.

57.

Er konnte nichts auslöschen. Auch nicht Ivanka K., die möglicherweise die Lehrerin Zala in der Nervenklinik in Studenec getroffen hatte. Auch ihre runde Schrift, die in großen Schnörkeln das blutige, zertrümmerte Gesicht ihres Mannes beschrieb. Er spazierte um jenes große Gebäude herum, das heute noch steht. Er dachte daran, einzutreten und zu fragen, ob man dort Ivanka K. gekannt hätte. Vielleicht gäbe es im Archiv irgendwelche Hinweise. Er würde gerne fragen, ob die junge Lehrerin, die im Jahr vierundvierzig in die Anstalt gekommen war, Zala D. gewesen sei. Doch nun trat zwischen die zerschellten Bilder in seinem Kopf, die er nicht mehr zur Gänze zusammenzufügen vermochte, Ivanka K. Denn Ivanka K., die ein Schreiben über die Ereignisse in der Nervenklinik in Studenec hinterlassen hatte, stand nun vor ihm und sagte, dass im Jahr vierundvierzig jener Wahnsinn, von dem sie dachte, dass es ihn nur außerhalb der Klinikmauern gab, von ihr Besitz ergriffen habe. Sie sagte, sie wisse nicht, was mit der Lehrerin passiert sei. Man hätte sie entlassen. Sie habe im Krieg schreckliche Dinge erlebt, sie hätten sie zu tief erschüttert. Doch sie hätte sich erholt. Wahrscheinlich sei sie wieder Lehrerin, was sollte sie sonst sein. Sie, Ivanka K., habe damals vor harten Prüfungen gestanden, sie habe gedacht, es gäbe mehr Wahnsinn außerhalb als innerhalb der Klinikmauern, aber genau jener Wahnsinn sei dort hineingedrungen, durch diese bis dahin sicheren Mauern. Bis dahin hätten sie und ihr Mann, der dort als Schmied gearbeitet hatte, gehofft, sie würden die schweren Zeiten schon irgendwie überstehen. In jenem Jahr jedoch seien die Deutschen gekommen, um den Direktor abzuholen, und hätten ihn mit der Begründung abgeführt, er habe unter den Patienten verwundete Partisanen und Mitarbeiter der Befreiungsfront versteckt. Bald darauf seien sie nochmals gekommen, um einen Arzt, einen Beamten, eine Krankenschwester und einen Schlosser zu holen. Die drohende Gefahr sei auch über sie beide und ihre Kinder gekommen. Es sei möglicherweise das wildeste Kriegsjahr gewesen. Überall hätten sich die Domobranzen und die Partisanen bekämpft, Menschen seien verschwunden.

Ende März, erzählte sie, Ende März jenen unglücklichen Jahres, hätten um halb zehn Uhr abends zwei Unbekannte bei ihr zu Hause angeklopft, einer von ihnen sei in der Uniform der Domobranzen gewesen, der andere in Zivil. Ihr Mann und sie seien in der Küche gesessen, die Kinder hätten bereits geschlafen.

Der Mann in Zivil habe gesagt, sie würden Herrn K. für eine halbe Stunde zum Flughafen mitnehmen, wo sie ihn verhören würden. Sie würden gewisse Informationen brauchen. Er solle für eine halbe Stunde mit ihnen mitgehen, dann würden sie ihn wieder nach Hause bringen. Ivanka K. habe sich widersetzt: Der Tag ist lang, habe sie gesagt, warum sollten sie ihn nachts verhören? Was glauben Sie denn, habe der jüngere Mann in Zivil gesagt, dass wir nur acht Stunden arbeiten? Wir haben keine offiziellen Arbeitsstunden, habe der andere behauptet, wir arbeiten bis Mitternacht, aber auch die ganze Nacht, wenn es sein muss. Jožko, geh nicht, habe Ivanka gesagt. Wenn du jetzt gehst, kommst du nie mehr zurück.

Er kam nie mehr zurück, sagte sie.

Sie habe ihn Tag für Tag gesucht, einen Monat lang, sie sei bei der Polizei gewesen, bei den Domobranzen am Flughafen, bei der Kommandostelle in Ljubljana, dort habe ihr jemand gesagt: Ihr Mann, gnädige Frau, hat die Mitgliedschaft für die Organisation der Befreiungsfront bezahlt, wenn es nur das ist, sagte er, geht er zur Zwangsarbeit nach Deutschland, wenn es was Schlimmeres ist, dann wissen wir nicht, was mit ihm passiert. Gehen sie nach Hause, gnädige Frau, zu den Kindern. Sie sei nach Hause gegangen. Anfang Mai jedoch hätten sich Gerüchte verbreitet, die von Bahnarbeitern überbracht worden seien, dass nämlich die Save allerlei Leichen anschwemme. Drei lägen in Laze. Sie sei hingegangen, aber die deutschen Gendarmen hätten ihr erklärt, dass sie sie bereits begraben hätten. Sie habe ihnen Jožes Foto gezeigt, doch niemand habe ihn erkannt. Einer habe gesagt, er hätte sich die Leichen nicht genau angesehen, sie würden aber auch anders aussehen, weil sie im Wasser gelegen seien, und auch wenn er sie sich angesehen hätte, hätte er den, der auf dem Foto war, schwerlich wiedererkannt. Die Gräber hätten keine Namen gehabt, sie sei lange dagestanden und hätte auf ein Zeichen gewartet, das ihr gesagt hätte, ob dort ihr Mann läge.

Sie sei über dieselben Wiesen an der Save gelaufen, als sie aus der Klinik zur Arbeit auf die Äcker gegangen seien, ihr Mann sei einer der Mäher gewesen, er habe so schön gemäht, seine Sense sei durchs Gras gesaust, auch um das Haus herum hätte er in aller Frühe gemäht, und nun sei sie dagesessen und habe darauf gewartet, dass die Wellen seine Leiche anschwemmten. Noch immer habe in ihr ein Fünkchen Hoffnung geglimmt, dass er nicht ermordet worden sei. Sie habe einen Fährmann an der Save gefragt, wie lange Wasserleichen gewöhnlich im Wasser blieben. Sie können auch bis zu drei Monaten unter Wasser bleiben. Sie werden sehen, wenn das Wasser ansteigt, wie viele Leichname an die Oberfläche getragen werden. Mitte Mai, erzählte Ivanka K., sei eines Morgens die Nachbarin gekommen, deren Mann auch abgeführt worden sei, sie erzählte, es seien wieder einige Leichen angeschwemmt worden.

Und tatsächlich, die Nachbarin habe in Laze im Leichenhaus ihren Mann gefunden. Sie hätte ihn betrachtet, er sei dagelegen, vom Wasser aufgeschwemmt, erstochen und mit einer Schusswunde am Kopf. Sie habe sich alle Männerleichen angesehen. Nun sei ihr vorgekommen, als wisse sie, was Wahnsinn sei. In diesem Wahn hätte sie verstanden, was das für eine Verrücktheit war, die die Patientinnen in der Klinik durchlebten, mit denen sie zu tun hatte. Was folgte, seien lange, düstere Träume gewesen. Sie sei zwischen den Leichen herumgegangen. Sie sei mit dem Zug nach Litija gefahren, weil ihr die Bahnarbeiter erzählt hätten, dass dort auch noch einige liegen würden. Zwischen Jevnica und Kresnice hätte sie vom Zug aus eine Leiche erblickt, die auf dem Wasser trieb, am Ufer, zwischen Ästen verfangen, die sie zurückhielten. Ihr Herz habe sich verkrampft: Das ist er. In Kresnice sei sie ausgestiegen und die Save entlang hinaufgegangen, um jenen Wasserwirbel zu finden, schon von Weitem hätte sie einige Menschen gesehen. Bauern hätten eine Grube gegraben und die Leiche sei im Gras gelegen. Ihr Herz habe gehämmert und sie habe es nicht gewagt sich zu nähern. Ist das Ihrer?, habe ein Bauer gefragt. Sie sei näher getreten. Es sei nicht ihrer gewesen. Es sei Janko gewesen, der Schlosser aus der Nervenklinik, der, den sie schon vor längerer Zeit weggebracht hätten. Er sei ein großer Mann gewesen, aufrecht, von schöner Statur, in dem Augenblick hingegen sei seine Stirn von einem Schuss in die Schläfe durchlöchert gewesen, das Gesicht zerfetzt, seine Beine von Fischen angefressen.

Sie habe am Wasser gestanden und gewartet, dass auch ihr Jože angeschwemmt würde. Einer der Bauern sei zu ihr getreten: Gehen sie die Save entlang, ich glaube, dass die Gendarmen dort noch einen haben. Sie hätten ihn bereits zugescharrt, sie habe ein Foto von ihm gezeigt. Es war nicht der, habe ein Gendarm gesagt, der Slowenisch sprach. Als sie nach Hause gekommen sei, habe sie Jankos Verwandte verständigt, wo sie nach seiner Leiche suchen sollten.

Lipnik las: Zu Mittag nach dem Essen kommt ein Gendarm zu uns und sagt, ich solle ihm ein Foto meines Mannes zeigen, und als ich es ihm gebe, betrachtet er es und sagt, es sei schon der Richtige, haben Sie ihn denn gefunden, jawohl, wo ist er, im Leichenschauhaus in Polje, war die Antwort. Wie ich dorthin gekommen bin, weiß ich nicht, ich habe die Kinder mitgenommen, am ganzen Körper zitternd ging ich hin, wie er wohl aussehen würde, wenn ich ihn finde, wie entsetzlich, wie die Leute einen schönen Menschen zurichten können. Als ich den Sargdeckel aufhob, oh Gott, bist du wirklich unser Vati, Francka und Marija, seht her, was sie aus unserem Vati gemacht haben, ich blicke hin und mir wird schwarz vor Augen, obwohl ich bei vollem Bewusstsein bin und bei Bewusstsein bleibe, trotz des schrecklichen Anblicks, auch wenn ein Mensch fünf Wochen lang unverletzt im Wasser wäre, würde er grauenhaft aussehen, er aber war gefesselt, mit einem fingerdicken Seil waren seine Hände am Rücken zusammengebunden, die Finger der linken Hand waren nicht da; die Stirn, an der er geschlagen worden war, fehlte, er hatte einen Schuss in die Schläfe bekommen, die Knochen der linken Hand waren gebrochen, ich blicke ihn weiter an und kann nicht glauben, dass er es ist, da macht sich der Gendarm bei mir bemerkbar, er fragt, ob er es ist oder nicht, natürlich ist er es, die Statur, die Kleidung, alles, das Gesicht jedoch, das stört mich. Schauen Sie nur gut hin, schauen Sie genau, sagt er zu mir, ich schaue ihn ja an, und dennoch kommt es mir komisch vor, erst jetzt sehe ich, dass ihm überhaupt die Stirn fehlt, deswegen sieht er so eigenartig aus, diese Bestien in menschlicher Gestalt haben ihn absichtlich so komisch verstümmelt, damit man ihn nicht erkennen würde, sollte er jemals gefunden werden. Was nun, die Kinder weinen, dass ich sie kaum trösten kann, als ich sie über den Sarg hob, haben sie sich so sehr erschreckt, dass ich den Deckel rasch zumachen musste, damit sie keine Angst mehr hatten. Nun habe ich den bitteren Kelch bis auf den Grund geleert, was mich in Zukunft erwarten wird, weiß ich nicht, eine schreckliche Vergangenheit liegt hinter mir, warum bohrt sie in mein Gehirn, warum muss ich so unglücklich sein, das ganze Leben ist ein einziges Leiden, jetzt, da ich die Kinder habe, um nur für sie zu leben, treibt es mich zur Verzweiflung, doch nicht, dass ich Angst vor der Arbeit hätte, denn Arbeit stärkt den Menschen, aber die menschliche Bosheit, die so viel Unglück verursacht hat, das treibt einen Menschen zur Verzweiflung, dass er zwischen solchen Ausgeburten der Menschheit leben muss, ich habe die ganze Nacht kein Auge zugetan, ich hatte keine Tränen mehr, mir schien, als hätte ich glühende Kohlen statt Augen und im Herzen eine Wunde, die so brennt, dass kein körperlicher Schmerz so weh tun kann.

58.

Marijana hatte vor ein paar Tagen gefragt: Denkst du denn, was sie denken? Ja, hatte er gesagt, manchmal lebe ich mich ein wenig in sie ein, in diese Menschen aus den Urkunden, ich denke daran, dass sie daran dachten, woran sie eben dachten. Das heißt, dass du auch daran denkst, woran ich manchmal denke. Die ganze Zeit denke ich daran, was sie denken würden und sehr oft daran, was du denkst. Aber das denkst du, sagte Marijana. Wie? Du denkst, woran dein Pornoschriftsteller gedacht hat.

Ja. Und du denkst, was ich denke. Sehr oft denke ich daran, was du denkst.

Das heißt, das alles ist in deinem Kopf. Ja, vielleicht ist wirklich etwas davon in meinem Kopf. Dort ist einer, der alle Daten und Ereignisse sammelt, zu einem Haufen zusammenträgt, dann sortiert er sie, verbindet sie zu logischen Einheiten. Die heutigen Dinge sind mit den gestrigen verflochten, Marijana, alles ist mit den dünnen Fäden des Verstandes verflochten. Das ist jene Logik, weißt du, sagte er, die besagt, dass es egal ist, ob es heute oder morgen ist, die Zeit bewegt sich nicht, nur uns scheint es so, als ob. Marijana sagte, sie verstehe nicht, sie verstehe das nicht. Macht nichts, meinte Lipnik, wenn ich alles herausgefunden und alle Fäden miteinander verbunden habe, werde ich es dir erklären. Es wird sehr einfach sein. Das einzige Problem liegt darin, dass man nichts auslöschen kann, aber gleichzeitig alles miteinander verbinden muss, verstehst du?

Man konnte nichts auslöschen, alles häufte sich in seinem Kopf. Nun brummte es nicht wie der Jetski, es sauste nicht wie Lojzes Sense. Nun dröhnte es am Gang des großen hellen Einkaufszentrums am Rande Ljubljanas, es dröhnte, es blitzte von den Bildschirmen, während an ihm, der auf der Bank saß und von Tüten umgeben war, die Füße der Besucher weich vorbeitraten, nur ihre Füße und baumelnden Einkaufstüten, wie sollten sie wissen, was die Benommenheit der Vergangenheit bedeutete, wo sie nicht einmal wussten, ob heute Montag oder Dienstag war. Er wankte ein wenig, er spürte, dass er ein wenig wankte, der große Gang, die Schaufenster, die ans Fenster gelehnte Puppe, er wankte deshalb, sagte Lipnik vor sich hin, weil die Welt unter uns hohl ist. Euch scheint, euch Spaziergängern und Einkäufern, dass ihr irgendwie benommen seid, nicht nur ich, sondern alle zusammen. Sagt mir nicht, dass ihr es nicht wisst, was das ist, was für ein Schwindel alle zusammen erfasst. Entschuldigt, sagte Lipnik vor sich hin, ich weiß eben, was das ist, Benommenheit, und noch besser weiß ich, was die Benommenheit der Vergangenheit ist. Unter dem Einkaufszentrum, sagte er, hier unten, ist es hohl. Tiefe Gruben sind dort unten, einige sind mit den Kanälen im Untergrund verbunden. Woher ich das weiß? So wie es diejenigen wussten, die sie untersucht haben, sie haben Farbe fließen lassen, rot, wie Blut strömte sie von Grube zu Grube. Ich weiß, was ihr denkt, murmelte Janez Lipnik, ich weiß, dass ihr denkt: Das ist unten, da unten sind Gruben, hier oben hingegen ist es hell, wir gehen von Schaufenster zu Schaufenster und füllen die Taschen, füllen die Einkaufswagen, zu Hause werden wir die Taschen öffnen und fröhlich sein. Und wenn man euch alles wegnehmen würde, sprach Lipnik, wärt ihr dann noch immer fröhlich? Wenn man euch alles wegnehmen würde, was ihr dort draußen irgendwo in der Ebene unter den felsigen Gipfeln mithabt? Wenn man euch dorthin treiben und euch Brennnesselsuppe zu essen gäbe? Man würde euch die Einkaufswagen wegnehmen und auch die Frankfurter und alle anderen Würste und Gummiboote, mit denen ihr vorhabt auf dem Meer zu rudern, auch die Paddel, sie würden sie auf einen Haufen werfen. Und dann noch die Ringe und Halskettchen, Taschen und Handtaschen, Brillen und Perücken, alles würden sie euch wegnehmen. Ich sah es in Auschwitz, mein Vater hat es mir erzählt, dass sie ihnen alles abgenommen hatten, als sie sich auf jener Ebene befanden. Das ist Benommenheit, die Benommenheit der Vergangenheit, was ich mir um vier Uhr morgens angehört hatte, man nimmt euch alles weg, die Sirene heult, das ist der Appell, ihr müsst alle in den großen Hof rennen, und die Schäferhunde, wir nannten sie Wolfshunde, diese Hunde an den Leinen knurren ringsherum. Das ist Benommenheit, wenn das einmal passiert, und es wird euch passieren, sprach Lipnik, wenn ihr nicht wisst, was war, was hier unten und hier rundherum einmal geschehen ist, dann wird euch genau das noch einmal widerfahren, es wird ein schreckliches Schwindelgefühl sein, noch schlimmer als jetzt, wenn ihr nicht einmal wisst, ob Montag oder Dienstag ist.

Zur Benommenheit kommt es aber auch deswegen, weil sich alles im Kreis dreht, vielleicht in so einer großen Ellipse. Und nicht in der Zeit, auf keinen Fall in der Zeit. Du denkst daran, woran sie denken, und schon bist du in einer anderen Geschichte, aus dieser Geschichte findest du schnell einen Weg in die nächste, du gerätst zwar hier und da etwas ins Schleudern, sodass der Kreis nicht vollkommen ist, deswegen dachte Lipnik, dass es vielleicht eine Ellipse sei und kein Kreis, sinnvoll wäre aber dennoch der Kreis, wenn es dich nach all diesen Abweichungen und Abwegen immer wieder zurück zu dir, zu dir selbst führt. Du reist zurück, in deine Kindheit, in die Geschichte deines Vaters, du reist weiter auf das Alter zu und stößt auf die Geschichte der Lehrerin Zala D., die aber auch bereits in deiner Kindheit zugegen ist. Deswegen ist das kein Vor und Zurück, deswegen ist es rundherum, in einem Kreis oder einer Ellipse. Daher die Benommenheit, soll verstehen, wer will, warum uns manchmal im Kopf schwindlig wird, aber ich weiß nicht, woher das kommt. Lipnik wurde klar, dass er ganz weit zurück müsse, zu seiner Geburt und in sein Embryonalstadium und noch weiter zurück, bis er nicht mehr beginnen würde weiterzureisen und schließlich erkennen müsste, dass es kein Zurück und kein Vorwärts gab, kein Hinauf und kein Hinunter, sondern dass alles ein Kreis ist, dass er, wie alle anderen, alle, die hier sind oder diejenigen, von denen wir annehmen, dass sie nur in den Archivunterlagen verblieben sind, dass sie nichts außer ihrer Handschrift und ihrer Papiere hinterlassen hätten, dass er und wir alle im Kreis reisen, dass wir am Rand des Kreises zusammentreffen und dem Beben der Erde lauschen. Und uns wundern, wie alles miteinander verbunden ist. Und nicht nur, dass wir eine Benommenheit verspüren, wir wundern uns deswegen, weil wir noch nicht wissen, dass wir im Kreis reisen. Die Lebenden oder die Toten, es ist völlig egal. Ach kommt, dachte Lipnik, was soll denn das, die Lebenden oder die Toten? Stellt euch in eine Reihe, ihr mit euren Einkaufswagen, so viele, wie ihr in der Reihe bis zur Kassa steht, zählt euch ab, dann werdet ihr sehen, dass ihr bereits im fünfzehnten Jahrhundert seid, der eine am Bauernhof hoch oben in den Bergen, der andere ein Söldner mitten in Deutschland. Und eure ganze Reihe steht am Rande des Kreises. Die Ereignisse, die uns geprägt haben und nicht eure Körper und die Reihen, die ihr vor den Kassen bildet, Ereignisse, die sich durch uns in andere eingeprägt haben, das ist es, was uns benommen macht, und das ist es, weswegen wir stets im selben Kreis reisen.

59.

Marijana war zu ihren Eltern gegangen.

Sie sagte, dass es so nicht mehr weitergehe. Ich weiß nicht, was in deinem Kopf vorgeht, sagte sie. Früher hast du von Dingen gesprochen, die ich nicht verstand, nun schweigst du. Du sagst, ich müsse sprechen. Ich weiß nicht, was, ich weiß nicht, worüber. Du hast von diesen Notizen gesprochen, die du im Archiv gefunden hast, jetzt redest du auch davon nicht mehr. Du schweigst, sagte sie.

Was ist mit dieser Frau, warum bist du von ihr so besessen? Du hast sie in den Notizen eines Erotomanen gefunden – wer ist dieser Mensch? Warum sagst du, du würdest sie kennen? Woher kennst du sie, wie sollst du eine Frau kennen, deren Namen du im Archiv entdeckt hast? Du bist ins Archiv losgehetzt, als man am Ufer der Ljubljanica irgendein Fahrrad herausgezogen hat, hast du es dort gefunden? Du bist nicht nur sonderbar, sondern schon völlig unberechenbar geworden, weißt du das? Aber das nicht erst seit gestern, ist dir das klar? Auf Dugi otok hat dich damals ein Jetski durcheinandergebracht, in den Bergen oben wütete der Krieg und du hast von diesem bescheuerten Jetski geredet, nennt man das nicht Realitätsflucht? Wir fuhren in Kroatien durch niedergebrannte serbische Dörfer und du hast gejammert, dass dir von diesem Jetski der Kopf dröhnt, ist das normal? Du hast gesagt, alles sei miteinander verwoben, dieser Krieg sei mit dem vorigen verbunden, die Geschichte lebe nicht in der Zeit, sondern in Taten, was ist das, was für Gedanken sind das? Was deinem Vater zugestoßen ist, sei dir passiert, ist es überhaupt möglich, dass jemand so etwas sagt? Du warst nicht im KZ, du warst damals noch nicht einmal auf der Welt, wie sollte dir so etwas zugestoßen sein? Warum dringst du in diese Geschichten im Archiv ein, dort sind tote Menschen, unbekannte, verschwundene, wir sind lebendig, wir zwei sind lebendig, verstehst du? Nun quälst du mich von Tag zu Tag mit deinem Schweigen, was habe ich mir zuschulden kommen lassen, könntest du mir das erklären? Wie soll ich mit einem Menschen zusammenleben, der schweigt, nachts herumirrt, wieder zurückkehrt und wieder schweigt? Auch am Morgen? Wie soll ich wissen, was jetzt in deinem Kopf vorgeht? Das Leben findet nicht im Kopf statt, nicht im Archiv, nicht in Erinnerungen, nicht in Notizen, ist dir klar, dass das Leben hier ist, heute und jetzt, ist dir das überhaupt noch klar? Ich werde jetzt gehen und du wirst immer noch schweigen, nicht wahr? Du bist auf Dugi otok durchgedreht, weil dich ein Jetski durcheinandergebracht hat. Du hast gesagt, er hätte dir den Traum zerbrochen. Was für einen Traum, wo warst du? Im Schlaf hat es dich manchmal hin- und hergeschleudert, wie deinen Vater, wie deinen besoffenen und immer verrückter werdenden Vater.

Du wirst doch wohl nicht verrückt werden wie dein Vater?

Du hast selbst erzählt, dass er aus dem Bett gesprungen ist und im Hof herumgetobt hat. Macht dich das nicht nachdenklich?

Sie warf Bücher und Hefte in einen Koffer.

Das hätte sie nicht sagen sollen, dachte er.

Er blickte auf das Messer auf dem Tisch. Dieses Messer ist stumpf, dachte er, man müsste ein neues kaufen. Der Pole hatte dem SS-ler ein Messer in die Brust gestoßen, und als er es herauszog, schoss Blut über ihn und alle, die um sie herum standen.

Ihre Hände zitterten, als sie die Tasten drückte. Sie rief ein Taxi. Sie hatte wirklich vor zu gehen.

– Ich kann jeden Augenblick zurückkommen, sagte sie. Ruf mich an, sag, dass wir wie früher leben werden. Quäl mich nicht mit deinem Schweigen, das ich nicht verstehe.

Sie stand an der Tür und sah ihn an. Er hätte nur ein Wort sagen müssen. Er hätte nur fragen müssen, ob sie schon einmal auf Dugi otok gewesen sei, bevor sie beide dort waren, Marijana und Janez, allein mitten auf der berauschenden Insel, mitten im Krieg. Sei nicht eifersüchtig und sei nicht bekloppt, hätte Marijana gesagt. Sie würde etwas erklären. Aber er wollte keine Erklärung. Wenn er der Frage nicht auf den Grund kommen konnte, was wirklich mit ihr auf Dugi otok passiert oder ob sie überhaupt auf Dugi otok gewesen war, ehe sie beide dort waren – wie sollte er dann der Wahrheit über jene Handschriften, die auf seinem Tisch lagen, auf den Grund kommen? Alles fügt sich zusammen, die Vergangenheit klärt sich in der Gegenwart und die Gegenwart in der Vergangenheit auf. War das nicht dasselbe?, überlegte er. Nein, es ist nicht dasselbe. Die Vergangenheit ist dunkel, unsere Seelen wachsen aus der dunklen Vergangenheit, aus Ereignissen, die wir nicht kennen, aus Dingen, die schon vor unserer Geburt geschehen sind, noch ehe jeder Einzelne von uns ein Bündel aus Schleim und Adern war, ein Bündel, das noch kein Körper war, aber bereits ein Kopf, ein Ohr, das dem Gemurmel eines Mannes lauschte, der im Bett einer Frau stets dieselbe Geschichte von den letzten Augenblicken vor der Abreise erzählte, vom Schauplatz des Leids und des menschlichen Todes, stets dieselbe Geschichte, stets dieselbe.

Er blickte aus dem Fenster, als sie sich ins Taxi setzte.

Warum hat sie nicht das Auto genommen?

Er öffnete das Fenster, um zu rufen, um zumindest zu sagen: Warum nimmst du nicht das Auto?

60.

Mein Vater? Mein Vater ist verrückt geworden? War mein Vater wahnsinnig? War er betrunken oder wahnsinnig, als er mitten in der Nacht aus dem Bett sprang und „Appell!" schrie, sodass er die Nachbarn weckte, als er die Decke ergriff und über den Hof lief, „Appell, Appell!" brüllte und im Hof stand und zitterte und dann mit dieser Decke in den Garten lief, wo der Salat wuchs, er trampelte den Salat nieder, manchmal warf er sich zwischen die Beete und schlief dort schließlich ein. All das wusste Marijana, er hatte es ihr erzählt, er schämte sich für seinen Vater, er schämte sich selbst, weil ihn der Vater nicht selten mitten in der Nacht aus dem Bett gehoben hatte. Zieh dich an, mein Sohn, sagte er. Und dann fand er sich in der verrauchten Küche wieder, die voller dunkler Männer aus dem Kämpferbund war, die bereits sangen: „Schmiede sind wir, und unsre Stärke". Bring die Ziehharmonika, sagte der Vater; er brachte die Ziehharmonika und seine schläfrigen und linkischen Kinderfinger suchten, damit sie „Schmiede sind wir" spielen konnten, den richtigen Griff auf der Harmonika, das konnte er schon spielen, er konnte auch das Partisanenlied „Drami se vzhod in zahod" und das Lied „En hribček bom kupil" spielen. Die kräftigen Arme des Vaters, nun waren sie wieder kräftig geworden, als er aus dem KZ gekommen war, waren sie schwach wie die eines Kindes, aber nun waren sie bereits stark und kräftig, hoben ihn mitsamt der Harmonika auf und setzten ihn auf den Tisch, zwischen die Flaschen und die Aschenbecher voller Kippen, zwischen den Speck und das Brot, unter die Küchenlampe, die von der Decke baumelte und ihm in die Augen leuchtete. Spiel jetzt, sagte er. „Der Freiheit Sicht?", fragte er. Ja, sagte der Vater, spiel das. Er spielte und die anderen, die vom Kämpferbund, sangen. „Slovenci kremeniti"?, fragte er. Ja, sagte er, spiel das Lied von den „entschlossenen Slowenen". All das wusste Marijana. Dein übergeschnappter Vater hat dich drangsaliert, sagte sie, du hast für seine besoffenen Freunde spielen müssen. Und jetzt wirst auch du überschnappen. Vor lauter Eifersucht und Geschichte und was weiß ich was noch. Das war ein Messerstich. Ihre Worte waren ein Messer. Wie das Messer, das in der Brust des SS-Offiziers steckte. Das hatte sein verrückter Vater erzählt. Abend für Abend. Als sie von den Russen befreit worden waren, hatten sie die SS-Henker am Appellplatz antreten lassen, die schwachen Hände der KZ-Häftlinge hatten sie geohrfeigt. Ein Pole, erzählte der Vater, ein Pole habe ein Bajonett ergriffen und einem SS-ler damit in die Brust gestochen. Als er das Bajonett aus ihm herausgezogen habe, habe Blut gespritzt. Dieses Messer, das Messer des Polen, steckte im Kopf von Janez Lipnik.

Die letzten Explosionen hallten noch nach, die Welt hätte schon längst bis zum Ende weggesprengt, der letzte Stein hätte zersprungen sein sollen, aber noch immer war ein ferner Widerhall zu hören. Das war nach dem Urknall, nach der Entstehung der Welt, als er in einen stillen Morgen hinein erwachte. Es war noch nicht Morgen, es war noch Nacht, weil er auch das Brummen seines Vaters aus der Küche hörte, hier, wo er war, war es warm unter den Decken, in der Ferne hallten die letzten Explosionen des großen Krieges wider, in der Küche brummte der Vater, es gab auch andere Männerstimmen, Überlebende des Weltuntergangs.

Möglicherweise aber war das vor seiner Geburt. Möglicherweise lag er nicht zu einem Bündel zusammengekrümmt unter warmen Decken, vielleicht lag er in Embryonalstellung im Bauch seiner Mutter, rundherum gluckste es und wie laues Meer wogten die warmen Eingeweide. Wenn das vor seiner Geburt war, dann war er noch nicht Janez und auch noch nicht Lipnik, sondern derjenige, der mit brummender Stimme in der Küche redete, dieser war sehr wohl Lipnik, und auch Anton, und sein Vater obendrein. Und die, die aufstand und mit ihm im Bauch herumging, war seine Mutter, Rozalija, mit flehender Stimme erklärte sie dem Nachbarn, wieder und wieder erklärte sie ihm, warum Anton, sein Vater, schon wieder den Salat im Garten niedergetrampelt hatte. Entschuldigen Sie, sagte Lipnik zu den Leuten, die im Einkaufszentrum an ihm vorbeigingen, das ist kein Archiv, das ist meine eigene Geschichte, die Geschichte eines Embryos. Niemand sah sich nach dem Menschen um, der zwischen Einkaufstüten saß und etwas vor sich hin murmelte und redete, in den Abgrund seiner Erinnerung hinein. Im kleinsten Embryonalteilchen gab es mehr Information und mehr Geschichte als in dem ganzen großen Gebäude, das mit Urkunden vollgestopft war, mehr als in all den Akten vom Keller bis zum Dachboden, mehr als hinter jener dicken Metalltür, die sich nach Eingabe eines Codes öffnen ließ und die Urkunden und Akten vor Bränden schützte, in einem einzigen Teilchen gab es mehr Geschichte, als seine und die Forschungen all seiner Kollegen zusammenzutragen vermochten.

Warum er im Schlaf die Decke vom Bett gerissen habe, durch die Tür gelaufen sei und sich in das Salatbeet geworfen habe? Deswegen, weil er im Schlaf das Wort Appell gehört hatte, er hörte die Sirene und aus den Lautsprechern das Wort Appell, dieses Wort wurde stets über einen weiten Platz mitten im Konzentrationslager gebrüllt. Er hörte den krächzenden Lautsprecher, der das Wort Appell von sich gegeben hatte, deswegen rannte er im Garten herum und warf sich in den Salat. Er hörte, dass der Nachbar sagte, er werde die Sache der Polizei melden, sollte das nochmals vorkommen, werde die Volksmiliz damit zu tun kriegen. Er könne wegen dieses Appells nicht immer wieder neuen Salat anpflanzen, die Setzlinge seien teuer und es sei in diesen Zeiten schwer, sie zu bekommen.

Das große Kinderohr hörte zu. Das große Kinderherz wollte das Messer vergessen, das in der Brust jenes deutschen Mannes steckte, es wollte das peinliche nächtliche Herumlaufen des Vaters im Hof und das Niedertrampeln des Salats vom Nachbarn vergessen. Als er achtzehn Jahre alt war, schrieb Janez Lipnik einen Aufsatz für die Schulzeitung, mit dem er versuchte, das Messer aus dem Kopf zu kriegen, die nächtlichen Schreie und „Der Freiheit Sicht“, das er unter der baumelnden Küchenlampe gespielt hatte. Auch den Vater gab es nicht mehr, nur noch die Stimmung, das Warten auf das Ende des Alptraums, eine große Hoffnung.

Wenn er sich daran erinnerte, begann es in seinem Kopf zu ticken. Das war geblieben – das Ticken der Uhr. Wenn es das leise mütterliche Lesen nicht gab, das Schreien des Vaters, sein Harmonikaspiel, wenn es das Singen des betrunkenen Kämpferbundes nicht gab, dann tickte die Uhr. Wie die Geschichte des Vaters, wenn er nüchtern war, eine der seltenen schönen Erzählungen darüber, wie sie aus dem KZ fortgegangen waren. Die Russen kamen, in der Ferne donnerten ihre Kanonen, über die große Ebene näherte sich durch den Frühlingsschlamm die große Armee, unter den Panzerketten spritzte Matsch hervor, irgendwo brannte eine Stadt.

61.

Entschuldigen Sie, das ist doch kein Archiv, sagte er, das ist eine embryonale Erinnerung, meine Damen und Herren. Und plötzlich sah er sie, wie sie sich in Richtung Ausgang bewegten, genau genommen in Richtung der großen Benetton-Auslage, die sich wie ein Vorhang hob, alle gingen der großen Ebene im Hintergrund entgegen, auf die ein langer, frühlingshafter, beinahe schon sommerlich warmer und anhaltender Regen herunternieselte. Herr Dienstag und Frau Montag schoben in gestreiften Uniformen den Einkaufswagen vor sich her, der bis zum Rand mit Waren gefüllt war, die sie zusammengescheffelt hatten, mehr und mehr gingen sie dorthin, der Ebene entgegen, Papa und Mama und das Söhnchen zogen ein Gummiboot hinter sich her, Papa und Mama das Boot, das Söhnchen trug die Paddel, vielleicht, damit sie sich vor der Sintflut retteten, vielleicht, damit sie jene Berge im Hintergrund erreichten, damit sie bis zu den Steiner Alpen gelangten, bis zu der riesigen Felsmasse im Hintergrund, mehr und mehr Menschen rückten aus diesem hellen Flur auf die Ebene, auch sie trugen gestreifte Jacken und Hosen, der Herr Schaufensterdekorateur mit der Puppe unter dem Arm und den Stecknadeln zwischen den Zähnen, das Puppenhaar schaute aus seiner Hosentasche, die Frisörin aus dem nahen Salon, die vielleicht gerade eben seiner Marijana die Frisur gemacht hatte, auch Marijana musste irgendwo in der Menge sein, die sich auf einer weiten Ebene verlor, an einem leeren, unbewohnten Ort, an der Stelle, wo eigentlich eine Stadt namens Ljubljana liegen sollte, die es jetzt plötzlich nicht mehr gab, es gab keine Märkte und Hochhäuser und Brücken mehr, keine Burg und keine alten Häuser, nur noch einen weiten, leeren Platz auf einer großen Bühne, der sich hinter dem Schaufenster ausdehnte, nur das gab es, die Ebene und die Ferne, über die sich die Masse der Kunden in gestreiften Jacken aufmachte, dort am Ende der Ebene standen winzige Baracken, von hier sahen sie winzig aus, wenn sie näher kämen, würden sie sehen, dass sie groß und lang waren, sie konnten Tausende von Menschen aufnehmen, zwischen ihnen war ein großer Platz, ein Appellplatz, über den sein Vater sprang und auf dem er den Salat des Nachbarn zerstampfte, er hatte dort schon ein Jahr überstanden und wartete nun auf die Abreise, vierzig Kilo würde er wiegen, nachdem er von dort zurückkehren würde, aber nun wartete er, alle, die kamen, würden auch warten, sie würden sie hineintreiben und hinaus, und die Zeit würde keinen Schritt machen, sogar ein Jahrhundert lang würden sie vom Augenblick träumen, der lang war wie die Ewigkeit, von dem Augenblick vor der Abreise; und niemandem würde es mehr in den Sinn kommen, jenen Anton zu verspotten, der nachts auf dem Salatbeet herumhüpfte, denn nun würden alle erfahren, was es heißt, zu warten, nicht in einer Reihe vor der Kassa, sondern auf dem Appellplatz, während in der Ferne russische Kanonen donnerten. Während die Kanonen donnerten, drängte sich die große Masse aus dem Shoppingcenter vor dem Eingang des Konzentrationslagers, nun würde man ihnen alles wegnehmen, die Menschen in Uniformen, die vor dem Eingang standen, hatten ihnen bereits alles weggenommen, sie nahmen ihnen alles, was sie kurz zuvor in verschiedensten Stuben und Sälen des leuchtenden Gebäudes zusammengescheffelt hatten; sie warfen Gummiboote auf einen Haufen, sie würden weder zum Paddeln im Urlaub noch zur Rettung vor der Sintflut zu gebrauchen sein, sie warfen sie auf einen großen Haufen und auf einen anderen Waschmaschinen, die waren viel schwerer, Waschmaschinen sind schwer, sogar im Lift blieben sie stecken, sodass Lipnik nicht hineinkonnte, als er zu seiner Marijana zurückkehren wollte, die ihn auf dem Bett erwartete, ungeduldig und liebevoll; auf einen anderen Haufen warfen sie Puppen, ihre Hände und Beine baumelten herab, manche warfen sie mit solcher Wucht dort hinauf, dass die Gliedmaßen oder die Köpfe davonflogen, doch die Puppenwerfer kümmerten sich überhaupt nicht darum, sie schauten sich um, ob es noch irgendwo eine Puppe gab, dann packten sie sie und warfen sie hinauf, obwohl ein Bein in ihrer Hand blieb, gesondert Parfums und gesondert Flaschen, gesondert Kinderwagen und gesondert Rollstühle, gesondert Haare und Perücken und gesondert Brillen, gesondert Ringe und gesondert Uhren, Ringe, Ringe hatte auch sein Vater auf einen Haufen geworfen, damals,

als Dresden bombardiert wurde, das war noch vor dem Augenblick, als sie auf die Abreise warteten und die Zeit stehenblieb, das war damals, als man sie dazu getrieben hatte, in Dresden unter den Trümmern Leichen auszugraben und ihnen Goldwaren abzunehmen, Ringe, die schwer von den geschwollenen Fingern abzuziehen waren, nahmen sie samt den Fingern ab, sie schnitten sie ihnen ab und zogen dann die Ringe von den Fingern, so einfach war das, und vielleicht würden auch die Kunden etwas Ähnliches tun müssen, Lipnik ging ihnen nach, er suchte das Gesicht seines Vaters zwischen den Baracken, doch plötzlich hatte niemand mehr ein Gesicht, wie auch im Einkaufszentrum nicht, Frau Montag und Herr Dienstag hatten weiße Scheiben statt Gesichter, die sie so oder so nicht hatten, Gesichter, auch als sie mitten im Gang des Shoppingcenters gegen seine Tüten traten, hatten sie keine, auch Beno war hier irgendwo und auch er hatte kein Gesicht, und Mehmet und Marijana, alle hatten noch Namen, aber keine Gesichter, deswegen dachte er daran, jemanden zu rufen, Marijana, nach ihr würde er rufen und nach dem Vater auch, Anton war sein Name, aber mitten auf dem Appellplatz gab es keinen Salat und keinen Anton, dort wuchs ein großer Baum, der einer Kirsche ähnelte, aber es war kein Kirschbaum, er hatte keine Blüte darauf, keine Frucht und auch kein Blatt, das war ein Baum, der hoch in den Himmel ragte, genauso, wie es die alten Slowenen vom Pohorje glaubten, ein Baum wie stehender Rauch, wie der Rauch von brennender Erde, wie ein Strahl, wie Rauchschwaden erhebt er sich gen Himmel, dorthin, ganz weit hinauf zu den Wolken, aus denen beharrlich der warme, frühlingshafte, beinahe sommerliche Regen nieselte.

Nun hatten sie alles, was sie dabei hatten, auf große Haufen geworfen, die auf der Ebene zurückgeblieben waren, sie hatten nichts mehr als ihre Körper, mit gestreifter Kleidung bedeckt, längst hatten sie nichts mehr von dem, was sie zusammengetragen hatten, überhaupt nichts mehr außer einer Suppe aus Brennnesseln, das hatten sie, das schon, jedoch nicht in großen Mengen, das hatten sie zum Frühstück, und auch zum Mittagessen würde es Brennnesselsuppe geben, nun waren alle hier versammelt, wie sie zuvor versammelt gewesen waren. Es war ganz still und sie warteten auf die Abreise. Es gab keine Namen und Gesichter, und auch keine Zeit, keine Zeit. Alles stand still, alles war reglos, kurz vor der Abreise. Es war Morgen.

Ein Morgen am Rande des Kreises.

62.

Möglicherweise war nichts Besonderes an diesem Morgen, möglicherweise war er so wie jeder andere. Die Lautsprecher begannen bereits um vier Uhr ihr tägliches „Appell" zu krächzen und die Gefangenen stellten sich zuerst in langen Reihen entlang der Baracken auf und marschierten dann auf den großen KZ-Hof, über dem morgendliche Nebelschwaden dahinkrochen. Die Schwaden schwebten schwerelos über dem Boden; sie waren so leicht, dass man hindurchsehen konnte. Von allen Seiten liefen Kolonnen ausgemergelter und erschöpfter armer Seelen mit zerrissenen und schmutzigen Uniformen durch diese Vorhänge zusammen, mit hoch aufgeschlagenen Krägen, über denen lediglich die hervorstehenden, hungrigen und schläfrigen Augen leuchteten. Ihre immer wieder in sich zusammensinkenden Beine wateten durch das Nebelmeer, ihre abwesenden Augen glänzten in der Morgendämmerung. Niemand sagte auch nur ein Wort, sie zogen schweigend weiter, ihre Lippen waren zusammengepresst, als hätten sie sich seit Jahrtausenden nicht zu einem Lächeln oder einem Kuss geöffnet. Durch das bedrohliche Schweigen hindurch rückten die Lagerkolonnen von allen Seiten zu dem Ort vor, wo sie sich versammeln und Befehle erhalten würden. Möglicherweise sah man es nicht, doch in der Luft war eine Art Erleichterung zu erahnen, die über die unüberschaubaren Reihen ausgemergelter Körper wehte. Aus dem Gebäude, das Leichen fraß, rauchte es nicht mehr. Bis gestern noch war daraus ein dichter, trüber, grauer Rauch gezogen. Wenn es schwül war, ließ er sich zwischen den Baracken nieder, der Himmel drückte ihn zu Boden und die Gefangenen mussten ihn beim Mittagessen schlucken. Den Rauch, der nach Leichen und Ende stank. Als sie die dürftigen Essensbissen zum Mund führten, röchelten, spuckten und husteten sie. An diesem Morgen schwieg das düstere Gebäude. Möglicherweise war ein Gerät ausgefallen, vielleicht war mit den Öfen etwas Widernatürliches geschehen – aus den Schornsteinen rauchte es nicht, es war kein schmutziger grauer Rauch zu sehen, es gab keinen Gestank, nichts. Schweigen. Auch mit der Zentralküche schien etwas nicht zu stimmen, denn die Suppe aus Kartoffeln und Kraut wurde nun in notdürftig aufgestellten Baracken gekocht, und in der Küche wurde ein vorübergehender Lagerraum errichtet. Das regte einige besonders mutige und hungrige Gefangene, von denen man nicht wusste, ob sie von Hunger oder Mut oder von beidem zugleich getrieben wurden, dazu an, sich nachts, trotz verdoppelter Anzahl an Wachen, zum Lagerraum zu schleichen und eine halbe Kiste Kartoffeln mitzunehmen. Einer von ihnen, der sich in der darauffolgenden Nacht darauf vorbereitete, die heldenhafte Tat seiner Gefährten zu wiederholen, wurde in dem Augenblick, da er aus der Baracke trat, von Scheinwerferlicht geblendet, und von einem der hohen Türme begann ein Maschinengewehr zu rattern. Zwei Soldaten, offenbar an diese Prozedur gewöhnt, trugen den Leichnam zuerst zum Krematorium, weil aber das dunkle Gebäude keine Leichen mehr schluckte, warfen sie ihn auf den Drahtzaun. Dort blieb der schlaffe Körper hängen und die Gefangenen, die am nächsten Morgen vorbeigingen, trauten sich nicht einmal ihn abzunehmen, obwohl das ihre heilige Pflicht gewesen wäre, eine kameradschaftliche Verpflichtung, ein geheimes Bündnis, einen Leidensgenossen christlich zu begraben. Das taten sie erst während des Mittagessens, als sie sich ein wenig freier bewegen konnten. Sie vergruben ihn in einer der Baracken, sprachen ein kurzes Gebet, bekreuzigten sich und die Sache war erledigt. In früheren Zeiten hätte so eine Vorgehensweise Prügel oder vielleicht sogar ein Todesurteil bedeutet, doch in jenen Tagen war alles anders. Gedankenversunken marschierten sie auf und ab, die Scharfrichter und die Peiniger, sie spazierten über den Versammlungsort und zwischen den Baracken und hielten zerstreut Ausschau. An jenem Tag geschah etwas völlig Unerwartetes. Der Kommandant genehmigte ihnen eine doppelte Mahlzeit. Wie von etwas gebissen, rief er breitbeinig und mit in die Hüften gestemmten Händen plötzlich aus: „Noch eine Mahlzeit." Zunächst konnten sie es nicht glauben, doch dann stürzten sie sich regelrecht auf den Kessel und drängten sich um ihn herum, bis sie mit Tritten und Stöcken auseinandergetrieben wurden. Er tat aber noch etwas, noch etwas, was eine Veränderung und gewisse Ereignisse in nächster Zukunft verhieß. Schreiend und schimpfend verprügelte er einen von den Köchen, da dieser einem armen Kerl den Schöpflöffel auf den Kopf geknallt hatte, weil er zu lange in den Kessel mit den im Wasser schwimmenden Krautflecken geglotzt hatte.

Am zentralen Ort des Lagers, den sie Appellplatz nannten, wurden Gemurmel, leises Geschwätz, dumpfe Gespräche laut. Das bedeutete, dass sich unter den Gefangenen der Gedanke über eine baldige Rettung aus dieser Hölle verbreitete. Der gewagte, aber verlockende Gedanke breitete sich aus wie Feuer, er sprang über und schlich sich bei jedem Einzelnen ein. Während sie in der Morgenkälte zitterten und mit den Zähnen klapperten, flößten sie einander mit bescheidenen, auf den ersten Blick nicht sonderlich bedeutenden Worten und Gesten Mut ein. Und dennoch waren diese bedeutend genug, dass die Reihen aufwallten, dass sich die Aufseher besonders bemühen mussten, um sie zur Ruhe zu bringen. Das Gemurmel ließ nicht nach. Die Gefangenen standen stramm, den Blick nach vorne gerichtet, und niemand auf der Welt konnte sie daran hindern, ihre Lippen zu bewegen, kaum hörbar, kaum wahrnehmbar. Am sichersten war es, sich beim Appell zu den Klängen der dröhnenden und lärmenden Marschmusik zu besprechen, die nun jeden Morgen aus den Lautsprechern an der Kommandostelle gespien wurde, und sich so viel wie möglich zu erzählen, obwohl in der Früh üblicherweise niemandem zum Reden zumute war. So verschmolzen die breiten und mächtigen Marschtakte mit den kaum hörbaren Lauten des Stimmengewirrs, das sich leise erhob und immer lauter wurde, es hatte den Anschein, dass es in Geschrei umschlagen würde, in einen einzigen schmerzhaften und siegreichen Schrei: Freiheit. Trotzdem blieb alles beim Alten. Nach den üblichen Befehlen und dem Ausrufen des Tageskommandos wurden sie nun zu den Kesseln getrieben, um sich zu stärken und sich auf die alltägliche Fron vorzubereiten. Während sie heißes Wasser mit irgendwelchen eigenartigen Pflanzen, wahrscheinlich Brennnesseln, schluckten, welches Frühstück genannt wurde, verflogen die Nebelschleier und zwischen den unheildrohenden Schornsteinen des verstummten Krematoriums tauchte die Sonne auf. Das waren schöne Augenblicke, Augenblicke voll Sonnenschein und Hoffnung. In den letzten Tagen ging etwas vor sich, es gab keine Prügel und sie mussten nicht mit ansehen, wie ein Offizier auf einen ausgemergelten und hungrigen Körper beziehungsweise ein Körperchen schoss und die Leiche dann verächtlich mit den Stiefeln umdrehte, oder wie die Schäferhunde, diese Werwölfe, einen übermüdeten Gefangenen zerbissen, der das schnelle Marschtempo nicht mehr halten konnte. Diese Augenblicke waren nicht nur deswegen schön, weil sie in Ruhe dasitzen und ihr heißes Gebräu schlürfen konnten, sondern weil sie die Sonne betrachten konnten. Diese Sonne, die sie so oft gequält und viele von ihnen ins Jenseits befördert hatte, war betörend und auch das Einzige, was man von den Dingen wahrnahm, die sich jenseits des Zaunes befanden, das Einzige, was frei war und unversehrt, diese Sonne ging nun schon zum dritten oder vierten Mal oder zum wievielten auch immer auf, ruhig, leise, geruhsam, wie eine richtige Sonne aufgehen sollte, nicht wie jene im Kerker oder im Gefangenenlager. Es schien ihnen, als sei sogar in dem vom Sonnenlicht beschienenen Gesicht des Wächters, das eigenartig erhellt war, jenes Soldaten, der möglicherweise in der vorigen Nacht ihren Gefährten mit dem Maschinengewehr niedergemäht und ihn dann auf den Drahtzaun geworfen hatte, eine Spur von Güte und freundlicher Höflichkeit ihnen gegenüber zu bemerken. Nachdem sie gegessen und sich gestärkt hatten, war überraschenderweise keine solche Härte mehr auf ihren Gesichtern zu sehen, keine versteckte Widerspenstigkeit und kein Trotz, wovor sogar ihre Peiniger heimlich Angst hatten. Sie waren eine Masse, eine namenlose Menge, die jedermann unterwerfen und hinter sich herführen konnte. Und wirklich, die Wärter konnten sie, die nun gestärkt und kräftiger waren, viel leichter in die Reihen zwingen, ihnen Tritte austeilen und sie anspucken – viel leichter als am Morgen, als sie sie hungrig, durchfroren, kraftlos und kümmerlich und dennoch hasserfüllt aus den Baracken geworfen hatten. Ruhig stellte sie sich auf, die gehorsame Herde, auf den Lagerplatz, und wartete auf die weiteren Anweisungen, alles musste einmal vorbei sein, bald würde es vorbei sein müssen.

1/Dass ich am 1. März 1944 von der Mariborer Gestapo verhaftet wurde, und abgeführt ins Gefängnis Stari pisker in Celje, und später abgeführt nach Bratislavax von dort nach Auswitz, wegen dem Vorstoß der Russischen Armee aus Polen nach Šlesien, wurden wir politische Internierte in alle Richtungen evakuiert. Ich war im Dresten Lager Černec und später in der Festung Kenigštejn bei Dresten. Hier wurden wir von der Russischen Armee befreit. Wegen Hungerns und

1/Da sem bil 1.marca 1944 aretiran od Mariborskega gestapa,ter
odpeljan v star pisker Celje in pozneje odpeljan v Bratislavoxx
od tam v Auswitz,radi vdora Ruske armade iz Poljske v
Šlezijo,smo bili politični interniranci evakuirani na vse
strani.Jaz sem bil v Dresten lager Čermec in pozneje v
trdnjavi Kenágštejn pri Drestenu.Tukaj smo bili osvobojeni
od Ruske armade.Radi stradanja in tepenja sem močno osla-
bel,radi česar sem se pozneje v Mariboru zdravil,ker sem
bil nesposoben za službo.Vrnil sem se v Jugoslavijo potom
Jugoslovanskega komiteja.Vrnil sem se 24/maja 1945 leta,
ter bil doma 1 leto dela nesposoben.Predložim tudi zdrav-
niške spričevalo.
Prosim,da se mi tudi to šteje v službena leta.

Smrt fašizmu - svoboda narodu !

Schlägen war ich sehr schwach geworden, weswegen ich später in Maribor in Behandlung war, weil ich untauglich war für die Arbeit. Ich kam nach Jugoslawien zurück mithilfe des Jugoslawischen Komitees. Ich kehrte am 24/Mai des Jahres 1945 zurück und war zu Hause 1 Jahr lang der Arbeit unfähig. Ich lege auch das ärztliche Zeugnis bei.
Ich bitte, dass auch das zu den Arbeitsjahren dazu gezählt wird.

Tod dem Faschismus - Freiheit dem Volk !

63.

Als sie etwa um neun Uhr immer noch am Appellplatz in langen, schon nicht mehr ganz geraden Reihen standen, bereit zum Aufbruch zur täglichen Zwangsarbeit sowie zum Leiden im Steinbruch, begannen sie immer bedeutungsvollere Blicke zu tauschen und verwundert zum niedrigen Gebäude der Stabsstelle zu spähen, wo sich die Offiziere sofort nach Beendung des Frühstücks eingeschlossen hatten. Die Erwartung von etwas, eines fröhlichen oder traurigen Ereignisses, möglicherweise der Befreiung, möglicherweise des Todes, hing in der Luft. Es war so fühlbar, so präsent, dass sich ihrer von Neuem jene Unruhe zu bemächtigen begann, die sie an diesem Tag bereits einmal verspürt hatten. In den gequälten Gesichtern zeigte sich langsam eine Art Anspannung, die sie heimsuchte. Ihre Augen irrten ruhelos zwischen den Gesichtern der herumstehenden Wärter hin und her und suchten darin Anzeichen einer Unruhe, irgendeinen Zug, der ihnen offenbaren und erklären könnte, was vor sich ging. Doch eine Herde bleibt eben eine Herde und kann niemals erkennen, wann ein günstiger und schicksalhafter Augenblick gekommen ist, niemals weiß sie sich daran zu orientieren. Sie waren eine Herde, lediglich eine Herde.

Als hingegen der Uhrzeiger in Richtung zehn Uhr rückte, begann sich auch der SS-Männer eine seltsame Unruhe zu bemächtigen, deren Ursprung sie, die sich auf ihre Stärke und Unverletzbarkeit verlassen hatten, zunächst nicht kannten und die sie deswegen mit aller Kraft unterdrückten, weshalb sie sich noch lockerer und reservierter gaben. Ohne zu wissen, wann und wie es passiert war, standen sie plötzlich wieder auf einem Haufen und plauderten im Flüsterton. Die Lagerinsassen, die aufmerksam jede ihrer Gesten beobachteten, konnten natürlich sehen, wie der eine oder andere zuerst anfing von einem Fuß auf den anderen zu treten, als ob ihn vom mehrstündigen Stehen bereits die Beine schmerzten, wie sich der eine oder andere bückte, als hätte er Kreuzweh, wie sich der eine oder andere die Kappe zurechtrückte, sich unter der Achsel kratzte, sich den nicht vorhandenen Schweiß von der Stirn wischte, das Gewehr umschulterte, den Stock aus einer Hand in die andere nahm. Ohne dass es sie irgendwelche besondere Anstrengung oder Wagnis gekostet hätte, konnten die Gefangenen mit den Augen ihren Regungen folgen, ihrem Herumtreten, ihrem Herumgekratze, ihren nach innen gewandten Bewegungen in Richtung Appellplatzmitte, weg von den Gefangenen. Als würden sie von einer unsichtbaren Kraft getrieben, Angst oder etwas Ähnlichem, versammelten sie sich jählings auf einem Haufen und begannen durcheinanderzureden und mit den Händen zu fuchteln. Das war natürlich schon zu offensichtlich und verräterisch: Etwas braute sich zusammen, etwas Großes war geschehen oder würde noch passieren, sehr bald. Nun setzte sich die Herde in Bewegung. Aus ihrer Mitte entsprang Unruhe: Heulend und die Hände schwingend rannten sie auf einen Haufen zu, fielen übereinander her, rissen sich gegenseitig die Kleider vom Leibe, schlugen sich, bissen, trampelten, brüllten, sprangen, sie waren Tiere, sie waren eine Herde. Die Wärter stürzten sich im Nu auf sie, um sie mit Schlagstöken, Tritten und Flüchen zunächst auseinanderzutreiben und sie dann in schöne gerade Reihen zu kriegen, wo sie jeden einzeln überwachen und so beherrschen konnten. Als würde die Menge diesmal jedoch von einer übernatürlichen, unsichtbaren Macht geleitet, einer Art List oder so etwas, rückte sie zu einem engen Schwarm zusammen und ließ sich unter keinen Umständen auseinanderbringen. Hatten sich die Wärterkordons und hinter ihnen auch noch die SS-Männer mit Revolvern in den Händen in noch so großer Rage in ihre Mitte gestürzt, hatten sie noch so unmenschlich getobt, stand die Menge dennoch wie eine Festung, unbezwingbar, uneinnehmbar, fest. Sie hatte sich geordnet und schwieg, die Herde schwieg so beharrlich und so aggressiv, dass die bis auf die Zähne bewaffneten, wie Keiler dicken und starken Wärter vor Angst und Wut ins Schwitzen gerieten. Sie griffen an und zogen sich gleich wieder zurück, rannten in die schweigende Masse, schlugen wild um sich, brüllten. Da wurde leise die Tür der Stabsstelle geöffnet und ein einziger kleiner Mann machte sich auf zum Schlachtfeld. Die Wärter rückten auseinander, während der Gefangenenblock in stummem Entsetzen in Schwingung geriet. Mit einer Pistole in der Hand trat der SS-Kommandant völlig allein über den riesigen Hof und näherte sich ihnen langsam und vollkommen ruhig. Als er näher gekommen war, schoss er ohne nachzudenken und ohne einen Mucks von sich zu geben in die schweigende Masse. Jemand heulte auf, und dann hörte es sich an, als wäre eine Bombe auf sie gefallen. Der Schrei reichte bis zum Himmel, sie stoben in alle Richtungen auseinander, legten sich auf den Boden, hinter die Baracken, zum Draht, krochen in jedes Loch, suchten den Boden unter den Füßen und rangen mit Händen und Mündern nach Luft. Ohne dass sich jemand sonderlich bemühen hätte müssen, ohne dass noch eine Patrone oder etwas Ähnliches abgeschossen, jemand niedergetrampelt oder ein Hund auf ihn gehetzt werden musste, reihten sie sich auf, wie es ihnen befohlen worden war. Die eben noch unordentliche und schiefe Reihe war ziemlich leicht in Ordnung zu bringen. Bald standen sie gerade, ruhig und stramm, aufrecht und unsagbar geschlagen da.

Gegen elf Uhr wurde die Sonne brennend heiß, doch niemand versuchte zu widersprechen oder ein Zeichen des Missfallens und der Unzufriedenheit zu zeigen. Gegen zwölf rann der Schweiß in Strömen über ihre Gesichter, ihre Notdurft verrichteten sie einfach in die Hose, sodass es weit herum nach Urin stank. Um zirka ein Uhr nachmittags ging die Tür der Stabsstelle auf und die Offiziere drängten in den Hof. Die Menge erstarrte und wartete gespannt, was kommen würde. Langsam, indem er mit den Augen forschend die Gefangenen musterte, trat einer der Offiziere zu einem Wächter und flüsterte ihm einige kurze Worte ins Ohr. Den Gesten nach war zu entnehmen, dass es sich um einen Befehl handelte, denn er war wahrscheinlich auch selbst aufgeregt, weshalb er versuchte, sich mit fahrigen Handbewegungen zu beruhigen. Der Wärter richtete sich auf, ließ heftig die Stiefelabsätze aneinanderkrachen und brüllte los: „In die Baracken, marsch!“ Über den ganzen Platz waren die Echos von Rufen zu hören und die Kolonnen bewegten sich mit einer Hast, die man diesen ausgetrockneten Wesen nicht zugetraut hätte, zurück ins Innere. In die Baracken. Bald wurden sie von den dunklen Schlünden der Tore verschlungen und der riesige Hof starrte still ins Leere.

64.

An jenem Nachmittag lag über dem riesigen Komplex von Gebäuden und Baracken eine eigenartige Ruhe in der Luft, eine Anspannung, die an diesem Tag schon einige Male freigesetzt worden war und sich dann immer wieder verzogen hatte. Die Luft war elektrisch geladen. Die Wärter spazierten über den Platz und um die Baracken, klopften mit den Stöcken gegen ihre Hosenbeine, auf den Wachtürmen hielten die Soldaten Gewehre in den Händen. Die Gefangenen schwiegen lange, bald aber war aus den Baracken Gemurmel zu hören, genau dasselbe wie am Morgen und am Vormittag, nur dass dieses umso überzeugender und drohender war, als es aus den verschlossenen Baracken kam, aus unbekannten Welten, als ob ein Dröhnen und Donnern aus dem Untergrund käme, dessen Ursprung und Anfang nicht auszumachen waren. Nirgendwo waren jene elenden und ausgetrockneten Wesen zu sehen, die bei einem Pistolenschuss in alle Richtungen auseinanderstoben und sich in allen möglichen Winkeln versteckten. Lediglich lange und dickbäuchige Baracken, aus denen ständig Gemurmel zu vernehmen war. Gegen Abend verstummten die Gefangenen, und man konnte regelrecht fühlen, wie sie durch die Spalten in der Wand spähten und sich vielleicht sogar darauf vorbereiteten auszubrechen, ans Licht zu kommen, sich der Gnade und der Ungnade ihrer Scharfrichter zu überlassen, mutig und kühn, dem Tod ins Auge blickend.

Spät am Abend wehte der Wind weit entferntes Getöse heran. Das waren die Geschütze, das Gedonner der heranrückenden Sowjetarmee. Es näherte sich langsam, aber sicher. Als Echo jener fernen Laute wurde das Gemurmel, das bisher in Wellen zu vernehmen war, lauter und leiser, verstummte vollends, nahm erneut zu, wie ein Widerhall wuchs dieses hohle Murmeln zwischen den Gebäuden an. Aus einer der Baracken war plötzlich gleichmäßiges und beharrliches Schlagen gegen die Wand zu hören. Jemand schlug mit einem Löffel oder einem anderen harten Gegenstand dagegen. Mit einem Mal tönten von den Barackenwänden Tausende von Schlägen; die Gefangenen schlugen in gleichmäßigem Rhythmus gegen die Wände, mit Händen, mit Füßen, Köpfen. Bald hallte das mächtige Schlagen im gesamten Lager wider. Wie in Wellen schlugen alle regelmäßig und jubelten dabei röchelnd und atemlos und brüllten merkwürdige Laute, sprachen seltsame, unbekannte Worte. Der unerträgliche Rhythmus, der sich nicht beruhigen wollte, den die ausgetrockneten Kehlen, die schmächtigen, schwachen Hände immer heftiger anschwellen ließen, schlug in einen mächtigen Ritus um, in einen Sturm, der nicht aufzuhalten war. Der ganze gewaltsame Ort wurde von ihrem instinktiven Ritual erfüllt, von der Angst der heidnischen, urtümlichen Kraft und des unendlichen Willens. Die Wächter hielten sich die Ohren zu, schlugen mit Stöcken gegen die Barackenwände, brüllten und mussten immer wieder der immensen Kraft ausweichen, die jedoch nirgends zu sehen war, die so ungreifbar und unberührbar war, so körperlos wie die Natur selbst. Irgendwo ratterte ein Maschinengewehr, und dann schallte es aus den Lautsprechern auf der Kommandobrücke: „Appell!" Die Stille, die entstand, war noch schlimmer und qualvoller. Eine taube, alptraumhafte Stille.

Erneut öffneten sich die Barackentüren und von allen Seiten schwärmte chaotisch eine Menge ausgehungerter Gestalten hervor, mit flammenden Augen, die wild zu den Wachtürmen blitzten, von wo die Läufe der Gewehre und Maschinenpistolen auf sie gerichtet waren. Und die unbekannten, dunklen Gesichter dahinter. Die Masse aus Körpern donnerte in der Mitte des Platzes zusammen, genauso wie am Vormittag, die Gefangenen drängten sich aneinander, als wollten sie sich vor den bedrohlichen Läufen schützen. Die Scheinwerfer leuchteten von allen Seiten auf die riesige Schar, und einzelne Gefangene bedeckten ängstlich ihre Gesichter mit den Händen, als ob das grelle Licht schoneine Gefahr für sie bedeutete.

Mit den Maschinengewehrläufen und dem unentwegten Gebrüll über die Lautsprecher gelang es den Aufpassern, die Lagerinsassen in irgendwie geartete, unordentliche Reihen zu kriegen. Sie teilten ihnen Decken aus und stellten sie in Doppelreihen auf, wie wenn sie sich zur Arbeit in den Steinschlag begaben. Nun würden sie sich auf den Weg machen. Wohin? Auf einen langen Marsch durch die Nacht. Jemand brüllte: „Sie werden uns alle töten!“ Sie machten sich nicht auf den Weg. Aus den Wolken begann es leicht zu nieseln und das Getöse, das sie von Weitem hörten, versiegte bald, es versank im Rauschen des Regens. Etwa um elf Uhr nachts kam einer der Offiziere auf den Appellplatz gelaufen und brüllte die steifen, durchfrorenen, halb schlafenden Gefangenen an.

Dann wurden sie zum Schlafengehen fortgetrieben.

65.

Dort war mein Vater, Marijana, als ich noch sehr jung war, kaum siebzehn Jahre alt, habe ich das verfasst. Weißt du, warum? Weil ich schon damals ein Klopfkäfer war. Ich sah die Dinge, von denen mein Vater erzählte. Wenn du wieder zu mir kommst, aus dem Frisiersalon oder wo auch immer du bist, werde ich dir erzählen, warum ich das verfasst habe. Weil ich nämlich dabei war. So habe ich es gehört, so habe ich es gesehen. Wochenlang schrieb ich die Erinnerung an seine Abreise nieder, die er um vier Uhr morgens innerhalb von fünfzehn Minuten erzählt hatte. Ich wollte diese Dauer fühlen, die Zeit, die zwischen dem Verderben und der Rettung stehengeblieben war. Während seiner Erzählungen spürte ich, dass ich dabei war. Ich weiß nicht, was das ist. Dich hat das nicht sonderlich interessiert. Die Menschen haben alles Mögliche erlebt, hattest du gesagt. Warum sollte es so wichtig sein, was sie kurz vor der Abreise erlebt haben? Diesen Titel hatte die Geschichte, die ich mit siebzehn Jahren geschrieben hatte: „Kurz vor der Abreise". Weil ich mir die Geschichten immer wieder anhören musste, Marijana, immer wieder. Darin gibt es keine Doppeldeutigkeit. Der Regen, das Warten, der Rauch, das Messer. Marijana, sagte Janez Lipnik, ich wollte all dies vielleicht vergessen. Deswegen habe ich es aufgeschrieben. Als ich es jedoch aufgeschrieben hatte, war ich auch schon dort. Ich ging durch dieses Konzentrationslager, ich träumte davon. Das bedeutet aber nicht, dass ich nicht ganz bei Trost bin. Nur manchmal tritt bei mir so etwas wie ein Schwindelgefühl auf. Wenn ich jenes Lied höre. *Wird schmieden uns der Freiheit Licht* ... Ich spielte es auf der Harmonika, auf dem Tisch inmitten der Männer aus dem Kämpferbund. Dann trieben sie mich zum Schlafengehen hinaus, gewöhnlich gegen Morgen. Wenn es hingegen kein Reden über Politik und kein Singen in jener Küche gab, da las mir meine Mutter vor. Sie las mir Märchen vom Pohorje-Gebirge vor. An eines kann ich mich gut erinnern, von einem Baum, auf den ein Mensch kletterte, der aus dem Süden gekommen war, er kletterte auf den Baum und kam an einen anderen Ort. Am Pohorje gibt es viele Bäume und alle haben Namen, dieser jedoch war ein Baum ohne Namen.

Es war ein unglaublich hoher Baum, wie ihn die Welt noch nicht gesehen hat und ihn auch nicht sehen wird. Er erhob sich gegen den Himmel wie der Rauch von brennender Erde, sodass man nur den Stamm und die Sonne sah, das Blätterwerk und die Äste hingegen nicht. Die Menschen hätten dem Riesen gerne einen Namen gegeben, wenn sie gewusst hätten, was für Äste und Blätter er hatte. Viele Jahre suchten sie einen Helden, der es wagen würde bis zum ersten Ast zu klettern. Aber alles war vergebens, sie konnten ihn nicht finden. Eines Tages kam ein einfacher Mann zu ihnen, ein Hirte. Er kam aus einer fernen südlichen Gegend und versprach, ihnen den lange gehegten Wunsch zu erfüllen. Er verlangte eine gute Entlohnung, sollte er die Aufgabe erfüllen, und zuvor noch: drei Beile, ein Seil, das bis zum höchsten Berg reichen, und einen Adler, der ihm zu Essen bringen sollte. So wurde es vereinbart und der Hirte machte sich ans Werk. Er gürtete sich das Seil um, hackte das erste Beil in den Stamm, trat auf den Beilkopf, pflanzte das zweite Beil und auch das dritte oberhalb seines Kopfes und zog das erste wieder heraus. So stieg er am Stamm in die Höhe. Er kletterte Tag und Nacht. Wenn ihn der Hunger mahnte, dass auf der Erde ein Tag vergangen war, zog er am Seil und aß die Speise, die daran gebunden war. Als er eine solche Höhe erreichte, dass das Seil nicht mehr zu Boden reichte, brachte ihm der Adler das Essen. Er genoss den ewigen Tag. Nach dem siebten Flug kehrte der Adler nicht mehr zu ihm zurück.

Ich konnte nicht verstehen, wieso der Held den ewigen Tag genoss. Herrschte dort oben denn ein ewiger Tag? Fortwährendes Licht? Wenn sich die Erde dreht, wenn sie sich um die eigene Achse dreht und um die Sonne, dann musste es dennoch einmal Nacht sein, dunkel.

Aber das störte den Mann, der auf den Baum kletterte, keineswegs, überhaupt störte ihn nichts, so klettert man im Traum, man fühlt nicht die Kälte, nicht die spitzen Äste, nur das Heulen des Windes, sonst nichts. Er hörte das Heulen des Windes, als er jedoch höher kam, wurde es immer weniger, und auch der Regen, wegen dem sein Bein am Beilkopf immer wieder ausgerutscht war, hörte plötzlich auf, es gab nun weder Regen noch Wind, weder Kälte noch Schmerz, nun blieben auch die Wolken weit unten zurück. Jene Wolken, die der starrköpfige Klopfkäfer betrachtete, wenn er auf einer Wiese lag und den mutigen Mann sah, der hoch oben verschwand, im Baum ohne Namen. Der Baum war ohne Namen, weil er keine Blätter und Äste hatte, die Äste und die Blätter, alles war hoch oben, dort, wo der Hirte aus dem Süden nach sieben Jahren nun bereits sein musste. Als genau sieben Jahre vergangen waren, seit er begonnen hatte, den Stamm hochzuklettern, erreichte er den ersten Ast. Er musste sich entscheiden, ob er ihn lieber abhacken und sich über den glatten Stamm zurück auf die Erde begeben oder lieber noch zum Baumwipfel steigen sollte. Natürlich stieg er zum Baumwipfel hinauf – wer täte es nicht? Und bald trat er auf den letzten Ast, und schon stand er auf festem Boden. Um ihn herum erstreckte sich eine große Ebene. Es war dunkel geworden, nun war es wirklich dunkel und der Hirte wusste nicht, was er tun sollte, bis er in der Ferne ein Lichtlein flimmern sah. Er ging in Richtung des flimmernden kleinen Lichtes, das immer größer wurde. Er kam zu einer Burg, in der nur ein Fenster erleuchtet war. Er näherte sich diesem Fenster sehr vorsichtig und blickte in die Stube. Am Tisch lehnte eine schöne Frau und stützte in unablässiger Nachdenklichkeit den Kopf auf eine Hand. Er nahm seinen ganzen Mut zusammen und klopfte ans Fenster. „Junger Mann, woher kommst du und was suchst du hier?“, fragte die schöne Frau. „Ich suche ein Nachtlager und Arbeit. Sieben Jahre bin ich diesen Baum ohne Namen hochgeklettert und habe endlich diese Erde erreicht und nun weiß ich nicht, wohin.“ Die Frau ließ ihn übernachten und bot ihm am nächsten Morgen die Arbeit eines Knechts an. „Du wirst nicht viel Arbeit haben“, sagte sie. „Du wirst dich um drei Pferde kümmern: ein bronzenes, ein silbernes und ein goldenes. Wenn du gut für sie sorgst, wirst du lange bei mir bleiben. Es wird dir gut ergehen, der Tisch wird immer gedeckt sein und du wirst haben, was dir beliebt.“

Und bei diesem Baum, Marijana, beim Gedanken an den Menschen, der an ihm hochkletterte, vergaß ich die Küche und die murmelnden Männer, den Appell und den Polen mit dem Messer. Ich wollte vergessen, das ist alles.

Sie sagten, das Haus der Deutschen sei am Wasser gestanden, die Drau habe es fortgetragen. Aber sie trug nicht nur das Haus fort, davor hatte sie auch die Familie mit den fünf Kindern fortgetragen, ich kannte alle, wir hatten zusammen gespielt. Mein Vater war im Konzentrationslager gewesen, ihr Vater in der deutschen Armee, an der russischen Front wurde er zum Invaliden. Ihr Nachname lautete Remer, sie gingen fort, zuerst war es schwer für mich, doch dann vergaß ich, ich wollte vergessen. Mein ganzes Leben lang wollte ich vergessen. Wie der Mensch aus dem Süden auf jenem Baum. Man tritt auf die nächste Stufe, auf den Beilkopf, und schon vergisst man, wie es auf der vorigen war. Was ich alles vergessen habe! Jene Deutschen aus dem Haus an der Drau, die Remers, jetzt erinnere ich mich an sie, aber damals, als sie weggegangen sind, eines Nachts, wohl nach Deutschland, die Familie mit den fünf Kindern, vergaß ich sie, ich vergaß, dass sich jemand im Keller erhängt hatte, sie sagten, er sei ein Schwarzhändler gewesen, angeblich hätten sie in jenem Keller Stoffballen gefunden, Kammgarn, er sei zwischen diesen Stoffen gebaumelt. In Socken, bevor er sich erhängte, hatte er sich die Schuhe ausgezogen. Und an alles andere erinnere ich mich auch, an die besoffenen Männerstimmen aus der Küche, die über Politik sprachen und gegen Morgen Partisanenlieder sangen, auch daran wollte ich mich später nicht erinnern, noch weniger daran, dass mich der Vater manchmal weckte und ich ihnen auf der Harmonika vorspielen musste – *Schmiede sind wir*, sangen sie, *und unsre Stärke wird schmieden uns der Freiheit Licht*, nämlich *der Funke hell unter der Kraft der Werke*. Die Mutter zog die Hose an dem betrunkenen Vater hoch, manchmal war er wirklich übergeschnappt vom Lager. Sie war zierlich und er wurde jeden Monat größer und schwerer. Ich stand auf und half ihr dabei, die Hose am Vater hochzuziehen. Du wirst ein guter Mensch, mein Sohn, murmelte der Vater. Manchmal denke ich, dass ich das alles nur geträumt habe. Der Traum verschwindet immer in dem Moment, da man beginnt ihn zu verstehen. Er, der verrückt war, er war von dort gekommen, wo man vor Kälte zitterte, vor der kalten Gegenwart der Hölle. Wo vor Grauen vor dem ewigen Feuer gekreischt wird, wo sich der Rauch daraus windet wie der Baum gegen den Himmel, der Rauch und der existenzielle Zweifel an allem, was ist; auch an ihm, dem Herrn über Gewässer und Erde, den Rauch aus dem Rauchfang über dem Krematoriumsofen. Wo man wartet und wartet. Kurz vor der Abreise. Und der Käfer sieht das alles. Die Menschen, die ihn nachts die Bücher aushöhlen hörten, die hören konnten, wie er das Archivmaterial fraß, nannten dies die *Todesstunde*. Der Geist ist zerfetzt, in Stücke zerbrochen, im Raum ans Kreuz geschlagen. Eine Luke, durch die das Jenseits scheint.

Der Freiheit Sicht, der Freiheit Sicht.

66.

Sie war zu ihrer Mutter gegangen. Er überlegte, ob er sie vielleicht geschlagen hatte und sie deswegen fortgegangen war. Hatte er sie geschlagen? Was hatte er ihr angetan, dass sie sich nicht blicken ließ? Warum kam sie nicht aus diesem Kosmetiksalon? Er würde nachsehen müssen. Oder er würde ihre Mutter anrufen, vielleicht war sie bei ihr. Vielleicht hatte sie vergessen, dass sie hier verabredet waren, auf der Bank im Einkaufszentrum, gegenüber dem Benetton-Geschäft, gegenüber von Philips, also in der Mitte zwischen Benetton und Philips, zuerst kam das Schuhgeschäft, da waren sie nicht verabredet.

Wo war Marijana? Wenn er sie geschlagen haben sollte, dann hatte sie das Böse getroffen. Und das deswegen, damit das Gute gewinnen konnte. Es ist klar, dass es das Böse auf der Welt wegen des Guten gibt. Wie könnte das Gute gut sein, wenn das Böse nicht böse wäre! Das Böse ist nicht wegen dem Guten böse, sondern das Gute ist wegen dem Bösen gut. Wir halten nach dem Bösen Ausschau oder tun sogar etwas Böses, damit wir uns des Guten bewusst werden. Das waren gute Zeiten, Marijana. Ein Messer lag auf dem Tisch. Ich habe es nicht in die Hand genommen. Ich versetzte dir einen Hieb auf die Lippen, die früher geküsst hatten und die nun lügen. Du warst nicht in jenem Autobus, auf Dugi otok warst du. Was soll's, wenn ein wenig Blut herausfließt, deswegen muss man nicht gleich zur Mama rennen. Diesen Erotomanen hatte eine in die Lippe gebissen und ihm dann mit Jod das Blut abgewaschen. Auch ich hätte das getan, wenn du nicht fortgegangen wärst, Marijana.

Sie war weggegangen. Und deswegen war Zala immer näher. Er fühlte, dass sie sich ihm näherte.

Auch er ging weg. Ehe er sich am Gang des Einkaufszentrums wiederfand, war er eines Morgens mit laufendem Motor im Auto gesessen und hatte den Regen betrachtet, der über die Fensterscheiben floss. Er dachte daran, dass er nun dorthin an den Stadtrand fahren würde, wo diese schmucken Häuschen standen, eine lange Siedlung mit kleinen Wegen und Gärten, er würde vor einem dieser Häuschen stehen bleiben, vor jenem, das er gut kannte, und darauf warten, dass sich die Tür öffnen und darin Marijana mit einer Tasche voller Hefte und Bücher auftauchen würde. Sie würde den Schirm aufspannen und er würde die Autotür aufmachen und sagen: Nicht notwendig, du brauchst keinen Regenschirm, ich fahre dich zur Uni. Sie würde sich zu ihm setzen und sagen: Du bist wirklich sonderbar. Vielleicht würde sie einige Zeit lang schweigen und dann sagen: Hatten wir das denn nötig? In diesem Satz würde natürlich ein Vorwurf mitschwingen, denn er würde bedeuten, hattest du denn das nötig? Doch Marijana war eine vernünftige Frau, sie würde sagen: Hatten wir das denn nötig? Das würde bedeuten, dass sie sich einen Teil der Schuld am Missverständnis eingestehen würde. Auch wenn sie das nicht wirklich denken würde, würde sie es sagen. In Wahrheit würde sie denken, dass er von irgendwelchen Notizen und uralten Ereignissen besessen sei, dass er immer wieder zu seiner Kindheit und zu den Menschen zurückkehrte, die in Aktenordnern eingeschlossen waren, mit denen er nichts zu tun hatte, die er nicht einmal kannte. Diese Besessenheit, würde sie denken, wird uns teuer zu stehen kommen. Er wollte diese ihre Gedanken nicht hören. Und obwohl sie sagen würde, hatten wir das denn nötig, würde sie denken, dass er der Verursacher des großen Missverständnisses sei, den sie nicht mehr ertragen könne. Denkst du denn immer daran, würde sie sagen, was die anderen denken? Er wollte diesen Satz nicht hören und auch ihre Gedanken nicht. Er startete das Auto und fuhr weder zum Häuschen ihrer Mutter noch ins Archiv, er fuhr auf die Umfahrungsstraße und wusste plötzlich, wohin er fuhr, in Richtung Norden, genauer nach Nordosten, mitten an einem verregneten Junimorgen trug es ihn in den Norden seiner kleinen Heimat fort, wie sie von einem Poeten besungen wurde.

Mitten am Vormittag wankte er zum großen Fluss, blickte ins trübe, ansteigende Wasser. Der Schnee oben in den Alpen hatte zu schmelzen begonnen, das Wasser stieg an und führte Holzstücke und Astwerk mit, am Ufer blieb ein großer Stamm hängen. Der Glockenturm der Kirche des heiligen Josef neigte sich hoch oben zum Wasser hin. Es war immer so gewesen, dachte er, der Geruch nach Wasser, nach Buschwerk, das das hohe Ufer hinauf wuchs, der Geruch nach Schlamm, sogar die Fische, überlegte er, sogar die Fische in diesem Wasser haben einen solchen Geruch, er konnte sich gut daran erinnern. Am Steg blickte er in die Öffnung eines großen Tunnels, der irgendwohin ins Erdinnere führte. Die Deutschen hatten ihn im Krieg gebaut, der Tunnel war genau genommen ein Unterstand, von der Drau führte er irgendwohin in den Bauch der Erde, Lipnik wusste, wohin er führte: direkt zum Bahnhof Koroški, der Junge hatte sich oft gewünscht durch diesen Tunnel zu gehen, doch er hatte sich nie ins Innere getraut, nach einigen Metern wurde er stets von der Kälte aufgehalten, vom Gestank der menschlichen Ausscheidungen, von der Dunkelheit und dem Eisengitter, über das er vielleicht hätte klettern können, es jedoch nicht wagte, er hatte sich niemals weiter getraut. Hoch oben am Kai blieb er vor dem Haus stehen, in dem sie einst gewohnt hatten, er blickte zu den Gardinen am Fenster und sah, dass sich dahinter ein Schlafzimmer befand, in dem der Mond das Bett anschien, und noch ein wenig weiter vorne war die Küche, hinter der hohen Tür hatten die Männerstimmen gebrummt. Als sich an einem der beiden Fenster eine Gardine bewegte, fuhr er zusammen. Jemand zog die Gardine weg und öffnete das Fenster, eine Frau schüttelte eine Tischdecke über dem Garten vor dem Haus aus, vielleicht die Krümel vom Frühstück. Ihre Augen trafen sich. Als hätte sie Angst bekommen vor dem Unbekannten, der unter den Fenstern stand und geradewegs dorthin sah, direkt in die Fenster ihrer Wohnung, als wäre es ihr unangenehm geworden, schloss sie rasch das Fenster und zog die Gardinen zu. Er war überzeugt, dass sie durch sie hindurchspähte, dass sie spähte, wohin sich die unbekannte Person aufmachen würde. Gedankenlos ging er die lange Straße entlang, stieg erneut zum Fluss hinunter, stand einige Zeit auf der Brücke und wurde sich mit einem Mal bewusst, dass er sich mitten in der Stadt befand, dass Menschen vorbeigingen, um nachmittägliche Besorgungen zu machen, und dass sich einige nach ihm umblickten, denn er hatte keinen Regenschirm und seine Haare waren nass und klebten an der Stirn. Er hielt vor einem schönen bürgerlichen Haus mit Balkon inne, im nächsten Augenblick entschloss er sich und betrat einen geräumigen, dunklen Hausflur. Rasch stieg er die Treppe hinauf und blieb atemlos vor einer Tür stehen, die er kannte, sie war noch immer dort, mit einer Messingfassung und einer dicken, undurchsichtigen Scheibe. Er läutete.

67.

Er drückte die Klingel und wartete darauf, Marijanas Schritte im Vorzimmer zu hören. Er wartete darauf, dass sie die Tür öffnen und sagen würde: Wo warst du denn? Ich werde dir alles erklären, würde er sagen, und du wirst mir alles erklären. Er dachte, dass sie ihn nicht hörte, dass sie sich möglicherweise vor dem Spiegel Puder auflegte, mit einem winzigen Bürstchen ihre Wimpern formte, wenn sie die Klingel hören würde, die er drückte, würde sie kommen und die Tür öffnen und er würde zu ihr sagen: Ach, es ist doch alles zusammen so unbedeutend – was ist das schon, bis zu den Kornaten zu segeln und wieder zurück? Du hast Recht, das ist nichts, das ist Schnee von gestern, das heißt Meer von gestern. Wen interessiert denn so viele Jahre später noch, wo ihr Wein getrunken und wie ihr, verzeih, gemeinsam ins Meer gepinkelt habt? Es gibt keine Spuren von dieser Reise, das Meer hat alles überflutet. Sie öffnete ihm nicht, sie war nicht da, vielleicht würde sie aus dem Frisiersalon im Einkaufszentrum kommen, sie würde sagen: Dir ist langweilig, was? Er würde sagen: Es wird wirklich Zeit, dass wir nach Hause gehen. Das würde er sagen, obwohl er wissen würde, dass ihm vor Tagen ein kleineres Unglück zugestoßen war. Er hatte von einem Detail aus dem Leben seiner Frau erfahren, das ihm heute den Blick vernebelte. Der Mensch, der zwischen Tüten am Gang des Einkaufszentrums saß, sah abwesend aus, seine Augen waren ein wenig hervorstehend, wie eben die Augen von erschöpften Kunden aussehen – aber warum saß er schon so lange da und rührte sich nicht von der Stelle? Die Menschen kamen hierher, um sich zu rühren, um sich so viel wie möglich zu bewegen, denn wenn man sich nicht bewegte, dann sah man nicht, wog nicht ab, freute sich nicht, kaufte nicht, man ging traurig und leer weg und kam hierher, um erfüllt, innerlich bereichert und begeistert wegzugehen. Deswegen könnte vielleicht jemand, der vorbeiging, jemand, der ihn überhaupt bemerkte – denn im Großen und Ganzen bemerkten sie ihn nicht, im Großen und Ganzen waren die Blicke auf andere Dinge gerichtet, auf die Auslagen und die Regale dahinter oder in die Ferne, wo es neue Auslagen und Regale dahinter gab –, nur jemand, der ihn zufällig deswegen bemerkte, weil er über seine Tüten stolperte, nur so jemand konnte denken, dass er arm und einsam sei, und zwar so sehr, dass er fähig wäre etwas Böses zu tun. Wer allein hier war, wer seinen Nächsten nicht am Ärmel zur neuen Auslage und zu den neuen Regalen dahinter zog, der war arm und einsam, so einem musste man in großem Bogen ausweichen, der ist Hinweis dafür, dass nicht alle so viel Glück verspüren wie wir zwei, Frau Montag und Herr Dienstag, oder wir drei, Mama und Papa und das Söhnchen, um so einen machten sie lieber einen großen Bogen.

Eine schreckliche Eifersucht machte sich in seiner Seele breit. Ach ja, und schon war sie wieder vorbei. Nun würde er auf Marijana warten und sie würden nach Hause gehen. Janez Lipnik konnte über sich selbst vollkommen vernünftig nachdenken: Bis zu einem gewissen sonnigen Frühlingstag des Jahres 2000 war mit dem Archivar Janez Lipnik alles in Ordnung gewesen. Nicht nur mit ihm, auch mit seinem Schreibtisch, den er vor seinem Aufbruch mit einem zufriedenen Blick gestreift hatte, die gestapelten Akten in den grünen Mappen, die militärisch geordneten Bleistifte und die gelben Filzstifte zum Unterstreichen, mit dem schwarzen Tisch und den gelben Quadraten darauf war alles in Ordnung gewesen, genauso mit dem gebohnerten Korridor des Landesarchivs, über den er zum Mittagessen gegangen war, in Ordnung waren die weichen Gummisohlen, die das Geräusch seiner ruhigen Schritte dämpften. Das war ein Gebäude, durch das die Zeit rann, ein unhörbarer Wildbach der Zeit, längst gewesener Menschen und Ereignisse. Er dachte nie daran, dass sie hier stehen geblieben waren, nachdem man sie erforscht, nummeriert und in Aktenordner verstaut hatte, er konnte deutlich spüren, dass sie weitergereist waren, die Menschen und Ereignisse aus der nebulösen Vergangenheit, in eine unklare Zukunft. Wenn überhaupt irgendwo, dann war es in der reglosen Ruhe dieses Gebäudes möglich, den Fluss der Zeit zu spüren, der reißenden Zeit, die nicht durch die Jahreszahlen von Geburten und Todesfällen aufzuhalten war, die lebendigen Augen, die aus vergilbten Fotografien starrten, die lebendigen Augen, von denen die Daten behaupteten, dass sie nun tot seien, die aber für den Menschen, der den unendlichen Fluss der Zeit spürte, noch immer lebendig waren. Sie sind nur zu Besuch hier, dachte er mehrmals, wir sehen sie uns an und sie sehen sich uns an, na ja, wir inventarisieren, nummerieren sie auch, dann werden sie erneut von der Zeit hinweggetragen. Als ob sie uns alle einmal in eine unklare Ferne tragen würde, auch Janez Lipnik und seine Frau Marijana, und auch das war in Ordnung, anders konnte es überhaupt nicht sein.

Es schoss ihm in den Sinn, dass es möglicherweise doch nicht so schön war im Archiv.

Beno hatte ihn gefragt, warum er nicht zur Arbeit erschienen sei und das ohne Erklärung. Der Vorgesetzte wolle eine Erklärung, er solle darauf vorbereitet sein.

Einen Augenblick schien ihm, als stünde sein Büro dort im Archiv leer, in den Kartonschachteln an den Wänden waren seine Sachen geschlichtet. Das Fenster stand offen und Wind und Regen ließen seine Flügel hin und her schwingen.

68.

Sie sagte, sie sei noch nie auf Dugi otok gewesen.

Endlich wollte er die Sache zu Ende bringen, soll doch einmal etwas geklärt sein. Wenn er schon seine Kriegsgeschichte nicht zu Ende bringen konnte, wenn sein Kopf die Lehrerin Zala aus Dolenjska mit jener Lehrerin aus Maribor in keine vernünftige Übereinstimmung bringen wollte, wenn es eine Lücke in den Unterlagen darüber gab, wie sich der junge Adjunkt vom Auersperger Gut in den Hauptmann Aleksij verwandelt hatte, der sich aus der Burg von Turjak gerettet hatte und dann angeblich in Australien gesichtet worden war, dann würde er zumindest dies klären.

Am Sonntagmorgen ging er ins Archiv, Mehmet grüßte ihn missmutig.

– Sie werden doch wohl nicht wieder den ganzen Tag im Büro verbringen, sagte er.

Er antwortete nicht.

Er betrachtete eine Kirsche am Baum, sie war in morgendliche Nebelschleier gehüllt. Der Regen hatte für einen Moment aufgehört und die Feuchtigkeit dampfte vom Boden und den Wänden.

Er rief Marijana an. Ihre Mutter war am Apparat. Sie sagte, sie sei nicht zu Hause. Ich weiß, dass sie zu Hause ist, sagte er. Hol sie ans Telefon, bitte. Ich habe dir gesagt, sie ist nicht zu Hause, sagte sie und legte den Hörer auf. Einige Zeit lang lauschte er dem Tuten. Er rief nochmals an. Es meldete sich Marijana. Im Hintergrund hörte er das Zischen ihrer Mutter: Warum gehst du ran? Der tut dir noch was an. Du kannst wohl keine Ruhe geben, sagte Marijana. Er sagte, er würde gerne mit ihr sprechen, auch wenn es das letzte Mal sei. Er würde gerne einer Sache auf den Grund kommen. Du würdest gerne einer Sache auf den Grund kommen, sagte sie. Kommt es dir nicht auch so vor, dass du davon besessen bist, jeder Sache auf den Grund kommen zu wollen? Er sagte, dass sie so viele Jahre zusammengelebt hätten, er habe ein Recht auf ein Gespräch, wenn es auch das letzte wäre.

Sie schwiegen einige Zeit.

– Also gut, sagte sie dann. So oder so muss ich noch einige Sachen abholen.

Die sorgfältig gestapelten Papiere auf dem Schreibtisch blieben an jenem Sonntagmorgen unberührt. Er ging am überraschten Mehmet vorbei.

– Werden Sie denn nicht arbeiten?, rief er.

Er dachte nach: Wie konnte es sein, dass mich dieser Mensch jedes einzelne Mal anspricht? Plötzlich sah er in einer schauderhaften Deutlichkeit eine ganze Reihe kleiner Bilder und Stimmen: In allen trat Mehmet auf, einmal in der Portiersloge, ein anderes Mal am Korridor, das dritte Mal mit einer Taschenlampe und mit Tausenden aufeinanderfolgenden Bildchen, Grimassen und stets denselben drei oder vier Sätzen: Sie werden doch wohl nicht wieder arbeiten, Sie werden doch wohl nicht wieder den ganzen Tag im Büro verbringen, eines Tages werden Sie sich noch ein Bein brechen. Es ging ihm durch den Sinn, dass er heute zum ersten Mal einen anderen Satz aussprach, er lautete: Werden Sie denn nicht arbeiten? Interessant, dachte er, als handelte es sich um eine Art Wende.

69.

Er sagte pochenden Herzens und dennoch wie nebenbei:

– Erinnerst du dich an jenes Kriegsjahr, als wir auf Dugi otok waren?

– Was soll denn das schon wieder? Du wirst doch nicht am Sonntagmorgen getrunken haben.

– Habe ich nicht, sagte er, willst du, dass ich dich anhauche?

– Nein, sagte sie, ich will nicht, dass du mich anhauchst. Ich will, dass du sagst, was du zu sagen wünschst. Dann werde ich mitnehmen, was von mir geblieben ist, und werde gehen.

– Ich habe dich gefragt, ob du dich an den Krieg in Kroatien erinnerst. Wir waren auf Dugi otok.

– Nein, sagte sie, ich erinnere mich nicht daran.

Das ist nicht möglich, dachte er, es ist nicht möglich. Hunderte oder vielleicht Tausende Male hatte er ein Gespräch mit dieser Frage begonnen. Dann sprachen sie immer darüber, dass am Balkan Krieg geherrscht hatte, während sie beide Urlaub machten, dann kamen die Einzelheiten, einsame kleine Kirchen, Sex am Strand, Fisch, Lammfleisch, stille Nächte, Möwen, manchmal auch der unglückselige Jetski. Er wollte ein Gespräch beginnen, das eine Sache endlich zu Ende bringen würde, und sie sagte, nein, ich erinnere mich nicht daran.

– Marijana!, rief er aus, du erinnerst dich nicht daran, dass wir auf Dugi otok waren? Wir sind wieder abgefahren, weil die Militäraktion Oluja begonnen hat. Dann sind wir in Zadar gewesen, wir sind durch niedergebrannte Dörfer gefahren.

– Das hast du wahrscheinlich geträumt, sagte sie. Ich war nie auf Dugi otok. Nie im Leben.

– Marijana, du warst dort, im Jahr fünfundneunzig.

– War ich nicht. Ich bin damals mit einem Bus voller betrunkener ungarischer Soldaten gefahren. Vielleicht habe ich mir gewünscht, dass sie mich ficken. Alle der Reihe nach.

Er sah sie lange an. Er hätte sie gerne geschlagen. Er hatte noch niemals jemanden geschlagen. Nun wünschte er sich, sie, die er nicht mehr kannte, zu schlagen. Sie kannte ihn auch nicht mehr. Er schlug sie. Die Hand, die auf dem Tisch gelegen war, schoss von alleine zu ihrem Mund, mit dem Handrücken schlug er sie, die Knöchel schlugen gegen ihre Lippen und ihre Zähne, ihre Augen blickten verwundert, das hatte sie nicht erwartet. Sie stieß einen lauten Schmerzensschrei aus. Sie befühlte sich, Blut, Blut klebte auch auf seinen Fingerknöcheln.

– Entschuldige, sagte er, das wollte ich nicht.

– Was wolltest du denn, was wolltest du?

– Was wollte ich, was wollte ich noch mal?

Sie stand auf, doch er war schon bei ihr, er sprang auf die Füße, stieß dabei die Kaffeetasse am Tisch um und schob Marijana zurück auf den Sessel. Sie schrie auf. Er hielt ihr den Mund zu.

– Du willst doch nicht, dass ich dir den Mund zuklebe?, sagte er.

Sie schüttelte den Kopf.

Er spürte, dass sie wieder aufstehen wollte, doch er drückte mit aller Kraft ihre Schultern hinunter.

– Ach ja, sagte er, stimmt, was wollte ich? Ich wollte dich fesseln. Das wollte ich. Das willst du doch auch, nicht wahr?

Mit weit geöffneten Augen blickte sie ihn an, als ob sie erst jetzt etwas verstünde. Sie wurde ruhig.

– Willst du?

Sie schüttelte den Kopf.

– Nicht jetzt, sagte sie vorsichtig, später.

Wie kurz zuvor bei Mehmet fuhr erneut eine eigenartige Klarheit durch seinen Kopf, ein scharfes Licht. Es gab kein Später. Wenn er sie losließ, würde sie bei der Tür hinausgehen und niemals wieder zurückkommen. Wenn er sie losließ, würde sie zu Beno gehen. Ihn sollte er erschießen, wie Aleksij den italienischen Tenente Guido vor der Burg Turjak direkt in die Stirn geschossen hatte. Mit einem einzigen Schuss hatte er alle Rechnungen beglichen.

– Kannst du dich erinnern, wohin wir dieses Seil getan haben?

Er sah, dass sich ihre Pupillen rasch bewegten. Sie suchte nach einer Lösung.

– Ich glaube, es ist im Schlafzimmer, sagte sie mit ruhiger Stimme, unter den Bettlaken im Schrank.

– Es ist nicht unter den Bettlaken, sagte er und warf mit blitzschneller Bewegung ein Kissen von der Couch, ergriff das Seil, das darunter lag, und warf es ihr um den Hals.

– Gott, ächzte sie, was machst du? Du wirst mich noch erwürgen.

Er zog am Seil, sodass sie ruhig wurde.

– Ich werde dich nicht erwürgen, flüsterte er, ich werde dich nur fesseln. Ans Bett. So wie früher. Deine Augen werde ich mit einem Halstuch verbinden.

Sie brach in Tränen aus.

– Nicht weinen, Marijana, nicht weinen.

Auch ihm liefen Tränen übers Gesicht.

– Ich kann dich nicht ansehen, wenn du weinst. Ich werde dich schön fesseln, ich werde hinausgehen und zurückkommen. Wie ein Unbekannter, du erinnerst dich doch. Wir hatten es schön. Wir werden es wieder schön haben, Marijana. Aber zuvor wirst du anders reden müssen, du wirst nicht reden können wie früher.

Mit tränennassem Gesicht zog er sie hinter sich ins Schlafzimmer. An der Tür blieb sie stehen.

– Ich bitte dich, sagte sie, ich bitte dich.

Er zog am Seil, dass es ihr kurz den Atem nahm. Sie taumelte zum Bett. Leg dich hin, sagte er. Sie legte sich hin. Heb die Hände. Sie hob sie. Er fesselte ihre Handgelenke an den Bettrand, wie früher, presste ihre Knie nach unten, drückte ihre Beine auseinander und schnürte das Seil um einen Fußknöchel und spannte es um das hölzerne Fußende, dann tat er das Gleiche auf der anderen Seite. Aus dem Schrank nahm er seinen Schal und band ihn ihr um die Augen.

– Na siehst du, sagte er, so schlimm ist es ja gar nicht.

– Janez, wisperte sie, du wirst mir doch nichts tun.

– Stell dich nicht so an, sagte er, ein bisschen Angst musst du schon haben, sagte er, du hast doch selbst gesagt, dass so eine Ungewissheit noch aufregender ist.

Er setzte sich zu ihr.

– Als wir das zum letzten Mal gespielt haben, sagte er, oder vielleicht war es nicht das letzte Mal, ich weiß nicht, jedenfalls damals auf Dugi otok, erinnerst du dich?

Sie nickte.

– Die Ortschaft, in der wir das Apartment hatten, war völlig leer. Es war Krieg, natürlich war sie leer. Manchmal wurde aus dem Landesinneren ein Dröhnen angeweht, manchmal dachte ich, dass sie sich dort gegenseitig niedermetzeln. Es gab keine Touristen und die Einheimischen hatten sich in die Städte aufgemacht. Nur dieser Jetski brummte in der Ferne, ich kann ihn jetzt noch hören. Du bist gefesselt dagelegen, halb ausgezogen, ich ging hinaus und zündete mir eine Zigarette an. Als ich wieder hineingehen wollte, sah ich einen älteren Mann, er reparierte den Zaun beim Nachbarhaus. Er war schwergewichtig, wahrscheinlich ein Steinmetz, er hatte solche knotigen Hände. Weißt du, woran ich dachte? Ich dachte daran: Was wäre, wenn dich dieser Mensch mit seinen schweren Händen streicheln würde? Deinen glatten, weißen Körper, diese dünne Haut, sie ist jetzt noch schön, nach so vielen Jahren. Und damals war sie überhaupt wie eine sanfte, dünne Membran über allem, was du da unten drunter hast, die Leber und die Eingeweide und die Blase und diese Dinge. Ich wollte an ihn herantreten und zu ihm sagen: Komm, schau, was ich da oben hab. Da hast du gerufen. Du hast gelacht und gesagt: Hier ist es schlecht zugebunden, und hast mit einer Hand gewinkt, erinnerst du dich? Du brauchst ja nichts zu sagen, du kannst nicken.

Sie nickte.

Er nahm ein Taschentuch und wischte ihr das Blut von der aufgesprungenen Lippe.

– Du hast schöne Lippen, sagte er.

– Janez … flüsterte sie. Es freut mich, dass du dich beruhigt hast.

– Ich hätte dich doch nicht hergegeben, sagte er, und diesem Steinmetz schon gar nicht. Auch Guido Gambini würde ich dich nicht geben. Ich gebe dich niemandem.

– Wer ist Guido?

– Ein italienischer Offizier. Er hat genauso ein Gesicht wie Beno. Er hat dieselbe Stirn.

Sie schwieg.

– Jetzt überlegst du sicher etwas, sagte er, nicht wahr?

– Ja, sagte sie, was wirst du mit mir tun?

– Das Gleiche wie immer, sagte er. Diesmal werde ich dich wirklich noch vorher rasieren, hier und hier. Und dir die Haare abschneiden. Ich habe mich noch nicht entschieden … Hast du Angst?

Sie nickte.

– Ich gehe jetzt, sagte er. Ich muss etwas Käse und eine Flasche Wein für nach dem Mittagessen kaufen. In Ordnung? Ich komme bald wieder.

Er schloss die Tür hinter sich und stand einige Zeit lang davor. Sie rief niemanden. Es hätte sie aber auch niemand gehört. Bis zum Hausflur waren es zwei Türen.

70.

Er drehte zwei Mal den Schlüssel im Türschloss um und steckte ihn in die Hosentasche. Er drückte auf den Knopf neben der Fahrstuhltür und wartete. Er hörte Stimmen aus dem oberen Stockwerk, dort oben irgendwo wurde mit der Fahrstuhltür gepoltert, wahrscheinlich wurden irgendwelche Möbel oder eine Waschmaschine hinein- beziehungsweise hinausgetragen. So lange konnte er nicht warten. Er stieg die Treppe hinab und hörte auf dem Weg verschiedene Stimmen, die durch die Türen drangen, jemand hatte wilde Musik aufgedreht, der Jetski zischte durch sein Gehirn, es roch nach Sonntagsessen, jemand hatte schon früh begonnen Fleisch zu schmoren. Als er den Ausgang erreichte, breitete sich ein großer, dunkler Regenvorhang vor ihm aus. Er stand da und konnte sich nicht entscheiden, sich in diese Wassermassen hinauszubegeben. Er zündete sich eine Zigarette an. Ein Regenschirm, er entschied, einen Regenschirm zu holen. Er warf die Zigarette in eine Pfütze, wandte sich um und wartete erneut vor dem Aufzug. Oben wurden noch immer eine Waschmaschine oder Möbelteile geladen. Verdammt, dachte er, das ist doch kein Lastenaufzug. Er hechtete die Treppe hinauf, an den sonntäglichen Fleischgerüchen, an der Jetski-Musik vorbei und hielt vor ihrer Wohnungstür inne.

Er klingelte. Er wartete darauf, ihre Schritte im Vorraum zu hören, sie würde mit der Puderdose in den Händen kommen und er würde sagen: Ach, was war denn schon dieses Segeln zu den Kornaten. Aber sie kann ja gar nicht zur Tür kommen, dachte er, sie kann nicht kommen.

Rasch sperrte er auf und trat ein. Im Vorraum betrachtete er die Regenschirme, Marijanas Regenschirm war noch nass. Natürlich, heute ist sie zurückgekehrt, eben erst. Dann trat er langsam in die Küche. Aus dem Schlafzimmer kam so etwas wie ein Geächze. Er öffnete eine Schublade und nahm ein Brotmesser heraus. Mit dem Daumen testete er die Klinge. Das Messer war schon seit Langem stumpf, wie oft hatte er bereits gesagt, dass sie ein neues kaufen müssten. Doch ein Messer vergisst man immer, es gibt immer Wichtigeres. Das nächste Mal, wenn er ins Einkaufszentrum gehen würde, würde er es sich auf einen Zettel notieren.

Er öffnete die Schlafzimmertür.

Sie bewegte die Lippen.

Er ging zu ihr hin und zog ihr den Schal vom Gesicht. Er trat ein paar Schritte zurück.

Sie blickte ihn mit weit geöffneten Augen an. Er dachte, nun würde sie schreien. Soll sie schreien, wenn sie will. Sie versteht so oder so nicht, was hier los ist. Sie verstand nicht, dass er in den Abgrund und jenseits des Wachzustandes in den Traum und aus dem Traum in die Vergangenheit und jenseits seiner Geburt geblickt hatte und dass er irgendwohin zurückreiste, die ganze Zeit über zurück. Dass jedes einzelne Ereignis, das gesamte Geschehen der letzten Wochen aus diesem Blick auf den Grund erwuchs, auf den unsichtbaren Grund einer tiefen Schlucht, wo alle Dinge schon längst geschehen waren und sich lediglich in seinem Leben wiederholten. Sie schrie nicht. Mit weit geöffneten Augen starrte sie das Messer in seiner Hand an, dann bohrte sich ihr Blick in seine Stirn, als wollte sie ihn mit diesem Blick zurückhalten, aufhalten in einer gewissen Entfernung zum Bett, auf dem sie lag. Ihre Lippen öffneten sich, er sah ihre rote Kehle, nun würde sie schreien. Doch sie schrie nicht, sie schnaubte nur, gut, dass sie nicht geschrien hatte.

Er trat ans Bett und kniete sich auf ein Bein. Er begann mit dem Messer das Seil an ihrem Knöchel zu durchschneiden. Es ging langsam, das Messer war stumpf und das Seil war unauflöslich zusammengeknotet. Ich habe es zu fest angezogen, dachte er, aber nur deshalb, damit sie nicht lachen, damit sie nicht sagen würde: Sieh, hier ist es schlecht zugebunden. Das Seil riss und er streichelte über den geröteten Fleck, der sich um ihren Knöchel wand. Er sägte das Seil auch auf der anderen Seite durch und befreite ihre Hände, die über ihrem Kopf gefesselt waren. Er kniete sich ans Bett und lehnte den Kopf an die Holzkante. Seine Schultern bebten. Marijana zog vorsichtig die Beine an, sie legte die Hände über die Knie und verharrte einige Zeit in dieser Stellung, sie atmete noch immer stoßweise. Dann legte sie ihre Beine über den Bettrand und setzte sich auf. Sie knöpfte ihre Bluse zu, von der sich ein Paar Knöpfe gelöst hatten. Langsam ließ sie ihre Hand zu seinem graumelierten dunklen Haar sinken und zog sie ruckartig zurück. Sie erhob sich und nahm das Messer, das auf dem Boden lag, auf dem Weg in die Küche sammelte sie die Knöpfe auf. Sie warf das Messer in eine Schublade, im Vorraum zog sie rasch ihre Schuhe an und hängte sich ein Regencape um. Sie ergriff ihren Regenschirm und ging durch die Tür. Eine Zeit lang stand sie vor dem Aufzug. Er war noch immer besetzt. Dann stieg sie langsam die Treppe hinunter und trat in den dunklen sonntäglichen Regenschleier hinaus.

71.

In der nächsten Nacht wachte er gegen vier Uhr auf und bemerkte, dass das Zimmer von silbrigem Mondlicht überflutet war. Er betastete das Bett, hier sollte eigentlich seine Frau schlafen, Marijana. Es lief ihm kalt über den Rücken, sie ist weggegangen, nun ist sie wirklich für immer fortgegangen. Und damit hatte er sich auf einmal abgefunden, es schien ihm überhaupt nicht ungewöhnlich, dass sie nicht mehr da war. Ungewöhnlich war dieses Licht. Einige Zeit lag er da und dachte darüber nach, woher dieses Licht kam, da es bereits seit so vielen Nächten regnete, es gab keine Sterne, keinen Mond, keine Marijana, nichts. Er stand auf und trat ans Fenster. Die Szene war so sonderbar, dass er nicht wusste, ob er träumte oder ob es wirklich war, was er sah: Unter dem Fenster, wo die Straße hätte sein sollen, war ein Garten. Komisch, dachte er, woher kommt plötzlich dieser Garten? Das war ein Garten, der über alle Maßen demjenigen im Hof unter dem Fenster seines Arbeitszimmers im Landesarchiv ähnelte, dieselben Blumen wuchsen in den Beeten an den Häuserwänden und dieser Garten war urplötzlich hier, es gab keine Straße mehr und keine lange Reihe geparkter Autos, der Garten war von Mondlicht überflutet, das in einem silbernen Wasserfall auch in sein Zimmer strömte. Es war ein ebensolcher Hof, aber wegen der Blumen sozusagen ein Garten, doch der Baum war nicht die alte Kirsche, das hatte er sogleich bemerkt. Es war nicht der Kirschbaum, an dem er manchmal seine Augen ausruhte, erschöpft vom Lesen der Aufzeichnungen, ermüdet vom Computerbildschirm. Dort wuchs ein Baum, den er noch nie gesehen hatte. Es war kein Kirschbaum, aber auch keine Föhre oder Eiche.

Am Vormittag ging er die Ljubljanica entlang. Sanft rieselte warmer Regen, über dem Wasser schwebten Nebelschleier. Er hielt am Zaun inne, wo vor einigen Wochen das Fahrrad aus dem Wasser gezogen worden war. Es war ein Fahrrad der Marke Presta oder Presto, mit einem ähnlichen war auch eine Lehrerin in Dolenjska gefahren. Eine Lehrerin, von der er nun wusste, dass sie es war, Zala D. aus seiner Kindheit. Die ihn gelehrt hatte Gedichte zu rezitieren und die ihn an die Brust gedrückt hatte, weil er so mutig und schön und fehlerlos das Gedicht „Nächtliche Wanderin“ aufsagte, *wer sonst hält dich fest, ich bin es, die Peeest*. Er zerbrach sich nicht mehr den Kopf über die Frage, wie dieses Damenrad ins Wasser gekommen war, auch nicht über Aleksij und den Adjutanten, das heißt Adjunkten. Dugi otok dagegen war so weit weg und abgeschnitten, dass es völlig egal war, ob er, Lipnik, jemals einen Fuß darauf gesetzt hatte oder ob Marijana, seine spätere Frau, einen Fuß darauf gesetzt hatte, nur damals mit ihm oder ob sie schon einige Jahre zuvor, in der Vorgeschichte, dorthin gesegelt war. Er betrachtete das Wasser, das auf ein anderes Gewässer zuströmte, welches Save heißt, und das Wasser, das zum Schwarzen Meer floss. Wasser beruhigt und dem Wasser sind die Ereignisse egal, die um es herum verursacht werden und sich zu unauflöslichen Knoten sammeln. Als er klein war, hatten sie am Wasser gelebt, und auch dieses Gewässer, das Drau heißt, fließt ins Schwarze Meer. Wasser nimmt keine Notiz von der Zeit, es verbirgt das Geschehene genauso wie das alte Fahrrad, das von jemand in seine Tiefen geworfen wurde. Wenn es von Algen überwuchert herausgezogen wird, werden nicht die Ereignisse geborgen, die Ereignisse sind nur im Kopf, nur im Kopf. Er dachte daran, ins Archiv zu gehen und dann ins Einkaufszentrum, möglicherweise würde er Marijana treffen.

72.

Heute war Dienstag. Ein Tag nach den Feiertagen. Nach den Feiertagen machten Marijana und er Einkäufe. Es war ein Dienstag, von dem eine Frau behauptete, er wäre vielleicht ein Montag. Am großen Gang glänzte alles und die Zeit stand in den rhythmischen Schlägen der dröhnenden Musik still. Zu Mittag war er im Archiv gewesen. Mehmet hatte gesagt, er solle sich beim Vorgesetzten melden. Ob er wisse, würde er ihn fragen, warum er vorige Woche nicht zur Arbeit erschienen sei. Er meldete sich nicht bei ihm. Er ging direkt in sein Büro. Die Tür stand offen, als er eintrat, schlug ihm eine gähnende Leere entgegen. Seine Sachen waren in Kartonschachteln an der Wand entlang verstaut. Er dachte daran, jemanden zu fragen, was das zu bedeuten hatte. Wenn schon nicht den Vorgesetzten, dann Mehmet. Oder die Sekretärin Nedeljka. Vielleicht aber auch Beno. Ihn würde er nicht fragen, ihm würde er dann in die Stirn schießen müssen, wie Aleksij Grgurevič Guido Gambini in die Stirn geschossen hatte. Wie würde dann diese Stirn aussehen? So, wie die Stirn des Schmieds Jože, Ivankas Ehemann, ausgesehen hatte, das heißt, die Stirn wäre nicht da, es gäbe nur ein blutiges Loch. Er blickte zum Kirschbaum im Hof. Kein einziges weißes Blatt war mehr darauf. Der anhaltende Regen hatte längst alles, was weiß war, auf den nassen Matsch am Boden gepeitscht. Mehmet wartete darauf, dass es trocknen würde, dann würde er alles zusammen wegkehren. Dabei regnete es nun immer noch, immer schwächer, bald würde es aufklaren. Im großen Gebäude herrschte Mittagsstille, die Zeit war stehengeblieben, nirgendwo gab es mehr jenen Strom der Geschichte, der längst vergangenen Geschehnisse, nirgendwo waren Menschengesichter, die sich in einer uralten Zeit über die Urkunden gebeugt hatten, die hier geblieben waren, sein Büro war keine Schlucht, durch die die Zeit jagte, überall herrschte Ruhe, schon seit Langem hatte es keinen Krieg mehr gegeben und überhaupt keine außergewöhnlichen Ereignisse, die Sterne drehten sich in genauest bestimmten Bahnen um die Sonne und er dachte daran, dass genau jener Schmerz eingetreten war, der sich am Sonntag, vor zwei Tagen, in seiner Seele niedergelassen hatte, zuerst ein eigenartiger Schmerz und dann eine Art kurzer Wahnsinn, mit seinen Worten gesprochen: ein *furor breve*. Mitten im leeren Büro fühlte er, dass dieser Schmerz schon damals aufgetaucht war, als er die unbekannten Aufzeichnungen erblickt hatte, als das Fahrrad aus dem Wasser gezogen worden war, voller Algen und Schlamm, als er spürte, dass er gleichzeitig hier und dort sein konnte, wo die Mäher vorbeigingen. Die Fenster standen offen, einer der Flügel schwang hin und her und schlug gegen den Rahmen. Draußen trug ein warmer Wind den Regen heran, einige Tropfen drangen ins Innere, er betrachtete den nassen Fleck auf dem Boden.

Dann befand er sich plötzlich mitten im Einkaufszentrum und musste sich eingestehen, dass er nicht genau wusste, ob Marijana im Kosmetiksalon oder vielleicht beim Frisör war, wo Männerhände, die Hände eines jungen Mannes, ihren schamponierten Kopf massierten. Und er saß mit den Tüten zu seinen Füßen inmitten des Einkaufszentrums und wartete darauf, dass sie kommen würde. War denn nicht alles zusammen schon ein wenig zu dumm, dieses Warten? War sie überhaupt schon von ihren Eltern zurückgekommen? Sie war für ein paar Tage zu ihrer Mutter gefahren, sie hatte gesagt, sie könne ihn nicht mehr ertragen. Vielleicht war sie nun schon zurück, vielleicht wartete sie zu Hause auf ihn. Das ist jener Fluss der Zeit, dachte er, nun werden mich seine reißenden Wassermassen erfassen, etwas ist mir aus einer unklaren Vergangenheit nachgefolgt, er konnte es physisch fühlen, als stünde er inmitten eines breiten Sturzbaches, der von nichts aufgehalten werden konnte. Die alten Geschichten würden sich auftun, er war ihr Hüter. Der Hüter der Geheimnisse, der Geschichten, bei denen so manchem Schriftsteller das Wasser im Munde zusammenlaufen würde, der sich dann an längst vergangenen Menschenleben weiden würde, nein, sie waren in ihm eingeschlossen, Janez Lipnik war eine Akte mit sieben Siegeln.

73.

Er unterhielt sich mit Marijana, wie früher.

Ich werde dir erzählen, wie es war, sagte er.

Wie war es?

Als ich klein war, glühte ich, sagte er. Ich fantasierte.

Du glühst ja jetzt auch, sagte sie. Du hast Fieber.

Nun sind wir erwachsen, nun reden wir anders.

Wie?

Klarer.

Doch wir werden weniger verstanden.

Ein ganzes Jahrhundert ist durch uns hindurchgegangen.

Du bist keine hundert Jahre alt.

Ich bin mehr als fünfzig Jahre alt. Das ist dasselbe.

Wir lebten in einem Haus am Wasser. Es ist davongeschwommen. Die Drau hat es fortgetragen. Genau so, wie das Haus der Remers, des deutschen Kriegsinvaliden, mit allen fünf Kindern, mit der Mutter, dem Hund und den Katzen. Das Haus driftete dahin, unser Haus, die Drau hinunter, in der Ferne war auch das ihre zu sehen, das hatte sich schon viel früher vom Ufer gelöst. Hermannček, rief ich, Hermannček, warte. Hermannček war der jüngste Sohn, er spielte Fußball mit dem linken Fuß, er übertraf alle, weil er mit dem linken Fuß spielte. Dann fuhren sie davon. Unser Haus fuhr auch im Wasser davon. Ich träumte es oft. Der Kujbiš träumte, er gehe mit einem blutigen Draht auf der Straße. Solche Träume hatten wir. Ich glühte, ich fantasierte. Gegenstände wurden schmaler und dehnten sich aus. Mondlicht schien in mein Zimmer. Das slowenische Traumbuch. Das war überhaupt nicht wahr. Das hatten wir nur geträumt. Beinahe ein ganzes Jahrhundert lang. Kujbiš, der Partisan, mit dem ich als Kind viel zusammen war, der sagte zu mir: Sobald ich aufhöre über sie als Verräter nachzudenken, kann ich nicht mehr verstehen, warum wir sie alle umbringen mussten. Wen habt ihr umgebracht, Kujbiš? Die Bande, alle haben wir erledigt. Hast du einen blutigen Draht getragen, hast du einen blutbefleckten Knüppel getragen, träumst du davon, Kujbiš? Nichts träume ich, sie sind Verräter, das müssen sie sein, verstehst du? Es gibt keine Entschuldigung, keine, nicht einmal für den Jüngsten. Man kann einen Menschen nicht einfach so hassen, einen Verräter aber schon, mitsamt seinen Tränen und seinem Leid. Die Rote Khmer hat Menschen auf den Richtplatz geschickt, die Brillen trugen, weil diese Angehörige der Bourgeoisie waren, insbesondere dann, wenn sie zudem noch glatte Hände hatten. Ein Kennzeichen muss man haben. Von ihm, von Kujbiš mit dem blutverschmierten Draht in der Hand, träume ich oft. Hab keine Angst, mein Sohn, sagte Mama, wenn ich vor Fieber glühte. Das ist ein Märchen, ein Märchen von einem Menschen, der auf einen Baum klettert. Das hat sich am Pohorje ereignet, aber es ist nur ein Märchen. Er fragte, ob er auch einmal so hoch würde klettern können. Natürlich, das wirst du auch, sagte die Mutter, wenn du groß bist, wirst du dort hinauf bis unter die Wolken klettern. Hab keine Angst, es ist nicht schwer, es ist nichts Schlimmes, der Mond scheint ins Zimmer, mein Kleiner, schlaf ein.

Ihn fröstelte. Als sei er im Wald. Über die Dächer des Einkaufszentrums schwirrten die Flügel der Enten, die in den Winterabend flogen. Es ist ja gar nicht Winter. Warum friere ich dann, wenn nicht Winter ist? Eigentlich bin ich allein, besann er sich. Ich habe keine Eltern, ich habe keine Kinder. Meine Arbeitskollegen sind Dummköpfe, die vom Segeln und von Aktien reden. Während die Geschichte wie ein unsichtbarer und unhörbarer Fluss in mich hineinströmt. Seit jene Stimmen aus der Küche dringen. Die Stimme des Vaters, der vom Konzentrationslager erzählt, von Politik redet. Er kommt ihn holen, er wird ihn aus dem Bett heben. Janez, wird er sagen, mein Janez wird uns etwas vorspielen. Er spielte vor Männern mit roten Augen und rauchigen Stimmen. Das war der Kämpferbund, der gewonnen hatte. Er stand auf dem Tisch zwischen Gläsern und Flaschen, Brot und Speck und spielte Partisanenlieder. Marijana wird nie verstehen, was Beklommenheit bedeutet, die aus der Vergangenheit kommt. Wir, die diese Beklommenheit kennen, leben mit einer schrecklichen Last.

Es tauchte auch die Stimme der Mutter auf. Sie las ihm vom Baum ohne Namen vor. Noch jetzt konnte er sich an den ersten Satz erinnern: Es war einmal ein eigenartig hoher Baum, ein Baum ohne Namen.

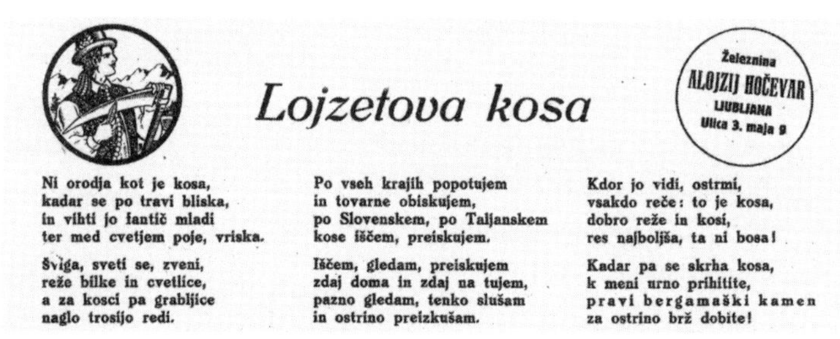

Kein Werkzeug wie die Sense blitzt,
wenn sie über die Gräser flitzt,
und sie der junge Bursche schwingt,
der zwischen Blumen jauchzt und singt.

Sie schwingt, sie glänzt, klingt gelind,
ob Blumen, Halme, auch die starken,
die Mäher samt den Harken,
Schwaden streuen, auf geschwind.

An allen Orten wandre ich,
Fabriken auch besuch' ich,
ob Slowenien, Italien,
Sensen find' und untersuch' ich.

Ich such', ich schau', nehme zur Hand
in der Fremde und im Heimatland,
schau' sehr genau und höre fein
die Schärfe soll geprüfet sein.

Wer sie sieht, der staunt gar viel
jeder spricht: so eine Klinge,
sie mäht und schneidet Blatt und Stiel,
führwahr das beste aller Dinge!

Und mag sie einmal schartig sein,
eilt nur zu mir von jedem Ort,
den echten Bergamasker Stein
zum Schärfen ihr bekommt sofort.

Die Mutter las ihm auch von Lojzes Sense vor. Aus der Zeitung *Ilustrirani Slovenec*, Jahrgang vierundvierzig. Er hatte die Zeitung im Archiv gefunden, die vergilbten Buchstaben lagen noch dort. Er konnte sich auch an jene Zeichnung erinnern. Darauf war ein Jüngling mit Blumen am Hut zu sehen, er wetzte eine Sense, im Hintergrund waren felsige slowenische Berge abgebildet. Unter dem Bild stand geschrieben: Eisenwaren Alojzij Hočevar, Ljubljana.

Immer gut und stets zur Hand,
gleich dem Mädel voll entbrannt,
unsre rechte Sense ist,
Lojzes Sense ganz gewiss.

Das Gedicht hatte ungefähr zehn Strophen, in allen wurden die Schärfe und die Schönheit der Sense gerühmt. Auch der Bergamasker Stein, mit dem die Sense geschliffen wird. Warum bleiben einem Menschen solche Details in Erinnerung? Noch heute konnte er diese beiden Strophen auswendig, denn die Mutter musste ihm das Gedicht oft vorlesen, mindestens so oft wie von dem Menschen aus dem Süden, der auf den Baum geklettert war, den Baum ohne Namen.

Glänzt der Tau in der Sonne,
mäht unsre Sense voll Wonne,
übers Feld geht der Mäher damit,
wie ein Stern über den Himmel zieht.

Die Kinderaugen konnten diese Szene mit Leichtigkeit beobachtete. Damals waren auf dem Land noch Mäher zu sehen. Auch in der Stadt, in Parks und auf dem Fußballplatz. Der einsame Mäher, der mit den Blumen am Hut, schreitet über ein weites Feld, breit wie ein Fußballplatz. Denn in der Stadt, im Haus am Wasser, wo sie lebten, gab es kein Feld. Es gab jedoch einen Fußballplatz auf der anderen Seite des Flusses, dort hätte Lojzes Sense gewiss viel zu tun gehabt. Mäher kamen auch in jenem Märchen vom Pohorje vor, der Mann aus dem Süden hatte sie gesehen, als er für einen Augenblick den Baum hinabstieg, von irgendwo hoch oben. Und eine Sense trug stets jener seltsame Knochenmann, den man Tod nennt. Die Pest im Gedicht „Nächtliche Wanderin", die zusammen mit der Sense unter dem Mantel versteckt ist, diese Sense aber rutscht ihr seitlich hinaus: Wer sonst hält dich fest? Ich bin es – die Pest!

Ihn fröstelte. Damals war er so allein und kraftlos gewesen. Und nun war er es noch immer. Er würde es bis zum Ende sein. Wie die kalte, erloschene Kerze am zukünftigen Grab.

Auf einmal wusste er nicht mehr, ob er in seinem Arbeitszimmer im Archiv saß, inmitten des glänzenden Einkaufszentrums oder in der Nervenklinik Studenec, wo ihm eine Frau die Geschichte erzählte, die sie vorhatte aufzuschreiben. Er saß dort, wo er nicht einmal im Traum hätte sein wollen: in der Wirklichkeit. In der Wirklichkeit der Nervenklinik, in der Wirklichkeit des Dokuments, das auf seinem Schreibtisch lag. Hier saß er am Bett und lauschte dem Geplätscher von Frauenworten, Worten, die leicht waren und zu den Gitterfenstern hinaufstiegen und schwer wie Steine zurückfielen, Gestein aus wirklichen Worten aus dem wirklichen Leben fiel auf seinen Kopf. Und hier war Zala. Sie war ihm in den letzten Wochen sehr nahegekommen, sie war ganz nahe an ihn herangekommen. Marijana hingegen war gegangen, sehr weit weg gegangen. Zala näherte sich aus seiner Kindheit, er reiste zurück in einen Luftwirbel, durch die dünne Membran des benommenen Verstandes, durch den Raum des kühlen Waldes. Er hörte eine Ziehharmonika, eine bekannte Melodie, er wusste: Beide kamen aus ihrer eigenen Richtung, Zala und er.

75.

Wer hat „Sicht“ gesagt?

Im Raum herrschte Stille, die Lehrerin saß noch einen Augenblick am Pianino, dann stand sie auf, schob den Stuhl fort, der unebene Parkettboden knarrte unter ihren Füßen. Die Kindergesichter begleiteten ihren Gang zum Fenster, wo sie innehielt und in die Leere des dunklen Nachmittags blickte. Einige Zeit lang stand sie da, als sähe sie etwas, es gab jedoch nichts zu sehen, Kastanienbäume, herbstliche Pfützen darunter, Tau, der sich an der Fensterscheibe sammelte.

– Jemand singt die ganze Zeit „Sicht“, sagte sie in Richtung Fenster, „der Freiheit Sicht“. Sie wandte sich um und sah sie an. Sie trat zur ersten Bank, das Parkett knarrte in der Stille laut unter ihren Gummisohlen. Richtig ist „Licht“, sagte sie, und nicht „Sicht“, „der Freiheit Licht“, sagte sie, nicht „der Freiheit Sicht“, sie trat über den wankenden Boden in den Gang zwischen den Bänken und blieb bei Janez stehen. Die Kante der Bank schnitt vor Janez' Augen in ihre Oberschenkel, in den gespannten Rock des grauen Kostüms, das die Lehrerin trug, hoch oben unter den Lampen befand sich ihr rundes Gesicht, das in die Stille hinein fragte:

– Na, Janez, steh auf und sag den Liedtext auf.

Janez schwieg, seine mit Tinte verschmierten Finger spielten mit dem Federhalter. Alle Gesichter waren nun zu ihm gewandt.

– Du kannst es auch vorsingen.

Janez stand langsam auf. Die Lehrerin klopfte mit den Fingergliedern gegen die Sitzbank, sie begann zu singen:

… *der Funke hell unter der Kraft der Werke* … wie geht es weiter?

… *wird schüren uns der Freiheit Sicht*, sagte Janez leise und blickte sich verwundert um, als die ganze Klasse auflachte, alle sahen ihn an und lachten.

– Ruhe, sagte die Lehrerin, die Kinder verstummten, ich wusste, dass du es bist, sagte sie, ich habe dich gehört. Majda, steh auf, zeig Janez, wie es richtig geht.

Majda in der ersten Bank stand auf, wandte sich Janez zu und begann mit heller Stimme zu singen:

... der Funke hell unter der Kraft der Werke
wird schüren uns der Freiheit Licht.

– Hast du gehört, Janez? *Wird schüren uns der Freiheit Licht*. Und was wird sie schmieden, was wird sie schmieden, Janez?

Janez schwieg, Majda strich ihr helles Haar hinters Ohr, sie blickte ihn an und konnte nicht verstehen, wie er es nicht wissen konnte, was sie schmieden würde, dann konnte sie sich nicht mehr zurückhalten und sagte: „Des Glückes Sicht, wird schmieden uns des Glückes Sicht."

– So ist es, sagte die Lehrerin und knarrte zurück zum Pianino, des Glückes Sicht, der Freiheit Licht – ist das so schwer zu behalten? Sie hat uns nicht der Freiheit Sicht geschmiedet, sondern des Glückes Sicht, ich will sagen, Licht, das hat nicht der Funke geschmiedet, sondern die Stärke, unsere Stärke. Der Funke hat gar nichts geschmiedet, sondern geschürt, das Licht, er hat das Licht geschürt. Sie setzte sich ans Klavier, schlug in die Tasten, rief aus: „Drei, vier!" Die Kinder sangen:

Schmiede sind wir und unsre Stärke
wird schmieden uns des Glückes Sicht
der Funke hell unter der Kraft der Werke
wird schüren uns der Freiheit Licht.

Des Glückes Sicht, sagte Lehrerin Zala. Er liebte sie. Sie hatte eine hell klingende Stimme, wenn sie sang. Sie spielte Klavier. Sie hatte ihm eine Orange gegeben, weil er bei der Pionier-Feier so gut vorgetragen hatte. Über den Genossen Tito, der die Pioniere liebte. Er, Janez, liebte die Pioniere nicht, er liebte den Vater nicht, der nachts durch den Hof tobte und den Salat des Nachbarn niedertrampelte, sogar die Mutter liebte er nicht allzu sehr, weil sie Angst vor dem Vater hatte und sie ihm gleichzeitig helfen wollte, er liebte den Kämpferbund nicht, dem er auf der Harmonika unter der baumelnden Küchenlampe vorspielen musste, genau genommen hasste er alle außer der Mutter, aber auf alle Fälle mitsamt dem Vater, von ganzem Herzen. Zala dagegen liebte er. Sie hatte ihm eine Orange gegeben, ihn an ihre Brust gedrückt und ihn geküsst. Sie hatte rot geschminkte Lippen. Sie duftete gut. Sie war weich und warm. Und traurig. Sie war oft in Gedanken versunken, sie blickte lange auf die Mariborer Vorstadtstraße hinunter, dann wandte sie sich um und blickte in die Klasse, als wüsste sie nicht genau, wo sie war. Ihm kam es so vor, als hätte sie immer ihn angeblickt. Sie hatte ihn gern. Einmal hatte sie zu ihm gesagt: Dein Vater hat viel durchlitten, du musst ihn verstehen. Janez hatte nicht verstanden, was es da zu verstehen geben musste. Er hatte ja alles verstanden, alle hatten viel durchlitten, Zalas Bruder wurde vor der Mauer des Gefängnisses in Maribor erschossen, das hatte ihm der Vater erzählt. Er hatte ihren Bruder gekannt. Er hatte ihn im Gefängnis kennengelernt, bevor er nach Celje abgeführt wurde, ins Gefängnis Stari pisker. Zalas Bruder, Zoran, wurde erschossen, und davor hatte er noch einen Brief geschrieben. Anton Lipnik, sein Vater, wurde ins Konzentrationslager geschickt, und davor hatte man noch auf ihn eingeprügelt und Ziegel an seine Eier gehängt. Seine Eier waren danach so groß wie Kürbisse. Das hatte er von den Männern gehört, von den Kämpferbundleuten in der Küche, die lachten. Dann sangen sie wieder. Er verstand ja alles, außer der Tatsache, dass er Harmonika spielen musste und dann auch noch gerade *der Freiheit Sicht*, das heißt *Licht*, und *des Glückes Sicht*. Bravo, sagte die Lehrerin Zala, du hast so schön vorgespielt, sie drückte ihn an sich, an ihre geschmeidigen und weichen Brüste, sie roch nach Schminke. Sie war traurig und er hatte sie gern. Sie wohnte im Stadtzentrum und manchmal kam sie mit dem Fahrrad in die Schule. Damals fuhr man Fahrrad. Später hatte er nur noch Irena so gern, aber das war viel später, in der achten Klasse, sie war in der siebten, auf einer Wiese am Pohorje, auf einem Schulausflug wurde sie vom Mond beleuchtet. Aus der Almhütte kam das Lärmen der Mitschüler, sie lag auf der Wiese, überströmt vom silbernen Licht des Mondes. Er legte sich zu ihr, unter dem blauen Pullover mit dem weißen Streifen standen zwei runde Hügelchen hervor, er küsste sie, langte ihr unter den Pullover, ihr Herz klopfte wild, auch seines. Aber das war viel später.

76.

Lehrerin Zala hatte in der Schule oft gefehlt. Sie wurde von einer älteren Lehrerin vertreten, die nie nachdenklich war, die immer lachte, und dennoch mochte sie Janez Lipnik nicht, ihr Lachen war laut und aufdringlich wie das Lachen der Kämpferbundmitglieder aus ihrer Küche mitten in der Nacht. Er mochte Zala, die still und gedankenverloren war. Wenn sie nicht in die Schule kam, sagten die Eltern, sie sei sehr krank, dabei tauschten sie immer wieder Blicke. Von Zeit zu Zeit muss sie sich behandeln lassen, sagte ein Mitschüler, wegen des Krieges. Für Janez Lipnik war das nichts Ungewöhnliches. Auch sein Vater hätte wegen des Krieges behandelt werden müssen. Und Herr Remer, der deutsche Soldat, der kein Bein hatte, hätte auch behandelt werden müssen, weil seine Wunden angeblich immer wieder eiterten und offen waren, wie Hermann, dessen Sohn, erzählt hatte. Viele mussten behandelt werden, viele wären gerne behandelt worden, konnten aber nicht. Es war nichts Merkwürdiges daran, wenn auch Zala behandelt werden musste. Wenn sie nicht da war, vermisste er sie, er hätte ihr gerne gesagt, dass er sie vermisste und dass es nicht schlimm war, wenn sie behandelt werden musste, auch sein Vater, der ein Genosse war, hätte behandelt werden müssen, und Remer, der ein Herr war, es heißt von niederem gesellschaftlichen Ansehen, ein deutscher Soldat, verachtenswert, ebenso. Er wusste, wo sie wohnte, in der Stadt, in einem jener schönen Häuser mit einem Balkon. Einmal, als sie noch gesund war, hatte er sie begleitet, er hatte ihr geholfen die Tasche mit den Heften zu tragen. Vor dem Haus hatten sie sich verabschiedet, sie hatte gesagt, er solle direkt nach Hause gehen, sonst werde die Mama böse sein. Er aber hatte einige Zeit gewartet, dann den geräumigen und dunklen Hausflur betreten, war die Treppe hinaufgestiegen und vor ihrer Tür mit der Messingfassung und der dicken Glasscheibe stehen geblieben, hinter der ein Licht flackerte. Er wusste, wo sie wohnte, wenn sie krank war, blieb er öfter vor ihrer Tür stehen. Er wollte sie fragen, wann sie wieder gesund würde und zurückkäme.

Im Herbst des Jahres vierundfünfzig war seine geliebte Lehrerin Zala wieder einige Tage lang nicht in die Schule gekommen. Die Lehrerin, die ihre Vertretung war, sagte, Genossin Zala sei krank. Wenn sie krank ist, dachte Janez, müsste sie im Bett liegen. Sie lag aber nicht im Bett. Er wusste, dass dem nicht so war, denn er ging unter die Fenster ihrer Wohnung schauen. Nachmittags stand er auf dem leeren Gehsteig und sah sie am Balkon stehen. Wenn sie ihn erblickte, zog sie sich zurück. Es fand ein solches Verhalten seltsam. Er kannte das seltsame Verhalten seines Vaters. Doch der schrie Menschen an, schlug mit der Faust auf den Tisch und sang Partisanenlieder. Sie jedoch huschte hinein wie ein Schatten.

Am dritten oder vierten Tag ihrer Abwesenheit sah er auf dem Gehsteig eine große Menge Leute. Sie murmelten und blickten zum Balkon ihrer Wohnung. Jemand meinte, vor ihrer Tür stehe die Polizei. Jemand anderer erzählte kennerhaft, die Schuldirektorin habe einen Kurier zu ihr nach Hause geschickt. Auch nach langem Klopfen und Läuten wurde die Tür nicht aufgemacht. Es kam ihm so vor, als bewegte sich im Inneren etwas, er hörte sogar einen metallischen Klang, als sei ein Topf zu Boden gefallen. Die Direktorin hatte die Polizei gerufen. Nun stand die Miliz vor der Tür. Janez Lipniks kindliches Herz hämmerte, wie in den Nächten, in denen ihn der Vater aus dem Bett hob und ihm befahl sich anzuziehen. Was war los mit ihr? Er hätte ihr so gern geholfen, egal, was los war. Jemand meinte, dass im Ausnahmefall die Tür von Amts wegen geöffnet werde, mit anderen Worten: dass eingebrochen werde. Sollte sie nicht aufmachen, würden sie einbrechen.

Dann tauchte Zala am Balkon auf. Sie trug ein Nachthemd voller Flecken, ihr Haar war zerzaust und ihre Augen blickten so eigenartig und abwesend irgendwo hinauf, über die Mauern und Dächer irgendwo hinauf zum Pohorje-Gebirge. Unter den Leuten auf der Straße herrschte völlige Stille. Durch die offene Balkontür war das Gepolter an ihrer Tür zu hören. Es regnete. Tropfen glitten an ihrem Gesicht hinab. Janez nahm an, es seien Tränen. Doch es sah nicht so aus, als weinte sie, ihr Gesicht war überhaupt nicht verzerrt, nur die Augen, lediglich diese

Augen starrten reglos auf einen Punkt auf dem Dach eines Hauses auf der anderen Straßenseite, vielleicht zum Pohorje. Einige der Neugierigen versuchten ihrem Blick zu folgen – wohin blickt sie, was sieht sie? Jemand sagte, sie werde immer so sonderbar, wenn es regnete. Das komme vom niedrigen Luftdruck, meinte ein anderer. Jemand behauptete, dass sie schon den dritten Tag in der Wohnung herumgehe, jede Nacht brenne Licht. Janez wusste, dass dies stimmte, sie ging in der Wohnung auf und ab, sie lag nicht krank im Bett. Gott, sagte eine Frau unter einem bunten Regenschirm, sie wird springen.

O, Zala, meine Zala, wie einsam du bist!, dachte Janez, sein Herz schlug wie wild, er hatte Angst, sie tat ihm leid, auch hier konnte er etwas nicht verstehen, wie bei seinem Vater. Er wusste, dass er ihr gern helfen würde. Aber wie?

Immer mehr Menschen versammelten sich auf der Straße, einige machten ihre Regenschirme zu, um besser sehen zu können. Radfahrer stiegen von ihren Rädern ab und fragten laut, was vor sich gehe. Ein Motorradfahrer mit Beiwagen, der vorbeifuhr, konnte nicht mehr durch das Gedränge hindurch. Er stellte den Motor ab und gesellte sich zu den Zuschauern.

Zala blickte sich für einen Augenblick um, als hätte sie das immer wilder werdende Hämmern an ihrer Tür aufgestört. Die Volkspolizisten versuchten die Tür aufzubrechen. Die immer größer werdende Menschenmenge unter ihrem Balkon bemerkte sie nicht einmal. Sie hob die Hand, in der sie eine Schere hielt, und ohne den Blick von jenem unbekannten Punkt an der Mauer oder am Dach oder am Pohorje abzuwenden, schnitt sie in ihr dichtes, dunkles Haar. Haarbüschel blieben an ihrem nassen Gesicht kleben. Sie beugte den Kopf nach vorne und schnitt immer rasender, hackte auf ihr Haar ein, an der Schläfe und am Scheitel des vornübergebeugten Kopfes waren weiße Hautflecken zu sehen, sogleich danach auch schon blutige Flecken, unbarmherzig schnitt sie durch ihr Haar und dann auch in die Kopfhaut. Die Menschen begannen aufgeregt zu schreien: Sie wird sich umbringen!

Janez spürte damals, wie der Gehsteig unter seinen Füßen weggezogen wurde. In seinem Kopf drehte sich alles. Die Gesichter der dunklen Schar, in der er stand, die nassen Gesichter mit den Mützen auf den Köpfen, die Gesichter unter den Schirmen, alles drehte sich, die Häuserwände tanzten um ihn herum, er dachte, er werde fallen, aber er fiel nicht, er lehnte sich an eine raue Fassade.

Dann kämpfte er sich zwischen den Beinen der immer enger stehenden und immer lauter werdenden Menge hindurch, zwischen Fahrrädern und Körpern, er rannte und traute sich nicht zurückzublicken, er wollte nicht sehen, ob sie sprang oder ob sie sich mit der Schere umbrachte. O, Zala, wie gerne hätte ich dir geholfen. Aber ich konnte nicht. Ich war ein kleiner Junge, beinahe sechzig Jahre alt. Und auch heute könnte ich es nicht. Bald werde ich ein alter Mann sein, erst acht Jahre alt.

77.

Vor einigen Tagen, ehe er sich plötzlich auf dem hellen Gang des Einkaufszentrums wiederfand, war er in Maribor gewesen. An einem verregneten Vormittag läutete er an der Tür ihrer Mariborer Wohnung. Zunächst war von der anderen Seite kein Laut zu hören, kein Zeichen, dass dort überhaupt jemand lebte. Dann hörte er aus dem Vorraum ein Schlurfen, das Licht ging an und durch die dicke Glasscheibe konnte er einen trüben Schatten sehen, der sich näherte. Die Tür ging leicht auf und durch den Spalt sah er ein Stück eines faltigen Gesichts. Die winzigen Augen beobachteten ihn eine Weile, dann sagte der Mund darunter:

– Ich dachte, es wäre der Briefträger.

Er sagte, er sei kein Briefträger. Er würde gerne wissen, ob hier noch immer die Lehrerin Zala D. wohne.

– Schon lange nicht mehr, sagte die alte Dame und öffnete die Tür. Sie trug eine Art bunten Kittel, an den Füßen Pantoffeln, solche zum Schlurfen auf dem Parkett, der glänzte und nach frischem Bohnerwachs roch.

Er sagte, er sei ihr Schüler gewesen. Er habe ihr manchmal beim Tragen der Hefte geholfen.

– Und was wollen Sie?

Er geriet in Verlegenheit. Wenn er selbst genau gewusst hätte, was er wollte, hätte er dies umgehend gesagt.

– Ich würde sie gerne besuchen, sagte er … wenn Sie wissen, wo sie jetzt wohnt.

Ihre winzigen Äuglein inmitten des faltigen Gesichts taxierten ihn lange. Sie konnte sich nicht entscheiden, ob sie sofort die Tür schließen oder von der Neugierde überwältigt werden sollte. Sie wurde von der Neugierde übermannt.

– Sie war Ihre Lehrerin?, fragte sie.

– Ja, sagte er, wir alle haben sie in angenehmer Erinnerung. Das würde ich ihr gerne sagen.

Sie öffnete die Tür. Damit er nicht im Gang stehen musste.

Dann stand er an der Tür des Vorraums, der nach Bohnermittel und alter Dame roch.

– Wissen Sie es denn nicht?, sagte sie. Sie ist nicht mehr.

Sie blickte ihn mit greisenhafter Anteilnahme an, als wäre er ein Verwandter oder auf eine andere Art einer ihrer Nächsten. Das war er auch, was denn sonst. Sie schwiegen lange.

Sie meinte, er solle ein wenig warten, sie hatte anscheinend nicht vor, ihn weiter ins Innere der Wohnung einzulassen. Sie schlurfte davon und er hörte, wie sie Schachteln hin und her warf, durch die angelehnte Tür konnte er sehen, dass sie am Tisch in irgendwelchen Papieren kramte. Dann schlurfte sie wieder mit einem vergilbten Zeitungsausschnitt zurück.

– Vor zehn Jahren, sagte sie. Und es war gerade Juni.

Seine Hände begannen leicht zu zittern, als er die Überschrift las:

Radfahrerin getötet

Ljubljana, am 30. Juni. Gestern Abend kurz vor 19 Uhr fuhr die 70-jährige Zala D. mit dem Fahrrad auf der Tržaška cesta in Richtung Zentrum. Mitglieder der Territorialverteidigung versuchten sie vor der Panzerabwehr-Barrikade mit Rufen aufzuhalten. Die Radfahrerin reagierte nicht auf ihre Warnungen und geriet unter die Hinterreifen eines Lastwagens, der auf der Straße umkehrte. Die Soldaten der Territorialverteidigung leisteten der verletzten Radfahrerin Erste Hilfe und brachten sie ins Krankenhaus, wo sie um vier Uhr morgens ihren schweren Verletzungen an Kopf und Brustkorb erlag.

– Sie hat schlecht gehört, sagte die alte Dame. Und das wegen der Medikamente, wissen Sie. Sie hat sehr starke Medikamente genommen.

– Ich weiß, dass sie krank war, sagte Lipnik.

– Sie war an einem Kopftrauma erkrankt, erklärte die alte Dame. Manchmal hat sie eine Schere genommen und begonnen sich damit die Haare abzuschneiden.

– Ich weiß, sagte Lipnik.

– Das hat sich wiederholt, meinte die alte Dame. Deshalb ist sie zu ihrem Neffen nach Ljubljana gezogen, dort hat sie einen Arzt in der Nähe gehabt. Er hat ihr sehr geholfen. Der Neffe ist der Sohn von Zoran, Sie wissen ja: von dem, der von den Deutschen erschossen worden ist. Ich kann Ihnen seine Adresse geben.

– Das ist nicht nötig, sagte Lipnik. Er fragte, ob sie wisse, welches Fahrrad sie hatte, welche Farbe es hatte.

– Ach ja, sagte die Dame, ich weiß nicht, welche Farbe, es war ein altes Fahrrad, sie ist gern damit gefahren, aber sie hätte es nicht tun sollen, alle haben gesagt, sie sollte nicht fahren. Und überhaupt im Krieg, im Juni einundneunzig, unsere Soldaten waren nervös, sie haben nicht geschaut, wo sie das Auto wenden. Damals haben wir alle Angst gehabt und die Soldaten hatten ganz schwache Nerven. Sie hätten sie auch erschießen können, weil sie nicht angehalten hat. Ich weiß nicht, was mit dem Fahrrad war. Es ist nicht viel davon übrig geblieben. Vielleicht hat es irgendein Landstreicher mitgenommen.

– Glauben Sie …, fragte er, dass es so ein Landstreicher in die Ljubljanica geworfen haben könnte?

– Ich verstehe nicht, sagte die alte Dame.

– Ich auch nicht, sagte Lipnik.

Als er über die nasse Straße zum Auto zurückkehrte, das er irgendwo an der Drau geparkt hatte, bemerkte er, dass die Häuser irgendwie auseinanderrückten, vorne bot sich die Welt weit und offen dar, hinten verengte sie sich zu einer Art Korridor. Als er jedoch zum Wasser gelangte, war der Horizont ganz flach, unfassbar weit, in beiden Augenwinkeln nahm er wahr, wie sich die Welt am Horizont ein wenig wölbte, vielleicht wurde sie von einem riesigen Tierauge so gesehen, das nichts von der Zeit wusste, die Landschaft jedoch spüren konnte, ein dickes Eselsauge, dessen harter Augapfel.

78.

Seine geographische Lage war klar definiert: zwischen den Geschäften von Benetton mit den Schaufensterpuppen und Philips mit den Rasierapparaten. Genau hier war er in diesem Augenblick stecken geblieben, als es über den Dächern von Ljubljana zu donnern begann, als es blitzte und der Sturm die Wolken in Richtung Krim und Turjak mitriss. Als der Regen auf das durchsichtige Dach zu prasseln begann und sich das Tropfen des Wassers auf die Plastikoberfläche in ein zeitloses Fließen verwandelte. Bin ich denn hier für immer und in alle Ewigkeit stecken geblieben, überlegte Lipnik, mit meinen ausgelatschten Schuhen im Fegefeuer, über dem Inferno, das sich möglicherweise hier unten, im Keller, befindet?

Möglicherweise, dachte Lipnik, möglicherweise befindet sich zumindest hier, unter den Füßen, in den Kellern darunter, etwas, das nicht so platt, hell und gleichgültig in seiner ewigen Mittagszeit ist, möglicherweise hat die große Plattform ihre eigene Unterwelt. Möglicherweise ist die Unterwelt so weit und rund wie die Landschaft am Fluss, die er vor einigen Tagen gesehen hatte. Das konnte er sich schwer vorstellen, wo er doch wusste, dass das gesamte Land weitverzweigte Wasserscheiden aufweist, Löcher, Grotten, Durchgänge, Slowenien ist unter der Erde durchlöchert wie ein Meeresschwamm. Jahrhundertelang wussten die hiesigen Bewohner nichts von seinen Grotten, sie wussten nicht, wohin die Flüsse verschwanden und warum am anderen Ende riesige Quellen, Bäche auftauchten, die den Felsen am Fuße der Berge entsprangen. Dann stellten sie fest, dass rote Farbe, die Farbe des Blutes, die man in einen Fluss gießt, der unter der Erde verschwindet, am anderen Ende des Landes wieder rot, blutrot herauskommt, es reist durch die zahlreichen Höhlen und unterirdischen Gänge, es fließt mit anderen Gewässern zusammen und sucht neue Wege durch die durchlöcherte Höhlen- und Unterwelt. Er dachte, dass uns diese Farbe, dieses Blut aus der Unterwelt, eines Tages überfluten würde, diese Flut würde rot sein, sie würde aus dem Untergrund herausströmen, über die Ufer des Flusses treten, der vom Grundwasser, aus tiefen Grotten kam, sie würde sich über die Ebene von Ljubljana ergießen, zunächst die Keller überfluten, die so oder so unbrauchbar waren, dann die Hausflure und Fabrikhallen füllen, durch die Fenster der Theater dringen und die hellen Gänge des Einkaufszentrums überströmen.

Niemand, der über diese helle Fläche ging, weiß mehr von der unterirdischen Welt dieses Landes, die löchrig und leer ist und sich dennoch ganz leicht mit Wasser füllt, aber nun noch immer hohl ist, so hohl, dass so mancher zuweilen fühlen kann, was Lipnik in dem Augenblick spürte, nämlich eine Art Schwindel. Als sei sein Fuß dort gegen den Boden gestoßen, der darunter hohl war und manchmal ob dieser wie mit einer Membran bespannten Hohlheit und Leere ein wenig wankte.

Einen Augenblick lang dachte er, er würde von hier weggehen. Nicht nach Hause, sondern in den Wald. Dort ist der Boden feucht und warm, oben biegen sich die Wipfel der Föhren und Fichten, Buchen und Ahorne, dort riecht es nach Moos, dort werfen die Bäume abends lange Schatten über die Lichtungen, der Morgen besteht aus dem Leuchten der Sonne, das durch die Augenlider dringt. Wenn du morgens im Wald erwachst, dachte Lipnik, scheint rotes Licht durch deine Augenlider hindurch und wenn du die Augen öffnest, siehst du, dass dies die Strahlen sind, die durch die Äste über dir hindurchscheinen. Er dachte, er würde in den Wald gehen. Dort sind die Bäume tief in der Erde verwurzelt, dort ist der Boden fest und mit aller Kraft über den porösen Untergrund gespannt, der Wald und seine Wurzeln halten alles zusammen, damit es nicht auseinanderbricht. Hier vermochte diese dünne Membran nichts zusammenzuhalten, deshalb schwankte sie auch leicht, deswegen verspürte er im Kopf ein gewisses Schwindelgefühl.

Von oben, oberhalb seines Kopfes, rieselte unhörbar das Wasser herab, über das Glasdach strömte es irgendwo hinunter, durch Rinnen, an Wänden entlang, in die Erde, in unterirdische Wildbäche, die am anderen Ende des Landes wieder auftauchten. Und wenn er durch die Wand blickte, dann sah er einen Regenschleier, der sich über die Landschaft gelegt hatte, schon die dritte Woche regnete es erbarmungslos, zwar nicht unentwegt, sondern mit Unterbrechungen, aber dennoch war es, als hätten sich die Schleusen des Himmels geöffnet und als würde es niemals aufhören in Strömen zu gießen. Nun war es an der Zeit für ihn, sich in jene Welt zu begeben, die draußen war, er spürte deutlich, wie ihn das Dunkel in sich hineinzog, irgendwo an seinem Ende war der Morgen, ein Morgen am Waldrand, ein Morgen am Bach. Das Morgenlicht, das irgendwo auf ihn wartete, war etwas anderes als dieses Licht hier. Das war das Licht der Abwesenheit, ein unwirkliches Licht, so wie die Trommeln unwirklich waren, da waren auch noch andere Schlaginstrumente, die im wilden Rhythmus in seinem Kopf hämmerten, hier waren kein Gott und keine Geschichte anwesend, keine Erinnerung, kein Garnichts, hier herrschte die Unwirklichkeit selbst. Wo es nur die Gegenwart gibt, und sei sie noch so greifbar, noch so materiell, noch so voll mit Einkaufswagen und Kofferräumen, wo es keine Vergangenheit gibt, keine Menschen und Ereignisse, die vergangen sind, dort ist die Welt tatsächlich unwirklich, wahrlich und endgültig. Draußen wehte der Regenschleier durch die Luft. Zunächst war da nur das Halbdunkel, hinter dem sich der Vorhang der Dunkelheit auszudehnen begann, zu dem die Lichter der Stadt nicht hinzureichen vermochten. Wo gegen Morgen, wenn es aufhören würde zu regnen, die Sterne leuchten würden. Auf der einen Seite würde die Sonne aufgehen, auf der anderen würde noch immer der Mond am Himmel hängen. Doch zunächst musste er durch das Halbdunkel, das die Stadt umgab, er musste in die Dunkelheit, denn in der Dämmerung, der Vorgängerin, dem Vorraum der Dunkelheit, nahm schon eine andere Welt ihren Anfang, dort gab es eine Vorahnung der Dunkelheit, die die Heimat der Erinnerung ist, dort existieren Ereignisse, die vergangen sind, Menschen, die es nicht gibt. Lipnik fühlte deutlich: Wenn der Morgen kommt, bei Tagesanbruch, würden sie kommen. Alle, die nicht mehr da waren, alle, an die er dachte, diejenigen aus seiner Kindheit und jene aus der Zeit vor seiner Geburt. Sie existierten nicht nur in Büchern und in Archivurkunden, nicht nur in Tagebüchern oder nur auf Fotos. Wenn ihre Herzen schlugen, wenn sie vom körperlichen Verlangen zu geliebten Personen getrieben wurden, wenn sie von Sehnsucht, Freundschaft dorthin getrieben wurden, wenn sie sich aufgeopfert, wenn sie Schmerzen gelitten hatten, verwundet waren, wenn sie weinten, wenn sie lachten, wenn ihre Gedanken aufgeregt durch Raum und Zeit irrten und sie sie nicht verstehen konnten, weder den

Raum noch die Zeit, wenn sie einfach lebten, dann konnte dies alles nicht einfach so vorbei sein, verschwinden. Er wusste, dass sie nicht hier waren, hier konnten sie nicht sein, aber draußen, oben und unten, dort waren viele, er konnte ihre Anwesenheit spüren, aber er wollte nicht alle sehen, die gegangen waren, er wollte diejenigen sehen, die er getroffen hatte, in der Erinnerung seiner Kindheit oder in der Erinnerung des Embryos, er wusste genau, dass sie überall da draußen waren, dort, wo es den Kreis der Dunkelheit gab, in den Wäldern und unter der Erde, in Strömen, die unter der Erde flossen, in Karsthöhlen, in Wolken, in die hohe Bäume ragten, Bäume ohne Namen, in der Luft, in der Morgendämmerung.

Ich sollte wirklich in den Wald gehen, dachte Lipnik, nach Pohorje oder irgendwohin, weit weg nach Dolenjska.

79.

Doch ehe er das tun konnte, ehe er sich in den Wald begeben konnte, musste er noch Marijana holen. Im Kosmetiksalon, beim Frisör – wo war sie denn? Diese Tüten, dachte er, werde ich für einen Augenblick hierlassen. Die Milch, das Brot, diesen Käse, genauer gesagt den französischen Käse, den Camembert, die Flasche Bordeaux und auch Marijanas Seidenstrümpfe, die Kissenbezüge, die Orangen und das Messer. Was sollte er mit dem Messer, das Messer war zum Brotschneiden, aber dennoch scharf. Ein scharfes Messer. Er konnte nicht das alles durch die Kosmetik- und Frisörsalons schleppen. Die hellen Auslagen bewegten sich immer schneller an seinen Schläfen vorbei, in den Winkeln des linken und des rechten Auges sah er gleichzeitig die linke und die rechte Seite, sah er regenbogenfarbenes Licht, aus den bunten Schaufenstern vermengte es sich mit den bunten Puppen und ihren weißen Gesichtern, es vermischte sich zu kleinen Wirbeln an den Schläfen, die kleinen Wirbel wanden sich wie kleine Wolken aus farbenfrohem Rauch, im Kopf brummte ein wenig jener Jetski von der Meeresoberfläche, im Hintergrund ertönte ganz deutlich der Klang einer Ziehharmonika. In der Tür des Frisörsalons stand eine Frau mit rotem Haar, ihre Schultern verstellten den Blick in den Raum. Darf ich, sagte Lipnik höflich, darf ich eintreten? Mein Herr, sagte die rothaarige Frau, durch deren Haar lichte Strähnen flossen, Sonnenstrahlen auf der Meeresoberfläche, genauso höflich wie er sagte sie: Mein Herr, dies ist ein Damensalon, wenn Sie sich die Haare schneiden lassen möchten, gehen Sie ein Stück weiter. Merkwürdig, sagte Lipnik, schon längst sind diese Sachen nicht mehr getrennt. Bei uns sind sie das aber, sagte die Rothaarige mit dem Licht in den Haaren. Ich will mir nicht die Haare schneiden lassen, meinte Lipnik und stellte sich auf die

Zehenspitzen, um zu sehen, unter welcher Trockenhaube Marijana saß, er würde sie am Rock erkennen, an den Händen, an allem, auch wenn er ihren Kopf nicht sehen konnte, würde er sie erkennen. Und er erkannte sie auch, ein junger Mann massierte ihre Kopfhaut; wo ihr Haar hätte sein sollen, war eine weiße Wolke. Das ist Shampoo, dachte er, das kann wirklich keine weiße Wolke sein. Marijana, rief er, Marijana. Sie reagierte überhaupt nicht, nun hielt jener Mann ihren Kopf unter das Wasser, Marijana beugte sich vor, dann kam noch ein anderer Mann, der ihr auf den Rücken klopfte. Was geht hier vor?, fragte Lipnik laut. Was ist mit Ihnen?, fragte die Rothaarige mit dem Feuer im Haar, hier ist keine Marijana. Jener Mann hob den Kopf zu ihm hin, auch er wollte gerne wissen, was hier los war, da konnte Lipnik sehen, dass es Beno war. Beno war so behaart im Gesicht, wie es in letzter Zeit modern war, halb rasiert, halb bärtig, mit kurzen Stoppeln im Gesicht wie ein Kurzhaardackel. Verdammter Dackel, sagte Lipnik, der andere ist sicher Pepo, was für ein blöder Name, aber für einen Polizisten genau der richtige. Die Rothaarige begann ihn zurück auf den breiten Gang des Einkaufszentrums zu schieben, alle schauten, was los war, die beiden Männer traten zur Tür hin, die Frau hob den Kopf vom Waschbecken, vielleicht war es wirklich nicht Marijana – wo war sie denn dann, wenn sie nicht hier war?

Wo war Marijana?

Wo war Zala?

Alles spielte sich plötzlich so rasch ab. Der Archivar, der an langsames Umblättern und an das Sich-Vertiefen in den Ameisenhaufen der Buchstaben auf den Blättern gewöhnt war, konnte dieser Geschwindigkeit kaum mehr folgen, die in seinem Kopf erzeugt worden war und der sein Körper schnellen Schrittes folgte. Nun ging er an den Tüten vorbei, die am Boden neben der Bank standen, auch jene Dame war dort, jene, die nicht wusste, ob Montag oder Dienstag war, und der zu ihr gehörende grauhaarige Herr, jener, der wusste, dass heute Dienstag war, und nicht Montag, auch er war da, sie sahen sich um, um zu sehen, wohin der Besitzer der Tüten gegangen war, der kürzlich noch hier gesessen hatte. Er hätte stehen bleiben und ihnen sagen können: Es ist Dienstag, keine Sorge. Er tat es jedoch nicht, sondern ging weiter, und an der Kreuzung des großen Ganges, an dem sich immer mehr Menschen versammelten, hielt er für einen Augenblick inne, dann wandte er sich nach rechts, vielleicht würde er in den Kosmetiksalon hineinschauen, aber plötzlich war ihm klar, dass ihn der Kosmetiksalon nicht mehr interessierte, es interessierte ihn nicht mehr, wer dort Marijanas Nägel lackierte, wer ihre Nägel schnitt, wer ihre Nägel feilte, nichts von all dem interessierte ihn mehr in diesem Augenblick. Seine Aufmerksamkeit wurde von der Treppe angezogen, zu der Pfeile am Ausgang des Einkaufszentrums hinwiesen. Darauf war eine Treppe von grüner Farbe zu sehen und daneben ein Pfeil, sein klarer Verstand sagte, dieser Pfeil zeige zur Treppe, die man hinuntergehen müsse. Schnellen Schrittes folgte er den Pfeilen, die ihn weit um das Gebäude herum führten, an dessen Rückseite, dorthin, wo Möbel von Lastwagen abgeladen wurden, Polstersessel. Er wich einem Lastwagen aus und wäre beinahe unter die Räder eines Autos gekommen, der bärtige Mann darin hupte wild und knurrte, er konnte sehen, wie er dort hinter dem Lenkrad knurrte. Noch ein wenig weiter, da war schon die Treppe, hier musste man hinuntergehen, hinunter, hinunter. Sobald er ganz unten ankam und die Tür zu einer großen Halle öffnete, vernahm er die Töne einer Ziehharmonika,

—— wi - rd schü - ren uns der Frei - heit Licht. ——
—— aus dem Schlaf das Volk er - wachen wird. ——
—— unser Beil für i - mmer schla - gen soll! ——

von irgendwo weit her, hinter einer Tür auf der anderen Seite. Nun wusste er, dass er sich wirklich auf dem richtigen Weg befand. In der Halle hingegen lagerten Metallgegenstände entlang der Wände, es würde schwierig sein, jene Tür zu finden. Er ging die Regale entlang. Es war auf den ersten Blick zu sehen, dass all dieses Metallgerümpel zu nichts zu gebrauchen war. Doch sein immer klarer werdender Kopf verstand, dass diese ganze Ansammlung nur Schein war. Nun konnte er das gesamte Problem genau erfassen: Das Chaos ist immer nur ein Schein, in Wirklichkeit herrscht darin eine Ordnung, herrschen Gesetze, herrscht ein universeller Verstand. Deshalb war das, was dort auf den Regalen herumlag, kein verstreutes Eisen, es waren U-Profile und L-Profile. U-Profile und L-Profile passten zusammen. Doch das zu überprüfen hatte er jetzt keine Zeit, obwohl es ihn reizte, ein U-Profil und ein L-Profil zusammenzusetzen, sie wurden so zusammengefügt wie eine Forschungsarbeit im Archiv, am Ende fügte es sich immer zu einer Ellipse oder gar zu einem Kreis zusammen, meistens zu einer Ellipse. Seine eigene Arbeit fügte sich zu einer Ellipse zusammen, das war ihm bereits klar, doch er musste noch weiter und noch tiefer, noch weiter hinunter, hinunter. Wie es ihm seine Mutter im Bett vorgelesen hatte: Die alten Slowenen glaubten, dass, wenn man sich nur tief genug in eine tiefe Höhle abseilte, man in einer anderen Welt ankäme, genau genommen im Himmel, denn der Himmel ist oben und unten. Dort erblickt man eine helle Landschaft, schöne grüne Wiesen, Weiden wachsen am Wasser, das in einem glatten, geschwungenen Flussbett fließt und es ist wie in einem kleinen Himmel. Schöne junge Mäher mähen dort, man kann ihnen helfen und ein paar Bündel schneiden, wenn man will. Lojze mäht dort mit seiner Sense: *Wenn sie über Gräser flitzt und sie der junge Bursche schwingt, der zwischen Blumen jauchzt und singt. Die besten Sensen, Sensen Alojz Hočevar, Platz des 3. Mai, Ljubljana.* Am Ende der Halle befand sich ein beleuchtetes Pult, dahinter stand jemand, der der Lagermeister sein musste, der würde bestimmt wissen, ob Lojzes Sensen heute noch verkauft werden. Lipnik ging auf ihn zu, und je näher er kam, desto bekannter kamen ihm seine Gesichtszüge vor. Als er näher kam, wurde seine Annahme bestätigt: Es war Mehmet, der Archivportier. Mehmet, sagte Lipnik, seit wann arbeiten Sie denn hier? Mehmet sah ihn einige Zeit lang an, als würde er ihn nicht auf Anhieb erkennen. Dann erinnerte er sich. Ah ja, das sind ja Sie, Herr Lipnik. Wie kommt es, dass Sie mich überhaupt erkannt haben? Sie haben mich ja kaum einmal angesehen. Sie sind die Treppe hinauf- und hinuntergehüpft wie eine Heuschrecke. Sie waren schon lange nicht mehr im Archiv, manchmal waren Sie dort auch an Samstagnachmittagen, sogar an Sonntagen, und nun waren Sie schon so lange nicht mehr da. Deshalb wissen Sie nicht, dass ich die Stelle gewechselt habe. Hier ist es ja interessant, sagte Lipnik, wer hätte gedacht, was sich alles unter dem Einkaufszentrum unserer Stadt versteckt? Ach, meinte Mehmet, das ist noch gar nichts, diese Halle. Öffnen Sie doch diese Tür, dann werden Sie sehen. Welche Tür? Diese Metalltür, rechts. Nicht erschrecken, sie quietscht ein bisschen, ich habe vergessen sie zu ölen. Lipnik zögerte ein wenig, er wollte keinen Schritt zu weit gehen, wenn man einen Schritt zu weit geht, kann man in den Abgrund treten. Deshalb trat er vor dem Pult ungeschickt von einem

Fuß auf den anderen und dachte scharf nach: Sie sagen, ich hätte zwei Stimmen – die eine ist vernünftig, die andere verrückt. Jetzt spreche ich mit der ersten und das deshalb, weil die erste Stimme den Unterschied zwischen der ersten und der zweiten kennt. Die zweite Stimme kennt diesen Unterschied nicht. Was sagt die erste Stimme? Die erste Stimme, sagte Lipnik, die erste Stimme sagt: Geh, dann wirst du wenigstens unterscheiden können.

Gut, dann gehe ich.

80.

Mehmet nickte ihm aufmunternd zu, setzte seine Brille auf und beugte sich über seine Notizen zu den U- und L-Profilen. Wahrscheinlich auch über die irgendwelcher anderer, solche, die scheinbar vollkommen durcheinander, in Wahrheit aber überaus kompatibel waren.

Noch ehe Lipnik feststellen konnte, ob jene Tür wirklich quietschte und demnach wirklich schon lange nicht geölt worden war, vernahm er deutlich Mehmets Stimme. *Also sprach Mehmet*: Der Engel, der zu mir sprach, wandte sich um und weckte mich, wie man einen Menschen aus dem Schlaf weckt. Obwohl ich nicht geschlafen hatte. Der Wachzustand war Schlaf, der Schlaf war ein Wachzustand, war Sehen. Er sprach zu mir: Was siehst du? Ich sagte: „Ich sehe eine Buchrolle, die fliegt, zwanzig Ellen ist sie lang und zehn Ellen breit." Er hätte sagen müssen: Das ist die Verdammnis, die über das ganze Land kommt. Doch er sagte etwas anderes zu mir. Diese Buchrolle, das ist das slowenische Traumbuch. Es fliegt übers Land und alles, was darin geschrieben steht, werdet ihr ganze hundert Jahre lang träumen.

Lipnik konnte sich das Lachen nicht verkneifen. Hören Sie auf, Mehmet, das haben Sie im Archiv gelesen, als Sie Nachtschicht hatten. Aus reiner Langeweile haben Sie das gelesen und auswendig gelernt. Und was ändert das?, fragte Mehmet. Sie haben Recht, sagte Lipnik, es ändert nichts. Aber bevor ich gehe, sagte er, würde ich Sie noch um etwas bitten. Gerne, gerne, sagte Mehmet.

– Können Sie bitte nach einiger Zeit hinaufschauen? Dort zwischen dem Benetton- und dem Philips-Geschäft habe ich ein paar Einkaufstüten stehen gelassen. Sie werden sie sofort sehen. Eine ältere Dame und ein Herr stehen daneben und fragen sich, ob heute Montag oder

Dienstag ist. Bewahren Sie sie eine Zeit lang auf. Und wenn meine Frau schon dort sein sollte, Sie kennen sie ja, Marijana heißt sie, sagen Sie ihr, sie soll die Tüten mit nach Hause nehmen.

– Gut, sagte Mehmet, und Sie jedoch passen auf. Ich glaube, dass sich auf der anderen Seite eine Treppe befindet. Nicht springen, damit Sie sich nicht die Beine brechen.

Dann öffnete Lipnik die Metalltür, sie quietschte wirklich ganz fürchterlich.

81.

Da aber war nichts. Es herrschte eine solche Dunkelheit, dass Lipnik hätte sagen können: Das ist das Nichts, dort ist etwas, das es nicht gibt, nämlich nichts, eine Dunkelheit, die das Nichts ist. Es herrschte die Dunkelheit, in welcher er sich einst gewünscht hatte, es gäbe ihn nicht, nicht, dass es ihn nicht mehr gäbe, sondern dass es ihn überhaupt nie gegeben hätte. Es war damals, als sich das müde Kinderohr vom Gebrüll männlicher Stimmen aus dem oberen Stockwerk füllte, als es einen Frauenschrei hörte und Laufschritte über die Treppe, ein Ohr, das alles über Konzentrationslager und Messer in der Brust wusste, über das Schmieden des Glückes Sicht und das Schüren der Freiheit Licht, es füllte sich mit allem, das Kinderohr, doch es konnte nicht voll werden, weil es schon müde war, weil es nicht mehr verstehen konnte, was so viele Jahre später auch Lipniks erwachsenes Ohr nicht verstehen konnte, obwohl sein Auge klar zu lesen imstande war: Alle Dinge sind ermüdend, der Mensch kann sie nicht erklären. Das Auge wird nicht satt zu sehen und das Ohr nicht voll vom Hören. Es war dunkel, denn die Tür hinter ihm war zugegangen, was er auch erwartet hatte. Als er hindurchgetreten war, dachte er nicht daran, sie jemals wieder zu öffnen. Sie zu öffnen und oben das strahlende Neonlicht im Lager mit den U- und L-Profilen zu erblicken, vielleicht den Lagermeister Mehmet zu rufen und, wenn er ihn nicht hörte, zu klopfen, zu schlagen, an die Metalltür zu hämmern, bis ihn Mehmet, der einst Nachtportier im Archiv gewesen und nun Lagermeister tief unter dem Einkaufszentrum war, endlich hören würde. Er beabsichtigte nichts dergleichen. Bereits als er jene Tüten auf dem großen und hellen Gang gelassen hatte und sich auf den Weg hinunter gemacht hatte, wusste er, dass er von nun an nur mehr hinuntergehen würde, hinab, wie der Dichter sagte, der dann auch hinab hinab, hinabhinab gegangen war, um dort etwas zu finden, etwas zwischen den Sternen, etwas zwischen den weiten Welträumen, wo nun seine Seele schwamm, die Seele des Dichters, und wo einmal oder vielleicht schon bald auch die Seele Janez Lipniks schwimmen würde, des Archivars, dessen Ohr nicht voll wurde, dessen Auge sich nicht sattsehen konnte und dessen Seele nicht verstand, was einst geschehen war, was heute vor sich ging und was morgen geschehen würde. Deshalb wusste er, dass er dort hinunter musste, an den Grund der Erinnerung, in dieses Dunkel, das das Nichts war und dennoch nicht irgendein Nichts, sondern jenes, das zum ersten Mal sein hämmerndes Kinderherz auf dieser Treppe im Dunkeln verspürt hatte, dieser Treppe, die in den Keller in der Leningrajska 12 in jener Stadt führte, die Maribor heißt. Das war jene Treppe, auf der es schon nach Keller roch, nach Kohle und Äpfeln, er stieg die Treppe hinunter, auf der sich der unvergessliche Schimmelgeruch ausbreitete, der Geruch nach faulen Äpfeln, manchmal nach Sauerkraut, das in jenen Jahren, in den Jahren, als draußen die noch fernen Explosionen zu hören waren, von den Bewohnern des großen roten Hauses gelagert wurde. Es war ein kühler Geruch, und dennoch war es auch der Geruch eines Unterschlupfs, denn der Junge wollte damals, was nun auch der Archivar Lipnik wollte, einen Unterschlupf im Dunkeln, einen Unterschlupf im Nichts, und obwohl er sehr wohl wusste, dass irgendwo an der rauen und feuchten Wand, irgendwo zwischen dem zerbröselnden Verputz ein Schalter war, den ihm einst seine Mutter gezeigt hatte, damals, als sie hinuntergegangen waren, um Kartoffeln zu holen, obwohl er wusste, dass er nur am Knopf des schwarzen Schalters drehen musste und ein schwaches Licht angehen würde, drehte er nicht am Schalter, weil er kein Licht wollte. Er wollte nicht, dass der Vater, der mitten in der Nacht die Treppe hinunterraste und dann in den Hof, der „Appell, Appell!“ rief, den Lichtspalt unter der Tür im Gang sähe, er wollte nicht, dass er innehielte und statt in den Hof und dann auf den Nachbarsalat in den Keller laufen würde, denn er wusste, dass sich der Vater dann in einer Kellerecke um seinen großen weißen Bauch zusammenkauern würde, dass er sich in eine Kellerecke verkriechen und stöhnen würde wie auf jenem niedergetrampelten Salat des Nachbarn. Er wollte nicht, dass seine große Gestalt neben ihm stehen bleiben und sagen würde: Was machst du hier, warum bist du weggelaufen, warum willst du nicht Harmonika spielen, wovor hast du Angst, mein Sohn, es war nichts Schlimmes, die Männer, die auf Besuch waren, haben mir nur ein Büschel Haare ausgerissen, ich habe eine blutige Wunde am Scheitel, aber so eine hatte ich auch damals, ich habe es dir ja erzählt, als mich jener Gestapomann Švager mit dem Pistolengriff geschlagen hat,

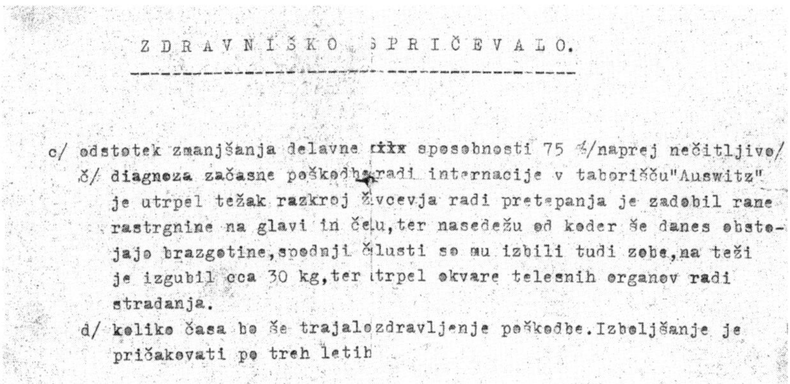

ZDRAVNIŠKO SPRIČEVALO.

c/ odstotek zmanjšanja delavne xxx sposobnosti 75 %/naprej nečitljivo/
č/ diagnoza začasne poškodbe radi internacije v taborišču"Auswitz" je utrpel težak razkroj živcevja radi pretepanja je zadobil rane rastrgnine na glavi in čelu,ter nasedežu od koder še danes obstejajo brazgotine,spodnji čeljusti so mu izbili tudi zobe,na teži je izgubil cca 30 kg,ter utrpel okvare telesnih organov radi stradanja.
d/ koliko časa bo še trajalozdravljenje poškodbe.Izboljšanje je pričakovati po treh letih

c/ Prozentsatz der Minderung der xxxx Arbeitsfähigkeit 75%/weiter unleserlich/
d/ Diagnose der vorläufigen Verletzung: Aufgrund der Internierung im KZ-Lager „Auswitz" erlitt er schwere Nervenverletzungen aufgrund von Prügeln erlitt er Wunden Platzwunden an Kopf und Stirn, sowie am Steiß wovon noch heute Narben zu sehen sind,am Unterkiefer wurden auch Zähne ausgeschlagen,an Gewicht verlor er cca. 30 kg, und erlitt Organschäden auf Grund von Hunger.
e/ Dauer der Heilung der Verletzungen. Eine Verbesserung ist nach drei Jahren zu erwarten

am Gang im Gefängnis Stari pisker, ich habe es dir doch gesagt, mein Sohn, ich habe es ihnen oft erzählt, ich habe dir die Narbe gezeigt, die mir geblieben ist. Deshalb machte er nicht das Licht an, er tastete sich an der Wand entlang und bewegte sich die Treppe hinunter. Er wusste, wie er damals als Kind wusste, das im Dunkeln gehockt war, dass es unten einen Ausgang gab, dass ein unterirdischer Tunnel aus dem Haus dort hinab zum Fluss führte. Beim Studenci-Steg und jener kleinen

Metallbrücke lief er mit einem anderen Tunnel mit einem breiten Gang zusammen, der von der Drau, von jener Brücke tief in die Erde führte, in ihren Eingeweiden weit weg zum Bahnhof, wenn man wollte, konnte man am Bahnhof Koroški hinauskommen, doch das wollte niemand, niemand wollte hinaus, weil oben die Bomben krachten, alle, die vor seiner Geburt dort gewesen waren, erzählten, dass niemand hinaus wollte, weil dort die Explosionen der amerikanischen Bomber zu hören waren, die über die Eisenbahn und dem Bahnhof ihre Bomben abwarfen, manchmal auch über die umliegenden Häuser, an der Schlafzimmerdecke war ein zugemauertes Loch, das der Vater allen nächtlichen männlichen Besuchern zeigte, dort hindurch kam die Flugzeugbombe geflogen, viele Kilos schwer, eine Bombe, die das Dach durchlöchert hatte und den Dachboden und alle Zimmerdecken des großen Hauses bis zum Keller, wo sie liegen blieb und nicht explodierte, denn wäre sie explodiert, gäbe es das rote Haus nicht mehr. Dann kamen deutsche Soldaten und zerlegten die Bombe, hätten sie es nicht getan, wäre sie explodiert, der Keller wäre explodiert und Janez Lipnik könnte nun nicht den unterirdischen Tunnel darin suchen, durch den man noch tiefer gehen konnte, bis zum Fluss, bis zur Brücke und von dort in die Eingeweide der Erde, über die dort oben Züge fuhren. Die Züge ratterten, voller Körper, voller Vieh, das zur Schlachtung geführt wurde, Vieh, das ahnte, aber noch nicht wusste, das zweifellos ahnte und unruhig auf dem Holzboden im Güterwagen herumtrampelte, sich im eigenen Dreck suhlte, aber noch nicht wusste, was es erwartete. Der Mensch hoffte, dass nichts geschehen würde, das Vieh hoffte, dass am Ende der Reise eine Wiese wartete, auch wenn es erahnte, auch wenn es wusste, dass am Ende der Reise der Schlachthof wartete, der Schlachthof für Menschen und Tiere, für jene, die hofften und für jene, die ahnten. Nun, da er den Boden erreichte, da er sich am Ende der Treppe wiederfand und am langen Kellergang, wusste er, dass es auf beiden Seiten Holztüren gab und hinter den Türen Kartoffeln, Kohle und Sauerkraut, hinter einer der Türen aber hing ein Erhängter. Das war jener Händler, der englisches Kammgarn versteckt hatte, in diesem Keller hatte er es versteckt und in diesem Keller hatte er sich erhängt, als ihm die Organe der Volksherrschaft auf die Spur gekommen waren, als ihn oben in der Wohnung die Milizionäre suchten, hing er bereits hier unten, den Strick hatte er am Gitter der Kellerluke angebunden und sich unwiderruflich erhängt, und alle hatten darüber gesprochen.

Lipnik hatte nie erfahren, in welchem Raum der Mensch hing, die Mutter wollte nicht, dass er es wusste, sie wollte nicht, dass er sich ängstigte, wenn er Kartoffeln holen ging, aber er lief trotzdem mit pochendem Herzen durch diesen Keller, weil er dachte, dass er eines Tages den Erhängten erblicken würde, der in einem dieser Räume hing, die mit Türen aus hölzernen Latten voneinander abgetrennt waren, doch zugleich wusste er, dass er weglaufen könnte, oft hatte er dort unten überlegt, ob er vor dem Erhängten davonlaufen könnte, und auch vor dem Vater, der ihn suchte, weil er nicht mehr „Der Freiheit Sicht" spielen wollte, vor dem Vater, der mitten in der Nacht an der Kellertür vorbeilief, hinter der er hockte. Hier, ganz unten, war es schon ein wenig hell, es war nicht so dunkel wie oben auf der Treppe, denn durch die gitterartigen Kellerluken, die zur Straße blickten, strömte etwas Licht durch die Eisengitter, das waren jene Luken, durch die Kohle ins Innere geschüttet wurde, durch die er ebenso gut hätte fliehen können, denn sein Körper war winzig und er hätte mit Leichtigkeit hinausklettern können, und wenn es zu eng gewesen wäre, hätte er sich bis auf die Unterhose ausgezogen und wäre durch das Gitter gekrochen, aber er wusste, dass er nicht durch ein Gitter kriechen wollte, an dem sich jemand erhängt hatte. Deshalb dachte er, dass aus diesem Keller ein Tunnel führen musste, der zur Drau führte, ein unterirdischer Gang, wie ihn jede kleinere Burg in den Märchen hatte, die ihm die Mutter vorlas, warum sollte es ihn nicht auch in dem roten Haus geben, so einen langen Stollen, er müsste ja nicht so groß sein, dass man mit dem Fahrrad hindurchfahren oder -gehen könnte, es könnte ja auch ein Stollen sein, durch den man nur bis zum Fluss kriechen kann, nur bis zum Fluss, nur das.

Er hielt inne und horchte. Es kam ihm so vor, als zöge feuchte Luft durch den Keller, eine Luft, die nach Flussschlamm roch, nach Wasser, nach dem ganz besonderen Duft, der für den großen Fluss charakteristisch ist. Wenn er diesen Gang entlang, der offenbar wirklich existierte, bis zum Fluss käme – würde er ans Ende gelangen?

82.

War er nun am Ende angelangt? Oder war er im Tunnel, der zum Wasser führte, betrat er den Rand des Kreises, genau genommen der Ellipse, die die unsichtbaren irdischen und menschlichen Dinge miteinander vereint, die sich über die Landschaft erstreckt, die Eingeweide der Erde und die Seele des Menschen durchdringt, die heiß und kalt wogt, dunkel und hell, über Ebenen, über grüne Hügel und Alpenfelsen, durch Brunnen und das Meer, jene Ellipse, die Flüsse kreuzt, mit Neonlichtern beleuchtete Straßen, einsame Dörfer auf Bergebenen, der Rand jenes Kreises oder auch jener Ellipse, der die Zeit egal ist, aus der Bilder geboren werden, die Zeit der Vergangenheit ebenso wie die Zeit der Gegenwart und die Zeit der Zukunft, die weiß, wie sich auf dieser Ellipse, am Rande des Kreises, der arme Mensch verhält, seine dünne Haut, seine Gehirnhaut, das zarte Geschlechtsteil, die Bläschenlunge, der Gehirnschleim, von dem Augenblick an, da er nur aus Schleim besteht, ein embryonales Bündel ist, bis hin zu der Zeit, wenn seine Knochen und Sehnen sich lockern, was für ein Unsinn, was für ein Schmerz ist all dieses Chaos mit seiner fürchterlichen Ordnung. Janez Lipnik begann es erst jetzt zu verstehen, erst jetzt wurde ihm bewusst, warum er in diese Geschichte musste, in all diese Geschichten, die keinen Anfang und kein Ende hatten, warum er sich des Augenblicks des Glücks bewusst sein musste, des Augenblicks der Freude, deswegen, weil diese im nächsten Augenblick im Schwindel verloren gingen, im Mahlstrom des Weltalls, wie eine große Liebe verloren geht, wie die Buchstaben des Briefes an die Korinther verblassen, *hätte aber die Liebe nicht,* deswegen muss man sich dessen bewusst sein, dass der Buchstabe bleibt, das Wort darüber, dass all dies überhaupt existiert, die Freude, die Liebe, obwohl sie verblasst, verschwindet, plötzlich in einem saugenden, kreisförmigen Abfluss ins Unbekannte gewirbelt wird. Dass Angst nicht nur ein Wort ist, dass ein Wort über Schmerz nicht nur ein Wort ist, sondern der Schmerz, der kein Bild benötigt, keine Erklärung, dass ein Ziegelstein, der an den Hoden hängt, kein Scherz ist, über den betrunkene Männer lachen, jene, die das getan hatten und jene, die zu morgendlich trunkener Stunde der Erzählung darüber lauschen, jene, die lachen, obwohl das Gesicht des Erzählers schmerzverzerrt ist, als er dies erzählt, es ist nicht möglich, nicht möglich fremden Schmerz nachzuempfinden, man kann nur den eigenen Schmerz fühlen, nur den eigenen – aber warum dann darüber sprechen, über den eigenen oder fremden Schmerz, wenn nur das Wort bleibt, wenn ihn, den Schmerz in den Gedanken, nur derjenige fühlen kann, der ihn einst empfunden hatte? Und warum fühlte diesen Schmerz ein gewisser Švager nicht, der mit einem Draht einen Ziegelstein an die Hoden des Vaters befestigt hatte, einen Ziegelstein an jenen Körperteil gehängt hatte, er hatte ihn befestigt, indem er den Draht um die Haut wickelte, die die Hoden mit dem Körper verbindet und sie auch ein wenig schützt. War es denn möglich, dass der einzige Schmerz, den er fühlte, genau dieser war, genau dieser Schmerz, und alle Männer, die der Geschichte lauschten und auch darüber scherzten und lachten, waren sich einig, dass einzig dieser Schmerz, der Schmerz von angeschwollenen Eiern, Eiern so groß wie kleine Kürbisse, die auf dem Feld wachsen, dass einzig dieser Schmerz so einem wie Švager bewusst machen würde, dass er selbst so etwas jemand anderem zugefügt hatte. Auch die Geschichte mit dem Pistolengriff, mit dem er eins über den Kopf bekommen hatte und von dem eine Narbe blieb, die sein Vater gern der versammelten Gesellschaft zeigte, und mit dem Pistolengriff nur deshalb, weil er im Gang gesagt hatte: Hilf, du bist auch ein Slowene, erst dann lachten die Männer, würde er sich auch dessen bewusst werden, was ein Pistolengriff ist, der die Haut platzen und Blut fließen lässt, einzig das ist das Bewusstsein des Schmerzes, meinten die Männer, Janez Lipnik hingegen war während des Gehens am Rande des Kreises, der Ellipse, immer mehr davon überzeugt, dass das Eintauchen in die Erinnerung, die ihn völlig übermannt hatte, nicht nur ein Wort war, nicht einmal nur ein Abbild, sondern die Wirklichkeit, und obwohl er sich fragte, wem nur die schmerzhafte Wirklichkeit vergangener Leben etwas nützte, ihre Leidenschaft, die in Tod umschlug, der Stolz, der in elender Demütigung endete, die Gewalt des Körpers, die mit zitternden Knien und

Händen endete, für wen, wozu? Vielleicht, damit wir leichter die Angst überwinden, wenn wir sie erneut empfinden, wenn wir darin versinken, in jener menschlichen Seele, die die Seele der unendlichen Freude ist, aber auch die Seele des Schmerzes und der endlosen Angst vor dem Nichts, das aus dem Nichts kommt, das das Nichts selbst ist, das das Dunkel der Erinnerung ist, das Dunkel vergangener Taten, des Herumvegetierens der Patienten in der Nervenheilanstalt, der Schreie der Geprügelten in den Gestapokellern, des Niederkniens vor den Gewehren der italienischen Schwarzhemden, die schießen, verletzen, morden, bis zum unfassbar grausamen Schrecken der Dorfbewohner, die vor das Exekutionskommando gestellt werden, nackt, halb nackte Menschen, die von kommunistischen Soldaten, Soldaten der Revolution, durch Genickschüsse getötet werden, die in Gruben fallen, auf Haufen sich bewegender, blutiger, schleimiger Körper, das Bajonett in der Brust des SS-Mannes, aus der Blut spritzt, der Ziegelstein an den Hoden, das Entsetzen der Frau, die am Waldrand vergewaltigt wird, auf feuchtem Boden, im Keller der Verhörzelle, oder kam diese ganze Angst aus der irdischen Welt, aus den Eingeweiden der Erde, aus dem dichten schwarzen Boden und den Grotten im Karst, aus dem Erdinneren voller gebrochener Knochen, zerbrochener Träume, ausgestochener Augen, durchlöcherter Schädel. Er marschierte und fühlte, dass ihn der Schwindel nun völlig in seiner Gewalt hatte, dass er sich nun inmitten eines großen Strudels befand, dessen Mittelpunkt er nicht kannte, den kosmischen und allumfassenden Ursprung, er wusste lediglich, dass dieser Schwindel aus der Vergangenheit kam, die einer dunklen Seele entwuchs, jener Seele, in der sich das Dunkel bereits vor der Geburt angesiedelt hatte, wo im Bauch das große Ohr, aus einem schleimigen Knäuel hervorragend, der gemurmelten Erzählung lauschte, stets derselben, stets derselben. Aus dem Traumbuch, aus der Buchrolle, die übers Land fliegt.

83.

Durch den Tunnel, der so hoch ist, dass ein Kind mit Leichtigkeit aufrecht darin gehen könnte, während sich Lipnik dennoch ein wenig bücken musste, stieg er zum Fluss hinab. Obwohl es dunkel war, fiel ihm das Gehen leicht, er tastete sich die feuchten Wände entlang, es roch nach Flussschlamm, nach dem unvergesslichen und unverwechselbaren Duft nach dem Fluss, der Drau heißt, es hätte auch ein anderer Fluss sein können, doch diesen Duft hatte er einst hier gerochen, hier in der Nähe war er in seine Nasenlöcher gestiegen und hatte ihn nie mehr verlassen, hier in der Nähe war das Rauschen des Wassers in seine Ohren getreten, das Plätschern am Ufer, und bei Regen das mächtige Tosen und Brausen des Wassers, das gegen die Brückenträger schlug, das Stämme und Astwerk mit sich riss, ein dem Ufer entrissenes Boot und den Kadaver eines Hundes. Das Hinabsteigen dauerte lange, die bleierne Kälte, die von den feuchten Wänden aufstieg, begann ihn zu erfassen, und was, wenn es mir beschieden ist, dachte er, wenn es mir beschieden ist, dass ich durch diesen dunklen Tunnel in den irdischen Eingeweiden bis zum Ende meiner Tage reise, bis zum Ende aller Tage? Was, wenn hier die Reise beginnt, die ihn niemals zum Fluss führen würde, wenn er in diesem kühlen Dunkel die Formen jener Leben erkennen müsste, die er gesucht hatte, die Verbindungen zwischen ihnen, die Geschichten, in die er mit seiner unersättlichen Neugierde getreten war, was, wenn er in alle Ewigkeit durch diesen Tunnel seinen Geschichten folgen müsste? Vielleicht war das ein Tunnel, der nicht zum Fluss führte, wie er bisher dachte, wie es ihm seine Kindheitserinnerung diktierte, vielleicht ging er hier überhaupt im Kreis, vielleicht war jener duftende Lufthauch nur eine Täuschung des Geruchssinns, vielleicht war das Rauschen der Wasserstrudel nur eine Täuschung für das Ohr, das müde war und so oder so nichts mehr erkennen konnte, vielleicht war jenes Licht, das immer wieder zu Schatten wurde, sich zuerst in eine flüchtige Schattierung verwandelte, dann wirklich in einen dunklen Schatten und schließlich wieder in Dunkelheit, nur eine Täuschung für das Auge. Einen Augenblick lang dachte er, das alles zusammen sei kein Dunkel, sei kein Labyrinth, keine Wahnvorstellung, sondern die Wahrheit, ein Abbild, Materie, sei etwas, das die Finger an den Händen verstehen konnten und die immer durstiger werdende Zunge im Mund, die Zunge, die nun den gesamten Fluss austrinken könnte, der ja irgendwo hier sein musste, ganz nahe. Die steinerne, erdige Schwere ermüdete ihn bereits, es musste ein Ende nehmen. Und tatsächlich, plötzlich tauchte ein wirklicher Lichtstrahl auf, der für einen Augenblick die Augen sättigte, die Augen wurden so erfüllt und satt, dass sie einige Augenblicke lang nichts sehen konnten. In jenem Moment hörte er, dass jemand an die Tür hämmerte, er musste richtig wild dagegen schlagen, dass man den Ton sogar bis hier unten beim Fluss hören konnte, der schon ganz nahe war, dort, von wo der mächtige Schwall des Tageslichts kam. Jemand schlug gegen die Tür, aber Lipnik konnte nicht genau sagen, ob es gegen jene Tür war, die zum Keller des roten Hauses führte, oder gegen die Metalltür, durch die er aus der Lagerhalle der U- und L-Profile getreten war. Das ist doch dieselbe Tür, überlegte er, die Tür, durch die er hinuntergegangen war, ins feuchte und dunkle Treppenhaus, in den Keller, wo sich jemand erhängt hatte und möglicherweise jetzt noch dort hing, in den Keller, von dem ein langer unterirdischer Gang zum Fluss führte, durch den nun die Schläge dröhnten. Ihm schien, als höre er auch Stimmen, Männerstimmen. Er ist hier hinuntergegangen, rief Lagermeister Mehmet, der ehemalige Portier im Landesarchiv, Mehmet stand auf der ersten Stufe und rief denjenigen zu, die in der hellen Lagerhalle geblieben waren, hier unten muss er sein, und dort oben antworteten sie, sie würden Lampen bringen, mit hellen und starken Strahlen würden sie das Dunkel durchschneiden und die Treppe abtasten, die nach unten führt, die Lichtstrahlen würden die Wände entlangtanzen und durch den langen Stollen ganz hinunter bis zum Fluss reichen, wo sie auf das Tageslicht treffen würden, das nun bereits einen großen Teil des Ganges, den breiteren, erhellte, durch den er hinunterging. Haha, dachte Lipnik, ihr seid oben und ich bin schon weit unten, hier ist der Ausgang, leuchtet und trampelt nur herum, ich bin schon draußen.

Schon im nächsten Augenblick wussten die Augen, die Ohren, die Nasenlöcher, dass er am Fluss war. Nun musste er ungefähr hundert Meter laufen, an der Brücke würde er in einen breiten Tunnel steigen, der direkt zum Bahnhof führte. Wenn er dort ankommt, ist die Geschichte zu Ende. Dort setzt man sich in den Zug und fährt weg. Wohin man will. Obwohl er wusste, dass er in den nächsten Stollen musste, in jenen, den sie Luftschutzkeller nannten, denn jener breite Tunnel würde ihn direkt zum Bahnhof bringen, zum Koroški, wo jeden Frühling die Soldaten der jugoslawischen Armee ihre Panzer und Kanonen auf- und abluden, Družeki, man nannte sie „Družeki", weil sie die ganze Zeit Druže sagten, was Genosse bedeutet, die Družeki sprangen um diese dröhnenden Panzer und Lastkraftwagen herum und fuchtelten mit Fähnchen und riefen links links, weiter weiter, und wenn sie nicht fuchtelten und schrien, lagen oder saßen sie überall herum und fragten die Jungen, ob sie Schwestern hätten – wo ist deine Schwester? –, Janez hatte keine Schwester, er hatte aber wiederum die Lehrerin Zala, der sie hinterherpfiffen, wenn sie vorbeiging, sie pfiffen allen hinterher und riefen in einer Sprache, die er nicht verstand. Einmal hatte er ihnen einen Ball geliehen, und im Tausch durften die Momci auf einen großen Laster, die Burschen wurden Momci genannt und die Soldaten Družeki, die Momci durften auf das Fahrzeug, während die Družeki mit schweren Stiefeln auf seinen armen roten Ball eintraten, und einer der Momci lockerte die Handbremse, plötzlich begann das riesige Fahrzeug, auf dem ein Panzer geladen war, über die leichte Schräge der Rampe zu schlittern – so nannten sie jenen Hügel, über den sie Panzer und Lastkraftwagen auf Güterwaggons führten – es fuhr immer schneller den schlammigen und aufgewühlten Hang hinunter, die Momci sprangen von der immer schneller werdenden, nun schon beinahe rasenden Kreatur, die indes nicht stehen blieb, die vor dem langen, einer Baracke ähnlichen Haus überhaupt nicht zum Stehen und auch in ihm nicht zum Halten kam, sondern es in zwei Hälften teilte.
Lipnik musste nun lächeln, als er daran dachte, wie eine Rauchwolke aufstieg und sich auflöste, jenes große Metalltier blickte auf der anderen Hausseite heraus, überall rundherum lagen Ziegel und ragten Antennen hervor, denn das Metalltier mit dem Panzer am Rücken war durch die Werkstatt von irgendwelchen Radioamateuren gefahren, die Antennen ragten hinaus und die Družeki ließen den Ball liegen und liefen von überall her zu jenem Schutthaufen, es war wirklich komisch, er hatte

sogar den Ball gerettet. Dort hinauf musste er kommen, zum Bahnhof am Ende des langen Luftschutzraums, der unter dem Hügel begraben war, keine Bombe konnte diesen Hügel zerstören, das wusste er sehr wohl, kein Panzer, kein Armeefahrzeug.

84.

Als er am Bahnhof den Bahnsteig erreichte, sah er, dass eine Frau allein auf einer Bank saß. Sie wirkte erschöpft, als ob sie schon lange da säße, vielleicht den ganzen Tag lang, einige Wochen oder sogar Jahre. Er ging auf sie zu, um sie zu fragen, wann der nächste Zug fuhr. Er hätte zwar am Fahrplan nachsehen können, doch es war so bestimmt, dass er zu ihr herantreten, sie ihr Gesicht zu ihm nach oben wenden und er zusammenschrecken würde, wenn er sie erkennen würde. Er schrak zusammen. Es war eine junge Frau, sie war nicht auf Grund der Jahre erschöpft, sondern von der Suche nach ihrem Mann, vom Umherirren an der Save bis hinunter nach Kresnice. Er erkannte sie sofort. Es war Ivanka K. Er wollte sie fragen, was sie hier am Bahnhof mache, weit weg von zu Hause, sie sei ja ganz am anderen Ende des Landes daheim, doch sie begann zu reden, noch ehe er den Mund öffnen konnte. Ich warte auf die Mörder meines Mannes, sagte sie. Sie zeigte mit dem Kopf in die Richtung, aus der sie kommen würden, die Mörder ihres Mannes. Lipnik wusste, dass dies Koroška war, jede Nacht donnerten Züge aus und nach Koroška, in seiner Kindheit versetzten sie ihn in Schlaf, weckten ihn niemals auf, das war so ein bekanntes und freundliches Geräusch wie für Dorfkinder die Schläge der Kirchenglocke, das Ave-Maria und das Angelusläuten, von dort würden sie kommen. Also würden sie mit dem Zug kommen, die Mörder ihres Mannes würden mit dem Zug ankommen. Erst jetzt bemerkte Lipnik, dass Ivanka K. nicht allein auf dem Bahnhof war. Am Bahnsteig schon, am Bahnsteig saß nur sie auf der Bank an der Wand und neben ihr stand er, aber auf der anderen Seite erblickte er Männer in Uniformen, er wusste nicht, ob sie schon davor hier gewesen oder plötzlich von irgendwoher aufgetaucht waren, um ihre Hälse hingen Maschinenpistolen, und einige hatten auch an ihren Gürteln in großen Halftern schwere Pistolen, vielleicht Parabellums, er sah sogleich, dass es Offiziere waren. Ihre Uniformen ähnelten jenen, die die Družeki trugen, an ihren Mützen hatten sie rote Sterne, genauso wie die Družeki. Sie traten von einem Fuß auf den anderen und schauten in die Richtung, aus der der Zug kommen sollte, doch trotzdem stand irgendwie alles still. Alles war reglos und still und auch Ivanka K. sagte nichts mehr, ein Gefühl quälenden Mitgefühls überkam ihn, mitten in dieser stillstehenden Zeit keimte in ihm ein quälendes Mitgefühl mit dieser Frau auf, die von so weit gekommen war, um auf die Mörder ihres Ehemannes zu warten. Die Stille dieses langen Augenblicks wurde lediglich in der Ferne unterbrochen, für kurze Momente dort hinter den Köpfen der Družeki vom Frühlingswind, einem warmen Wind, der sacht die Blätter in den Pappeln wiegte, in den kümmerlichen Obstbäumen, kaum zu spüren und unhörbar bewegte er die Fahne mit dem Stern, die am Bahnhof hing, in den Baumwipfeln rauschte es einen kurzen Augenblick lang und alles kam wieder zur Ruhe. In dieser Stille blickte er zu den Fenstern des roten Hauses empor. Beide Schlafzimmerfenster der Familie Lipnik im ersten Stock waren geöffnet. Der Vater und die Mutter standen beide an jeweils einem Fenster. Sie hatte eine frisch gemachte Dauerwelle, so hieß die Frisur, mit der die Damen an Samstagen oder Feiertagen vom Frisör kamen, sie hatte sie sich zur Feier der Rückkehr des Vaters aus dem Lager machen lassen. Sie war noch jung, sie trug eine Brille mit dicken Gläsern und eine Dauerwelle am Kopf. Sie war schwanger, obwohl der Bauch noch nicht zu sehen war, vielleicht trug sie deshalb eine Dauerwelle, weil der Vater zurückgekehrt war, von der Tatsache, dass sie schwanger war, konnte sie noch nichts wissen, und sie wusste nicht, dass sie einen Sohn zur Welt bringen würde, der einige Jahre später Harmonika spielen würde, um vier Uhr morgens, nachdem ihn der Vater und seine Genossen aufgeweckt hätten, würde er *der Freiheit Sicht, der Freiheit Sicht* vorspielen. Der Vater war mager, groß, aber mager, er wirkte am anderen Fenster beinahe zierlich. Seine Backenknochen standen aus seinem breiten pannonischen Gesicht hervor, seine Augen waren eingesunken, vor ein paar Tagen war er aus dem Lager zurückgekehrt, vor einigen Wochen hatte er auf die Abreise gewartet, diese eingesunkenen und zu Tode erschrockenen Augen sahen den Polen, der dem SS-Wächter das Messer in die Brust gerammt hatte. Er winkte ihnen zu, doch sie bemerkten ihn nicht. Auch sie beide blickten in Richtung Koroška, von wo der Zug hätte kommen müssen. Wie ist es möglich, sagte Lipnik laut, damit ihn auch Ivanka K., die auf der Bank saß, hören konnte, dass ich noch nie daran gedacht habe? Unter den Fenstern, wo ich so viele Jahre geschlafen habe, unter jenen Fenstern war einige Jahre zuvor die Truppe ausgeladen worden, die in den Tod ging. Der Vater und die Mutter mussten das gesehen haben – warum hatten sie ihm nie davon erzählt? Es machte nichts, dass sie ihm nichts davon erzählt hatten, er sah ja jetzt alles selber, auch sie beide sahen erwartungsvoll, wen sie auf die Lastwagen laden würden, die sich inzwischen auf der Rampe eingefunden hatten, an jenem von Autoreifen zerfurchten, leicht schrägen Grashang, wo er mit seinen Freunden, und einst auch mit den Druženki, Fußball gespielt hatte, Fußball hatten sie ein wenig weiter unten gespielt, dort, wo das Gelände schon flach war, ein wenig höher, dort, wo nun die Laster und dazwischen die Soldaten mit den Gewehren standen, die Offiziere in Reithosen, mit großen Pistolen an den Gurten, vielleicht Parabellums, mit Sternen auf den Mützen und goldenen Epauletten auf den Schultern. Der Tag war kristallklar, klar und ungetrübt, alles war plötzlich so klar und einfach. Nun war er hier.

Hier war auch der Zug, aus Limbuš fuhr er durch Studenci zum Bahnhof Koroški, der Rauch zog hinter der Lokomotive hinauf übers Tal, die Lok schnaubte, schnaufte, zog die schwere Fracht der langen Waggonschlange hinter sich her. Als der Zug zum Stillstand kam und noch ein paar Mal schwer schnaubte, begannen sich die Soldaten mit den Gewehren rasch um die gesamte Zuggarnitur zu verteilen. Eine andere Gruppe bildete im Laufschritt ein Spalier zu den Lastkraftwagen. Es war noch immer still, nur einige Befehle drangen schneidend durch die Luft, dann wurden mit großem Krach die Türen der Frachtwaggons geöffnet. Einige Männer in Uniform sprangen durch die offenen Türen auf die Gleise, sie blickten sich um, mit ihren Mützen klopften sie den Staub von ihren Hemden und Hosen, als bereiteten sie sich zum Morgenappell vor, zum Fahnenhissen, vorwärts, Fahne des Ruhmes, doch ehe ihnen bewusst wurde, wohin sie gekommen waren, prasselten Schläge auf sie nieder, Schläge von Gewehrkolben, Stiefeltritte, Knüppelschläge, Faustschläge, die sie in ein Spalier lenkten, der zu den Lastern führte. Ivanka stand auf und rief: Recht geschieht euch, Domobranzen, ihr verdammten Hunde. Erst jetzt bemerkte Lipnik, dass sich am Bahnsteig, auf der Straße, an der Rampe, überall rundherum eine Menschenmenge versammelt hatte, die schrie, spuckte, fuchtelte, fluchte. Eine dunkle Menge mitten am helllichten Tage, eine dunkle Menge verschwommener Gesichter, ein wimmelndes Spalier bestehend aus einer Menschenmasse, das eine andere Menschenmasse eingekreist hatte, die verschreckten Gesichter von lauter jungen Burschen von größtenteils bäuerlichem Aussehen. Woher weiß ich das?, dachte Lipnik. Ich weiß, dass man solche Menschen auf Dorffesten antrifft, der große Platz um den Bahnhof und darauf das Trampeln Tausender Beine, die ungeduldig darauf warteten, Fußtritte zu versetzen, Münder, die darauf warteten zu spucken, Hände, die darauf warteten zu schlagen, auf dem weitläufigen Platz wimmelte es von Gliedmaßen, die sich zu einem einzigen gefährlichen und drohenden Tier zusammenfügten, in ungeduldiger Erwartung des Blutes, das es riechen wollte, und des Schmerzes jener kraftlosen Körper in seiner gewalttätigen, kranken, siegreichen, süßen Umarmung, in der Umarmung des nahenden Endes. Tötet sie, heulte die Menge. Janez Lipnik blickte zum Fenster. Was wirst du tun, Vater, fragte er, was wirst du tun, wirst du einfach zusehen, Vater? Du bist der Kämpferbund, sag deinen Kommandanten, denen du jede Nacht Wein aus dem Volkswarenhaus einschenkst, jenen, denen dein Sohn, Janez, „Der Freiheit Sicht" vorspielen muss, sag ihnen, dass das aufhören soll. Der Vater hörte ihn nicht, nur die Mutter konnte ihn hören und sagte: Er ist aus dem KZ gekommen, du verstehst das nicht, klettere auf den Baum, sagte sie, deck dich mit der Bettdecke zu. Doch der Baum war nun nirgendwo zu sehen, auch das Bett, in dem er sich hätte zudecken können, gab es nicht, er stand am Bahnhof Koroški im Stadtviertel Studenci und hielt sich die Ohren zu vor dem Geschrei, vor den Schlägen, mit offenen Augen blickte er auf das Blut, das aus der Wunde spritzte. Tötet sie, tötet sie, grölte, brüllte, jauchzte das dunkle Tier aus Hunderten, Tausenden von Kehlen, bewegte sich mit Tausenden von Gliedern, die Soldaten mit ihren gezielten Schlägen mit den Gewehrkolben auf den Kopf, auf die blutigen Scheitel, in den Bauch, spornten das dunkle Tier des slowenischen Volkes an, das sich in dem Wunsch nach Gewalt aufblähte, nach Blut, nach ausgerissenen Haaren, nach Tritten gegen die Körper, die sich auf dem Boden wälzten, dem von den Lasterreifen zerfurchten, im Staub und zwischen Büschel zertretenen Grases, der Soldaten- und Menschenpöbel war betört von seinem überhöhten Wunsch nach Vergeltung des Bösen, das er mit Bösem vergelten wollte, seinem Wunsch nach einer noch größeren, noch schlimmeren, hemmungslosen, unklaren, unsagbar groben Gewalt, aus den tiefsten Regungen ihrer christlichen Seelen, auf deren Grund die dunkelsten Ecken der Hölle, der Strafe, der Qualen und Leiden ruhten, da stieg das bisher unmerkliche, zu Boden gedrückte Böse in seiner tierischsten, gefährlichsten, johlendsten Gestalt auf, die unmöglich aufzuhalten war. Werden sie sie hier einfach umbringen? Das werden sie nicht, ehe sie sie durch Schläge und Tritte und unter Gebrüll auf die Laster schafften, prügelten sie auf sie ein, so stark, dass die Holzknüppel an den Enden ganz zerborsten waren, blutig, zerbrochen und zerborsten, dann fesselten sie ihnen mit Draht die Hände am Rücken, sie brachten lange Drahtrollen, sie schnitten den Draht mit Scheren in Stücke und wanden ihn geschickt in Achterformen um die Handgelenke, das scharfe Metall schnitt in die Haut, bis sie blutete, dann zogen sie den Draht mit Zangen fest, sodass er das Fleisch bis auf die Knochen durchdrang. Lipnik sah Ivankas Gesicht, vor seinen Augen erstreckte sich ihre runde Handschrift, die Schnörkel, die man ihr in der Volksschule beigebracht hatte: Ihr verdammten Hunde, ihr Schwabenbranzen, jetzt werdet ihr für eure verräterischen Geschäfte geradestehen, für eure Judas-Groschen, ihr, die ihr uns das Blut ausgesaugt habt, wo ist der verdammte Rajhmanov, seine Familie sollen sie auch erschlagen, jeden Morgen treffe ich sie, wenn ich zur Arbeit in die Nervenklinik gehe, ihr habt unser Familienglück zerstört, ihr verdammten blutrünstigen Hunde, ihr Hyänen in Menschengestalt, seid tausendmal verflucht, ihr werdet keine Ruhe finden, auch eure Seelen nicht und die eurer Verwandten, jetzt kommt die ersehnte Zeit, da unser Volk seine Verbrecher auf eine solche Art und Weise richten wird, wie sie es mit uns getan haben, auch eure verdammten Seelsorger, die den Leuten die heilige Hostie gaben, die wir Kommunisten respektiert haben, müssen bestraft werden, so aber seid ihr schuld, dass wir unseren Glauben verloren haben, den ihr uns eingeimpft habt, ihr verfluchten Ausgeburten der Menschheit. Lipnik dachte, Ivankas Unglück müsse so groß sein, dass sie ein noch schlimmeres wollte, ein noch größeres Unglück, das Unglück, das das dunkle Tier ersehnte, die dunkle Menge, auch jene unter ihnen, die nichts Schlimmes erlebt hatten, Ivanka hingegen war das egal, ihr genügte es nicht, wenn sie sagte, ihr blutrünstigen Hunde, Verräter, Schwabenbranzen, Ausgeburten der Menschheit, sie suchte nach böseren und erhabeneren Worten. Wir Kommunisten, sagte sie, obwohl sie die Bedeutung dieses Wortes nicht genau kannte, so wie sie auch die Bedeutung des Wortes Revolution nicht kannte, sie hatte es zum ersten Mal vom Pfarrer gehört, aber nun wollte sie, dass es sie wirklich schmerzte, die blutrünstigen Hunde, dass sie wirklich vor dem Unbekannten und Furchtbaren Angst hätten, deshalb sagte sie: Wir Kommunisten werden euch strafen. Das Slawentum, auch das Wort Slawentum war so groß und erhaben, mehr noch als die Wörter Kommunisten und Volk, das Slawentum wird euch rächen und strafen. Sie konnte die Scharen von Slawen sehen, die aus den Steppen kamen, aus Moskau und vom Dnjepr, die würden sie strafen. Sie verschnaufte, hob einen neuen Stein auf und kehrte von den erhabenen zu den gewöhnlicheren Worten zurück: Ihr verfluchten Teufel, seid tausendmal verflucht. Doch die Verfluchten waren nun endlich auf den Lastern, die Menge beruhigte sich, hie und da rief noch jemand, man solle sie töten, das Tier war müde geworden, es verschnaufte, nun wollte es nur noch zusehen, wie man sie endlich abführen würde, die Verdammten sahen nun arm aus, erbarmungswürdig und mitleiderregend, geschlagen, blutig, zerrissen und verängstigt. Jemand hörte seinen Gedanken, jemand hatte ihn gehört. Jemand hatte gesehen, dass nur er, nur er nicht gebrüllt und geschrien hatte, getreten und Steine geworfen hatte, nur er nicht. Lipnik fuhr zusammen wie in einer bösen Vorahnung, als ob ein Schatten neben ihm aufgetaucht wäre. Es war kein Schatten. War der hier nicht auf der Burg Turjak gewesen?, fragte jemand. Seine Stimme kam Lipnik bekannt vor. Er sah, dass ihn alle am Bahnsteig anstarrten. Um ihn herum entstand ein leerer Raum. Der Mensch, der das gesagt hatte, trat zu ihm hin, nun erkannte ihn Lipnik. Es war Franc. Der Knecht des Pfarrers von Dobrava, derjenige, den der Hauptmann der königlichen Armee in der Heimat, Aleksij Grgurevič, hinter dem Stall abknallen wollte. Er trug eine Reithose, am Gurt eine Pistole und goldene Schulterklappen. Sein Gesicht dagegen war noch immer pickelig. Er hatte Eiterbeulen unter den Augen und auf der Nase, es sah aus, als würden sie jeden Augenblick aufplatzen. Seine Mütze steckte am Gurt fest, damit sie während seiner Taten, die gerade hinter ihm lagen, nicht vom Kopf fiel. Würdest du mich dort hinter dem Stall abknallen?, fragte Franc. Sie müssen mich verwechseln, sagte Lipnik. Ich habe dich nicht verwechseln, sagte Franc. In den Händen trug er einen Draht und eine Art Deichsel, einen Knüppel, an dem ein Büschel blutiger Haare klebte. Das hat Aleksij gesagt, beeilte sich Lipnik zu erklären, ich habe nie etwas dergleichen gesagt. Aleksij war Leutnant der königlichen Armee, nachts hat er zur Decke geschossen. Das stimmt, sagte Franc, und dann wollte er mich hinter dem Stall abknallen. Lipnik überkam Entsetzen. Na, sehen Sie, sagte er, dass ich es nicht war. Er blickte zu den beiden Fenstern, an denen sein Vater und seine Mutter hätten stehen sollen. Doch beide Fenster waren leer. Nun sitzen sie in der Küche, dachte er, warum kommen sie nicht ans Fenster, damit ich ihnen zuwinken kann, der Vater könnte herunterkommen, er könnte sagen, dass er ein Mitglied der Befreiungsbewegung war. Er hatte englische Piloten gerettet, sie durch die okkupierte Stadt geführt, deswegen hatten sie ihn im Gefängnis Stari pisker gequält, ihm einen Ziegelstein an die Eier gehängt, dass seine Dinger so groß waren wie Kürbisse. Vielleicht warst es wirklich nicht du, aber dann seid ihr gemeinsam nach Turjak gefahren. Ich war wirklich dort, sagte Lipnik mit bebender Stimme, aber ich habe nicht geschossen. Franc rief einen Offizier, einen gewissen Kostja. Komm, sagte er, da werden wir was zu lachen haben. Der war auf der Burg Turjak, erzählte er, und sagt, er hätte nicht geschossen. Er hat keine Zeit gehabt, sagte Kostja, wo er doch die ganze Zeit gebetet hat. Und sie lachten. Nicht sehr lange, denn sie hatten keine Zeit mehr. Los, los, sagte Kostja, macht Platz, Leute, jetzt werden wir sie wegführen. Wirf den da noch hinauf, sagte er. Dreh dich um, sagte Franc, die Hände auf den Rücken. Er band sie mit dem Draht zusammen, er hatte starke Arme, er hatte viel in seinem Leben gearbeitet, der Franc, deshalb hatte er starke Arme, Lipnik fühlte, wie der Draht in seine Haut schnitt, durch seine Haut hindurch.

85.

Dann fiel er, wie man im Traum fällt. Man fliegt, dann beginnt man zu fallen, manchmal erwacht man, ehe man am Boden ankommt, manchmal nie wieder. Lipnik flog in seinen Kinderjahren oft über den langen Grashang eines Berges, es war schön, wenn er flog, manchmal näher an jenem Grün, manchmal hoch darüber, über dem Fluss, über dem Wald, über der Stadt, wo der Stadtbus Nummer 4 zu sehen war, genau der und kein anderer. Nun fiel er in eine Geschichte, die er sich selbst ausgesucht hatte, weil er etwas verstehen wollte, aber er war einen Schritt zu weit gegangen. Er war einen Schritt zu weit gegangen, als er durch jene Tür der Lagerhalle mit den U- und L-Profilen gegangen war, als er alles zurückgelassen und sich in die unteren Bereiche seines Bewusstseins begeben hatte, in die unteren Bereiche der Erde, in den schwindelerregenden Weg nach unten, ins Fallen. Kurz ging ihm ein Licht auf, wie aus einem früheren Leben oder vielleicht aus einem früheren Traum: Die alten Slowenen glaubten, dass, wenn man sich nur tief genug in eine tiefe Höhle abseilte, man in einer anderen Welt ankäme, genau genommen im Himmel, denn der Himmel ist oben und unten. Dort erblickt man eine helle Landschaft, schöne grüne Wiesen, Weiden wachsen am Wasser, das in einem glatten, sich windenden Flussbett fließt, und es ist wie in einem kleinen Himmel. Schöne junge Mäher mähen dort, man kann ihnen helfen und ein paar Büschel abschneiden, wenn man will. Und noch etwas leuchtete in seinem Kopf auf, während er fiel, etwas, das ihm vor langer Zeit einmal seine Mutter über die Mäher erzählt hatte, die schöne Federn an ihren Hüten stecken hatten, vielleicht Blumen, Rosmarin, alle Sorten von schönem Grün: *Glänzt der Tau in der Sonne, mäht unsre Sense voll Wonne.*

Nun fiel er in einen Abgrund, er nahm an, irgendwo in Kočevski rog. Es ist nicht weit von dort, dachte er, wo er zum ersten Mal unter dem Fenster der Lehrerin Zala gestanden hatte. Wo er davor noch auf einen Baum geklettert war wie die Ameisen. Sie korrigiert nun Schulhefte, dachte er, während ich in einen Abgrund falle – ist das nicht unsinnig? Das muss ein vollkommenes Missverständnis sein, dachte er, und es müsste jeden Augenblick aufgeklärt werden. Dem war aber nicht so. Er landete auf einem großen Haufen Leichen. Auf einem Haufen nackter Leichen. Einige hatten Unterhosen am Leib, andere gar nichts. Es waren warme Leichen, blutig, durchlöchert, geprügelt. Leichen voller Striemen und Wunden, die ihnen zugefügt worden waren, ehe man sie in diese Höhle geworfen hatte. Nicht alle Körper waren tot. Einige stöhnten. Oben am Abgrund hatte man ihnen ins Genick geschossen, jedem Einzelnen. In den Kopf oder ins Genick. Einige waren nur angeschossen worden. Es war egal, aus der Grube, die sie mithilfe von Sprengstoff zuschütten würden, würde so oder so niemand lebendig herauskommen. Bevor man sie in die Grube warf, hatte man sie verprügelt, einigen die Goldzähne aus dem Mund geschlagen, damit kein Schaden angerichtet würde. Und was ist mit den Brillen, dachte Lipnik, was haben sie mit denjenigen getan, die Brillen trugen? Es waren größtenteils junge Männer, ihr Sehvermögen war gut, einige jedoch trugen Brillen. Ein Berg von Brillen, den ich in Auschwitz gesehen habe. Ich träume von ihnen. Unter den Brillen suche ich seine, die meines Vaters. Wenn ich aufwache, weiß ich, dass er damals keine Brille hatte, er war jung, er konnte gut sehen, er war bärengesund. Als er zurückgekehrt war, wog er vierzig Kilo, als er zurückgekehrt war, hatte sich seine Frau Rozalija eine Dauerwelle gemacht, als er zurückgekehrt war, sah er zu, wie man Domobranzen abtransportierte – zur Hinrichtung. Dann hatte er schrecklich viel gegessen und wollte lange nicht darüber sprechen, was er erlebt hatte, er hatte nur gegessen und getrunken, einige Jahre später, als er immer noch trank, trampelte er den Salat des Nachbarn nieder und schrie Appell, Appell, und dann, als er mit seinen Freunden vom Kämpferbund zu trinken begann, fing er an zu erzählen, was ihm widerfahren war. Er aß auch viel, nach einigen Jahren war er ein Dickwanst. Ich erinnere mich an seinen weißen Bauch, er zog die Decke weg, weil ihm heiß war, jener Bauch war wie ein weißer Berg wogenden Fleisches auf dem Bett. Später sah ich größere Bäuche, aber nur von jenem habe ich mir gewünscht, er möge platzen. Weil das nicht derselbe Mensch war wie jener, dem man in Oświęcim die Brille abgenommen und sie auf einen Haufen geworfen hatte. Dort gibt es eine höllische Landschaft. Einen Winter, durch den der giftige Wind der russischen Ebenen weht. Wo man vor Frost mit den Zähnen klappert. Wo man die Existenz von allem anzweifelt, auch Seine, des Herrn, und meine und aller, die es nicht mehr gibt, die Rauch sind, die buchstäblich Rauch sind. Der Rauch von brennender Erde und allem, was sie an Lebendigem mit sich trägt. Wo haben sie die Brille hingetan? Veni Spiritus Sanctus, komme. Das will ich nicht bis zum Ende erleben, ganz bis zum Ende. In allen Winkeln der Höhle war ein Stöhnen zu hören. Ziemlich viele waren noch am Leben. Jemand, dem es gelungen war, in seiner Unterhose ein Klappmesser zu verstecken, wird Fleisch von seinem Kameraden abschneiden, er wird dünne Stücke zum Mund führen. Der wird sich retten. Oben wurde es einige Zeit lang still. Sie hörten auf zu schießen, keine Leiche fiel mehr auf den ächzenden, glitschigen, blutigen Menschenhaufen. Einige Zeit später knallte es einige Male heftig. Mit Sprengstoff wurde der Abgrund zugeschüttet. Als der Rauch verflogen war, war viel weniger Gestöhn zu vernehmen, da es viel weniger Lebende gab. Doch als sich der Rauch aufgelöst hatte und oben schon Abend war und alle Wächter zur Nachtruhe gegangen waren, bemerkte Lipnik, dass sich ein Baum in den Abgrund geneigt hatte. Ein völlig klarer, archivarisch luzider Gedanke, der Gedanke des starrköpfigen Klopfkäfers, der seine lateinische Bezeichnung kannte, *Blatta germanica, Periplaneta americana, Anobium*, auf Deutsch Klopf- oder Pochkäfer, solch ein klarer Gedanke schoss ihm durch den Sinn: In den Berichten jener, die sich aus den Gruben retten konnten, aus den Höhlen des Karsts, in die im Juni des Jahres fünfundvierzig getötete Domobranzen geworfen worden waren, wurde nirgendwo ein Baum erwähnt, an dem sie aus der stöhnenden Hölle voller toter oder halb toter oder schwerverletzter nackter Körper emporgeklettert sein könnten. Was für ein Baum war das? Beim Sprengen war ein Baum in den Abgrund gefallen. Ein Baum ohne Namen. Er wusste sogleich, dass dies der Baum war, an dem er der Grube entkommen würde. Über den Baum ohne Namen kamen die Überlebenden, um zu berichten, was dort geschehen war.

Und zugleich wusste er mit gleicher Klarheit, dass dies der Baum war, an dem er selbst in die andere Welt klettern würde. Das war immerhin der Baum, an dem Ameisen kletterten, Ameisen klettern auf den Baum.

Und an ihm kletterte ein Mensch aus dem Süden, er war dieser Mensch. Er, Lipnik, der nach einem Baum benannt war, nach der Linde, würde einen Baum hochklettern, dessen Namen er nicht kannte. Mama, hatte er gesagt, als sie ihm das Pohorje-Märchen erzählte, werde ich auch einmal auf diesen Baum klettern? Natürlich wirst du das, mein Sohn, sagte sie, natürlich wirst du klettern. Ich habe auch einen Stollen, sagte er, er führt vom Keller zur Drau. Ich kann mich dort verstecken, wenn ich will. Ich komme am Wasser wieder heraus. Ach ja, sagte sie, aber warum solltest du dich verstecken? Sie wusste genau, warum er sich verstecken würde. Wegen des Vaters, den sie in Gestapogefängnissen gequält hatten und der immer dieselbe Geschichte davon erzählte, wie sie auf die Abreise aus dem Lager gewartet hatten, wegen ihm. Sie räumte ihre Brille mit den dicken Gläsern weg und sagte stets: Du wirst klettern und von ihm herabsteigen, wo du willst. Zum Beispiel in einer grünen Au, wo junge Mäher mähen. Heute würden sie mit einem Rasenmäher lärmen, wie jener Jetski auf Dugi otok, fiel ihm ein. Aber in seiner Geschichte gab es drei Mäher, sie zogen wie ein Stern über den Himmel. Er war glücklich, dass er jenen Baum hatte, er schlief oft in Gedanken an ihn ein. Wenn die Männer vom Kämpferbund in der Küche von Politik zu brüllen begannen und wenn sie „Der Freiheit Sicht" anstimmten, wünschte er sich, dieser Baum wäre bereits da. Dass nicht der Vater käme und ihm auftrug die Ziehharmonika zu holen. Dass nicht der Vater über den Salat des Nachbarn laufen und rufen würde: Appell, Appell! Oft kletterte er diesen Baum hoch, auch an der Au vorbei, wo sie mähten. *Glänzt der Tau in der Sonne, mäht unsre Sense voll Wonne.* Und er hat sich entschieden, dort vom Baum zu steigen, wo die junge Lehrerin, Fräulein Zala, auf Dobrava in der Nähe von Dolenjske Toplice ihren Dienst verrichtete.

86.

Ihm schien, als höre er oben wieder eine Art Dröhnen, es war kein Schießen, es waren auch keine Explosionen. Möglicherweise war ein Sturm im Kommen, möglicherweise wurde noch immer an der Metalltür gehämmert. Er kletterte hinauf, bis er Licht erblickte, eine Art Luke, durch die er sich emporzog. Er ist durch das Fenster des Lagerkellers geklettert, sagte jemand, hier hat er sich hinaufgezogen. Ihm war es egal, ob aus dem Keller oder aus dem Abgrund, durch ein Fenster oder eine Öffnung, die die Explosion hinterlassen hatte. Stimmen, Schüsse, das Brummen des Jetskis, Tausende von Erzählungen aus Worten, die sich vermischten, ein Jahrhundert in seinem Kopf, der Klang seiner Ziehharmonika, alles blieb weit zurück. Nun war er im Wald, er wusste, dass sie sagen würden: Er ist vom Gang im Einkaufszentrum weggegangen, er hat die Tüten am Boden stehen gelassen. Das würden sie sagen, die alte Dame und der Herr, die nicht wussten, ob Montag oder Dienstag war, sie würden erzählen, dass er in Richtung Frisörsalon gegangen sei, dort würde man sagen, er sei zum Lager gegangen. Vielleicht würden sie herausfinden, dass er sich eine Busfahrkarte nach Kočevje gekauft hatte. Vielleicht würden sie denken, dass er sich in jene großen Waldgegenden begeben hatte, wo einst Serben gelebt hatten. Nun waren die Häuser niedergebrannt oder leer. Er hatte sie gesehen, als sie von Dugi otok nach Hause fuhren. Vielleicht würden sie denken, dass er sich in einem jener Häuser niedergelassen hatte. Wenn überhaupt jemand noch an ihn denken würde. Egal, nun war er im Wald und wusste, dass er endlich etwas verstanden hatte. Folgendes: das Zittern eines Lebewesens, das Beben der Kirschblüten unter dem Fenster im Frühlingswind, die ruckartig zuckenden Schultern einer weinenden jungen Frau, die ihrem Liebsten den Verrat vom vorigen

Abend gesteht, das Beben der Schenkel der Tänzerin beim ersten Tanz, die herzzerreißenden Liebesstimmen der Sänger in einer Winternacht. Und Folgendes: Alles, was lebt, zittert in freudiger Liebesanstrengung, aber es zittert auch der vor Angst aufgescheuchte kleine Hund, dessen nasses Fell bebt, die in Todesschrecken einsinkenden Knie eines kleinen Kalbes, das zur Schlachtbank geführt wird, die Hand des Mörders, die in der Verhörzelle das Geständnis unterschreibt, das Zucken des Vogels in den Krallen einer Katze, das Beben des Schicksals, das Beben der Lebensgeschichte, der Wassermassen, die einen überfluten und durch Klammschnellen schleudern und in den Tiefen verborgener Wirbel abebben. Alles ist Liebe und alles ist Tod. Deswegen ist alles unaufhörliches Beben.

Ehe er sich in Richtung des Hauses aufmachen würde, wo im Fenster Licht brannte und die Lehrerin Zala die Hefte ihrer Schüler korrigierte, würde er sich noch in dieser Nacht unter den Baum setzen. Vielleicht würde er sich hinlegen und ein wenig schlafen. Es hatte drei Wochen lang geregnet, nun leuchteten die Sterne, bald würde es in der Ferne zu dämmern beginnen. Auf jeden Fall würde er früh mit bloßen Füßen seinen Weg fortsetzen, er würde gern den Morgentau in den Waldauen spüren. Die Mäher, die in aller Frühe die Wiese unter dem Waldrand betreten würden, würden unter dem Baum am Waldrand die Schuhe eines Menschen finden, den sie am frühen Morgen die Straße aus Dolenjske Toplice kommen gesehen hatten. Nur die Schuhe. Er würde schon weit weg sein, wenn sie kommen würden und ihre Sensen durch das morgendliche, sonnenbeschienene Gras sausen ließen.

Sämtliche Bände 13,5 x 21 cm

Peter Waterhouse Bd. LXI
Die Nicht-Anschauung
Versuche über die Dichtung von Michael Hamburger. Essays
Franz. Broschur, 171 S., ISBN 3-85256-299-6

Claus Gatterer Bd. LXII
Schöne Welt, böse Leut. Kindheit in Südtirol
Gebunden mit Schutzumschlag, 421 S., ISBN 3-85256-300-3

Drago Jančar Bd. LXIII
Luzias Augen. Erzählungen
Gebunden mit Schutzumschlag, 160 S., ISBN 3-85256-312-7

Vincenzo Consolo Bd. LXIV
Retablo. Roman
Gebunden mit Schutzumschlag, 158 S., ISBN 3-85256-314-3

Luis Stefan Stecher Bd. LXV
Annähernd fern. Variationen über Nähe und Ferne.
Aphorismen und Zeichnungen
Gebunden mit Schutzumschlag, 120 S., ISBN 3-85256-313-5

Maria E. Brunner Bd. LXVI
Was wissen die Katzen von Pantelleria. Prosa
Gebunden mit Schutzumschlag, 121 S., ISBN 3-85256-330-5

Emilio Lussu Bd. LXVII
Ein Jahr auf der Hochebene. Roman
Gebunden mit Schutzumschlag, 238 S., ISBN 3-85256-331-3

Arnulf Knafl (Hg.) Bd. LXVIII
Mozarts Zauberkutsche. Neue literarische Nachschriften
Gebunden mit Schutzumschlag, 311 S., ISBN 3-85256-333-X

E. Y. Meyer Bd. LXIX
Eine entfernte Ähnlichkeit. Eine Robert-Walser-Erzählung
Gebunden mit Schutzumschlag, 122 S., ISBN 3-85256-341-0

Iain Galbraith Bd. LXX
Intime Weiten. XXV schottische Gedichte
Franz. Broschur, 126 S., ISBN 3-85256-346-1

Michael Hamburger Bd. LXXII
Pro Domo. Selbstauskünfte, Rückblicke und andere Prosa
Franz. Broschur, 213 S., ISBN 3-85256-344-5

Giuseppe Zigaina Bd. LXXIII
In die Lagune. Erzählungen
Gebunden mit Schutzumschlag, 169 S., ISBN 3-85256-347-X

Dmitri Prigow Bd. LXXIV
Moskau-Japan und zurück
Gebunden mit Schutzumschlag, 271 S., ISBN 978-85256-360-2

Gerhard Ruiss/Oswald von Wolkenstein Bd. LXXV
Und wenn ich nun noch länger schwieg'. Lieder,
Nachdichtungen. Band I
Gebunden mit Schutzumschlag, 190 S., ISBN 978-3-85256-359-6

Sämtliche Bände 13,5 x 21 cm

Emilio Lussu **Bd. LXXVI**
Marsch auf Rom und Umgebung
Gebunden mit Schutzumschlag, 224 S., ISBN 978-3-85256-365-7

Josef Oberhollenzer **Bd. LXXVII**
Großmuttermorgenland
Gebunden mit Schutzumschlag, 108 S., ISBN 978-3-85256-379-4

Anita Pichler **Bd. LXXVIII**
Flatterlicht
Gebunden mit Schutzumschlag, 184 S., ISBN 978-3-85256-380-0

Drago Jančar **Bd. LXXIX**
Katharina, der Pfau und der Jesuit
Gebunden mit Schutzumschlag, 472 S., ISBN 978-3-85256-374-9

Michel Deguy **Bd. LXXX**
Gegebend. Gedichte
Franz. Broschur, 160 S., ISBN 978-3-85256-398-5

Bora Ćosić **Bd. LXXXI**
Die Vogelklasse. Prosa
Gebunden mit Schutzumschlag, 96 S., ISBN 978-3-85256-399-2

Giuseppe Zigaina **Bd. LXXXII**
Mein Vater, der Widder
Gebunden mit Schutzumschlag, 152 S., ISBN 978-3-85256-400-5

Ernst von Glasersfeld **Bd. LXXXIII**
Unverbindliche Erinnerungen
Gebunden mit Schutzumschlag, 232 S., ISBN 978-3-85256-401-2

Lászlo Márton **Bd. LXXXIV**
Das Versteck der Minerva. Roman
Gebunden mit Schutzumschlag, 234 S., ISBN 978-3-85256-445-6

Vincenzo Consolo **Bd. LXXXV**
Palermo. Der Schmerz. Roman
Gebunden mit Schutzumschlag, 232 S., ISBN 978-3-85256-446-3

Klemens Renoldner **Bd. LXXXVI**
Man schließt nur kurz die Augen. Erzählungen
Gebunden mit Schutzumschlag, 166 S., ISBN 978-3-85256-447-0

Gerhard Ruiss/Oswald von Wolkenstein **Bd. LXXXVII**
Herz, dein Verlangen. Lieder, Nachdichtungen. Band II
Gebunden mit Schutzumschlag, 152 S., ISBN 978-3-85256-448-7

Maria E. Brunner **Bd. LXXXVIII**
Indien. Ein Geruch
Gebunden mit Schutzumschlag, 88 S., ISBN 3-85256-474-6

Herbert Rosendorfer/Kay Voigtmann **Bd. LXXXIX**
Der Gnadenbrotbäcker. Ein Bilderbuch der Unberufe
Gebunden mit Schutzumschlag, 89 S., ISBN 3-85256-475-3

Sämtliche Bände 13,5 x 21 cm

Manfred Peters (Hg.) Bd. XC
Seitensprünge. Literatur aus deutschsprachigen Minderheiten in Europa
Gebunden mit Schutzumschlag, 253 S., ISBN 3-85256-476-0

Michael Hamburger Bd. XCI
Letzte Gedichte
Franz. Broschur, 180 S., ISBN 3-85256-477-7

Andrej Blatnik Bd. XCII
Ändere mich. Roman
Gebunden mit Schutzumschlag, 240 S., ISBN 3-85256-494-4

Erika Wimmer Bd. XCIII
Die dunklen Ränder der Jahre. Roman
Gebunden mit Schutzumschlag, 268 S., ISBN 3-85256-495-1

Martin Kubaczek Bd. XCIV
Sorge. Ein Traum. Roman
Gebunden mit Schutzumschlag, 280 S., ISBN 3-85256-497-5

Luis Stefan Stecher Bd. XCV
Korrnrliadr. Gedichte in Vintschger Mundart
Neuausgabe. Gebunden mit Schutzumschlag, 124 S., ISBN 3-85256-475-3

Michael Hamburger Bd. XCVI
Baumgedichte
Neuausgabe – zweisprachige Ausgabe. Fr. Broschur, 64 S., ISBN 978-3-85256-503-3

Michael Hamburger Bd. XCVII
Aus einem Tagebuch der Nichtereignisse
Neuausgabe – zweisprachige Ausgabe. Franz. Broschur, 144 S., ISBN 978-3-85256-504-0

Josef Oberhollenzer Bd. XCIX
Der Traumklauber. Eine Erzählung in 52 Träumen
Gebunden mit Schutzumschlag, 128 S., ISBN 978-3-85256-510-1

Gerhard Ruiss/Oswald von Wolkenstein Bd. C
So sie mir pfiff zum Katzenlohn. Lieder. Nachdichtungen. Band III
Gebunden mit Schutzumschlag, 174 S., ISBN 978-3-85256-523-1

Herbert Rosendorfer Bd. CII
Letzte Mahlzeiten. Die Aufzeichnungen des königlich bayrischen Henkers Bartholomäus Ratzenhammer
Gebunden mit Schutzumschlag, 148 S., ISBN 978-3-85256-529-3

Toni Bernhart (Hg.) Bd. CIII
Johann Herbst: Das Spiel vom Eigenen Gericht
Franz. Broschur, 128 S., ISBN 978-3-85256-535-4

Ferruccio Delle Cave/Martin Hanni (Hg.) Bd. CIV
Lyrik im Gespräch. Der Lyrikpreis Meran
Gebunden mit Schutzumschlag, 120 S., ISBN 978-3-85256-530-9